U0554416

# 银河边缘

## GALAXY'S EDGE 003

## 天象祭司

人民文学出版社

xy's Edge: A Frozen Future
anslation material is either copyright by Arc Manor LLC, Rockville, MD, United States, or the
ective authors as per the date indicated in each issue of the magazine.
lified Chinese language edition published in arrangement with Arc Manor LLC.
lified Chinese edition copyright:
Chengdu Eight Light Minutes Culture Communication Co., Ltd.
hts reserved.
ranslated material of Galaxy's Edge: A Frozen Future is selected from Issue 1-9 of Galaxy's
original edition.
shed by special arrangement with Arc Manor/Phoenix Pick, Rockville, Maryland, United
s.
翻译小说版权均为美国马里兰州罗克维尔市的 Arc Manor 有限责任公司所有，或
每一篇中所注明的各位作者所有。

---

图书在版编目（CIP）数据

天象祭司 / 杨枫，（美）迈克·雷斯尼克主编. —北京：人民文学出版社，2019
（银河边缘）
ISBN 978-7-02-015030-4

Ⅰ.①天… Ⅱ.①杨… ②迈… Ⅲ.①科学幻想小说-小说集—世界—现代

)I14

中国版本图书馆 CIP 数据核字（2019）第 015565 号

---

辑　　赵　萍
辑　　涂俊杰
制　　徐　冉

行　　人民文学出版社
址　　北京市朝内大街 166 号
码　　100705
址　　http：// www.rw-cn.com

刷　　三河市宏盛印务有限公司
销　　全国新华书店等

数　　300千字
本　　680毫米×1000毫米　1/16
　　　18.75
　　　1—10000
　　　2019 年 3 月北京第 1 版
　　　2019 年 3 月第 1 次印刷

978-7-02-015030-4
43.00元

量问题，请与本社图书销售中心调换。电话：010-65233595

# 目录 Contents

**主编会客厅**
我们这个领域真正的伟人 .......................................... 1
／［美］迈克·雷斯尼克 著　华　龙 译

**重磅推荐**
巫毒星球 ................................................................... 7
／［美］安德烈·诺顿 著　华　龙 译

**名家访谈**
《银河边缘》专访吉恩·沃尔夫 ........................... 67
／［美］乔伊·沃德 著　陶凌寅 译

**明日经典**
电脑幽灵 ................................................................. 75
／［美］拉尔夫·罗伯茨 著　陈日锋 译
身着绿裙，小丑环伺 ............................................. 91
／［美］罗伯特·T.杰舍尼克 著　罗妍莉 译

**科学家笔记·跃过深渊**
听斯蒂芬·霍金聊黑洞、统一场论
与玛丽莲·梦露 ................................................... 111
／［美］格里高利·本福德 著　刘博洋 许卓然 译

**中国新势力**
天象祭司（上） .................................................. 119
／宝　树
妖精的旋律 .......................................................... 163
／海　客
绮月物语 .............................................................. 183
／钛　艺

**超短科幻**
黄金前线静悄悄 .................................................. 205
／［西班牙］阿尔瓦罗·齐诺斯－阿马罗 著　刘为民 译

**纯粹幻想**
一秒而已 .............................................................. 211
／［美］卢·J.伯格 著　张　羿 译
祈祷天梯 .............................................................. 227
／［美］玛丽娜·罗斯泰特 著　肖承捷 译

**长篇连载**
黑暗宇宙 03 ........................................................ 233
／［美］丹尼尔·F.伽卢耶 著　华　龙 译

**幻想书房**
《轨道海》等四部 .............................................. 289
／刘皖竹 译

---

**主　编**
杨　枫
［美］迈克·雷斯尼克

**总 策 划**
半　夏

**版权经理**
姚　雪

**项目统筹**
戴浩然

**外文编辑**
姚　雪　范轶伦
胡怡萱　余曦赟
许卓然

**中文编辑**
戴浩然　田兴海
李晨旭

**美术设计**
付　莉

封面绘制：蔡智超

**THE EDITOR'S WORD** ..................................................... 1
  / by Mike Resnick
**FEATURE**
  VOODOO PLANET ..................................................... 7
  / by Andre Norton
**THE GALAXY'S EDGE INTERVIEW**
  GENE WOLFE ..................................................... 67
  / by Joy Ward
**FUTURE CLASSICS**
  GHOST IN THE MACHINE ..................................... 75
  / by Ralph Roberts
  IN A GREEN DRESS, SURROUNDED
  BY EXPLODING CLOWNS ..................................... 91
  / by Robert T. Jeschonek
**A SCIENTIST'S NOTEBOOK**
  LEAPING THE ABYSS ........................................... 111
  / by Gregory Benford
**CHINESE RISING STARS**
  THE PRIESTESS OF CELESTIALS 01 .... 119
  / by Bao Shu
  THE MELODY OF DEMON ........................ 163
  / by Hai Ke
  THE TALE OF AUGUST ................................. 183
  / by Tai Yi
**SUPER SHORT**
  ALL QUIET ON THE GOLDEN FRONT 205
  / by Alvaro Zinos-Amaro
**PURE FANTASY**
  JUST A SECOND ........................................... 211
  / by Lou J. Berger
  THE PRAYER LADDER ..................................... 227
  / by Marina J. Lostetter
**SERIALIZATION**
  DARK UNIVERSE 03 ........................................... 233
  / by Daniel F. Galouye
**BOOK REVIEWS** ..................................................... 289
  / by Paul Cook, Jody Lynn Nye and Bill Fawcett

---

**Editors in Chief**
Yang Feng
Mike Resnick

**Executive Director**
Ban Xia

**Copyright Manager**
Yao Xue

**Project Coordinator**
Dai Haoran

**Editors for Translated Works**
Yao Xue, Fan Yilun
Hu Yixuan, Yu Xiyun
Xu Zhuoran

**Editors for Chinese Works**
Dai Haoran, Tian Xinghai
Li Chenxu

**Art Director**
Fu Li

Cover Artist : TRYLEA

| 主编会客厅 |
THE EDITOR'S WORD

## 我们这个领域真正的伟人

[美]迈克·雷斯尼克 Mike Resnick 著
华　龙 译

欢迎欣赏第三辑《银河边缘》。我们一如既往奉上新老结合的几篇小说，其中包括安德烈·诺顿的一部重磅作品；另外还有些固定栏目，比如格里高利·本福德的科学栏目和保罗·库克的书评。此外，本期我们还会刊登丹尼尔·F.伽卢耶的经典小说《黑暗宇宙》的最后一部分。

回顾一下第二辑（过去的日子还不算太久，现在我就不由地想念起来了），我极为简要地回顾了几位已经离我们而去的作家（以及一位仍然陪伴着我们的）。从那以后我就收到好些请求，想让我再多讲一些我们这个领域我私下里熟悉的伟人，好吧，恭敬不如从命，那就再说十位。

### 艾萨克·阿西莫夫

艾萨克·阿西莫夫是个什么样的人？

我来给你们讲个故事，发生在 1987 年。

当时我要去纽约州的韦斯特切斯特镇，给露娜科幻大会[1]做主持人。我提前一天到那里后，步行去了火车站，打算从那里乘火车去曼哈顿，买买东西，会会老朋友巴里·玛尔兹伯格，和他一起吃顿午饭，然后再一同回来。

问题来了：有好几十趟火车可以选择，可是没有人给我一份列车班次表。有位上了岁数的身形瘦小的女士——她看上去七十来岁了——很可怜我，就问我要去什么地方，因为显然我们俩等的是同一趟车，她提议可以跟我一起走，好让我别坐过站。

---

1. 露娜科幻与奇幻大会（Lunacon），是由纽约科幻协会组织的科幻盛会。始于 1957 年，是资格最老的科幻大会之一，通常在每年三月的第三个周末举行。

乘车的时候我们一路攀谈，我说起了我到这个镇子的缘由，而她说她对科幻不太了解，但她一直以来都想亲眼见见举世闻名的艾萨克·阿西莫夫。显然她并没有意识到这样一个事实：他很快就会出现在这个地方了。我告诉她，如果她在星期六晚上露面的话，我很乐意为她引见阿西莫夫。

到站了，我下了车，去忙自己的事情，也就把这事儿放下了。等到了星期六晚上七点十五分，那位身形瘦小的女士居然真的走进了饭店。她朝我走来，告诉我说她其实半信半疑，在火车上遇到的一个陌生人，怎么可能当真认识声名卓著的阿西莫夫教授？但既然她住的地方离这里只有一英里远，她就想，那还不如去溜达一圈，说不定运气不错呢。

这一切发生的时候，艾萨克已经到了露娜科幻大会。实际上他就坐在离我十来米远的地方，正在跟一些年轻的美女打情骂俏，就是这个时候，我走到他跟前替老妇人稍做介绍。我猜，他八成会跟她说两句俏皮话，签个名，然后就回过头继续跟那些俏丽的迷妹打情骂俏，就跟他惯常那样……但事实相反，当他了解到这位枯瘦的老妇人是在雪地里走了一英里的路专门来见他，他立即朝那几位妙龄女子连称抱歉，然后把她们打发走了。之后，他花了足足一个小时来让我的这位客人高兴，甚至在我主持杰克·乔克烧烤会[1]期间坚持让她坐在他的身边。你能从她脸上看得出来，他给她的晚年带来了多大的喜悦。天呐，他讨她欢心的样子，得让她年轻了十岁。

当她暂且告退去给家里打电话，说要在这里多待一会儿参加烧烤会的时候，我走上前去，向阿西莫夫表示感谢，告诉他说，为了表示感激，今天晚上我在台上就不拿他开涮了。他看上去一脸受伤的样子，一再坚持说，若是不在朋友面前拿他开涮的话，那才是他最没面子的事呢。

这就是我对于最平易近人的世界名人的最愉快的记忆，一想起来就让我倍感温暖。

## E. E. 史密斯博士

我们两口子是在1963年第一次出席世界科幻大会的。当时我二十一岁，我那位至今仍然美貌动人的娇妻卡萝尔年方二十。我们当即成了谣言的受害者。我们认识的每一个科幻迷——其实一共也就六七个人——都告诉我们，世界科幻大会将在劳动节周末举行。于是我们信以为真。

当然了，问题是如何定义"周末"。火车在周五早上把我们从芝加哥拉出去，丢在了华盛顿特区饭店的墙根底下，这时已经是周六早上九点了。此时此刻，我们才发现大会已经过半。

---

1. 杰克·乔克（1944—2005），美国科幻作家，创作了多部科幻系列，包括《井世界》《诸神乱舞》《灵魂骑士》等系列。某人的烧烤会，其实就是在大会上以此人为主角，由他的朋友讲一些他的趣闻趣事，揶揄一番。按时下的说法，也可以叫作"吐槽会"。

那时候的情况与现在不同。大会清单上没写时间——实际上根本没有大会清单。《类比》杂志上没有，随便哪儿都没有。甚至说来，如果当时你知道世界科幻大会的存在，你就已经在成为铁杆科幻迷的正道上了。

我们开始在大会上四处游逛。这时候有一位和蔼的老人看到了我们，他穿着一件白色外套，发现我们对一切都有些摸不着边，便主动上前来帮我们介绍情况。他没有佩戴徽章，但他似乎对一切都了如指掌。他花了一两个小时带着我们穿行在代理商的房间、艺术展之间，确保我们搞清楚当天晚上的化装舞会在哪里举行，甚至给我们俩买了咖啡，同时跟我们讲了科幻大会的种种妙事。然后他看了看手表，跟我们说他不得不去参加某个仪式了，并邀请我们一同前往。

我们跟随他去了一间巨大的功能厅，到了那里，正好赶上他走上台阶，接受来自顶级科幻迷组织颁发的有史以来第一个名人堂大奖。此刻，我们仍然不知道我们的这位新朋友到底是谁。然后有人问他，是否会写些别的东西。他回答说，他刚刚开始写《太空云雀号与杜奎斯尼》——直到这时我们才意识到，在我们第一次参加世界科幻大会的最初几个小时里，陪伴着我们的这位向导兼顾问居然就是 E. E. 史密斯博士。

## 弗雷德里克·波尔

只要我一想起弗雷德·波尔[1]，我立刻就能闻到雪茄烟的味道。在我们俩一起折腾一届又一届中西部科幻大会那会儿，我烟瘾很重，他也是，而且我们似乎总能在对方想过把瘾的时候发现自己也是一路货色，便常常一起偷偷摸摸从某个无聊的宴会上溜出去抽根烟，在吸烟室里吞云吐雾，或者干脆直接去污染大气。

我还记得有一届温迪科幻大会[2]，当时有一场弗雷德·波尔烧烤会，委员会让我做烧烤主持人，因为再没别人能讲那些关于他的糗事和趣事了。我钻研了一番他那部妙趣横生的自传《未来曾是这个样子的》，发现其中深藏一件极为有趣的事情：有一次，跟许多作家一样，弗雷德需要有一些收入，他便去找了一份工作，是在赛马场上用一根电棒刺激获胜马匹的生殖器，好让兽医采集尿液样本。我就此构建出一整套编辑和读者的日常行为习惯规范，他们如何年复一年彼此施加同样的刺激，最终就会得到自己所需。就在烧烤会之前，有几个讨论小组的成员坚持认为，我不能拿一位偶像人物的这种糗事开涮，但我讲了——而且数我的这位朋友弗雷德笑得最大声。

弗雷德·波尔在久病之后于 2013 年世界科幻大会期间逝世，对于我们这个领域最后一位真正的伟人而言，这个日子真是再合适不过了。

---

1. 即弗雷德里克·波尔，弗雷德是昵称。
2. 温迪科幻大会（Windycon），是在伊利诺伊州的隆巴德市举办的地区科幻大会。始于 1976 年，通常在靠近 11 月 11 日老兵节的那个周末举行。

### 安德烈·诺顿

我们两口子在三城科幻大会的艺术展闲逛时,就是1966年那届世界科幻大会[1],见到一位中年女士静静地坐在椅子上,看上去是(或者说我们以为是)有点迷路了,于是卡萝尔和我过去问能不能帮什么忙。她站起身来,谢了我们,然后说不用,她只是休息一下,之后打算去咖啡店喝点茶。我们提出陪她一起——我们还是有点觉得她是走错路了——她表示感谢,便邀请我们一起去。

我们给她买了茶,聊了大概二十分钟,这时候我们才知道她可不是找不到路了,我注意到了她别在手提包上的徽章,是安德烈·诺顿!此后三十多年,她一直跟我们保持着联系,提供专业的建议和鼓励。

### 蕾伊·布莱凯特和埃德蒙德·汉密尔顿

蕾伊·布莱凯特,尽管是一位地地道道的科幻作家,却是在好莱坞发了财。她在那里是著名导演霍华德·霍克斯的御用编剧,她的剧本不仅有亨弗莱·鲍嘉的《夜长梦多》,还有四部约翰·韦恩的片子,而且,几十年之后,她还写了《帝国反击战》的第一稿。她和丈夫埃德蒙德·汉密尔顿——他从上世纪三十年代就开始写太空歌剧——在俄亥俄北部有一座农场。为了远离好莱坞的喧嚣场,在她不用给那些硬汉演员编台词的时候,他们就举办一些地区性的科幻大会。

在某些大会期间,我们夫妇会与汉密尔顿夫妇一同进餐——我们是刚刚起步的年轻人,所以通常是他们买单——同时接受他们给予我的许多谆谆教导。在那些年里,时不时有人把我介绍给不同的编辑和代理人,每当我有些关于商业方面的问题时,总能得到明智的指点。

当我不得不为加德纳·多佐伊斯和乔治·R·R·马丁编辑的选集《老火星》和《老金星》创作一些中短篇小说的时候(此时此刻其中一部也许已经出来了),我就是顺着蕾伊·布莱凯特的风格走的,果然不愁卖不出去。

### 威尔森(鲍勃)·塔克

威尔森(鲍勃)·塔克[2]和我的交情有四十三年了。

他跟科幻粉丝圈的交情还要再加上三十年。

---

1. 第24届世界科幻大会,也称"三城科幻大会"(Tricon),于1966年9月1日至5日在美国俄亥俄州克利夫兰喜来登酒店举行。 本次大会由该地区的三个城市举办:辛辛那提、克利夫兰和底特律,因此得名"三城科幻大会"。

2. 威尔森(鲍勃)·塔克,Wilson(Bob)Tucker,业余科幻作家,主业是舞美设计,但是在科幻界颇有盛名,多次提名并获得雨果奖最佳业余作家奖,以及粉丝自办杂志奖。鲍勃·塔克是他的笔名。

他是一位优秀的作家——拿过雨果奖提名,也许作为神秘故事作家更出色,总是希望将自己的智慧传授给新人。但是,他作为科幻史上最招人爱的粉丝是毋庸置疑的,他将会长久地留在人们的记忆里。

他们将会在未来的几十年里不断追忆、讲述塔克的故事。这里我来贡献一个:

超级科幻迷洛·塔巴寇在辛辛那提的一家医院临终之时,鲍勃问我,能不能让他晚上住在我们家的客房里,这样白天他就能去看望塔巴寇了。我们当然愿意了。跟我们一起度过的第一晚,他凌晨三点钟就起来了,要去卫生间。而我正在写作——我通常都是从晚上十点写到早上五点,这段时间没有电话或是访客会来打搅我。鲍勃看到我房间亮着灯,便站在了半路,问我卫生间在哪里。我回答说,只要他给我正在写的这篇稿子写一段引言简介,我就告诉他。他解释说自己尿急得不行。我说我需要威尔森·塔克的引言也急得不行。我们最终取得了双赢。我得到了需要的引言,十秒钟之后他去了卫生间。

## 哈尔·克莱门特

哈利——哈尔·克莱门特的真名是哈利·斯塔布斯——是一个待人亲切的家伙。我屡次三番抛头露面以荣誉嘉宾的身份演讲,讲的都是关于科幻小说是如何与人们息息相关,就跟所有的小说一样——否则它就不过是一个辩论题或一个科学填字游戏。而演讲之后,他总会找到我,平心静气地向我解释,为什么我的每一个观点都是错的。两周以后,轮到他以荣誉嘉宾的身份做演讲,主题通常是关于自然科学所蕴含的美感,以及这一美感为何是科幻小说中最重要的部分。而我也会找到他,平心静气地向他解释为何他的前提和结论统统都错了。我们从未达成过一致,但我们也从未争得脸红脖子粗。

有记录表明,他是史上唯一一位世界科幻大会的科幻迷荣誉嘉宾(1989年在波士顿的陌生人俱乐部)与世界科幻大会专业人士荣誉嘉宾(1991年在芝加哥)双料荣誉嘉宾。他在1998年荣获星云奖的大师奖。有这三项成就加身,实在羡煞旁人。

## 凯利·弗里斯

凯利·弗里斯[1]是我最早遇到的专业人士之一,那是在半个世纪之前了。当时我刚刚踏入这个领域。我对他敬畏有加,但他以其独有的方式令我不再拘束,我们很快就成了朋友,而且之后的四十多年一直保持着这份友情。在此期间,他给我的一些书和故事画插图,而且不遗余力地将我引荐给不止一位编辑,否则那些编辑根本不知道还有我这么一号人。

---

1. 凯利·弗里斯(1922—2005),著名幻想类画家,先后获得雨果奖提名二十多次,并捧回了11座奖杯。

1982年在芝加哥举行的世界科幻大会上，我们两口子有幸搞到了凯悦大酒店五楼的一个房间，这意味着我们不用总是可怜巴巴地等电梯去高层的房间了。大会委员会花了好几天时间想方设法让我们搬出来，因为他们觉得，只有委员会的成员和荣誉嘉宾才可以住在那里。但是我们熟知法律，知道他们不能强迫我们搬出去，只要我们的预订有效，而且信用卡没问题就行。最后，凯利在星期五早上到达了。委员会猛砸我们的房门，并且强烈要求——这已经是连续四天了——我们离开房间。我们不会为了委员会这么做，但是能把房间换给凯利我们很开心。我还告诉他，只要等我们在新房间安顿下来，他就能在某个趴体连天的楼层逮到我们了——我记得是二十五楼或二十六楼。我说这话的时候，他的眼睛一亮。他告诉委员会说，不管是不是荣誉嘉宾，他都更想住到开趴体的楼层去，这就是凯利的为人：他对于同行的感情不亚于对粉丝的。

　　那十一座雨果奖杯对他来说也许还是有一点点不够。他的才气与他的友善相比不相上下，要知道，他可是"才高八斗"的。

### 杰克·威廉森

　　杰克·威廉森是毋庸置疑的科幻泰斗。他的第一篇故事出现在1928年的《惊奇故事》上，而且他还赢得了2001年雨果奖，那可是年过九旬的科幻作家啊。杰克是我最初遇到的专业作家之一，那还是1963年，从那之后他就成了我的朋友，是我知识的来源，一位有力的支持者。是他第一个说服我，让我确信成为科幻作家是一份荣耀的职业；也是他第一个提出说，我写的故事确实应该投向比科幻小说领域报酬更好的地方。

　　他邀请我为一本"致敬选集"《威廉森效应》写一个故事，他让许多朋友来写故事，使用的是他笔下的人物和世界观。我选择了我最喜欢的一部奇幻作品《比你想象的更黑暗》，一部关于人变成狼的奇妙小说，我让讲故事的人，一个狼人，以杀死并吃掉杰克收尾。从那天起，只要是由我把他介绍给读者——这事儿似乎我每年都要做，我就总是说，他是个味道不错的人，然后我们就要等上好一会儿，一直等到他笑完。

　　杰克活到——也写到——九十八岁高龄。令我格外骄傲的是，他最后一部小说开列的敬献名单上，我也忝列其中。

　　每一年，他都会邀请几位朋友去他的大学见识一下什么是威廉森教席。我去的那年他都九十三岁了，他有一位叔叔刚刚去世，享年一百零八岁。我发觉自己不由得在琢磨：是不是只要生在这个家族就都会高寿？然后我见到了他的弟弟，九十岁高龄的查理，他拄着双拐走进讲堂，我又不由地暗想：好吧，至少有一个威廉森不那么强悍。然后我跟他攀谈起来，不料发现他居然是暂时拄拐！——因为他慢跑锻炼的时候伤了小腿。

　　天呐！这是个什么样的家族？

# 巫毒星球
## *VOODOO PLANET*

［美］安德烈·诺顿 Andre Norton 著
华 龙 译

但凡足够高深的科技，
初看起来都与魔法无异。

---

作者安德烈·诺顿（1912—2005），原名爱丽丝·玛莉·诺顿，美国科幻与奇幻作家，1989年世界科幻大会荣誉嘉宾。她是第一位获得SFWA（美国科幻与奇幻作家协会）大师奖和甘道夫奇幻大师奖的女性，也是第一位荣登科幻名人堂的女性。她的著作（含合著）多达百余部，包括流传甚广的《女巫世界》系列小说等。2005年，SFWA创立了安德烈·诺顿奖，以此表彰年度最佳青年科幻或奇幻作品。

---

重磅推荐

# 1

要说仙蔻尔星有多热……最好还是别提这茬儿。这颗拥有无边汪洋的星球，集齐了一切桑拿浴最饱受诟病的缺点，而生活在这里的人，只能在梦中向往一下凉爽与绿荫……以及比这一小串弹丸似的岛屿大上那么一点儿的陆地。

一位年轻人站在浪花飞溅的海岬上。他戴着宇航员的飞行帽，上面别着货运主管的徽章，除了一条超短裤，他再没穿别的东西。他心不在焉地抹了一把自己赤裸的胸膛，沾得一手湿。他透过护目镜仔细打量着这片灿烂的大海，心想它是那么表里不一。其实人是可以下去游泳的——只要打算这么做的人不介意脱一身皮。那些液体中有无数微生物，它们一想起地球人的滋味，就会贪婪地不停咂嘴——如果它们有嘴唇的话。

戴恩·索尔森舔舔自己的嘴唇，尝到一股咸味儿，他拖着步子穿过太空港的沙地，回到了"太阳女王号"的泊位。这可真是漫长的一天，他都懒得去数自己遇到多少麻烦了。他一直在飞船和装配场之间没完没了地奔忙，装配场里那些工人的动作慢得堪称人类之最——起码在这位满腔怒火的自由贸易代理货运主管眼里，他们慢到了极点。杰里科船长倒是很久以前就把自己的舱室当成了避难所，靠它贮藏自己仅剩的好脾气。然而戴恩却没有类似的遁世之处。

"女王号"将按照计划改装为一艘邮政飞船，而计划的时间安排却没考虑到：高湿度会把装配机器人的内部构造搞得一团糟。等目前运行该线路的那艘联合体飞船最终落地，为"女王号"的闪亮登场而正式停飞时，它必须已经准备妥当、整装待发。幸运的是，大多数工作都已完成，戴恩也做完了最后的检查，只等给装配机器人的手册签好字，再向他的船长汇报一番，就齐活儿了。

他爬进自己在"女王号"里的舱室，开了空调的内部环境给了他清凉的慰藉。飞船里的空气平稳地流动着，具有化学级的纯度，但也索然无味。今天终于能喘口气了。戴恩去了洗浴间，至少这颗星球不会缺水——当然，本地的剥皮虫都已经滤掉了。水很凉，但还是舒缓了他那年轻、精瘦的身体。

他正往身上套着自己最轻便的上衣，升降台蜂鸣器忽然响了起来。一位客人到访了——噢,可别又是装配机器人总管!戴恩拖着步子前去应答。此刻"女王号"上的船员共有四位,而他自己通常就是跑腿小子的角色。杰里科船长在自己的舱室里,也就是两层之上;陶医师多半在检修他的装备;至于辛巴达,这只船上的猫,正在某个空舱室里睡懒觉呢。

戴恩一把将上衣拉扯到位,高度警觉地走到升降台前。不过来者并不是装配机器人总管。他的外貌,在见惯各式各样人类和外星人的戴恩眼里,仍算得上可圈可点。

来人模样沉稳,过人的身高在瘦削体型的凸显下愈发纤长。他细腰窄臀,四肢修长。他的主要衣物是仙蔻尔星居民常穿的短裤,但短裤那亮眼的橘黄色,在他黝黑肌肤的映衬下显得更加鲜艳了。他的肤色跟戴恩随侍过的那些地球黑种人具有的暖褐色不大一样,尽管二者颇为相似。他的皮肤是那种纯粹的黑,黑得几乎泛出了蓝色的光泽。他没穿衬衣或短上衣,肌肉发达的胸膛上交错着两条很宽的带子,交点上饰有一枚硕大的勋章,随着他呼吸的起伏闪耀着宝石般夺目的光芒。他腰带上挂的并不是宇航员标配的眩晕枪,而是类似巡逻兵用的那种更有杀伤力的爆破枪。此外,他还有一把修长的腰刀,刀鞘上嵌有宝石,坠着穗子。一眼看去,他就是这样一个典例:蒙昧的武夫经训导教化,磨砺出了文明的气息。

他手掌向外敬了个礼,说出的银河通用语几乎不带口音:

"我是考特·阿萨吉。我想杰里科船长已等我多时了。"

"没错,先生!"戴恩啪的一下立正了。也就是说,这位就是来自仙蔻尔星的姊妹行星——绝妙的喀特卡星——的森林酋长喽。

对方毫不费力地顺着竖梯爬了上来,走在飞船里时,也格外留意这艘船内部的细节。当他的向导叩响杰里科的舱门时,他的神情仍带着一种颇有礼节的好奇。船长的宠物虎蝠"赛女王"发出一声可怖的尖啸,声音足以盖过任何应答。随后传来了重物砸地的声音,原来是那只蓝羽蟹鹦鹉蟾的笼子,这就表明它的主人确实在家。

鉴于船长的热诚欢迎只有他的贵宾有幸享受,戴恩便识趣地去了食物舱,为晚餐做一些力所能及却也毫无技术性可言的准备——其实人在里面也添不了什么乱,毕竟那只是自动炊具在处理浓缩食品。

"有客人来了?"陶医师坐在烹饪机的另一头,咂摸着一大杯地球咖啡,"还有就是,你非得在做饭时哼歌吗?而且专门选了这首?"

戴恩脸一红，不吹口哨了。《月面蹦蹦跳》这歌可真是老得够呛，老得都掉牙了。他也不知道自己为什么总会在无意间哼哼这首曲子。

"一位喀特卡星的酋长刚刚上船。"他看似漫不经心地应道，同时做出一副正在读标签的样子。他其实清楚今天不该再拿已经吃了很多日的鱼或有鱼肉的食物来应付大家。

"喀特卡！"陶一下子坐直了，"可算有个值得一去的星球了。"

"按自由贸易者的薪酬来看，想都别想。"戴恩评论道。

"你总是希望来一场大罢工，老弟。可只要飞船能去那里，我什么都肯给！"

"为什么？你又不是猎人，怎么会这么跃跃欲试？"

"哦，我倒不在乎猎区，尽管那些地方也值得一看。我在乎的是那里的人……"

"但他们都是地球移民吧？或者说至少具有地球血统，不是吗？"

"当然了！"陶缓缓啜了一口咖啡，"不过移民也各有千秋，孩子。其特性取决于他们是谁，在何时、因何故离开了地球……以及，他们着陆之后，又经历了什么。"

"那喀特卡人真的很特别啰？"

"嗯，他们有一段令人惊叹的历史。那个地方是由逃跑的俘虏建立起来的——上面的人全是同一种族的后裔。他们是在第二次原子战争临近尾声时从地球逃走的。那还是一场种族战争，记得吗？这让它恶心的程度翻了一倍。"陶的嘴角厌恶地一撇，"搞得好像人类的肤色会让其本性有所不同似的！其中一方想接管非洲——就将大多数当地人赶进了巨大的集中营里，还采取了大规模的种族灭绝行径。然后他们自己垮台了，气数已绝，分崩离析。混乱期间，部分幸存者在另一方的帮助下揭竿而起，他们占领了集中营里的某个隐秘试验站，千方百计地启动了那里建造出的两艘飞船，突出重围，冲进太空。那趟飞行肯定是一场梦魇，但他们也只能孤注一掷。他们历经艰险，设法到了远方，在喀特卡星降落了。他们没有足够的动力再次起飞——而且，其中大多数人那时已经死了。

"不过啊，我们人类，不管是什么种族，都拥有坚韧的品格。那些难民发现那个新世界的气候与非洲差别不大——这可是万中无一的幸事——于是那一小群幸存者便繁衍生息，逐渐兴旺起来。而那些被他们劫走、为他们开飞船的白人技术专家,却没能延续血脉。因为那个世界产生了另一种肤色歧视,肤色越浅的人社会等级越低。基于这种血统选择性,如今的喀特卡人肤色都很深。

"为了求生,他们退回了蒙昧的原始状态。在大约两百年前,也就是远在勘察行动队首次发现他们的踪迹前,发生了一些事情。不知是他们的祖辈发生了变异,还是别的什么原因,反正这种事时有发生——一些天赋异禀之人诞生了——但那不是偶然出现的个例,天赋者频繁出现在五支大家族的血脉中,这就很出人意料了。在一小段时期里,他们争权夺利、互不相让,后来他们认识到,内战这种事愚不可及,便建立起了某种寡头统治,转型为一种松散的部落组织形态。在五大家族的带头推动下,新的文明蓬勃发展,当勘察行动队到达那里时,他们已经摆脱了野蛮的习性。联合体在大约七十五年前购买了贸易权,此后,公司和五大家族联手,向银河系推出了一项奢侈体验项目。你也知道,这二十五颗行星上每个大权在握的人物,都渴望炫耀自己在喀特卡星上的狩猎成果。如果他们能在自己的墙上挂一颗戈拉兹的脑袋,或是亲自佩戴一条尾饰手镯,就足以趾高气扬地招摇过市了。在喀特卡度假这种事,可是人人趋之若鹜的极致享受——而且对于当地人来说,非常、非常有利可图。至于联合体,就更不消说了,毕竟他们承揽了客运业务。"

"我听说他们也有偷猎者。"戴恩道。

"没错,那是自然的。你也知道漂亮的兽皮在市场上是什么行情。但凡有严苛的出口控制的地方,都有偷猎者和走私者的身影。不过,星际巡逻兵不会去喀特卡,当地的犯罪行为直接由当地人处理。在我看来,我宁愿在月球矿井服刑九十九年,也不愿体验喀特卡人对被俘的偷猎者做的事!"

"所以谣言就这么妥妥地传开了!"

陶的杯子一斜,里面的咖啡洒了出来,戴恩正要送进烹饪机的浓缩肉料包也掉落在地。酋长阿萨吉蓦地出现在食物舱门口,就跟突然传送到了这里似的。

医师站起身来,朝客人礼貌地笑了笑。

"先生,从这种说法中,我似乎察觉到了这样一丝迹象:我所听到的种种传言,其实是有意散播开来威慑四方的?"

那张淡漠而沉郁的黑色面庞上,掠过一抹笑意。

"医师,我听说你是个精通'魔法'的人。你确实表现出了传统巫师的机敏。不过那个传言倒是确有其事。"酋长的兴致稍纵而逝,他话锋一转,声音中透露出几分锐气,"喀特卡的偷猎者受到的精心照顾,让他们恨不得欢迎巡逻兵呢。"

他走进食物舱,杰里科跟在他身后。戴恩放下两张折叠座椅,端着杯子在咖啡机下面接咖啡。船长开始介绍自己的人。

"索尔森……我们的代理货运主管。"

"索尔森你好。"喀特卡人肃穆地点点头以示致意,然后带着几分诧异,低头看向地板。辛巴达高声喵喵着凑过来,绕着他的腿蹭来蹭去,表现出非同寻常的好客、欢喜。酋长单膝跪下,伸出一只手让辛巴达好奇地闻了闻。猫用脑袋蹭了蹭他黑色的手掌,又伸出缩起指甲的猫爪顽皮地拍了拍。

"一只地球猫!它属于狮子家族吗?"

"差得远了,"杰里科答道,"你得把辛巴达的个头加大许多,才能让它达到狮子的级别。"

"我们只有关于它们的古老传说。"阿萨吉的声音里流露出一丝惆怅。那只猫跳到他的膝盖上,用爪子扒住了他胸前的带子。"不过我并不相信,狮子曾经对我的祖先那么友好。"

戴恩想把那只猫赶走,可是喀特卡人抱着辛巴达站了起来。那只猫歇在他的臂弯里,仍喵呜个不停。酋长温柔地笑了,他那傲慢的面容随之悄然发生变化。

"可别带它去喀特卡,船长,否则你就再也别想把它带走了。住在内宫里的那些人绝不会让你把它从他们眼前带走的。啊,这动作让你很舒服吗?小狮子?"他轻轻挠着辛巴达的下巴,那只猫抻长了脖子,黄色的双眼惬意地眯了起来。

"索尔森,"船长转身面向戴恩,"放在我桌子上的那份到达报告,是联合体传来的最新文件吗?"

"是的,先生。别指望'流浪者号'能在那个日期以前在此降落了。"

阿萨吉坐了下来,手中仍抱着猫,"你也看到了,船长,天意如此。你有二十天的时间。乘我的巡逻船过去花四天,回到这里再花四天,其余时间都可以用来探索猎区。这种好运气可求之不得,毕竟我也无法预知自己何时才能与你们再次相遇。正常情况下,往后一年内我都不会再有机会到仙蔻尔星执行任务，也许还不止这个天数呢。此外……"他顿了顿，然后对陶说，"医师，杰里科船长告诉我，你研习过许多世界的魔法。"

"不错，先生。"

"那么，你是否相信那是真正的力量？或者认为那只是天真无知者的迷信？那些人在黑暗降临时，会声称有恶魔在对他们号叫、施法。"

"有些魔法就是坑蒙拐骗，有些则建立在人类及其行为的内在知识上，精明的巫医会将其挪为己用。世间总有……"陶放下咖啡杯，"……总有少许因果，我们还未曾找到符合逻辑的解释……"

阿萨吉打断了他，"我觉得这种事也是真的吧：一个种族的人若是从诞生之日起，就接受感知各类魔法的训练，拥有那支血脉的人就特别容易受魔法影响。"他更像在陈述，而非提问，但陶还是回答了他：

"一点儿不错。比如拉莫利人，他们能被'唱死'，我就目睹过这种事。但对一个地球人或其他外世界的人而言，同样的做法丝毫不起作用。"

"那些喀特卡星的定居者就带来了那种魔法。"酋长的手指仍在辛巴达的下巴和喉咙间游移，但他的音调骤然一冷，变成了这间狭小食物舱里最冰冷的东西。

"嗯，这也算那类事物高度发展的一种形式。"陶赞同道。

"远超你的想象，医师！"酋长低哑的声音里透出一丝冰冷的愤怒，"我认为它当前的表现形式——人们死在非兽之兽的手里——或许值得你仔细研究一番。"

"为什么？"陶直言不讳地问道。

"因为那是一种杀戮魔法，有人正心怀不轨地蓄意使用着它，以此戕害我们那里的重要人物，那些不可或缺的人物。如果这种专门针对我们的阴毒攻击有其弱点，我们就必须掌握，而且要快！"

这时杰里科补充道："我们受邀拜访喀特卡星，并将作为酋长的私人宾客，勘察一片新的狩猎区。"

戴恩颇为意外地深吸了一口气。喀特卡星的宾客权向来是不可多得的无价之宝——它们珍稀之至，任何拥有者都万万不敢浪费。一年——甚至半年的租金，就足以养活全家了。不过，酋长依照官方权力，能拥有好几个名额，他们能为前去拜访的科学家或外星人提供与其本人相近的身份。一个普通贸易者能获得这样的机会，简直不可思议。

他和陶的惊讶可谓不相上下，两人直白的反应让酋长微微一笑。

"杰里科船长一直在和我交流关于外星生命形态的生物学数据——他所具备的相关摄影技巧，以及外星异种生物学家的学识，都广为人知、备受推崇。所以我获准让他进入新开发的猎区佐波卢，该区尚未正式开放。还有你，陶医师，你的帮助——或者说，你的诊断——我们在别的方面也用得上。也就是说，一位专家公开到访，另一位则较为隐秘。尽管如此，医师，你的任务仍是我的上司特批的。此外——"他看向戴恩，"也许为了混淆那些怀疑者的视听，我们该让这位年轻人一同前往？"

戴恩将视线转向船长。杰里科向来公正，只要他开口，他的船员绝对不会含糊——哪怕他命令他们迎着索尔凯人倾泻如雨的致命飞镖前进。不过，话说回来，戴恩却也从没张口要过什么好处，他最大的愿望无非是在执行任务时不被人指手画脚。他没有理由相信杰里科会点头同意。

"你有两周的离星假期，索尔森。如果你想在喀特卡星度过……"杰里科竟咧嘴一笑，"我就给你特批啰。我们什么时候上船，先生？"

"你说你必须等其他船员回来——那就明天下午晚些时候？"酋长站起身，放下了辛巴达，那只猫尖声喵喵几下，以示抗议。

"小狮子，"高个儿喀特卡人像对一个身份相当的人一样对那只猫说道，"你的丛林在此，我的却在别处。但如果你终究厌倦了巡行于群星之间，我的庭院里永远都有你的家园。"

酋长向门口走去，辛巴达并没有死皮赖脸地跟上，但它可怜兮兮地低声喵了一下，叫声里透出一股不满与失落。

"也就是说，他想找排忧解难的能手，是吧？"陶问道，"行啊，我会全力以赴为他找出捣鬼的门道的。能拜访喀特卡，这完全值回票价！"

戴恩想了想仙蔻尔太空港刺眼的炽热光芒，还有那不能下去游泳的大海，将它们与邻星——那个他只在3D影像上见过的绿意盎然的狩猎天堂——做了一番比较，旋即回应道："没错，先生！"与此同时，他心不在焉地在烹饪机上随便选了一通。

"别太不当回事儿了。"陶警告道，"我敢说，连那位酋长都觉得烫手的山芋，说不定会把我们的手指头都给烤焦——没准儿一眨眼就焦了。我们在喀特卡着陆后，可得轻手轻脚、眼观六路、耳听八方，随时做好最坏的打算。"

## 2

他们的头上舞动着划过阴沉山脊的闪电，脚下是一道陡峭的断崖。崖下奔涌着一条长河，自此望去，长河竟也只如一条银色的丝线。他们的靴子踩着一处岩板砌筑的平台，它由人力修建而成，却统御了野性十足的丛林与群山。平台之上，一座宫殿黄白相间的高墙拔地而起，抬头望去，穹顶幢幢。这座宫殿既是堡垒，也是边境检查站。

戴恩双手扶住前方护墙，一道闪电破空而过，炸裂出蓝紫色的光芒，这让他不由自主地眨了眨眼。这个地方与热气翻腾的仙蔻尔群岛真有着天壤之别。

"魔怪戈拉兹在为战斗做准备呢。"阿萨吉朝远方的霹雳扬了扬头。

杰里科船长笑了，"我猜它们是在磨自己的大獠牙，对不对？我倒不怎么想遇到戈拉兹，毕竟它们磨个牙都能搞出这么大的动静。"

"不怎么想？你倒不妨想想，追踪者在找到那些家伙的葬身之地后获得的酬劳。谁要是能找到戈拉兹兽群的墓园，一定能获得一大笔做梦都想不到的财富。"

"传说有几分是真的？"陶问道。

酋长耸耸肩，"这谁说得清？反正有一点是真的：从我会走路起，我就在以生命侍奉这片森林了；从我能听懂人们说话起，我就在父亲的院子和营地里听那些追踪者、猎人、护林员谈话了。然而，从未有人找到过自然死亡的戈拉兹的尸体。如果人们只是找不到它们的肉体残块，这一点还可以算到食腐者头上，但是獠牙和骨头这些总该见得到吧？还有一点也是真的，我曾亲眼见过——一只快死的戈拉兹由它的两只同类扶着，迫不及待地朝一片巨大的沼泽赶去。也许那不过是一只濒死的动物想要最后喝一点儿水，但也有可能，那片沼泽的中心地带正是戈拉兹的墓园。反正，确实没人发现过自然死亡的戈拉兹，一只都没有。而到那片湿地探险的人，也全都一去不返……"

闪电将墨玉般的山峰照亮了——在它之上，是光秃秃的岩石；往下看去，则盘踞着浓绿茂密的丛林。位于两者间的这座堡垒，由不畏高峰与深渊的人类镇守。喀特卡星恣意滋长的植被，将初来乍到的这几个外世界人围了个密不透风。这颗郁郁葱葱的星球似乎总有那么点儿野性难驯，既令人垂涎欲滴，也让人望而却步。

"佐波卢离这儿远不？"

酋长指了指北方，回答船长的问题：

"大概一百里格[1]。那是我们这十年来打造的第一片新猎区。我们期望它能成为3D猎手的最佳活动场所，因此我们现在正在启用驯养队……"

"驯养队？"戴恩忍不住问道。

酋长早已对这一话题做好了充分的准备。

"佐波卢是禁杀猎区，那些动物会渐渐明白这一点的。不过，我们可不会为了等它们明白而浪费好几年的时间。所以，我们会给它们送大礼。"他大笑起来，显然是想起了什么小插曲，"有时候，我们也许急过头了。大部分希望进行3D拍摄的访客都想拍些大家伙——戈拉兹、菴蒲赖獭、岩猿、狮子……"

"狮子？"戴恩接口道。

"不是地球狮子。我的祖先在喀特卡着陆时，发现了一些与他们记忆里的地球狮子相似的动物，所以就给它们起了同样的名字。喀特卡狮子长着软毛，既是猎手，也是骁勇的战士，但并不是地球的猫。然而，它们可是非常抢手的3D演员。因此，我们会为它们提供唾手可得的食物，把它们从藏身处引诱出来。找个人去打一只珀狸、一只水鼠，或一头地鹿，把猎物尸体拖在低空飞行器后面，狮子就会跳出来，扑到移动的肉块上——它们能闻到那味道。然后绳子一断，它们就有了一顿免费的大餐。

"那些狮子可不傻，没过多久，它们就把飞行器呼啸而过的声音和'食物'联系起来了。此后，它们一赴宴，飞行器上的那些人就能轻而易举地完成他们的3D拍摄。不过，在进行那类训练时，还是得多加小心。克莫格猎区里就有一个胆大包天的森林守卫，他先是拖着猎物跑，然后，为了看看狮子是否已经完全忘记了人类的存在，他把猎物尸体挂在了飞行器上，想鼓动它们跳起来争食。

"对于守卫来说，这么做是够安全，但其效果也立竿见影。一个多月后，

---

[1] 一种古老的长度单位，用于表达陆地及海洋上的距离长短。在陆地上，1里格通常为3英里，即4.827公里。

一名猎手护送一位客户穿越克莫格，他们为了拍到好片子而降低了飞行高度。在拍摄一只从河里冒出来的水鼠时，他们身后忽然传来一声咆哮，这才发现，飞行器上多了一名乘客——一头在甲板上没找到肉、怒火中烧的狮子。

"万幸的是，他俩都戴着屏蔽场安全带。但他们还是不得不降落飞行器，等那头狮子走远才敢离开。那头母狮盛怒之下可把那台机器破坏得够呛。因此，现在我们的守卫在驯养时也不敢再要什么异想天开的花样了。明天……不，"他更正道，"后天，我会带你们看看那一系列流程是如何运作的。"

"那明天呢？"船长问道。

"明天我的部下要举行狩猎魔法仪式。"阿萨吉的声音毫无波澜。

"你们的首席巫医是谁？"陶问了一句。

"卢布瑞洛。"酋长似乎不想多谈，但陶对这个话题紧追不放。

"他的官职是世袭的吗？"

"是的。有什么区别吗？"他的话里第一次出现了某种欲言又止的热切。

"也许有很大的区别。"陶说，"世袭的官职可能会造成两种影响，一种影响继位者，一种影响公众。你们那位卢布瑞洛可能已经开始对自己的力量深信不疑了。如果没有，那他可相当了不起。你们的民众会毫无疑义地将他视为一个奇迹缔造者，这一点几乎毋庸置疑吧？"

"正是如此。"阿萨吉的声音再次淡漠起来。

"而卢布瑞洛并不接受某些你坚信必不可少的事物？"

"你又说对了，医师。卢布瑞洛在体系中并不安于本分！"

"他是五大家族中某家的一员吗？"

"不是，他的家族很小，也总是自行其是。打从一开始，那些为神魔代言的人就不会向人发号施令。"

"教会与国家事务分离。"陶若有所思地道，"在属于地球的历史长河中，有些时候政教就是一体的。卢布瑞洛想要那样？"

阿萨吉抬眼望向山巅，望向北方，他钟爱的事业就在那里。

"我不知道卢布瑞洛想要什么，只知道这么做后患无穷——甚至比这更糟！有件事我可以跟你说说：狩猎魔法是我们生活的一部分，在其内核之中，有一些我们无法解释却又切实存在的事物。我自己就在工作中使用过解释不了、理解不得的力量。外世界人想在我们的丛林或草地上活动，如果没有配备武器,就必须靠屏蔽场安全带来保住自己的性命。不过,我——还有我手下的那些人——只要我们遵循这里的魔法例律,就能安然无恙地四下走动。只有卢布瑞洛做了他的先辈不曾做过的事。他夸下海口,说他还能再进一步。所以,他的追随者越来越多,其中有相信他的人,也有畏惧他的人。"

"你想让我面对他?"

酋长的那双大手在护墙顶部猛地收紧,那动作仿佛能捏碎墙顶的硬石,"我想让你看看这里边儿有没有花招。花招什么的我都能对付,用武器就行。可要是卢布瑞洛真的掌握着什么不为人知的力量,那要达成和平估计就没那么容易了——或许,我们会一败涂地。不过,外世界人,我出身于一支战士血脉——我们可不会轻易言败!"

"我也这么想。"陶平静地答道,"没问题,先生,如果这家伙的魔法里有什么花招,而我又看出来了,那我必然会把个中玄机转达给你。"

"但愿事情真能如此吧。"

戴恩在潜意识里一直把魔法与黑暗、夜晚联系在一起,但第二天早上的太阳却灿烂夺目地高高挂在空中。他走向一块面积更大的护墙平台,酋长率领的猎人、追踪者、守卫等各路人马在那里排起了不怎么整齐的队伍。

一阵低沉的震颤声破空传来,它融入人的血脉,随节奏搏动起来。戴恩循声溯源:四面齐腰大鼓放在几个人面前,后者的指尖极富技巧地敲打着鼓面。

利爪和尖牙做成的项链挂在他们黝黑的脖子上,带有流苏的兽皮短裙裹着他们的身体,交叉在他们胸前的皮带要么有着漂亮的斑点,要么带着艳丽的条纹。这一切都与他们随身佩戴的极为高效且现代化的武器,以及那些捆绑在皮带上的其他先进装备,形成了鲜明的对比。

酋长坐在一把雕工精美的椅子上,另一把则让给了杰里科船长。戴恩和陶自行坐在平台的台阶那不怎么舒服的座位上。那些手指敲击的频率越来越快,鼓点的调子从蜂巢里的低声嗡鸣变成了远山滚雷般的轰隆。一只鸟儿在从无女性涉足的内宫庭院里啼叫起来。

嗒——嗒——嗒——嗒……什么声音混进了鼓声里,那些蹲坐的人缓缓地左右摆动着脑袋。陶的手不由自主地握住了戴恩的手腕,后者四下张望,惊诧地看到医师的双眼蓦地亮了起来。医师目不转睛地看着这场集会,他目光敏锐,一如逼近猎物时的辛巴达。

"算一下一号货舱的配载空间！"

这个令人诧异的命令悄声传来，戴恩心中一凛，立即执行。一号货舱……现在有三个分区，而配载物……他忽然意识到，在这一小段时间里，他从那张由鼓点、嗡嗡人声和不住晃动的脑袋所编织的大网里逃了出来。他润了润嘴唇。原来是这么回事儿！他不止一次听陶谈过类似情境下的自我催眠，但他还是头一遭如此直观地搞清楚这个概念的含义。

不知从哪儿走出了两个人，他们拖着步子，黝黑的身体只围着长及小腿的腰裙，上面还带着黑色的尾巴——其顶端缀着少许白毛，随两人的脚步整齐地晃动着。两人的头上与肩头装饰着精心熏烤过的半悬挂式动物脑袋，它们下巴半张，露出两对弯曲的尖牙。那些脑袋上覆盖着黑白相间的皮毛，此外还支棱着尖尖的耳朵，看起来既非犬科也非猫科，倒像两者的怪异混合体。

戴恩低声咕哝着两项贸易方案，竭力思考着赛门泰星动荡的货币制度与银河信用体系间的关系。可惜这次他的自保措施没有见效。那两位拖着步子的舞者间，某种四足生物步履轻盈地走了出来。刚才出现的是那犬-猫科生物的脑袋，现在它整个儿闪亮登场了——它四肢灵巧、身形优雅，全长足有八英尺；它头上长着尖耳，还生着一双属于老练杀手的红眼。它走路的模样唯我独尊，姿态慵懒间带着几分傲慢，那顶端发白的尾巴则摇来晃去。它走到平台中心时，脑袋猛地向上一扬，仿佛要恣意挑衅，但它弯曲的尖牙间竟骤然吐出了人语——这些字句或许戴恩不懂，但无疑对那些随着催眠的嗒嗒声点头的人来说意义非凡。

"真美啊！"陶真心诚意地赞美道。他身子前倾，双拳支在膝盖上，眼中几乎充满了那会说话的野兽双瞳中闪动的那种野性。

那只动物也跳起了舞，它的爪子随着戴面具的伴舞者的舞步拍动着。它准是人披着兽皮扮的吧。但戴恩又难以确定，毕竟这幻象太完美了。他的手摸向了挂在腰带上的刀鞘——他们入乡随俗，把眩晕棒留在了宫殿里，但腰刀作为服饰的一部分，是可以佩戴的。戴恩悄悄抽出利刃，把刀尖抵在掌心，用力刺了一下，疼痛随即袭来——这是陶说过的另一种打破魔咒的办法。然而，那只黑白相间的动物仍在继续跳舞，它的身形轮廓并没有在恍惚间变成人类的模样。

它用高亢的音调唱起歌来时，戴恩注意到：离阿萨吉和船长座位最近的那些观众，现在正看着酋长和太空长官。他感觉身旁的陶紧张了起来。

"麻烦来了……"陶警告道，他的声音几不可闻。戴恩逼自己从那只摇头晃脑的猫-犬身上移开视线，去看那些唱歌的人，后者正偷偷窥视着他们的首领和他的客人。在场的地球人倒是知道，酋长和他的人是主从关系。但，假如这是卢布瑞洛和阿萨吉间的摊牌对决——这些人会拥护谁？

他看到杰里科船长的手滑过膝盖，手指几乎摸到了刀柄。酋长的手本来放松地垂在一旁，此刻却突然攥成了拳头。

"原来如此！"陶几乎是从牙缝里挤出了这几个字。随后，他坚定地迈步上前，从座椅间穿过，走到了跳舞的猫-犬跟前。然而，他并没有看向那只怪异的动物和它的伴舞者，他只是高高扬起双臂，仿佛要抵挡——或者迎接——来自山坡上的什么东西。与此同时，他大叫道：

"霍迪！艾尔达玛！霍迪！"

台地上的众人整齐划一地转头望向山坡。戴恩站起来，像握着一把宝剑般握着手中的刀。尽管他并不打算细想——用这小巧玲珑的刀子来对付那缓缓走来的巨伟身躯，到底能起多大的作用。

雄伟的象牙间，一只灰黑色的象鼻向上扬起。来者震撼人心的脚步重重落在火山土上，两只耳朵则大大地伸展开来。陶向前走去，双手依旧高举，俨然正在欢迎。来者将巨鼻扬向天穹，仿佛在向这个它一脚就能踩扁的人致敬。

"霍迪，艾尔达玛！"陶第二次向这头怪象问候道。巨大的象鼻无声抬起——这是领地之主在向其认可的地位平等者致意。也许人类与大象如此相对而立，已是千年前的往事，从那以后，双方只剩战争与死亡。不过，和平在此出现了，力量的潮涌也从一方流向了另一方。戴恩感觉到了这一点，也看到台地上的人们有所退却——因为医师和那头显然由他召唤来的巨象间，有着无形的张力。

然后，陶高举的双手用力拍在一起，人们惊异地屏住了呼吸。那头巨象矗立的地方竟空无一物，只留岩石还在阳光下闪耀。

陶转过身面对那只猫-犬，但它也消失了。他面对的不再是一只动物，而是一个人，一个身量矮小、体形瘦弱的男人，后者卷唇露齿，低声咆哮着。给那人伴舞的祭司们退下了，台上只剩外来者和巫医。

"卢布瑞洛的魔法很了不起，"陶平静地说道，"我向喀特卡的卢布瑞洛

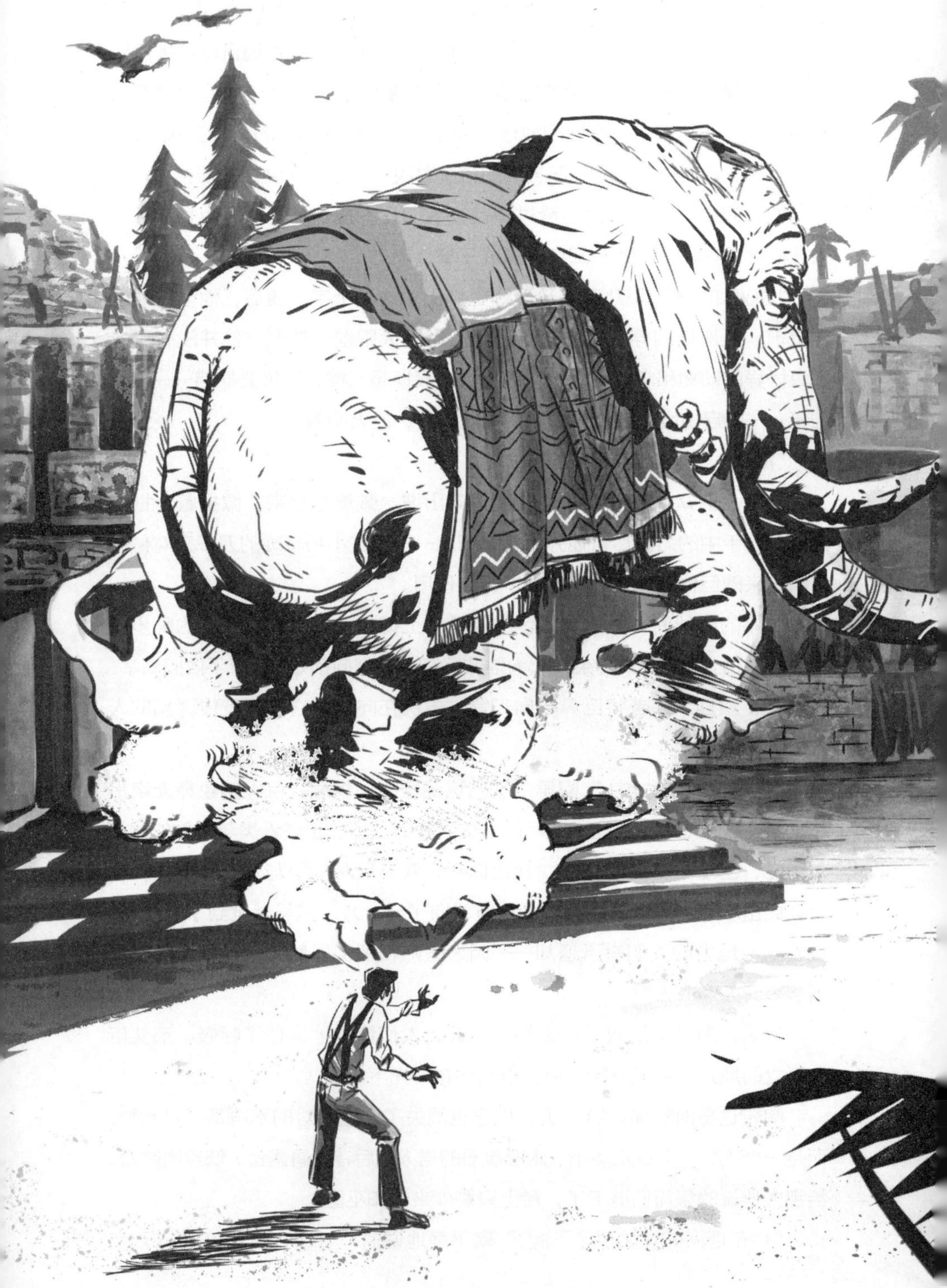

插画／刘鹏博

致敬。"他手掌摊开，做出表示和平的敬礼。

那人不再咆哮，面色恢复如常。他赤身站着，但仪态风度无不透出自血脉中沿袭的尊贵。这种尊贵饱含力量，在他展露出的力量和骄傲前，即便是身材更为魁梧的酋长，也不免逊色三分。

"你也有魔力，外来者。"他回应道，"你那长着巨牙的幻影，现在行至何方了？"

"它在喀特卡人曾过之处，卢布瑞洛。因为你们的血脉先祖，在久远的往昔猎杀了我的幻影生灵，将它的血肉之躯掳作了战利品。"

"所以我们现在是要清算一笔血债么，外来者？"

"那是你的说法，不是我的，魔力的使者。你为我们呈现了一头猛兽，我呈现了另一头。倘若它们从幻影里现身，孰强孰弱，尚不可知。"

卢布瑞洛向前紧走几步，赤着的脚踩在平台石面上，没发出什么声音。现在他距医师只有一臂之遥了。

"你向我发起了挑战啊，外世界人。"这是在发问呢，还是在做陈述？戴恩有些拿不准。

"我为什么要挑战你，卢布瑞洛？每个种族都拥有自己的魔法。我来此并非为了开战。"他紧盯着那个喀特卡人的双眼。

"你向我发起了挑战。"卢布瑞洛转身欲走，却又回头看了一眼，"你所依凭的力量可能会变得不堪一击，外世界人。当幻影幻化为实体时，想想我的话吧。而实体也不过是最为虚无的幻影！"

<h1 style="text-align:center">3</h1>

"你还真是一个有魔力的人！"

陶摇了摇头，回应着激动不已的阿萨吉。

"并非如此，先生。你们那位卢布瑞洛才是有魔力的人。你们看到的，不过是我借他之力完成的。"

"请别否认！我们看到的生物，从未踏足这个世界。"

陶拉了拉肩头的背包带，"先生，其实你们的血脉先祖曾见过大象，也猎杀过它。他们将象牙视作珍宝，将骨肉作为佳肴——当然，要是他们运气不好或粗心大意，也会死在大象的踩踏下。所以，即使是现在，要在你们心中唤醒关于艾尔达玛的记忆也并不困难。彼时，它威武雄健，身为群兽之王几乎无所畏惧——除了长矛和那些瘦小、脆弱的人类耍的诡计花招。卢布瑞洛就在你们的头脑里唤醒了他想让你们看到的东西。"

"他是怎么做到的？"对方直截了当地问道，"我们看到的不是卢布瑞洛，而是一头狮子，这是魔法吗？"

"他用鼓声与吟诵编织出了他的咒语，借助这些暗示，他以自己的意识扰乱了你们的意识。不过，在编织咒语的过程中，他无法将你们世代流传的那些古老记忆局限在某个范围内，如果随之出现了别的记忆，他是控制不了的。我只是借卢布瑞洛之手，向你们展现了你们族人曾经熟知的另一幅图景而已。"

"如此一来，你也树起了一个敌人。"阿萨吉站在武器架前，上面摆着的都是极为先进的武器。他给自己挑了一件，它有着银色的枪管以及能与肩膀贴合的弧形枪托，"卢布瑞洛可不会忘了这件事。"

陶笑了两声，"自然不会忘的。不过我当时做的事，其实正合你意，对吧，先生？我使自己置身于一个危险者的敌意之中，而现在你正指望我不得不为了自卫而将他除掉。"

喀特卡人缓缓转过身，将那件武器斜抱在小臂上，"我并不否认，外来者。"

"那么这件事儿确实是够严峻的了……"

"相当严峻。"阿萨吉打断了他的话，转而对着陶，也对着其他外世界人说道，"现在发生的一切，可能会导致我所熟知的喀特卡星毁灭。作为猎手，卢布瑞洛是我这辈子面对过的最危险的猎物。他要么消失，要么由我们拔掉利齿……否则我所有的一切，我在这里呕心沥血建立的一切，全都会不复存在。为了捍卫它们，我不惜使用任何武器。"

"而现在，我成了你的武器，你还希望我用起来能跟你拿的那把针束枪一样管用。"陶又笑了，但并没有多少笑意，"咱们还是希望我真能起到作用吧。"

杰里科从阴影里走了出来。此时黎明刚过，军械库的角落里还萦绕着尚未褪尽的夜色。他从容不迫地站到武器架前，选了一支短筒爆破枪。他牢牢握住枪柄后，才向东道主望去。

"我们是来做客的，阿萨吉。我们应当在此屋檐下受到款待。"

"我以血肉作保。"喀特卡人正色答道,"如果死亡之焰燃向我们,我必将先于你们堕入萨布拉的黑暗之中。"他从腰带上抽出腰刀,将刀柄递向杰里科,"我的身躯将阻拦在你们和黑暗之间,船长。但与此同时也请明白:对我而言,我此刻所做之事重于任何个体生命。卢布瑞洛和他身后的恶魔必须被根除。我在邀请你们时,并没有玩弄任何阴谋诡计!"

他们目视彼此,相对而立。两人身高相仿、权势相当,在自己的世界里都是一言九鼎的人物。然后,杰里科伸出手,指尖在刀柄上轻轻一弹。

"是没有阴谋诡计。"他认可道,"当你来到'女王号'时,我就看出你的境遇十万火急了。"

船长和陶似乎都接受了眼前的局面,戴恩虽然没怎么明白,却还是打算直接随大流了。此刻,他们的计划里除了参观佐波卢猎区,并没有别的安排。

他们乘坐低空飞行器往那儿飞去——乘客有阿萨吉、他手下的一名猎手飞行员,以及三位来自"女王号"的客人。飞行器掠过宫殿般堡垒后面的山岭,向北疾驰而去。此时,初升的太阳悬在东方,宛如巨大的火球。飞行器下方的世界一片荒凉——那里只有岩石和尖峰,深紫色的阴影将那些裂缝的脉络勾勒而出。不过,这一切转眼就落在了他们身后。不消片刻,他们就飞到了一片苍翠的林冠上方,碧绿的树冠彼此交叠,宛如一望无际的巨毯四下铺展,深浅不一的绿意混合着黄色、蓝色甚至红色,斑驳地错落其中。越过一道山脉后,一片开阔地蓦然出现,大片大片的高草在烈日暴晒之下已经泛起了枯黄。那里还有一条河,它波涛汹涌、蜿蜒前行,河道曲折得几乎彼此交叠。

然后,又一片崎岖不平的土地进入了他们的视野。史前火山肆虐的遗迹让这里格外触目惊心,露天岩石和台地屡遭侵蚀后形成了梦魇般怪诞不经的嶙峋之态。阿萨吉指着东方,那里有一片向外扩展为楔形的巨大的暗色区域。

"那是梅格拉湿地。尚未有人探索。"

陶说:"你们可以从空中绘制地图啊。"

酋长眉头一皱,"我们这么做过,但四艘飞行器有去无回。它们越过东方最后那道山脊后,通信器就失效了。那里有某种我们尚不知晓的干扰。梅格拉是死亡之地,稍后我们或许会沿着它的边缘地带前行,到时候你们就能看到了。现在嘛……"他用自己的语言对飞行员说了些什么,飞行器随即扬起一个角度,沿着他们在这片山地里所见的最高峰向上爬升,最终抵达了一片点缀着小小树丛的广袤草地。杰里科会意地点了点头。

"佐波卢到了?"

"佐波卢到了。"阿萨吉应道,"我们应该去猎区北端。我很想带你们看看法斯塔尔的栖息地。现在是它们筑巢的时节,那场面让人终生难忘。不过我们得走东路,我要沿途检查两个护林员站点。"

他们离开第二个站点后,飞行器一转,又向东偏了偏。他们又越过了一道山脉,打算去看看后一个站点的工作人员上报的一个地方。那是一个刚发现的奇妙景点——一口火山湖。

飞行器低低掠过翡翠般的水面,那湖水几乎盈满了火山口,没有给岩壁形成的湖岸留下一丁点岸滩。在飞行器即将越过对岸的岩壁时,戴恩忽然紧张起来。他在"女王号"上的职责之一便是在飞船降落后的活动中,担任低空飞行器的飞行员。自他们今早出发后,他就有意无意地跟随着喀特卡飞行员的动作,预判着控制器的每一次变化与调整。此刻,他察觉到飞船对拉升信号的反应有些迟缓,便本能地伸手调了调增加动力的操纵杆。

他们升了起来,堪堪越过崖壁。但这飞行器的反应着实不怎么正常。戴恩无须紧盯飞行员飞快的动作,就能猜出他们这是遇到了麻烦。当飞行器的高度再次回落时,他那丝丝缕缕的担忧不由加重了。杰里科船长在他前面不自然地扭来扭去,戴恩知道,对方也有所警觉了。

此刻,飞行员把动力调节器一把推到了头,直接让它抵在了控制台上。但飞行器的头部仍像超重了一般,要么就是被下方的岩石吸附住了,哪怕飞行员使尽浑身解数,也无法让它维持高度。他们被拖向地面,飞行员唯一能做的,不过是将在劫难逃的坠机事故拖上一拖。喀特卡人将飞行器向北转去,想要避开下面的东西——梅格拉湿地伸出了一条长长的分支,紧紧贴着这里的山脚。

在飞行员继续抵抗将他们向下拽的引力时,酋长冲着通信器的麦克风说了几句。这台小小的飞行器现在的高度已经低于火山湖顶,然后落到了横亘前方的山峦间,最后坠向了猎区。

阿萨吉含糊地低喝一声,猛地拍向通信器,冲着麦克风厉声说起话来。可惜,他显然无法得偿所愿了。他立即飞快地四下扫了一眼,断然下令道:

"扣好安全带！"

他的那些外来同伴早已扣好了宽边安全带，借此在坠机时保住性命。戴恩看到飞行员按下了释放缓冲垫的按钮。尽管心脏狂跳，他脑海中的某个部分还是辨识出了对方精湛的技术，那个喀特卡人让他们落到了一片相对平整的砂石地上。

戴恩松开抱着脑袋的双手，抬起头来。酋长正忙着查看飞行员的状况，后者瘫倒在控制台上。杰里科船长和陶拉扯着防冲击安全带的锁扣，而戴恩在往飞行器前方看了一眼之后，就明白它再也飞不起来了——除非进行大修。飞行器头部向上弯折，完全挡住了前方的视线。即便如此，飞行员还是在错综复杂的地形里完成了奇迹般的安全着陆。

十分钟后，飞行员从昏迷中醒来，头上的伤口也裹好了绷带，众人便立即召开了一场紧急会议。

"通信也断了。坠机前我都没有机会向外报告。"阿萨吉直截了当地说，"而我们的勘察队尚未对这片地区进行过勘察，因为这里是沼泽湿地，名声不佳。"

杰里科无奈地打量了一下他们西侧山峦的高度，"看来我们得爬山了。"

"这里不行。"酋长纠正道，"徒步穿过火山湖地带可不成。我们必须沿着山麓边缘向南前行，直到找出一条可供攀登的通往猎区的路。"

"看来你很确定，如果我们只是待在这里，就没法获得救援。"陶察觉出了一丝端倪，"为什么？"

"因为我倾向于认为，任何想要飞到我们这里来的飞行器都会遇见同样的麻烦，而且，他们也无法通过通信设备来定位我们。至少要过一天的时间，他们才会考虑我们是否失踪了，然后他们还得梳理整个猎区北部，而这里人手不够……我能给你一大堆理由，医师。"

"有人蓄意破坏可能是其中一个？"杰里科问道。

阿萨吉耸耸肩，"也许吧。我在某些地方不怎么受人喜爱。但是飞行器在这里遇到的麻烦，也许跟在梅格拉那边会遇到的一样。我们以为火山湖地区远在湿地影响范围外，所以很安全，但也许并非如此。"

戴恩心想，但你还是抓住机会飞过来了啊。不过这话他没说出口。酋长是不是又玩儿了一个手段，想将他们拉下水，把他们牵扯进他自己的另一个麻烦里呢？然而，故意毁掉一架飞行器，让他们不得不置身荒野、徒步而行，这种做法，玩儿得有点儿太大了。

阿萨吉开始从飞行器里往外拿紧急补给用品，他们每人都分到了一个背包。不过，在看到飞行员一瘸一拐地去拽那些屏蔽场安全带，杰里科也帮着忙准备解开那些东西时，酋长摇了摇头。

"能源传送束会被大山屏蔽，这些东西怕是派不上用场。"

杰里科把一条屏蔽场安全带抛到飞行器折弯的顶端，用针束枪的枪托敲了敲上面的按钮，然后朝挂在那里的安全带扔了一块石头，后者和那条宽边防护带一同掉在了地上。安全带那本能挡开导弹的力场失效了。

"噢，真棒！"陶打开自己的背包，往里面装了些浓缩食品。然后他不自然地笑了，"我们的捕杀许可还没签发呢，先生。如果我们不得不开枪，在某个具有争议的东西上打出洞，你能替我们付罚款吗？"

出乎戴恩意料，酋长大笑起来，"你们现在还没进猎区呢，陶医师。那些条款也并未覆盖荒野地区。不过我倒是建议，在夜幕降临前尽快找个洞穴。"

"有狮子吗？"杰里科问道。

戴恩想起卢布瑞洛当时展现的那种黑白两色的野兽，心里很不好受。在他们手里——他的目光逐一扫过众人，打量着大家的武器——阿萨吉拿着一把针束枪，另一把针束枪挂在飞行员肩头。陶和船长都拿着爆破枪，而他有一把热线枪和一把能量刃。这两件武器个头虽小，却都颇为致命，就算要挡下一头追命的狮子，也不在话下。

"有狮子、戈拉兹和岩猿。"阿萨吉系紧了他的背包口，"它们既是捕猎者，也是杀手。戈拉兹会派出哨兵，而且它们个头巨大、样貌可怖，因此没有任何天敌；狮子会凭借智力与技巧捕猎；岩猿也很危险，好在它们闻到猎物味道时不知道保持安静，所以那些吵闹声足以视为警报。"

他们离开飞行器，沿山坡向上爬去。戴恩回头望了望，觉得阿萨吉也许说得对，他们最好竭力自救，不要坐等救援。且不说会不会再次发生坠机事故，这架坠毁的飞行器本身在地面上也并不显眼。他们爬得越高，就越难把它跟周围的乱石区分开。

他有些落后了，当他匆忙追上去时，发现杰里科正站在那里，举着望远镜望向湿地所在的那片阴影。当他走到船长跟前时，后者放下望远镜说道：

"把你的刀子拿出来，索尔森，拿着它靠近那块岩石——就在那边。"他指了指路旁那块从土里探出头来的球形黑石。

戴恩依言照做,那刀子却猛地动了。他惊奇地松开手,那把钢刀啪的一声贴在了那块石头上。

"有磁性!"

"是的。这或许能解释坠机事件。再看看这个吧。"杰里科掏出一个罗盘,给他看已经彻底转疯的指针。

"我们能借山脉走势来定向吧。"戴恩说归这么说,心里其实挺没底。

"这倒不假。不过等我们再次向西时,可能会碰到麻烦。"杰里科放下望远镜,任它挂在脖子上,"如果我们是因为有人搞鬼才坠毁的,"他嘴唇紧抿,下巴一拧,脸上那块爆破枪打出的旧伤随之绷紧,"那某些人就得回答好些问题了——而且要快!"

"酋长吗?"

"我不知道。我还不知道!"船长咕哝了一声,整整背包,继续上路了。

如果说幸运女神之前让他们大失所望,现在她可眷顾了他们一次。阿萨吉在日落前发现了一个洞穴,它离一条山溪不远。酋长在漆黑的洞口前方嗅了嗅,猎手飞行员则卸掉身上的装备,手脚并用爬向前去,他抬着头,耸动鼻翼,也在探测洞口传来的气味。

气味?说是恶臭还贴切些,它浓得足以令外世界人反胃。但猎手回头看了看,放心地点了点头。

"狮穴。不过那狮子挺老的,而且至少已经有五天没在这里了。"

他的上司发表了看法:"够好了。即使是老狮子的气味也能吓跑岩猿。我们打扫一下,然后就能安心休息了。"

打扫过程很简单,因为那头野兽用来铺窝的蕨类和草都很干燥,一点就着。烟熏火燎之后,洞里空旷了许多。他们用树枝把灰烬耙出去时,阿萨吉和内玛尼(飞行员)找来了许多叶子,他们将其揉碎扔在地上,弥漫开来的芳香驱散了异味。

去溪边给水壶装水的戴恩碰巧走到了一处小水塘边上,塘底是一片平整的黄沙。这个地球人非常清楚,在一个陌生的世界里毛手毛脚,可能会失足落入莫名其妙的陷阱。他仔细勘察了一番,用一根树棍扒拉了一下那片沙子。他没看到什么水生昆虫,也没见着稀奇古怪的鱼,于是便脱下靴子,卷起裤腿,趟了进去。那水凉而清澈,尽管如此,不加净化剂他也不敢喝。

他把灌满的水壶的背带系在一起，穿上靴子，回到了洞穴。陶正拿着净水剂等着呢。

半小时后，戴恩盘腿坐在火边，不住翻转着一根烤肉杆，上边串着三只小小的鸟，都是阿萨吉弄回来的。突然，他觉得靠近火堆的那只脚有些刺痛，便把靴子脱了下来。原本挤在一起的脚趾此刻看起来足足大了一倍。他双眼圆睁，瞪着自己的脚趾头，它们又红又肿，越来越痛，让他不敢再碰。内玛尼在他身边蹲下，靠过去仔细检查了一下他的脚，然后让他把另一只靴子也脱下来。

"怎么回事？"戴恩觉得，褪掉另一只靴子不啻一场小小的酷刑。

内玛尼从一根树棍上削下了一些小巧的尖刺，细得像针。

"是沙虫——它们会把卵产在肉里。我们得把它们烧出来，否则你的脚就完了。"

"烧出来！"戴恩大叫起来。然后他看见内玛尼把一根尖刺伸向火堆，当即便咽了声。

"烧它们。"喀特卡人坚定地重复道，"今晚烧，明天痛些，很快就好。不烧——会很糟。"

戴恩一脸苦相。与喀特卡星的首度交锋让他猝不及防，吃了个大亏，而他不得不自食其果。

## 4

戴恩郁郁寡欢地盯着自己那双抽痛的脚。内玛尼用滚烫尖刺完成的手术对他而言很难熬，但在整个手术过程中，他并未在喀特卡人面前丢脸，后者显然只将这桩不幸视为旅途中的又一次小小意外。此刻，陶的药膏缓解了术后最为糟糕的不良反应，这个地球人便有充足的时间来反省自己干下的蠢事了。同时，他也明白，自己明早可能会成为全队的拖累。

"真奇怪……"

戴恩从自怨自艾中回过神来，只见医师跪在他们那一溜水壶前，把装着净水剂的药瓶举在火光前仔细观察着。

"怎么了？"

"我们肯定是在坠机时撞得太狠，有些药片都碎成粉末了！这么一来，剂量就只能靠猜了。"陶用刀尖取了一小撮药片碎末，放入水壶里，"应该行了。不过要是水尝起来有点苦，不用放在心上。"

戴恩试着弯了弯依然肿胀的脚趾，心想：到了明早，水苦不苦才不是他最担心的事情呢。不过，他决定天一亮就重新穿回靴子，他要跟别人一样继续赶路，无论他自己要付出怎样的代价。

天亮后不久，他们出发了。他们想赶在热气升起前尽量走远些，毕竟热起来之后，就必须休息了。行程不算太糟，戴恩的双脚虽然还是一碰就痛，但他仍能一步一拖地缀在队伍后面走，只有内玛尼跟在最后，充当后卫。

他们面对一望无际的丛林，挥起大砍刀，开始开辟道路。戴恩就干一些七零八碎的活儿。谢天谢地，他们得在茂密的草木丛中砍出一条路，这让他们前进的速度大大放缓了，这样戴恩才跟得上——虽然有些吃力，但他能靠毅力。

然而，沙虫可不是人们会在喀特卡星上碰到的唯一麻烦。不到一个小时，船长杰里科就大汗淋漓地破口大骂起来，用的还是五种来自不同行星的方言。与此同时，陶和内玛尼正联手用剥皮刀干活。他们倒不是要剥这位外来者的皮，不过也差不多了——他们的刀锋游走在他的手臂和肩头，竭力小心翼翼地挑割着扎在上面的荆棘刺。船长也真够倒霉，一脚跌进了一片居心叵测的灌木丛。

戴恩仔细研究了一下倒在旁边的那棵树，观察上面有无肉眼可见的有害生物，然后把他的毯子铺在上面作为保护垫，这才坐下了。这些树并非真正的森林里的那种参天大树，而是层叠缠满了藤蔓的大号灌木。无数绚丽的花朵绽放其间，它们色彩艳丽、斑斓动人，与之伴生的昆虫也密密匝匝、萦绕不绝。戴恩绞尽脑汁算了算自己打过的免疫针，但愿一切都好，他能安然无恙。此刻他有些不解，怎么会有人想要到喀特卡星游玩，还趋之若鹜地为此特权一掷千金。尽管他也猜得出，那些给够了钱的贵客享受的奢华游猎路线，跟他们坎坷跋涉的这条大不相同。

那些追踪者是怎么在这错综复杂的环境里找到路的啊？毕竟罗盘已经发了疯，屁都不顶！杰里科也知道罗盘没用，但他如此不置一词地跟着阿萨吉走，必然是信任酋长的丛林生存能力。尽管如此，戴恩还是希望他们能重新回到无遮无拦的开阔山坡上去。

在浓密的绿荫里，时间毫无意义。不过，当他们一路穿行而来，终于再次看到岩壁时,太阳的位置告诉他们,当天的时间已所剩无几。他们走到密林边缘某棵大树垂挂的枝条下,准备稍事歇息。

"太神奇了!"杰里科受伤的手臂已裹好绷带吊在胸前,他在一处制高点用望远镜观察了一番后,顺着缓坡走了下来,"我们在那片丛林里砍出了一条笔直的十英里长的路。现在我算是相信那些关于你们的传闻了——据说你们穿越荒野的本事出神入化,与生俱来的'导航系统'从不失灵。而我呢,我得承认,罗盘失效让我有些失措。"

阿萨吉大笑起来,"船长,我就不会质疑你在星球间航行的能力,也不会怀疑你与陌生的人类或非人类做生意的本事。每个人都有自己的神秘力量。在喀特卡,每个男孩儿在成为男人前,都要学会在丛林里辨识道路,而且没有任何仪器相助,只能靠这个。"他的拇指戳了戳额头,"所以,无数世代之后,我们发展出了自己的导向本能。那些做不到的人,没法活下来繁衍具有同样缺陷的后代。我们就是能循着气味追踪的猎犬,我们这些候鸟体内的东西比罗盘更好用。"

"我们现在要接着爬山吗?"陶审慎地查看着他们前方的道路。

"这个时候还不行。要是谁敢摸一下山坡上那些太阳烤过的石头,准会被烫伤皮肤。我们得等等……"

喀特卡人把等待的时间用来睡觉了。他们蜷缩在轻便的毯子上,而三位外来者却难以入眠。戴恩倒是想把靴子脱下来,但他担心没法再把它们穿回去。他看得出船长也痛苦不堪,因为杰里科在不断辗转反侧。陶平静地坐在那里,盯着什么东西,戴恩看了半天也不知道他在看啥——他只瞥见一块高耸的岩石,像一根手指般探出坡地、直刺天穹。

"那块石头是什么颜色的?"

戴恩一惊,仔细打量了一下那手指般的石块。在他看来,它跟其他大多数石头的颜色差不多,就是那种饱经风霜的黑色,在它局部泛着光泽的地方,看起来带着少许朦胧的褐色。

"黑色,或者说深褐色?"

陶的目光越过他看向杰里科,船长点头道:"我同意。"

陶双手笼住眼睛看去,他嘴唇翕动,像在数数。过了一会儿,他放下手,抬头望向坡上。戴恩看到医师缓缓地眨了眨眼。

"只有黑色或褐色吗?没别的了?"陶强调道。

"没了。"杰里科将受伤的手臂撑在膝盖上,身子向前一倚,专注地看着那块岩石,似乎盼着它发生某种出人意料的变化。

"奇了怪了。"陶自言自语着,旋即又唐突地说道,"你们是对的,是的。太阳让我的眼睛发花了。"

戴恩继续注视着那块手指岩。也许强烈的阳光会让人产生错觉,不过他真的看不出那块顽石有什么古怪。而且,既然船长都没有问陶问题,那他也不太想问。

大概过了半个小时,医师和杰里科都在寂静、酷热以及各自的疲惫中睡下了。就在这时,戴恩看到坡上有了动静——他一心想着自己的不幸,脚抽痛得更厉害了,而且他坐的地方正好面对着那块手指岩。

陶早些时候看到的就是那个吗?那根石柱周围有什么东西在快速移动。不过,若是如此,为什么要问颜色?它又出现了!现在,他将所有注意力都集中在那一点上,终于分辨出了一颗脑袋的轮廓——那脑袋生得相当奇形怪状,就像是从卢布瑞洛的魔法幻影里变出来的玩意儿。若不是戴恩曾在杰里科船长收藏的 3D 打印件里看到过类似的生物,他差点儿就要相信是自己的眼睛花了。

那是一颗形似子弹的脑袋,上面长着两只超大号的尖耳,那长着短毛的耳尖支棱着,高出头顶一大截。它的圆眼深陷在眼窝里,和猪相似的拱嘴里耷拉出一条紫色的舌头。尽管如此,这怪兽脑袋其他部位的颜色,竟跟它倚着的那块岩石差不多。

戴恩确信,那岩猿正窥视着他们的小营地。他早就听说过这些半智慧的动物——也是喀特卡最智慧的本土生物——那些传闻大都与它们那阴险毒辣的本性有关。戴恩心中一凛,这个潜伏者应该是某个群落的前哨。一群岩猿,如果它们要玩儿出其不意,那就真是要命的对手了。

阿萨吉微微一颤,坐了起来。坡上那颗圆脑袋紧盯着酋长的一举一动。

"上面……手指岩旁边……右边……"戴恩竭力压低了声音。那个喀特卡人赤肩上的肌肉猛地一缩,戴恩知道,对方听到了,也明白了。

不过,阿萨吉认出了岩猿,却没有流露出半点儿惊慌。那个喀特卡人不动声色地站起身,然后伸出一只脚,碰了碰内玛尼,受过严格野外训练的后者旋即清醒过来。

戴恩的手绕过树干伸向杰里科,只见船长睁开了灰色的眼睛,里面闪烁着相仿的警醒。阿萨吉拿起了针束枪。武器在握，他猛地抬手直接开火，动作一气呵成。那是戴恩见过的最风驰电掣的一击。

那个怪物的脑袋从岩石旁弹开，歪向了一边。它的形体跟人类颇为相似，这一点多少有些令人生厌。它跌倒在地，无力地瘫软在山坡上。

尽管死掉的岩猿没能通风报信，坡上还是传来一声大吼，一声发自喉头的低沉咳嗽。紧接着，陡坡下面蹦出一个白色圆球，它猛地弹过瘫软在地的猿尸，高高蹦起，在几英尺外炸开了。

"退后！"阿萨吉伸出一只手推向离他最近的杰里科，后者跌跌撞撞退回了丛林里。然后，酋长朝着圆球的碎片接连射出一串针射线，一阵尖锐恼人的嗡嗡声随即传来。一团红色微尘在阳光下犹如熔化的紫铜般泛着耀眼的光芒，无数双翅膀以人眼难以辨识的速度飞快地振动着，令它们腾空而起。

那些被击中的碎片倒是化作了轻烟，但针射线无力进一步抵御汹涌而来的毒刺大军——它们疯狂进攻，在嗅觉范围内寻觅所有温血生物。众人急忙蹿进灌木丛里，在积满腐殖质的土地上打滚，忙不迭把潮湿的泥灰涂抹在自己身上。

戴恩双肩之间被咬得火辣辣地疼，比他昨晚遭受的针刺之苦不知要糟糕多少倍。他翻身躺在地上蹭来扭去，这么做既能杀死火蜂，也能用清凉的泥土挡住蜂刺。身边传来的痛苦叫嚷让他明白，自己并非唯一遭罪的人。所有人都用手挖着黏糊糊的泥土，继而涂了个满头满脸。

"猿猴……"这半句警告足以使在丛林里打滚的人们警觉起来。岩猿从上方铺天盖地地袭来，它们在天性的驱使下，会以咳嗽般的嚎叫发出挑战，昭告着它们的全面进犯。这种特殊的天性，正是岩猿的猎物们偶尔可以死里逃生的救命稻草。

这些岩猿朝他们奔来，它们磕磕绊绊地跑着，还会不时直起身子。最前面的那两只身形高大，足有六英尺，很快成了阿萨吉针束枪下的亡魂。第三只逃开了，它掉头左转，正好冲着戴恩而去。那地球人猛地抽出能量刃，只见对方的猪鼻子下方咧开一张大嘴，露出了里面绿色的獠牙，而它身上的扑鼻恶臭让他喘不上气来。

一只利爪猛地抓向了他，不过他一身黏泥，那爪子顿时一滑。与此同时，他将手中的刀刃向上一撩。一股恶臭随着一声咳喘喷在他的脸上，他一个趔趄后退几步，猿猴沉重的身体倒在了他身上。那把刀几乎将它劈成两半，然而让戴恩心有余悸也充满厌恶的是：那些爪子还在朝他抓来，獠牙也还对着他咬牙切齿。他把那具破败的尸体掀开，摇摇晃晃地翻身站起。

爆破枪连声怒吼，淹没了岩猿的喧嚣，戴恩也抽出热线枪，肩倚树干准备开火。他开火后，一只个头较小、动作灵活的岩猿尖叫着倒下了。它们全军覆没，尽管还有几只挣扎着在往前爬，拼死也要爬到他们跟前。

戴恩拍开了腿上的一只火蜂。他很庆幸背后能有一棵树让他靠着，因为岩猿的血浸染了他胸口以下的地方，那股气味可不怎么好受，再加上地面那一塌糊涂的样子，更让他的肠胃翻江倒海。

等到终于不再干呕时，他便挺直了身子。见所有人都还站着，看起来毫发无伤，他松了口气。不过陶在看了他一眼之后，倒抽一口凉气，赶紧朝他走来。

"戴恩！它们都干了什么？"

他的这位小兄弟有些歇斯底里地笑了，"不是我的血……"戴恩抓起一把草，抹了抹周身沾染的血迹，然后跌跌撞撞地走到了阳光下。

内玛尼在一道小瀑布下为他们找到了一条泡沫翻涌的小溪，这里的激流会让沙虫退避三舍。他们迫不及待地脱下衣服，先洗净了身子，然后把污秽的衣服也洗了。与此同时，陶处理着火蜂刺留下的纪念。然而，要想消肿、减轻疼痛，他还真拿不出什么好主意。最后，阿萨吉弄了一些芦苇状的植物，把它们剁碎，挤出一种黏稠的紫色液体抹在皮肤上，它干了之后就跟覆盖了一层胶似的——这是当地土法。就这样，他们浑身抹胶，离开水边，准备在两块相互倚靠的岩石中间过夜。当然，这没有洞穴里那么舒服，只是为了安全。

"那些有闲钱的太空浪游者，一掷千金，就为了这样的远足！"陶愤懑地议论道。他用力往前拱了拱身子，避免自己被蜇到的部位与身下的岩石发生摩擦。

杰里科答道："不太可能是这样的。"戴恩看到内玛尼半边嘴角一扬，笑了起来——他另一边脸颊高高肿起，涂满了紫胶。

"人们不太容易在同一天遭遇岩猿和火蜂，"酋长道，"而且，猎区的宾客都穿戴着屏蔽场安全带。"

杰里科哼了一声，"不然你们哪儿来的回头客！明天我们还会碰上什么？一群蜂拥而至的戈拉兹？还是更狡猾、更要命的东西？"

内玛尼站起身，走出他们的岩石栖身所，往外走了一小段。他面朝下坡方向，戴恩见他鼻翼开合，一如他之前探查洞穴时的模样。

"什么东西死了。"他缓缓说道，"非常大的东西。或者是……"

阿萨吉大步走到他身边，草草点了点头，内玛尼便顺着山坡下去了。

"是什么？"杰里科问道。

"有很多可能。其中一种是我不希望看到的。"酋长的回答有些闪烁其词，"我要去猎一只腊布喇——水边有这种生物刚刚留下的脚印。"他沿着他们后方的道路离开，半小时后，他肩头扛着一只猎物的死尸回来了。内玛尼一溜儿小跑回来时，他正在给它剥皮。

"怎么样？"

"是尸坑。"猎手应道。

"有偷猎者？"杰里科问道。

内玛尼点点头。阿萨吉继续忙自己的，不过他在以极为专业的手法剥宰猎物时，黑眸中闪过了一星寒光。然后，他看向延伸至山岩上的阴影。

"我也要去看看。"他告诉内玛尼。

杰里科站了起来，戴恩满怀好奇地起身跟上。走了大概五分钟，就算他们没有当地人的敏锐嗅觉，也察觉到前方出现了某种污秽之物。腐坏的气味在湿热的空气里如有实质，且越来越浓。他们终于站到尸坑边缘时，戴恩大惊失色，手忙脚乱地往后退开。这简直跟他们之前与岩猿短兵相接的战场一样触目惊心。然而，船长和那两个喀特卡人都镇定地站在那里，估算着兽皮偷猎者遗弃在此的尸骸。

"葛鼍姆，戈拉兹，虎德喇，"杰里科评论道，"那些獠牙和兽皮——有完整的贸易链。"

阿萨吉神色阴沉地从坑边退了回来，"一天大的幼崽、老兽、雌兽……一应俱全。他们肆无忌惮地屠杀它们，又丢下了这些他们看不上眼的。"

"踪迹……"内玛尼朝东边一指，"通往梅格拉湿地。"

"湿地沼泽！"阿萨吉惊道，"他们准是疯了！"

"或者他们比你们的人更了解这片地方。"杰里科说道。

"要是偷猎者都能进入梅格拉，那我们也能跟上去！"

可别是现在啊，戴恩无声地抗议着。阿萨吉肯定不是在说，他们要去追踪那帮进入湿地沼泽的亡命徒吧？毕竟，那片地方早被喀特卡人标记为未经探索的死亡陷阱了啊！

## 5

戴恩翻身坐起，大睁双眼盯着茫茫夜色。营地中心，一小团暗红色的炭火被围在一圈石头中间。他弓身朝火边挪了过去，却不太明白自己为何要这么做。他双手发抖，一身冷汗。现在，这个地球人已然感受到了夜晚的寒冷，但却无法想起刚才惊醒自己的那个噩梦了，纵使那难以言表的焦虑愈发强烈地萦绕在心头也无能为力。黑暗中有什么钻了出来？行走在山坡上？是在偷听、窥探，或等待吗？

戴恩几乎就要起身前去，这时一个身影走进了暗淡的火光里。原来是陶站在那边，看起来很清醒，正盯着他。

"做噩梦了？"

年轻的宇航员点头承认，略微有些不情愿。

"好吧，你不是唯一一个。还记得起一些吗？"

戴恩努力试了试，目光环顾着四周的黑暗，仿佛让他从梦中惊醒的那种恐惧现在就潜藏在那里。

"想不起来了。"他揉了揉惺忪的睡眼。

"我也是。"陶说道，"不过咱俩的梦一定都很凶猛。"

"我觉得，但凡是经历了昨天那些事儿的人，都得做噩梦。"戴恩继续发表了一番颇有逻辑的解释，然而与此同时，内心深处却对这番话极不认同。他以前也不是没做过噩梦，但还没哪个梦能让他如此后怕。今晚他是不想再睡觉了，于是走到木堆旁给火里添了些木头，陶坐到了他身边。

"有些别的东西……"医师的话说了一半，然后又陷入了沉默。戴恩没有催他。这位年轻的宇航员正忙着跟心里愈发强烈的欲望作战，他很想抽出热线枪瞄向黑暗，让炽热的射线击中潜伏在那里伺机等候的东西，他能感觉到它的存在。

尽管努力硬撑着，戴恩在天亮之前还是打了个盹儿，醒来之后仍然迷迷糊糊的。让他心中隐隐不安的是，对于周围这片荒野大地，自己那种莫名的厌恶反而不降反增了。

阿萨吉并没有主张追踪偷猎者进入梅格拉的沼泽地带。相反，酋长坚持要走相反的方向，好寻路去往猎区，在那里召集人马对付法外之人。于是他们开始向上攀登，渐渐离开了湿热的低地，来到烈日暴晒的山脊。

太阳十分耀眼，晃得人睁不开眼，几乎找不到荫蔽之地。然而，戴恩总能感觉到有一双眼睛始终盯着自己。他停下脚步稍微喝了点儿水。是岩猿吗？倒像是这种野兽的狡猾，可如此悄无声息地一路跟踪又不是它们的本性，它们不可能有长远的计划。那也许是狮子？

他注意到今天内玛尼和阿萨吉轮流断后，俩人都很警觉。可古怪的是，他们谁都没提起过这种不安，不过肯定都心里有数。

他们一路攀爬，干渴难耐，一直都没找到山间的溪流来补充饮水。面对这样的荒野大冒险，他们呷一小口水就得撑上很长一段路。队伍在正午前稍做停歇时，水壶里都还有半壶水。

"哈呜！"

叫喊声令他们一惊，忙伸手去摸武器。一只岩猿丑陋的身体清晰可见，正蹦着跳着，又是嚎叫，又是唾弃。阿萨吉的枪还在腰间就开火了，那家伙尖叫着伸出爪子在胸口乱抓，朝他们扑了上来，胸口一股深色的血液喷涌而出。内玛尼把它砍倒在地，他们紧张地等着这野兽的族群发起进攻。按理说，前哨侦察兵的突袭失败了，大规模攻击就会紧跟着到来。但什么都没发生——既没有声音，也没有动静。

接下来发生的事情让他们一瞬间全都呆住了。被砍倒的那具尸体又动了起来，攒足力气拢在一起朝他们爬了过来。戴恩明白，受了那样的伤是绝不可能再活过来的。可那家伙确实在前进，它的脑袋懒散地仰在隆起的肩膀上，一双茫然的眼睛迎着刺目的太阳，朝它看不到的人们爬了过来。

"妖怪！"内玛尼丢下针束枪，向后一缩靠在了岩石上。

那东西继续向前的时候，就在他们眼皮底下，不可思议的事情发生了。那些伤口竟然合拢起来，脑袋在几乎看不见的脖子上挺直了，眼睛又重新闪着生命的光芒，猪鼻子下面还淌出了口水。

杰里科拿起内玛尼丢掉的针束枪，那种镇定自若让戴恩羡慕不已。船长开了火，岩猿第二次跌倒在地，被针束射线打成了碎片。

内玛尼尖叫起来，戴恩也惊得几乎叫出声来。那死去的东西第二次死而复生，一路爬行，然后又几乎站了起来，伤口再次自行愈合，就这么过来了。

阿萨吉的脸都绿了，僵硬地迈着步子，就像每走一步都受到了严刑逼迫似的。他早就丢掉了自己的针束枪，于是只得搬起一块跟他脑袋一般大的石头，高举过顶，双臂的筋肉根根暴起。他用力抛出了石头。戴恩听到跟看到的一样清楚，这枚导弹正中目标，岩猿第三次倒在了地上。

当脚爪再次动起来时，内玛尼崩溃了。他狂奔而去，惨淡的尖叫声回荡在空中。与此同时，那东西又一次蹒跚而来，血糊糊的脑袋晃来荡去。如果戴恩的脚还能听使唤，他可能早就跟着那个喀特卡人一起跑了。而现在，他只好抽出热线枪瞄准那个摇摇晃晃的东西。陶伸手把枪筒往上一抬。

医师面色铁青，他的眼里流露出了同样的恐惧，但还是迎着怪物走了上去。

只见四周的阴影在地面上连成一片，色调渐深，慢慢呈现出实体——是一只黑豹，身子蜷伏得很低，面对着岩猿。它的腰腿颤抖着，蜷缩起来以备致命一跃，绿色的双瞳眯缝着紧紧盯住猎物。

它沉稳的身躯微微前后移动，然后猛地一弓蹿了出去，扑倒了岩猿。它们在山坡上一阵缠斗——随即全都不见了！

阿萨吉的双手止不住地颤抖，从满是汗水的脸上放了下来。杰里科已经准备再发射一通针束射线了。然而就在此时，陶的身子突然一晃，眼看就要瘫倒了，戴恩赶紧跳过去一把扶住他。好在医师只是片刻恍惚，不一会儿便努力站直了身子。

"是魔法吗？"杰里科的声音打破了沉默，跟以往一样从容不迫。

"群体性幻觉，"陶纠正道，"很强大。"

"怎么可能！"阿萨吉咽了口唾沫，继续道，"怎么做到的？"

医师摇了摇头，"不是常见的手法，这显而易见。而且它作用在我们身上——作用在我身上——还是在我们没有处于相应条件下的时候。我不明白究竟是怎么回事儿！"

戴恩几乎无法相信。他看着杰里科大步走向两只野兽缠斗的地方，看到他检查光秃秃的地面，上面根本没有搏斗的痕迹。他们必须接受陶的解释，只有这个解释才合乎逻辑。

阿萨吉浑身上下突然一阵剧烈的抽搐，满腔的怒火溢于言表。那样子让戴恩立刻意识到，喀特卡星艰难建立起来的文明原来只是人前的伪装。

"卢布瑞洛！"酋长让这名字听起来就像是在诅咒一般。随后，他显然是费了很大的劲儿才控制住自己的情绪，走到陶跟前，身形纤瘦的医师笼罩在了他的阴影里。

"怎么做到的？"他再次问道。

"我不知道。"

"他会再尝试吗？"

"也许不完全一样……"

不过，阿萨吉已经搞清了目前的形势，转而看向前方。

"我们没法知道，"他深吸了口气，"什么是真实的，什么不是真实的。"

"还有一点，"陶警告道，"虚幻能像真实一样，转眼间就将相信它的人置于死地。"

"这我也知道。这种事儿发生过太多次了。如果能发现是怎么做到的就好了！这里没有鼓，没有歌唱——那种他经常用来召唤怪物、扰乱意识的把戏都不存在。所以，没有卢布瑞洛，没有他的巫师工具，又怎能让我们看到那些并不存在的东西呢？"

"那正是我们必须探究清楚的事情，而且要赶紧，先生。否则，我们就会在虚幻与真实之间迷失了。"

"你也是有力量的。你能拯救我们！"阿萨吉表示抗议。

陶抬起手臂在脸上抹了抹。他那消瘦而神色多变的脸还没恢复血色，仍然无力地倚着戴恩的胳膊。

"一个人的能力是有限的，先生。在卢布瑞洛的地盘上跟他斗太耗费心神了，我可没法儿就这么没完没了地战斗下去。"

"可他就不耗费心神吗？"

"我很怀疑……"陶的目光越过喀特卡人，望向豹子和岩猿消失的光秃地面，"这种魔法就是一种把戏。它建立在一个人自己的幻想和内心的恐惧之上。卢布瑞洛已经触发了开关，根本不需要费什么力气，只待我们自己引出那些攻击我们的东西就行了。"

"迷幻药？"杰里科问道。

陶攒足力气从戴恩的搀扶中挣脱开来。他将手伸向自己保管的救援物资包，眼睛瞪得滚圆，滴溜溜地转来转去，闪着机敏警觉的神采。

"船长，我们给你的伤口消过毒。索尔森，你脚上抹了药膏……但是，不，我自己什么都没用过……"

"你忘了，克雷格，跟猿猴搏斗以后，我们都有擦伤。"

陶坐到地上，手忙脚乱地打开了医疗用品包，掏出一些容器。然后，他轻巧地把每一个都打开，凑到眼前仔细察看里边的东西，又闻了闻，有两个还尝了尝。随后，他摇了摇头。

"如果这些东西有任何问题，我需要在实验室进行分析检测才行。况且，我不相信卢布瑞洛有那么聪明，能隐藏动手脚的痕迹。或者他曾经离开过这颗星球？这事儿与其他星球的人有关？"他问酋长。

"他所处的地位，是禁止进行太空航行的，禁止他与任何外世界人有任何亲密关系。医师，我看他不会选择你的医疗用品来搞恶作剧。那样的话，他要想制造出理想的效果可就得碰运气了。尽管旅途中经常会有人需要急救处理，但他也没法确定你在前往猎区的路上会使用哪种药物。"

"不过卢布瑞洛很确定，他做出过类似的威胁。"杰里科提醒道。

"所以那一定是某种我们都会用的东西，我们赖以生存的……"

"水！"戴恩正抓着自己的水壶要喝。不过当这种可能性浮上心头的时候，他立刻闻了闻水壶里的液体，没再往嘴里送。他闻不出个所以然，但却记得陶在第一个营地提起过，净水剂药片变成粉末了。

"就是它了！"陶伸手摸进医疗包，掏出那一小瓶又是粉末又是碎渣的药物，往自己手心倒了一点儿闻了闻，又用舌尖尝了尝。"净水剂里还有别的东西。"他汇报道，"可能是十几种药物中的任何一种，也可能是当地某种我们尚未进行分类的东西。"

"不错，我们在这里发现了一些药物，"阿萨吉在绿荫下怒气冲冲地说道，"所以我们的水被下毒了？"

"你们总会对水进行净化吗？"陶问酋长，"当然了，在你们祖先刚抵达喀特卡星的那几个世纪里，肯定是会慢慢适应当地的水的，否则你们没法儿活下来。我们是必须使用净水剂的，可你们需要吗？"

"水与水之间是有差别的。"阿萨吉晃了晃自己的水壶，听着里边汩汩的水声，他的怒色愈发沉重了，"我们饮用山脉另一边的泉水……是的。但是在这边，这么接近梅格拉湿地，我们从未尝试过，只得碰碰运气了。"

"你觉得我们是不是真的中毒了？"杰里科单刀直入，问出了最让大家恐惧的问题。

"我们当中还没人喝太多。"陶沉思着说道，"而且我不相信卢布瑞洛能完全靠意念杀人。这东西的毒性会持续多久，我心里也没谱。"

"如果我们看到了一只岩猿，"戴恩有些疑虑，"为什么看不到更多的岩猿？又为什么是在这里、这个时候看到？"

"因为那个！"陶指着前方阿萨吉为他们挑选的攀爬路线。有好一会儿，戴恩都没看到任何有意思的东西，后来他终于辨认出来了——有一块手指一样的岩石。这次它不是直指天空，而是倾斜的，顶端指向他们身后的道路；而其顶部的轮廓像极了前一天遭遇真正岩猿时的那块石头。

阿萨吉用当地的方言骂了一句，大手用力拍在了针束枪的枪托上。

"我们又一次看到那样的石头，于是就又看到了猿猴！要是早先在那个地方我们被戈拉兹攻击，或是有狮子扑过来，那在这里就又会看到戈拉兹或是狮子了！"

杰里科船长冷笑一声，"真够聪明的。什么东西会成精，他完全交给我们自己来选择，然后只要在类似的情况下重播播放就行了。我不知道这些大山里有多少石头是这种形状的？我们每经过一块这样的石头，后面都要蹦出来一只岩猿，这样的情况还要持续多久？"

陶答道："谁知道呢？不过，只要我们喝这些水，就会一直麻烦不断。对此我十分确定。"他把医用净水剂的药瓶放进医疗包一个单独的袋子里，"真正的问题是，没有水我们还能撑多久。"

阿萨吉轻声道："也许，只要知道喀特卡上并非所有的水都流进小溪就行了。"

"水果？"陶问道。

"不，是树。卢布瑞洛不是猎手，也没法确定自己的魔法何时何地才能起作用。如果低空飞行器不是被蓄意破坏的，那他也会计划让我们在猎区使用水壶。那可是狮子的地盘，而且泉水之间都相隔甚远。我们下方是一片丛林，有一种水源可以安全取用。但我必须先找到内玛尼，并向他证明这实实在在是一桩恶作剧，而不是什么妖魔显灵。"

他说完便离开了，轻盈地跑下山坡，顺着猎手逃走的方向追去。

戴恩转头问杰里科船长："树里的水是怎么回事儿？头儿？"

"这里有一种特别的树，不是很常见，树干很粗大，在雨季会储存水分，以应对炎热的月份。既然我们正处于雨季间的过渡期，那就能割开它取水……倘若能找到这么一棵树的话。你意下如何？陶？没有净水剂我们能喝吗？"

"那可就是在两恶之中二选一了，头儿。不过，我们之前已经接种过疫苗了。就个人而言，我宁愿跟疾病作斗争，也不愿冒险吃让人迷失心智的药。你要是不喝水就只能走……"

"我倒是真想跟卢布瑞洛谈谈。"杰里科叹道，他亲切和蔼的声音十分具有迷惑性。

陶信誓旦旦地说道："我也一定要跟卢布瑞洛好好谈谈，如果能再见到他，立马就谈。"

戴恩问道："我们把握大吗，先生？"他把水壶盖拧回到壶嘴上。自从确定自己不敢再喝水后，就觉得嘴里愈发干燥。

"这个嘛，我们也不是没冒险赌过。"陶封好医疗包的口，继续道，"希望在日落前就能看到这么一棵树。而且今天我不想再见到另一块尖耸的岩石了！"

"为什么会是豹子？"杰里科不解地问，"以其人之道，还治其人之身吗？可当时卢布瑞洛并不在场啊。"

陶伸手从额头往后揉了揉头皮，"我真的不是十分清楚，头儿。也许就算没有反制投影，也能让猿猴消失，可我并不这么想。要对付这种幻觉，最好就是用一种影像去对付另一种，一物降一物。我甚至都说不清楚为何会选择豹子——那是我的脑子在那一刻最先闪现出来的、动作最快、最致命的动物斗士。"

"你最好给这类斗士好好列个清单。"杰里科的冷幽默又冒了出来，"如果你需要，我也能提供几个。可这并不代表我不赞同你的愿望，最好还是别再看到那种能触发幻觉的岩石了。看啊，阿萨吉跟那个落荒而逃的小子回来了。"

酋长半是引路、半是搀扶地挽着他的猎手，内玛尼看上去还有些失神。陶站起身来快步迎了上去。很显然，寻找水树这事儿要耽搁一阵了。

## 6

他们撤到了丛林边缘，在自己和前方耸立的山坡之间留出了一片绿荫。但是几小时后，夜幕就降临了。事实证明，阿萨吉对于找到水树的事儿过于乐观了。现在，他们被夹在湿地沼泽与林地之间的一条狭窄地带，空间十分有限。内玛尼仍然惊魂未定，帮不上什么忙，诸位宇航员更是不敢独自闯入未经开发的荒野。

于是，他们只能干嚼浓缩食品，不敢喝水。戴恩迫切希望能倒点儿水壶里的琼浆来解解渴。这近在咫尺、却不能喝的水简直就是一种折磨。更何况，现在他们远离高处，不大可能遇见手指状的岩石，所以那湿润液体与他的身体所需相比，威胁要小得多。只不过，每一名自由贸易者心中根深蒂固的警觉给他的干渴下了一道闸。

杰里科用手背抹了抹干裂的嘴唇，"假设我们抽签……让一部分人喝水，一两个不喝，那我们能坚持到翻过这些山吗？"

"我可不会去碰这种运气，除非别无选择。谁也说不清这药效会持续多久。直说了吧，按照现在这种情况，我都不能确定自己还能不能甄别出幻觉来。"陶的回答着实让人泄气。

那天夜里，要说他们中有谁睡着了的话，也只不过是断断续续打了个盹儿罢了。前一天夜里的焦虑不安再次出现了，而且愈发强烈，那种潜藏于四周的莫名恐惧感不断向他们袭来。

天光破晓，他们内心的惶恐逐渐散去，新的状况却来了。丛林里总有各种各样的声音：只闻其声、不见其形的鸟儿啼鸣，寄生生物啃食树木的啪啦脆响。然而让人心惊的是，此时并没有鸟鸣，也没有枝叶碎裂掉落的声音。突然，一声犹如号角的咆哮划过天空，紧接着是植物断裂倒伏的声音，预示着真正的威胁临近了。阿萨吉转头面向北方，但什么都看不到，只有波澜不惊的丛林形成的密不透风的墙。

内玛尼走到他的长官身边，"戈拉兹！成群的戈拉兹正狂奔而来！"

杰里科纵身跃起，戴恩在船长脸上看到了凝重的神色。船长转向自己的属下高声喝令："站起来！我们要加速快跑了。上山去吗？"他询问酋长。

对方仍在凝神静听，不只是用耳朵，也充分调动了整个身体，全身紧绷。三只像鹿一样的生物从绿树丛中蹿了出来，在几人身边一晃而过，仿佛他们不存在一般。他们曾经捕获过这种动物来吃。紧接着，来了一头狮子，但它现在成了猎物，不复捕食者的威风，那身黑白相间的皮毛在清晨的阳光下格外引人注目。它号叫着亮出了獠牙，然后奋力一跃，消失不见了。随后又有一大批似鹿非鹿的生物逃窜而过，其他的小动物也仓皇而逃，快得让人根本分辨不出是什么。紧随其后的是一阵毁天灭地的狂暴巨响，昭示着喀特卡星上最大型的哺乳动物正穿过丛林，横冲直撞而来。

在内玛尼的尖叫声中，众人往坡上狂奔而去，一头体型粗壮的庞然大物则紧追不舍。清晨的微光中，几乎很难在灰色的土地上分辨出这白色生物来。戴恩匆忙瞥了一眼，看到了弯曲的大獠牙，还有那可怕的血盆大口，把他整个脑袋放进去简直绰绰有余。它毛烘烘的四肢一路疾驰，速度快得令人难以置信。阿萨吉猛地抬起针束枪，射出一束针射线。那头白色的怪物大吼一声扑了上来。他们拼命找了个地方藏身，那头戈拉兹巨兽轰然倒地死掉了，倒在距离酋长不足两米的地方，由于冲力巨大，沉重的躯体倒下之后又在地上滑行了好长一段距离。

"搞定了！"杰里科端着他的爆破枪冷静地观察着，第二头巨兽搏命而来，仿佛要将丛林撕成碎片，朝他们猛扑过来。在它身后，第三头呲着獠牙的脑袋已经从灌木丛里探了出来，巨大的眼睛热切地搜寻着敌手。戴恩仔细看了看死掉的那头巨兽，但这次这只动物没再复活。这并不是幻觉。恶毒的岩猿，狡诈的喀特卡狮子，跟一群狂暴的戈拉兹相比，都是小菜一碟了。

杰里科的爆破枪正中第二头巨兽的脸，它发出短促的尖叫，就像是犬类的哀号。这头野兽目不视物，跌跌撞撞地向前猛冲，爬到了山坡上。第三头被内玛尼的针束枪击中。酋长从藏身的岩石后面一跃而出，奔向船长躲避的地方，然后拉着他跑到了开阔地带。

"在这里它们就没法堵住我们了！"

杰里科很是赞同。"快过来！"他朝陶和戴恩大吼一声。

他们顺着一条崎岖小路逃离，尽力往高处去，结果却发现一道高耸的石壁横在眼前，绝难攀爬。后来又有两头戈拉兹倒下了，一头受伤严重，一头已然咽气。它们身后，越来越多的白色脑袋从灌木丛里钻了出来。到底是什么引得这些野兽如此发狂，这群逃命的人不得而知。不过，现在这些惊恐又愤怒的动物正朝他们围拢过来。

而且，尽管他们拼尽全力，队伍还是被逼进了一个口袋阵里：一边是从丛林横冲直撞而来的戈拉兹，另一边便是那面陡峭的崖壁。要是有充足的时间来寻找手指和脚趾的攀登着力点，他们也许能爬上这面岩壁，不过现在确实没那工夫。他们就顺着这道岩脊奔跑，时不时停下开两枪，接着再跑，随后岩脊一转弯通向了东南方。他们很快就跑到了头，来到一道陡坡跟前，下面是一片平坦的灰黄色泥地，点缀着一簇簇浅色植被，就像垫脚石似的一直延伸到一片纷乱的植被中间，犹如病恹恹的草木和芦苇。

"好吧，"陶四下看了看，"我们现在怎么办？发射升空？可用什么当翅膀或是发动机呢？"

戈拉兹似乎能感觉出它们的猎物已经无路可逃了。兽群中精明强干的成员从丛林里包抄上来，口鼻喷着气，粗壮的腿夯实在地，支撑着沉重的水桶形身躯。它们有条不紊地寻路而上，让人不禁以为它们似乎很有智慧，对于如何结束这番攻击有着极其聪明的计划。

突然，阿萨吉吼了起来："我们快下去！"随即用他的针束枪将正在攀爬而上的领头野兽撂倒了。

"跳到那些灌木丛小岛上去。"内玛尼提示道，"我来给你们示范！"他把针束枪抛给杰里科，接着便从岩脊边缘翻身而下，双手攀附着挂在岩石边缘，身体像钟摆一样荡了起来。当他的身体向右摆到最高点时，便松手荡了出去，落在长满芦苇的小岛上。紧接着，这个喀特卡人手膝并用站起身来，又蹦到了下一块实地上。

"你也试试，索尔森！"杰里科脑袋一斜，冲戴恩喊道。这位年轻的宇航员把热线枪放回枪套，然后小心翼翼地滑过陡壁边缘，准备尽自己的最大努力，再现内玛尼的那套技巧。

然而，他向两侧的摆动可没有那么成功，着陆时也只有小臂越过了实地，身体其余部分一下子全都穿透了地面上一层薄薄的干泥，埋进下面的软泥里。那股臭味让人恶心，但被陷进去更是令人恐惧，于是他打起精神拼命向前挣扎，也顾不上这种狗刨式的姿势变得跟虫子往前蠕动一样滑稽。他铆足劲抓住了一丛茎叶，粗糙的草叶宛如刀子割在手心。但总算是有东西可以借力了，他面朝下趴到了一团坚实的东西上。

考虑到时间紧迫、不容迟疑，他必须赶紧动身去到下一块实地上，把这块不怎么可靠的小地方腾给上面已陷入重围的同伴。戴恩歪歪斜斜地站起身来，用久经训练的眼睛判断了一下距离，跳到了内玛尼让出来的那一小块地上。那个喀特卡人直奔着那些杂乱的、病恹恹的植物走去，还有一小半路程就能抵达，那里极有可能是一片实地。他东一蹿西一蹦，十分自如地从一小块实地跳到了另一小块实地。

身后传来一阵撞击声，紧接着是一声吼叫。戴恩在第三小块实地上稳住身子回头看去，只见崖顶上爆破枪的火光一闪，陶正跪在第一块实地上，还有一头戈拉兹在污泥里抻着脑袋和上身，它是越过上面的两道防线蹿下来的。针束枪和爆破枪再次同时开火，趁着这个空当，杰里科从崖壁边缘一荡，陶也奋力一跃，戴恩连忙蹦到了下一小块实地上，凭着好运气竟然毫无闪失。

剩下的这段路，戴恩全然不知是怎么过来的，脑子里一片空白，只想着要落脚到坚实的地面上。他的最后一跳有点儿太绵软了，落入了齐膝深、散发着恶臭的泥塘里，黄色的黏稠漂浮物沾得满裤子都是。他不断深陷下去，总算是见识到什么叫无底洞了。就在此时，一根粗大的树枝扫过肩头，他一把抓住，内玛尼则在另一端拼命拉拽。戴恩总算是脱了困，一屁股坐在乱糟糟的灌木丛里，面色惨白，浑身发抖。与此同时，那位喀特卡猎手的注意力转到了紧随戴恩后面的陶身上，保证他也能安全抵达。

凭借比戴恩更胜一筹的技巧，或者说是运气，医师从最后一处落脚点顺利跃出。只是他落在另一位宇航员身边时，重重摔倒在了地上。随后，他们齐刷刷地看向了船长。

杰里科稳稳落脚在了第二块草丛里，然后他稍微一停，小心翼翼地挪了挪脚，端起内玛尼丢给他的那支针束枪。一颗毛乎乎的脑袋猛烈摇晃着，那头在崖顶上跟阿萨吉对峙的巨兽蹿了下来。酋长迅速往右一闪身，又一头野兽冲了下来，与刚才那头一同陷进了深深的泥潭。就在杰里科开火的时候，上边那个喀特卡人挂好针束枪，纵身一跃来到了第一小块实地上。

又有一头戈拉兹受伤了，但幸运的是，它一扭身，将自己恐怖的獠牙转向了身后的那些同类，反倒给它的敌人让出了一条路。杰里科一路向前，步履沉稳，酋长紧跟其后。陶叹了口气。

"也许有一天这会被当成是在吹牛，我们口若悬河地讲述这番经历，而别人都把我们当成大话王。"他说道，"就看我们能不能先保住命了。所以现在该走哪条路？要是让我选，我就走上坡路！"

戴恩站起来，环顾身边这片小小的安身之地，觉得陶的一番话颇有道理。因为这片空间乱糟糟的，堆满了小腿高的枯萎植物，地形好似一个三角形，窄窄的尖角直直指向东边的沼泽。

"它们可不会轻易放弃，对吧？"杰里科回头看着岸边和崖壁。尽管那头受伤的戈拉兹仍然占据着高处，让自己的同类无法通过，可是别的家伙已经试着从低处的丛林里向前突进。它们四下徘徊，刨着地面，獠牙不住地掘起土块，任何人要想返回它们巡视的土地一定不会有好果子吃。

"它们才不会放弃。"阿萨吉阴郁地答道，"惹恼了一只戈拉兹，它就会一连好些天追着你不放。杀死兽群中的任何一只，你要想徒步逃生那基本上就没什么可能了。"

现在看来，这片沼泽反倒成了阻挡巨兽追击的功臣。那两头落进泥塘的野兽发出阵阵悲鸣。它们已经不再挣扎了，几只同类聚集在岸边靠近它们的地方，同样苦苦哀号着。阿萨吉端起针束枪仔细瞄准，一枪一个干掉了那两头可怜的家伙。但开枪的闪光激怒了岸上的那些猛兽，它们暴怒地吼叫起来。

"回不去了，"他说道，"至少这些天是回不去了。"

陶从手臂上拍落一只长着四只翅膀的黑色昆虫，它正张着下颚准备下口咬。"我们可不能悠然自得地在这儿等着它们把我们忘了。"他提醒众人，"这里可没有值得信任的饮用水，而且本地的野生动物已经准备要品尝我们了。"

内玛尼先前已经小心翼翼地顺着这片小岛指向的湿地边缘一路探去，这时候他回来汇报了。

"东边地势较高，也许能当作跨过沼泽的桥。"

这时候，戴恩已经很怀疑自己还能不能一块小岛一块小岛地蹦过去。陶看起来也有同样的顾虑。

"我看就算你再怎么开枪，也没法让那边岸上的朋友打消杀死我们的念头吧？"

阿萨吉摇了摇头，"我们没有足够的弹药干掉整群野兽。它们可能会从眼前撤退，但会在灌木丛里等着我们。那就意味着，我们过去必死无疑，必须朝着湿地沼泽进发了。"

如果戴恩觉得之前的跋涉已经算是艰苦了，那这一段简直堪称折磨。每一步都提心吊胆，一脚踩空是常有的事。整整一刻钟，他们完全被散发着恶臭的黏泥纠缠不休，这些东西暴露在空气中便会渐渐硬化，表面上看去就跟石头一样。受这份苦还不够，他们还要保护自己的身体免遭昆虫叮咬，湿地简直就是这些虫子的安乐窝。

尽管他们拼尽全力寻找出路，但那条唯一可能带他们出去的小路却一直深入到了未经探索的沼泽中心地带。最后，阿萨吉让大家停下，商讨要不要往回走。当务之急是找到一片坚实的小岛，这样他们至少能从上边观察岸在哪里。

"我们必须找到水。"陶的声音有些沙哑，脸上好像扣着一张点缀着野草的绿泥面具。

"这片地呈上升趋势。"阿萨吉拄着针束枪蹲着，拍了拍枪托，"我想也许很快就能到干净的地面了。"

杰里科攀上一棵小树，小树不堪重负，压弯了腰。他举起望远镜研究起前方的路线。

"你说得没错。"他冲着酋长说道，"有迹象表明，左边是干净地面才有的生机盎然的翠绿色，大约八百米远。而且，"他望了望西垂的夕阳，"我们大概还有一个小时的日照去往那边。我可不想天黑后跑这种路。"

那一抹翠绿鼓舞着他们拿出最后的力气，抛开疲惫继续前进。他们再次振作起来，一次次穿越小岛，手里都拿着一些从茂盛的草木丛里挑拣出来的树枝，以备不时之需。

戴恩跟跟跄跄地爬上最后一道坡，又一次跪倒在地，他知道自己已经支撑不住了。内玛尼兴奋地大叫起来时，他甚至动也没动一下。片刻后阿萨吉也尖叫起来，等他靠在戴恩身边时，手中端着打开盖的水壶，戴恩不禁微微挺起身来。

"喝吧！"喀特卡人说道，"我们发现水树了。这是新鲜的。"

液体倒算新鲜，但还是有点儿怪味，戴恩起先没留意，贪婪地吞下一大口之后才注意到。但这时他已什么都不在乎了，只想着终于有口水喝了。

在这里，那些在沼泽湿地备受压抑、发育不良的植被变成了更为寻常的低地丛林植物。他们已经摆脱沼泽了吗？戴恩迟滞地暗自琢磨着，或者说这只是这片臭气熏天的泥沼里一块稍大一些的实地？

他又喝了口水，恢复了些许力气，于是爬到自己的同伴身边。终于能想喝水就喝水了，这个事实让他沉醉其中久久不能自拔。过了好半天他才看到杰里科摇摇晃晃地站了起来，面朝东方。陶也站起身来，就像是被"女王号"的警报声惊起一般。

那两位喀特卡人不见了，也许是回到水树那边去了。但这三名宇航员都听到了那个声音，那种从远处传来的饱含节奏的脉动，同时也是一种振动。

杰里科看了看陶。

"鼓声？"

"可能是。"医师拧上了水壶盖，"我得说我们有伴儿了——只是我更想知道是哪种伴儿！"

也许他们听错了，那不是鼓声，但他们谁都不会看错有一道霹雳不知从何而来，切过一株大树的树干，就像刀子劈在湿漉漉的黏土上一般。那是爆破枪——而且是某个特定型号的爆破枪！

"是巡逻兵的装备！"陶立刻平趴下来，让自己紧紧贴着地面，就像是要陷进去似的。

杰里科听到阿萨吉的低声呼唤，朝灌木丛扭过身子，其他人则按照他的提示蠕动身躯、钻进掩体。到了掩体下面，他们发现酋长早已准备好了针束枪。

"这是偷猎者的营地，"他阴郁地说道，"而且他们知道我们的情况。"

"真是为这臭烘烘的一天画上了完美的句号。"陶平心静气地说道，"我们猜到会有这种事儿等着我们。"他尽力把下巴上的干燥泥土抹掉，"不过偷猎者用鼓吗？"

酋长愤愤地回答："这就是内玛尼要去查个究竟的事情。"

# 7

夜色渐浓，他们静静等候着内玛尼。那支爆破枪没再发动攻击了，也许那家伙只是想把他们困在原地。望过辽阔的湿地，团团鬼火磷光飘忽不定，闪着荧光的虫子星星点点、飞来飞去，依着自己的规律按部就班地执行着飞行计划。静谧的夜里，这片土地的奇妙与白天的污秽肮脏相比真有天壤之别。他们嚼着浓缩食品，很节省地饮着水，对听到、看到的任何东西都保持着警觉。

那种低沉而单调的声音，无论是不是鼓声，始终充当着这夜色中无休止的背景音，时不时淹没在一阵水花、一阵低吟，或是某种沼泽生物的叫声里。戴恩身边，杰里科身子一挺，端起了爆破枪，有人顺着灌木丛爬过来了，伴随着轻轻的唰唰声。

"是外来者，"内玛尼气喘吁吁地向阿萨吉报告，"也有法外人。他们在唱狩猎歌曲——明天要展开杀戮。"

阿萨吉的下巴靠在健硕的小臂上,"法外人?"

"他们没戴领主的徽章。但我见到的每个人都戴着有三五条尾巴、甚至是十条尾巴的手镯,实际上他们都是最优秀的追踪者和猎手!"

"他们有小屋吗?"

"没有。这里没有人住在内庭里。"出于习惯,内玛尼使用了他们族里对于女人的礼貌用语,"我得说,他们只是为了进行一次狩猎才停留此处。而且,我在一个人的靴子上看到了盐渍。"

"盐渍!"阿萨吉一惊,身子挺了起来,"也就是说,他们用了那种诱饵。这附近一定有盐沼来搞这种……"

"有多少外来者?"杰里科打断了他的话。

"三个是猎手,还有一个与众不同。"

"怎么不同?"阿萨吉问道。

"他身上穿着奇怪的衣服,头上戴着一顶圆滚滚的东西,就跟那些从飞船上下来的外来者戴的……"

"宇航员!"

阿萨吉干笑起来,"当然了!他们肯定要以某种方式来运送兽皮。"

杰里科回应道:"你可别告诉我任何人都能把飞船降落在这片烂泥里。恐怕很多人只会葬身于此。"

"不过,船长,要是按照自由贸易者的要求,得有个什么样的飞船着陆港才行呢?要是这颗星球上没有候场吊架,没有装配车间,没有联合体在仙蔻尔星上设立的这类便利设施,你就没法让飞船着陆了吗?"

"我当然可以着陆,不过需要一片相当平整开阔的空间,不会让尾焰引燃森林大火,而且你绝不能将尾翼陷入沼泽里!"

"那这就说明,这一带有一条小路,很适合行走,而且不远处就有能用于飞船起降的地方。"阿萨吉说道,"这一切对我们大有好处。"

"可是他们知道我们在这儿。"陶直指问题所在。

内玛尼报以一笑,"来自群星的人啊,没有哪条小路会隐藏得连猎区的护林人都找不到,包括每一位猎手——只要他是佩戴两尾或五尾手镯的老手——在森林服务工作中,只要盯住了某个人就一定丢不了。"

这时候,戴恩对这番争论没了兴趣。他待在众人的最边上,最靠近沼泽的地方，盯着水中杂草丛周围影影绰绰的鬼火看了半天。过去这段时间里，那些忽明忽暗的光芒渐渐汇聚成一团颇似人形的影子，悬在几米外的沼泽上，飘忽不定的轮廓线越来越清晰了。他静静凝视着，无法相信眼前的景象。一开始，那轮廓说不清是什么，可能是一只岩猿。但那圆滚滚的头颅上并没有尖耸的耳朵，从侧面看也没有猪嘴形的脸孔。

一团团沼泽荧光越聚越多，汇成了散发着光芒的身影。现在，那影子仿佛行走在这片危机四伏的沼泽表面，愈发清晰了。它不是动物，而是一个人，或者说像是一个人，身材瘦小的人——曾经见过的一个人，就在阿萨吉山间堡垒的平台上。

这东西站在那里，几乎就是个彻头彻尾的人，脑袋歪着显然是在倾听。

"卢布瑞洛！"戴恩认出来了，但心里却清楚那巫医不可能站在那儿偷听。然而，更让他惊讶的是，随着他的叫喊，那脑袋转向了他。只是，上面没有眼睛，本该是脸的那团白色上面什么特征都没有。让这怪物显得更加惊悚的是，这东西显然是在监视他们，这全然不合常理，却让戴恩不由得做此想法。

"妖怪！"内玛尼大喊道。随着这颤抖的呼喊，他原本仅存的一点儿信心也动摇了起来。

就在此时，阿萨吉叫道："站在那儿的是什么？医师？告诉我们！"

"一根把我们赶出藏身之地的鞭子，先生。其实你跟我一样清楚。如果内玛尼探查过他们，那他们也会还以颜色。而这个嘛，我觉得也回答了另一个问题。如果喀特卡星上有腐败问题，那卢布瑞洛与其脱不了干系。"

"内玛尼！"酋长的声音犹如一记响鞭，"难道你又要忘了自己是条汉子？又要哭着喊着，跑开躲避这么一团光影？就像这位外来的医师所说，卢布瑞洛耍这种把戏，无非是要把我们驱赶到敌人手中！"

突然，沼泽里的那团影子动了起来，它的脚在根本无法承载人体重量的沼泽表面向前挪动，深思熟虑地一步步迈向前去，朝他们藏身的灌木丛走来。

"你能消灭掉它吗？陶？"杰里科的声音一如往常般沉着干脆。可能他早已习惯在"女王号"上询问各种问题了。

"我倒是宁愿摸到根儿上去。"医师的回答里透着一丝冷酷，"那样做的话，我想去看看他们的营地。"

"真够棒的！"阿萨吉蹑手蹑脚地退回了灌木丛。

那个幽灵般的人影已经走到了小岛的岸上，它站在那里，转过空无一物的脑袋面向他们。初见时确实够诡异的，但在最初的惊诧过后，宇航员们渐渐放平了心态，他们对付那只岩猿的幻影时可没这么平静。

"如果那东西是被派来赶我们的，"戴恩放开胆子说道，"那我们现在跑进内陆，岂不是正中圈套？"

酋长一边往左爬，一边说道："我看不会。他们可想不到我们过去时会保持着清醒理智。受到惊吓的人是很容易垮掉的。但这次卢布瑞洛太自大了。如果他没耍那个岩猿的把戏，现在可能真就吓住我们了。"

那白色的东西继续往内陆走着，当他们改变路线时，也丝毫没有反应。不管它是什么，显然并没有意识。

此时，传来一阵沙沙声，虽然细微却清晰可辨。然后，戴恩听到了内玛尼的低语：

"留下来盯着内陆小径的家伙已经解决掉了。不必担心他会发出警报了。而且，我们手里又多了一支爆破枪。"

离开沼泽边缘的开阔地后，光线越来越暗。戴恩只能循着经验不那么丰富的杰里科和陶发出的细碎响动一路前行。

他们缓缓滑进一条小沟里，底下全是芦苇和泥土，湿漉漉的土地渗出水分，在他们周围聚了一大摊。喀特卡人在前面领路，径直穿过了这片泥塘。

鼓点声愈发响亮了。现在，黑暗中闪现出一团光亮——前方有火光？戴恩往前扭动着，最终找到了一块有利地形，一览偷猎者的营地。

那边立着茅棚，总共三间，不过都是用叶子搭在枝条上建起来的。其中两间里面堆着一捆捆兽皮，包在缝好的塑料布里，准备往飞船上搬。第三间棚子前，四个外来者闲散地溜达着。内玛尼说得很对，其中一人穿戴的是宇航员制服。

火堆右边坐了一圈本地人，旁边有一人稍稍与众人拉开了些距离，正在敲击着鼓。不过，那里没有巫医的影子。戴恩想着那从沼泽边缘的雾气里冒出来的东西，浑身一激灵。他相信陶对于药物的解释，那玩意儿确实在山坡上造成了幻觉。但那磷光聚散而成的、宛如真人的东西，怎么会是由一个不在场的人搞出来的？居然还能追踪目标？这真是诡异的谜团。

"卢布瑞洛不在这里。"内玛尼一定也这样想。

戴恩听到身边的暗影中有动静。

"第三间茅棚里有一台远距离通信器。"陶低声说道。

"我看没错。"杰里科很肯定地说道,"能不能用那东西联系到你在山那边的人?先生?"

"我不知道。不过,要是卢布瑞洛不在这里,他又是怎么让幻影在夜里行走的呢?"酋长有些不安。

"我们会知道的。如果卢布瑞洛不在这里……他会来的。"陶的语气很是坚定,"必须先撂倒那些外来者。那个会行走的幻影要把我们驱赶过来,所以他们肯定在等着我们。"

"如果外面有哨兵,我会让他们安静下来!"内玛尼放话道。

"你有计划吗?"阿萨吉宽阔的肩膀和高昂的脑袋在营地篝火的闪烁中凸显出来。

陶答道:"你想要卢布瑞洛,很好,先生,我相信能把他交给你,而且还能让他在你们喀特卡人之中名声扫地。不过,不先搞定这些外来者可不行。"

戴恩心想,这计划可不简单。每一位偷猎者都配备着巡逻兵的爆破枪,还是最新型的。他心中暗自揣摩着,这些信息若是传到官方那里会是什么结果。自由贸易者和巡逻兵对于银河前沿地带的一举一动未必总会看法一致。"女王号"的船员就曾与那帮有权有势的家伙有过一次那样的冲突,就在不久之前。但是双方都明白,通常在大局之下,对方都有不可或缺的作用,而且如果执法者与法外者发生冲突,自由贸易者总会与巡逻兵同仇敌忾。

"为什么不称了他们的心意……有保留地满足他们一下?"杰里科问道,"那些人不就是要让我们抱头鼠窜,在那个听其差遣的幽灵前头,一路飞奔到营地里吗?假设我们确实夺路而逃——等内玛尼除掉哨兵之后——一路狂奔到他们中间去呢?我想要弄到那台通信器。"

"你觉得要是我们冲进去,他们不会对着我们扫射吗?"

"你让卢布瑞洛在众人面前丢了颜面,他才不会满足于一枪崩了你呢。"船长回答了陶的问题,"不会那样的,我看人很准。我们会成为某种人质……特别是酋长。不,如果他们想要杀了我们,在我们赶来的时候,就会在那些小岛上动手了,也就不会有幽灵那套把戏了。"

"你的话确实有几分道理。而且,下面那些法外者,他们确实想要抓住我。"阿萨吉评论道,"我是玛伽瓦雅族人,我们总是急切呼吁用更强有力的安防措施来对付他们那样的人。不过,我看不出怎么才能占领营地。"

"我们不从前面进去——他们正希望我们那么做呢。试试北面,先把外来者拿下……三个人去搞出些乱子来掩护另外两人……"

"然后呢?"酋长沉默了片刻,细细思索着,随后又加了一些自己的想法。

"那个穿着宇航服的外来者,他的武器没抽出来,其他人可都随时准备着呢。但我相信你说的,他们都在等着哨兵的警报,这没错。那些哨兵我们能搞定。那么,船长,你和我假扮被吓疯的人乱冲乱撞躲避妖怪。内玛尼则在暗中掩护我们,你的两名手下……"

陶接过话头:"请允许我去干掉另外那个目标,头儿。我相信我能搞定他。戴恩,你要抢走那面鼓。"

"鼓?"戴恩满脑子想的都是爆破枪,却要去应付那个制造噪音的东西,真是出乎意料。

"你的任务就是搞到那面鼓。我希望你一拿到那面鼓就敲那首《月面蹦蹦跳》,你当然会演奏的,对吧?"

戴恩开口回答:"这我就不明白了。"可剩下的话又咽了回去,他知道陶肯定不会解释为何要在喀特卡的沼泽地里演奏那首老掉牙的太空航行流行歌曲。作为一名自由贸易者,在过去的几年,他倒是有几次机会干些稀奇古怪的工作,不过这是头一次受命去当音乐家。

接下来的几分钟简直是度日如年,他们焦急地等着内玛尼。营地里的那些家伙果真在静候他们快速光临吗?戴恩的热线枪握在手里,他估摸了一下鼓手的距离。

随后,内玛尼在他们身后的暗影中低声道:"行了。"于是,杰里科和酋长开始往左边移动,陶向右边匍匐而行,戴恩则跟着医师齐头并进。

陶向戴恩耳语道:"等他们行动起来的时候,你就往鼓那边跳。我不管你用什么方法弄到它,但一定要弄到,而且别丢了!"

"遵命!"

此时,北面传来一阵哭喊声,一阵惊恐狂乱的号叫。歌手唱到一半停下了,鼓手也僵在那儿,手掌悬在半空。戴恩铆足了劲儿朝那人猛冲上去。那个喀特卡人跪坐在地,枪柄砸向他的脑袋时根本没来得及站起身来。只见他身子一旋便倒地不起,接着那面鼓就搂在了宇航员怀里,捧在他的胸前,手中的武器则架在上面瞄着那些目瞪口呆的本地人。

一支爆破枪轰然响了起来，针束枪也发出了尖锐的嘶吼，营地的另一头陷入一片混乱。戴恩后退几步，单膝跪地，手中的武器在那些茫然无措的当地人头顶晃来晃去。他将鼓放下靠在身旁，稳稳端住枪，左手则忙活起来。他没有按照刚才喀特卡鼓手的方式敲击，而是敲起了欢快有力的节奏，隆隆鼓声在搏斗的厮杀声中滚滚而过。《月面蹦蹦跳》的鼓点节奏早已了然于胸，他用力敲打起来，熟悉的咚咚声震耳欲聋，足以让整个营地都从梦中惊醒。

戴恩的举动显然让喀特卡的众位法外者懵了神。他们盯着他，圆瞪的白眼珠在黑黝黝的脸上显得格外突出，惊讶得半天合不拢嘴。突如其来的状况果然让他们失去了防卫意识。戴恩不敢把目光从这群人身上挪开。营地另一头的战况他不得而知，但他看到了陶的战绩。

只见医师走到了火光之中，不是迈着他平时那种慵懒的宇航员步子，而是装腔作势地踏着舞步，按鼓点唱着《月面蹦蹦跳》。戴恩听不懂那些词儿，但是他知道，那些词是按着鼓点的韵味走的。他在歌唱者与倾听者之间编织出了一张网，就像卢布瑞洛在山间平台上编织的那张一样。

陶制住他们了！每一名当地的法外者都已经落入圈套，于是戴恩把手中的武器搁在了膝头，用右手手指加入了低音鼓点。

嗒－咚－嗒嗒……那颠来倒去的原歌曲调在他的脑海里盘桓不绝，但那种平淡无味的感觉渐渐消失了，他似乎感受到了陶注入新歌词中的威慑力。

医师将自己创作的歌曲重复了两遍。然后他弯下腰，从身边最近的一个喀特卡人的腰带上取下了一柄猎刀，并将刀尖指向漆黑的东方。戴恩可不相信医师真能明白自己现在表演的招式到底是什么。他没有对手，只是独自挥舞着大刀，在火光里做着殊死搏斗，佯攻、猛击、闪躲、撤步、进攻，一举一动都循着鼓点的节奏，而戴恩全然就是在无意识地进行着演奏。在医师拼命厮杀的时候，很容易想象出与他对峙的敌人。于是，当刀子在他最后一击中刺出恶毒的一招后，戴恩傻傻地盯向地面，暗暗希望能在地上看到那具躺倒的死尸。

陶又一次郑重地将手中的利刃指向东方。随后他把刀放在地下，双脚跨过刀身分立而站。

"卢布瑞洛!"他那充满自信的声音压过了鼓点声,"卢布瑞洛——我在等你。"

## 8

模模糊糊意识到营地另一头的喧闹声已经消失,戴恩的鼓声便也弱了下去。从鼓面上望去,他正好能盯着那些喀特卡违法者,他们的脑袋正随着他手指的敲击声不住地摇来甩去。他也能感受到陶的声音产生的那种旋涡般的吸引力。但是他们会得到什么样的反馈呢?是会引来那个把他们往这个地方驱赶的幻影?或者干脆就是那人的本尊前来?

在戴恩眼中,火堆那红宝石般的光芒暗淡下来了,然而火焰并没有真正熄灭,而是始终在木柴上跳跃缭绕。燃烧产生了刺鼻的气味,很浓。关于接下来发生的事有多少是真实的,自己的神经曾绷紧到何种地步,他事后真是一点儿都说不清了。实际上,连在场的人所目睹的事情是否完全一致,也没有人能说得清。是不是每一类人——喀特卡人和外世界人——看到的都只不过是由自己特定的情感与记忆所支配的画面?

有什么东西从东边过来了。它疾行如风,不像从沼泽迷雾里钻出来的那个生物那样有形有迹,却更像是一团看不见的威慑,直奔那团火焰而来——而那团火焰对于人类来说,是一切安全、温暖和力量的来源,抵御着亘古以来便充满了危险的黑夜。可那威胁,是否也只是他们心中的幻觉而已?抑或是卢布瑞洛拥有某种力量,能将他的憎恨幻化成如此?

那无形的东西寒气逼人:它侵蚀着人的力量,啃食着人的大脑,让人手脚沉坠、浑身乏力。它尽其所能,将人捏成一团软泥,令人无法振作起来。虚无、黑暗,那一切的一切都与生命、温暖以及真实相对立。它就在这片夜色中升腾而起,汇聚起来与他们为敌。

然而陶仍然迎着那看不见的波涛,高昂着头。在他稳健站立的双脚之间,那柄明晃晃的长刀闪出慑人的光辉。

"啊——"陶的声音扬了起来,刺入那团正在逼近的威慑之中。然后他再次吟唱起来,他吟唱着不知名的歌词,歌声比鼓点营造出的音场稍稍高出一点。

戴恩手底用力,继续敲打起来。他的手腕一起一落,向那个悄然而来、啃食他们的力量、吞噬他们心智的东西发起了挑战。

"卢布瑞洛！我，来自另一颗星球、另一片天空、另一个世界的陶，禁止你向前，禁止你施展力量与我对抗！"陶的话语声中有了更为尖锐的音调，全然是在发号施令。

回应他的是又一波黑暗的力量——更加强大，滚滚而来，犹如狂野的大海将巨浪抛洒在海滩上，想要将他们全部掀翻。这一次，戴恩觉得自己似乎看清了那团无形的黑暗正在逐渐膨胀。在它呈现出实体之前，他强迫自己将视线转向一旁，让目光集中在自己那双不住敲打着鼓面的手上，努力不去想象那柄巨锤正缓缓抬起，将要把他们全都砸成肉酱。他以前听陶讲过这类事情，但那是在"女王号"自己那一亩三分地上，听听这些故事倒也无伤大雅，可目前这里危机四伏。然而，当那股巨浪带着滔天的怒火冲击到陶身上的时候，他兀自岿然不动。

就在这股毁灭之力达到最高潮的时候，它的操控者乘风而来了。那可不是从沼泽地里冒出来的幽灵，那是一个人。他平静地走着，他的双手和陶一样，空无一物，然而却握有他们谁也看不到的致命武器。

火光之中，那团巨浪不甘地退了下去，而众人一片呻吟，全都扑倒在地，双手无力地拍打着土地。不过，当卢布瑞洛从阴暗中走上来的时候，扑倒在地的众人之中，却有一个人双手撑地跪在了那里，浑身战栗着，往陶身前爬去。他耷拉着脑袋，就像当初那只死而复活的岩猿一样。戴恩一只手击打着鼓，同时另一只手摸到了热线枪。他实在太困倦了，无力大声发出警告，而且他发现，自己也根本无法出声。

陶的手臂动了起来，从身侧举起，划出一个环形。

趴在地上的那个人双眼上翻，只能看到白眼珠在幽暗之中泛着光。他随着这个手势而动，本已经爬到了医师身前的他，此时又朝着卢布瑞洛的方向爬了过去，就像是一只猎犬，勉强地执行着主人随时可能会反悔的命令，不住哀号着。

"就是这样，卢布瑞洛。"陶说，"这是你跟我之间的事。难道你不敢冒险用自己的力量与我对抗？难道卢布瑞洛如此软弱，只能靠别人来实现自己的意志？"

医师双手一抬，向下一压，往内环抱，弯下腰摸到了地上。等他重新直起身子，手中已经握住了那柄钢刀，他把刀抛到了身后。

火堆里，一股浓烟盘旋缭绕着升腾起来，裹在了卢布瑞洛的身边，然后慢慢地消散不见。一只黑白相间的野兽站在了原本是那个人站立的地方，尾巴尖上的毛穗甩来甩去，它的口鼻呲张，犹如一张充满了憎恨的嗜血面具。

但陶对此报以大笑，犹如甩出了一记响鞭。

"你我都是人，卢布瑞洛。像个男人一样来见我，把这些小伎俩留给那些目不识物的人吧！小孩子只会玩儿小孩子的把戏，所以……"陶的声音变得低沉起来，随即他消失不见了。在他站立的位置，出现了一头浑身长毛的巨兽，他转眼就变成了一只摇晃着巨型身躯的大猩猩，场面变成了地球猿与喀特卡狮的对峙。然而，呼吸之间，这位宇航员又随即恢复了原形。"游戏到此为止，喀特卡人。你想要猎杀我们，置我们于死地，对吗？因此现在失败者就应当面对死亡。"

狮子消失了，那里只剩下一个人警觉地站着，虎视眈眈，就像剑客直面着剑客，要让那剑刃饱饮仇人的鲜血。戴恩看着那个喀特卡人一动不动，然而火焰却突然窜起老高，就像是有人添了柴，火焰从木柴上蹿起来腾入空中，犹如红色的凶鸟朝着陶猛冲而下，将他的身形轮廓从头到脚映衬出来。无数火苗缭绕聚散，盘旋得越来越快，戴恩看得目眩神驰，最后他看到光焰形成了火轮，变做一团模糊的光芒，将陶团团环绕在当中。他不由自主地抬起一只手，想要遮住那根耀眼的火柱，却感觉手腕因用力击鼓而酸痛不已。

卢布瑞洛吟诵起来——词句沉重有力。戴恩浑身一僵：自己的手居然不由自主地去应和他歌声的节奏了！他立刻将双手从鼓面上抬起，落下的时候敲出一串不协调的鼓点，既不是《月面蹦蹦跳》，也不是卢布瑞洛正在吟唱的这一曲。砰——砰——砰——戴恩拼命敲击起来，他双拳用力擂鼓，就好像是要把拳头狠狠锤击在那位喀特卡巫医身上一样。

火柱飘摇起来，就像是有大风在吹——然后，猛然消失不见了。陶悄无声息地露出了微笑。

"烈火！"他的手指向了卢布瑞洛，"巫师，你要不要再试试水、土还有气？将旋风召唤来吧，让你的洪水暴发，召唤大地震颤起来吧！可那一切都不会让我倒下！"

无数身影如潮水般从夜色中蜂拥而至，有怪物，也有人类，从卢布瑞洛身边川流而过，拥在那圈火光之中。戴恩发现有些自己认得，有些则很陌生。那些人穿着太空制服，或是其他世界的服饰，也有女人——他们大步向前，哭哭啼啼，与怪物的大笑混在一起，不住地咒骂着、威胁着。

戴恩知道，现在卢布瑞洛派来对抗陶的，正是医师自己记忆中的事物。他闭上眼睛，与这些别人过往记忆的侵扰做着抵抗。他并没有看到，陶那精瘦的身躯绷得紧紧的，犹自镇定自若。看到每一段记忆的时候，陶脸上笑容扭曲，承受着那段记忆带来的痛苦和折磨，却又不动声色地将那一切抛到一旁。

"行走在黑暗中的人啊，这一切都不再有魔力了！"

戴恩睁开了眼。那些熙熙攘攘的幽灵正在消失，幻化于无形之中。卢布瑞洛蹲在地上，嘴唇呲起露出牙齿，他的恨意表露无遗。

"我可不是任你揉捏的泥团，卢布瑞洛。现在我要说，是时候做个了结了……"

陶再次举起双手，缓缓伸展开来，双掌朝下。在他的手掌下面，就在这位太空人身边的两侧，两团黑影在地面聚拢起来。

"你用自己的绳索束缚了你自己。正如你曾经是猎手，现在你就应当是猎物。"

那些影子就像植物一样越长越大，从营地夯实的土地上生长出来。当他的双手与肩部齐平的时候，陶稳住了手臂。现在，在他绷得紧紧的身体两边，蹲着两头黑白相间的狮子——那正是一直以来卢布瑞洛施展大魔法加以召唤的对象。

卢布瑞洛的"狮子"与普通的狮子相比有些许不同，它们的块头要大很多，也更聪明，更危险。此刻现身的这两头就是这样。而此时，这两头狮子却都仰着头，眼巴巴地望着医师的脸。

"好好狩猎，身披绒毛的兄弟们。"他缓缓说着，那语气极具蛊惑性，"你们要去捕猎的对象，应该会允许你们在追逐之时尽情玩弄你们的猎物。"

"快停下！"黑暗中猛地跳出来一个人来，站在了巫医身后。火光清清楚楚映出了他一身外世界的装束，他挥起一支爆破枪，瞄准了距离他最近的那只野兽。火光一闪，他没能杀死那只动物，甚至没能在那只动物的皮毛上留下任何印记。

爆破枪的准心从野兽转到了人身上，可戴恩先开火了。他发出的射线让对方惨叫一声，武器从他烧焦的手里跌落在地，那人转过身子，不住地咒骂起来。

陶双手轻轻一挥。那两只动物的大脑袋乖乖一转，猩红的眼睛便牢牢盯住了卢布瑞洛。面对它们，巫医不由地挺直了身子，他恶狠狠地望着医师：
"我绝不会如你所愿，你这邪恶之人！"

"你会逃的，卢布瑞洛。因为你现在一定也品尝到了你曾让别人体会过的恐惧，那种感觉已充斥了你的血液，流遍了你的全身，让你意识混沌，让你不再是个正常人。你曾经猎杀过那些质疑你权力的人，他们曾挡在你通往权力之巅的道路上，你轻而易举地就将那些人全部从喀特卡的土地上抹去了。你是不是在担心，那些人如今正在最凄惨的地狱之中等候着你、准备迎接你，巫医？他们当初所感受到的，现在也该你感受一下了。今晚，你向我展示了我过去的经历，那些脆弱的时刻，那些恶毒的往事，那些会让我感到懊悔或是哀伤的瞬间。那么，你也应该在最后的几个小时里，独自品尝这一切。去吧，该逃了，卢布瑞洛！"

就在他说话的时候，陶向对方走了过去，那两只黑白相间的捕猎者也迈着步子跟在他身边。他弯腰捻起一撮泥土，朝着它唾了三次。然后他将这一小团泥土扔向巫医，正好打在卢布瑞洛的心脏上方——这家伙身子猛烈摇晃，犹如受到了最凶狠的一击。

然后，这位喀特卡人拔腿就跑。他一边跑，一边发出最凄惨的哭号，然后，一头钻进灌木丛里，就像一只无头苍蝇一般不知所措。在他身后，两只野兽悄无声息地追了下去，一转眼，他们三个就不见了。

陶身子一晃，手扶住额头。戴恩把鼓踢到一边，浑身僵硬地站起身来朝他走去。但是医师的使命尚未结束。他转过来，站到了那群蜷曲在地的当地猎手面前，用力拍了拍手。

"你们都是好汉，从今以后你们的一举一动都应该有个好汉的样子。过去的都过去了。现在你们要站起来了。黑暗的力量曾寄身于他的身上，而他却加以滥用，从今以后，恐惧不会再啃食你们的大脑，不会再从你们的杯子里饮水，也不会在你们的睡垫上伴你们入眠了。"

"陶！"杰里科关切的声音越过正在起身的喀特卡众人传了过来。但是戴恩先冲到了陶身边，一把扶住了即将瘫倒的医师，可下坠的体重还是让他也坐倒在地。医师的脑袋耷拉在了他肩上，身体也重重地倚在他的身上。这一刻，戴恩真的害怕，他既担心怀里的人，又生怕法外者中的猎手们，为了他们那个名誉扫地的首领，会不顾一切地负隅顽抗。这时候，陶突然重重地呼出了一口气。戴恩抬眼望向船长，颇感意外。

"他睡着了！"

杰里科跪下去伸手探了探陶的心跳，然后又抹了抹医师那张挂着伤痕、脏兮兮的脸。

"能睡一觉对他来说再好不过了，"他声音干脆地说，"都是他的功劳。"

清点战绩也颇费了一些时间。有两个外世界偷猎者死了；其余人和那个宇航员成了囚犯；还有那个被戴恩一枪击中烧伤了手的家伙，内玛尼自然是不会放过。

当那位年轻的宇航员将医师妥当安置在庇护所里，才发现阿萨吉和杰里科正在主持一场临时法庭审讯。

那些神魂颠倒的当地猎手已经由内玛尼用专业手法圈在了一起，与他们隔开一点儿距离的，是正在接受问询的几个外世界人。

"IC 组织的人？嗯？"杰里科用满是污垢的手摸着满是泥土的下巴，若有所思地盯着最后到来的家伙，"试图制造一起冲突，并破坏联合体宪章，是这样吧？你最好说出实情，你的主管部门可不会保你，这一点你应该很清楚。在这类地下交易中，他们从来不会给失败的行动提供支持。"

"我需要医疗护理。"对方倒是很干脆，他把自己烧伤的手挂在了胸前，"或者，你要把我转交给这些野蛮人？"

"你不是还对着医师开火吗？我们可都看得清清楚楚。"船长咧嘴一笑，露出细密的鲨鱼般的牙齿，"他是不会想给你那几根手指包扎的。就当这几根手指废了就好，它们活该挨烧。总之，医师无论如何都不会看它们一眼的，咱们也得让他好好休息才行。我可以给你做点初级护理。趁我为你忙活的时候，咱们聊聊。IC 现在搞偷猎生意了？这消息会让联合体高兴的。它们用不着你了，小伙子。"

回应他的话可算是苍白到了家，一点儿新意都没有。不过，那家伙穿着的制服可很难让他就这么混过去。戴恩筋疲力尽，在一堆垫子上抻开了酸痛的身体，对这场话语交锋一点儿兴趣都没有。

两天后，他们又一次站在了卢布瑞洛当初施展魔法的那个平台上。这次，没有闪电沿着山脊兴风作浪，太阳的光芒也不那么清晰、明亮，让人几乎无法相信曾经发生过那样恍如梦境的事，这颗星球居然有那种非人造的武器存在于世。"女王号"的三位太空人离开护墙，迎向从楼梯下来的酋长。

"刚刚一位信使送来消息，猎手确实已被猎杀。他的踪迹很多人都亲眼看见——尽管他们并没有看到捕猎他的那些东西。卢布瑞洛死了，他在大河边结束了自己的生命。"

杰里科开口道："但那里距离湿地足有五十英里，而且是在大山的另一面！"

"他逃了，然后被猎杀——正如你的咒语承诺的那样。"阿萨吉对陶说，"你施展了强大的魔法，外世界人。"

医师缓缓摇头，"我只不过是以其人之道还治其人之身罢了。他深信自己的力量，同样的力量反馈回去，却让他崩溃了。如果我面对的是一个不相信……"他耸耸肩，"我们的第一次会面便构建起了那种模式。从那一刻起，他就在担心我能与他匹敌，正是这点儿疑虑，在他自己的盔甲上刺穿了一个洞。"

"说回来，你到底为什么非要用《月面蹦蹦跳》？"戴恩实在憋不住了，他仍为了这个小问题愁眉不展。

陶呵呵笑了起来，"首先，那诅咒的旋律其实已深植我们内心，也只有《月面蹦蹦跳》的节奏你烂熟于心，能够毫不费力地随时敲击出来。其次，《月面蹦蹦跳》的旋律完全就是我们那个世界的风格，能冲击卢布瑞洛所布置的喀特卡土著音乐，而那种音乐是他舞台设置中一个很重要的因素。他太自信了，认为我们绝不可能发现水里加了药，于是坚信自己精心准备的幻象一定行之有效。看到我们越过湿地，他们一定已经在等着我们束手就擒了。他的经验一直都是跟喀特卡人相处时获得的，按照喀特卡人的反应给我们设置套路，他注定要失败……"

阿萨吉笑了，"对喀特卡有益的事，对卢布瑞洛和他的党羽来说可就是灾难了。偷猎者和法外猎手将会面对我们的审判，他们可有的受了。不过另外两位，就是那个太空人和公司代理人，将会被送往仙蔻尔星，面对联合体的人。我觉得，这种在自家地盘上给其他公司干活儿的家伙，联合体不会对他们有好脸色的。"

杰里科咕哝了一声，"在这种事情上，好脸色与联合体那可是风马牛不相及了。不过我们现在能搭你们的船吗？就和你们的囚犯朋友们一路……"

"可是,我的朋友,你们还没看到猎区一眼呢。我向你们保证,这次绝不会再出任何岔子了。在你们必须返回飞船之前,还有好几天时间呢……"

"女王号"的船长手臂一抬,"先生,再没比去佐波卢猎区参观更吸引我的事儿了——不过,还是等明年吧。我的假期已经结束了,'女王号'正在仙蔻尔星上等着我们呢。还有,请允许我稍后寄给您一些录像带,关于如何操控最新型低空飞行器的指南——以确保您的团队能够杜绝飞行失误。"

"没错,确保。"陶恳切地说道,"不要坠毁,不要迷失线路,否则会扫了整场旅行的兴。"

酋长昂起头,发自肺腑的大笑回荡在他们头顶的高山之间,"当然了,船长。'仙女号'的货运航线会时不时将你带回仙蔻尔的,与此同时,我们将好好学习你那些关于非损耗型飞行器的录像带。不过,你的确应该参观一下佐波卢……我向你们保证,会非常愉快,特别愉快。陶医师你觉得呢?"

"目前来说,"陶低声咕哝着,戴恩听了个正着,"太空深处的那份寂静才能带给我货真价实的愉快!"

Copyright© 1959 by Andre Norton

## 《银河边缘》专访吉恩·沃尔夫
### THE GALAXY'S EDGE INTERVIEW：GENE WOLFE

［美］乔伊·沃德 Joy Ward　著
陶凌寅　译

　　乔伊·沃德写过一部长篇小说，在许多杂志和选集上发表了若干中短篇小说；此外，她还为不同的机构主持过许多文字或视频采访。

　　吉恩·沃尔夫，美国科幻奇幻大师，被誉为"北美的博尔赫斯"。他的四卷本《新日之书》是二十世纪美国文学的一部重要作品，此书的每一卷都赢得了幻想文学界的重要奖项。乔治·R. R. 马丁评价《新日之书》是"有史以来最伟大的科幻—奇幻史诗之一"；

　　英国作家尼尔·盖曼在其畅销二十年的浪漫奇幻经典的《星尘》扉页上写着：献给吉恩·沃尔夫和罗斯玛丽·沃尔夫。

　　陶凌寅，资深图书编辑、译者，曾担任《新日之书》责任编辑。另译有多部短篇科幻小说，散见于各种选集杂志。

**乔伊·沃德（以下简称 JW）**：我们今天的访谈嘉宾是吉恩·沃尔夫，他既是一位科幻大师，也是一个超棒的人。吉恩，你是怎么开始写作科幻小说的？

**吉恩·沃尔夫（以下简称 GW）**：当时我和妻子刚结婚，两人穷得叮当响。我们住在一套带家具的公寓里，那套公寓以前是阁楼——你明白我的意思吧，所有房间都是有尖顶的那种，而且我们需要钱再买一些家具。我在一本杂志上看到一则征稿启事，上面说只要"金牌图书"看中了你的作品，光预付金就会有两千块钱（那笔钱在当时比现在要值钱得多）。我想，那就为这家出版公司写一本书吧，这样我们就有钱买家具了。所以我试着写了个故事，可小说压根儿卖不出去。不过，我就这样染上了写作瘾，我开始写各种各样的东西，坦率地说，能卖出去的都是科幻和奇幻小说。

我卖出去的第一个短篇叫作《死人》，基本上就是个鬼故事，讲的是一个人发现自己居然栖身于一个鳄鱼的洞穴里。鳄鱼通常会在河岸下挖掘巢穴，但由于鳄鱼不会咀嚼，它们会把各种尸体藏在巢穴里面，直至尸体腐烂到可以食用为止。总之，这就是我发表的第一篇作品。我发表的第二篇小说是一篇科幻，卖给了《银河》杂志……抱歉，不是《银河》，是《如果诸世界》。我是先投稿给了《银河》——我会按字母顺序把稿子挨个投给市面上的出版机构——稿子被退回来了，还附有一张退稿单，我所有的短篇都是这么被退稿的。然后，我又把那篇小说投给了名单上的下一本杂志《如果诸世界》。当时我不知道这两份杂志是同一个人编辑的，那就是弗雷德里克·波尔。这一次，我收到了波尔的信，信中说，他认为重写之后稿子确实有改进（其实我没重写），如果我能接受一个词一美分的稿酬，他就买下来。老天，我这一辈子都笨头笨脑的，但还不至于笨到不接受这个稿酬。我回复说自己很乐意接受一个词一美分。成交！于是，波尔买下了那篇稿子。我略加思索，第一篇卖出去的是鬼故事，第二篇是科幻故事，也许这能说明一些问题。我便开始更多地着笔于这两种类型的故事，而不是其他类型。我也写一些纯粹的言情故事和侦探悬疑故事，你知道的，我不能只写科幻和奇幻吧。但是，如果我写科幻奇幻，我能把它们卖出去，所以我就主要写这些。

**JW**：那么你最喜欢写哪种类型的小说呢？

**GW**：不管是科幻还是奇幻我都很喜欢，我现在还是会在两种类型之间不停地游走。前段时间，在创作了几部奇幻小说之后，我写了《家园之火》，一本纯科幻。然后我又写了《任君借阅》，刚把稿子寄给了代理商。那也是一本纯科幻。这就像是为了平衡写了太多奇幻小说的局面，我便写了更多的科幻小说。

科幻和奇幻本身都是有趣的形式，但写奇幻小说有这样一种危险——你会玩得很嗨、很随性，让事情变得容易，而你不应该这样做。

我有时会教创意写作。阅读学员们的作品时，我经常会看到在一些故事里，事情的变化仅仅是为了作者方便。我读过一些知名作家写的故事，他们也犯过同样的错误。作者觉得某个人物有钱比较方便，那个角色就变得有钱；而当这个人物贫穷比较方便的时候，那个角色又变得贫穷了。这种现象层出不穷。在同一个故事里，一个角色忽而绝望无助，忽而所向披靡，而作者非得假设这是同一个人，这就是为了图方便。

这么写,既不现实,也不艺术。你不应该这样做。若你说某某巫师有什么能耐,他就有什么能耐,那么你就危险了,因为你甚至有可能设定这个巫师无所不能,而这么写,故事就会变得无趣至极。

JW:这对读者和作者会有什么坏处吗?

GW:这是不现实的,显然是作者在作弊。就像我之前刚刚说的某个故事,作者明显没有在好好创作,而是在宣泄情绪。他恨自己笔下那个看上去普普通通的女人,这种情绪贯穿了全文……"我恨死她了,我非得在故事里把她蹂躏一番不可,这可真爽。"可这不是艺术,也不是文学。而读者不会喜欢这种东西,谁看到这个可怜的女人都会同情她,都会知道她的遭遇是由于作者的憎恶,而不是角色本身的驱动。拜托,一位作者为什么会憎恨自己笔下的角色?当然是因为放不下,因为一些鸡毛蒜皮的小事斤斤计较,比如说,她没答应和他一起看橄榄球比赛之类的。拜托,成熟一点儿吧。

JW:哪些作家对你影响比较大?

GW:有很多位。G. K. 切斯特顿、鲁德亚德·吉卜林。我不是故意只说英国人,只是碰巧这两位对我产生了很大影响。在我读这两位的书之前,还有一位叫露丝·普卢利·汤普森的女作家,她在弗兰克·鲍姆去世后续写了《绿野仙踪》系列。小时候,我甚至更喜欢普卢利的故事而不是鲍姆的故事,尽管我也喜欢鲍姆……只是前者的故事更吸引我。在我看来,比起鲍姆的《绿野仙踪》,普卢利的读起来更轻松愉快。

JW:还有谁对你产生过影响?

GW:还有 H. G. 威尔斯。我读威尔斯是从他的《世界史纲》开始的……我父亲是很早期的科幻小说迷,这对我来说产生了很奇特的影响。他是威尔斯的粉丝,所以我不读威尔斯,因为那时候我还是个孩子,小孩子都那样别扭……我父亲把《世界史纲》交给我,我就大概浏览了一遍,只看其中我感兴趣的东西。然后,我在看通俗杂志的时候,发现《著名幻想悬疑》杂志上面刊登了《莫罗博士的岛》,我都没有注意到作者就是父亲非常喜欢的作家威尔斯。我读了那篇作品,非常棒!甚至在一百年后的今天也依然很棒。威尔斯算是早期科幻小说的代表作家了。我读到的第一篇纯科幻小说是西奥多·斯特金的《微宇宙的上帝》。我小时候的读物大多是像《周日漫画》里的《飞侠戈登》和《巴克·罗杰斯》之类的。

有天我从自行车上摔下来,伤得很厉害,连骑车上学都不行,于是母亲就每天开车接送我,直到我的腿痊愈。有一次,她在校外等我放学,好开车送我回家,副驾驶的座位上有一本平装书。我母亲是一个狂热的悬疑小说迷,她一直在看这类书,而我一直捡她看完的书来读。那天我就拿起了她的这本书,发现封面有点儿像《巴克·罗杰斯》,上面是一座未来主义风格的城市,飞船正从里面飞出来。我说:"这本你看完了能给我吗?"她说:"现在你就拿去看吧,我无所谓。"于是我就开始阅读那本书,我读的第一个故事就是西奥多·斯特金的《微宇宙的上帝》。那个故事为我打开了新世界的大门，让我爱上了科幻小说。我想："这故事太神奇了。"我是对的。科幻小说确实非常神奇。我要告诉那些坚持认为科幻里必须有火箭飞船、射线枪和机器人的人，《微宇宙的上帝》里面没有火箭飞船，没有射线枪，也没有机器人，但它是科幻小说，非常非常棒的科幻小说。

JW：如果你现在可以创办一所写作学校，古往今来的作家都可以请来教书，你会请谁？

GW：这主意真是棒极了！我当然会请威尔斯。如果请得动的话，我还想请斯特金、切斯特顿和吉卜林，以及狄更斯，不过必须先给他上一堂关于标点的课。狄更斯使用标点符号在当年是正确的，但是自从他的书和小说出版之后，标点符号的使用规范发生了很大变化，所以他需要学习现代标点符号的用法。还有，没人不想上莎士比亚的课。他多棒啊，多么的才华横溢。

JW：你有过很多学生，不少人后来成了优秀的作家。这对你有什么影响？

GW：这对我没有任何影响——除了一点，我非常快乐且自豪，觉得自己没有浪费时间。

如果你有能力传承星火、传递火炬的话，那么就去做吧。我也有过导师，我的导师是达蒙·奈特，达蒙手把手地教导我，把我从无名小卒培养了起来。我曾经写过一篇疯狂的小说，所有的内容被分成平行的两栏，一栏是地球人的视角，另一栏是外星人的视角，两栏描述同样的故事。达蒙对我说，我们需要做的是进行剪辑，让故事在两者之间来回切换。他说他"尝试着剪辑了一下，你看看喜不喜欢"。然后，我花了一整个晚上，试图比达蒙剪得更好，但我做不到。他改动的每一处都是最好的，我无法超越他。但我从那篇稿子里学到了很多，我看到了他是如何切分故事的。如果有人想找来看的话，这篇小说叫作《旅途陷阱》。

JW：你的大部分小说还在售吗？我知道有很多合集。

GW：是的，很多都还在售。我的书主要是由托尔图书出版的，托尔一直在加印并销售我的作品，这对我来说真的很难得。我知道……有些很多产的作家，现在根本拿不到以前作品的版税。你通常无法从单篇的短篇小说中获得版税，尽管偶尔会有人付钱重印。但是，如果是在售的长篇小说，并且可以从出版商那里买到，你就可以从中获得版税。而有些作家的情况却不是这样。出版商不再重印那些书，他们心痛不已，尽其所能地想要让这些书重见天日。我就非常幸运了。有某个阶段，《新日之书》原来的出版商不再重印这套书，但他们并不归还版权，因为根据我们的合同约定，这套书只要仍在由出版商许可的经销商销售，出版方就不必归还版权。那套书还在由科幻图书俱乐部销售，并得到了出版商的许可。因此，出版商可能会让这套书绝版，但不归还版权，因为你仍然可以从科幻图书俱乐部买到它。而接下来发生了什么呢？当时，我的女婿正好在那家出版公司工作，公司的 CEO 要离职去新的公司，他们为这位 CEO 举办了一个饯行会。在聚会上，我女婿走到他面前说："先生，能拜托您一件事吗？把我岳父的版权还给他吧。"CEO 说："没问题，我很乐意。"在他在职的最后一天，他清理自己的办公桌之前，把那套书的版权还给了我。然后，我的经纪人又能重新授权了，这次授权给了托尔图书。于是，我又能获得版税了，而且直到今天托尔图书还在销售《新日之书》。

JW：你能给那些面对出版巨鳄的新手作家一些建议吗？

GW：首先，写短篇小说——我假设你说的是新手小说作家。如果是写非虚构类的作品，那么就给杂志写文章吧。但对于小说作家来说，我的建议是写短篇小说。

JW：为什么从短篇小说开始？

GW：这是学习写作最简单的方法。在短篇小说中犯错，并且能认识到自己哪里犯了错，所花的时间和精力要少得多。我认识一位女士，她是我的一个朋友，她写了一些很好的短篇，还写了六部长篇小说，但长篇一本都没有卖出去。我从来没有读过她的长篇，所以不知道她哪儿写得不对，但我知道她短篇小说写得很好。她应该审视自己的长篇，看看自己做错了什么。但她并不是一个愿意接受别人指导的人。

我有位男性朋友也是这样。他是个了不起的人，非常聪明，多才多艺，他也想写作。但是，当你对他说"不要这样写"的时候，他不愿从你的建议中学习，他会和你争论，说他所做的是正确的、可接受的，等等。他错了，完全错了。他有意使用语法错误之类的手法，都是一些在好作品中不会出现的东西——除非是角色在说话。如果你想塑造一个人物，你可以让他做各种各样的事情，包括犯语法错误。有时候这就是你想做的，但是，你不能在叙述中那样写。你要写在文法上可以接受的英语，而他会表示反对。

我对学员们说："听着，如果我让你把 x 从你的故事中去掉，我可能是错的。我经常会犯错。我只是一个人。如果其他人也让你把 x 从书中去掉，我们可能都错了。但是，如果每个人都告诉你'看在上帝的分上，把 x 删掉，别再胡闹了！'，那你就应该把 x 删掉！"

别那么固执，你会害死自己的！如果一个人不管路面是否结冰，都坚持以每小时八十英里的速度开车，那他最后肯定会死在路上。

JW：对于新手作家，你还有什么其他建议吗？比如在你开始写作的时候，你会对自己说什么？

GW：阅读你想写的那类小说中的优秀作品。如果你想写悬疑小说，那就去读一些好的悬疑小说。如果你想写奇幻小说，那就读好的奇幻小说。你要找出这个领域中哪些作品是声望高的，哪些是受赞誉的，然后读这些书，研究它们。

尽可能以作家的身份去阅读：这个故事是怎么写的？这本书是怎么开场的？这个开头真的能吸引读者吗？如果我真的被这个开头吸引住了，那么作者在开篇写了什么才会如此吸引我？

我过去经常和凯特·威廉[1]一起参加写作工作坊。凯特·威廉总是会带一支红笔去上课。对于学员的一篇小说，她经常做的一件事就是拿起笔在第三页或其他哪一页的中间画一条线，然后说："这才是故事开始的地方。之前的东西是你写出来好让你自己融入其中用的，是为你自己写的。把它们从稿子中去掉，从这里开始你的故事。"我曾读过一位西方作家的建议，他说"第一页就要把治安官毙了"。当然，他的意思并不是字面上的，他是想说在故事的第一页就写一些有意义的事情。不要以二三十页的场景设置、牧场生活开始你的小说，写春季围猎之类的事情。第一页就要把治安官毙了，让故事走起来。剩下的东西你可以在以后需要的时候放进去。

我曾经教过一期号角写作班。班上有一个学员，从他的背景来看，我以为很可能是最好的学生之一。其实根本不是这样。我姑且叫他鲍勃吧。在号角写作班的授课结束后，你要和每一位学员进行一对一的面谈，讨论他们的创作，试着帮助他们。鲍勃进来找我的时候，我说："鲍勃，我这里有你最近写的小说。每当你介绍一个新角色的时候，你就会让故事停止，用半页到两页半的篇幅来描述这个角色：他长什么样，穿什么衣服，喜欢做什么，喜欢吃什么，他现在以什么谋生，他过去以什么谋生，他如何对自己的妻子，等等。我知道我是六周课程的第六个，也是最后一个讲师。我也知道其他讲师都是谁。有四个很棒的作家，还有一个很好的编辑，他们是你前几周的讲师。我很清楚那些讲师一直在告诉你不要这么写，我整个星期也一直都在告诉你不要这么写。可是鲍勃，你还在这么写！你为什么还这么写？"他说："我觉得读者需要这些背景信息。"你还能怎么办？

JW：那你是怎么说服他的？
GW：我没能说服他。我从没在哪本书刊上见过他的署名，所以如果他还在写作的话，大概还是那么写的。

我之前读到过一条新闻，可能你也读过，说的是一个澳大利亚人写了十五部长篇小说，但都没卖出去。我跟你们说过我的那位女性朋友，现在已经去世了，她生前写了六部长篇小说，也都没卖出去。有些写作者就是这样，他们写了二十年的书，却从来没有成功过，因为他们有些地方做错了，可从来没有意识到。要去阅读别人的作品。如果你的写法和其他人的写法有非常明显的不同，那就要认真研究那种写法，因为它可能并不是你真正想要的效果。

JW：显然，你是一位科幻小说大师。在未来，你希望大家怎么看待你？
GW：我想到了那句诗："当我死的时候，愿人们说他罪孽深重，可他的书读者甚众。"

---

1. 凯特·威廉（1928—2018），美国著名科幻作家，星云、雨果双奖作家，在科幻写作教学方面颇有建树。

# 电脑幽灵
## GHOST IN THE MACHINE

［美］拉尔夫·罗伯茨 Ralph Roberts 著

陈日锋 译

明日经典

要让虚拟成为现实，

竟只需一行 Linux 代码！

作者拉尔夫·罗伯茨是美国科幻作家、电视人，曾为 NASA 的阿波罗登月计划工作。迄今著书已逾百部，还撰写了数以千计的文章和短篇故事。

马库斯·蒂格弓着背，蜷在 16G 狭小 U 盘的空间里。他一丝不苟地施展着打磨法术，从上到下地磨砺着自己的巫师之剑。他臂膀强健，上面虬结的肌肉随他施法的清理动作不断起伏。虽然一切都是虚拟之态，但那饱满的二头肌、雄健的胸膛、精悍的腰身、古铜色的皮肤，让他得以应付任何战斗。他身着一件无袖 T 恤，上面绘有十六进制和八进制的神秘符纹，佩以微软和 Ubuntu[1] 认证徽章，显得格外耀眼。

马库斯说："看来比尔该掏钱买个大点儿的待命室，怎么着也应该换个 64G 的 U 盘吧。要是 120G 的固态硬盘，当然更好。"

他抬头看了看奥斯卡，对方一句话也没说。

老头子看起来不太好。他平躺着，伤痕累累、筋疲力尽，动弹一下都要呻吟。排除硬件故障是一个累人的活儿。烧毁的电源、崩溃的硬盘、松脱的缆线和那些间歇性的毛病，让奥斯卡在黑暗、老旧的电脑中忙活了好几个小时。真不知道他在里面遭遇了什么。

要是有时间，马库斯会和奥斯卡同行，给这个朋友一些照应。此外，马库斯自己也确实喜欢剑砍獠牙病毒，脚踏恶意数据盗掘矮人，手撕病毒食人巨魔，铲除脚本凶猛恶龙……套着虚拟希腊盔甲的木马尽管放马过来，在马库斯这样强大的巫师面前，它们都不过是小菜一碟。

马库斯摇了摇头。奥斯卡坚持要用与肉身体格相同的虚拟躯体，也就是一个老头子，目前他在比尔厄电脑维修店凌乱的密室里，戴着虚拟现实头盔，躺在破旧的沙发上。比尔厄电脑维修店大概是芝加哥最不来钱的电脑店，但是这家店里有世间别的电脑店都没有的宝贝——马库斯和奥斯卡。当然还有比尔。虽然比尔一直十分努力，但他可能是世上最无能的老板。比尔还有一个躲在暗处的合伙人，可能还是个犯罪合伙人。那家伙叫阿尔，是这家店的投资人，但几乎不会露面。不过，阿尔最近到店里转悠的次数比以往多得多了。

奥斯卡呻吟着，努力翻过一点身子，看向马库斯。

"比尔买不起的，店里一直在亏钱。这倒正中阿尔下怀。那卑鄙玩意儿就想知道我们的秘密，想了解我们是怎么做到的。"

马库斯耸了耸肩，继续打磨自己的剑。他就是想干这份工作，即使到

---

1. 即友帮拓（又称优般图、乌班图等），是一个以桌面应用为主的开源 Linux 操作系统。

手的工资低得不能再低，他也依然喜欢它。比尔提出"虚拟电脑维修"的概念后，所有活儿都由马库斯一手操办了。他为它写代码、纠错，并率先试水。"虚拟电脑维修"就是他的孩子，是在他手上诞生的。他也知道阿尔肯定跟有组织犯罪有瓜葛，对方对这项技术简直垂涎欲滴。也正是因此，那个黑帮分子只肯挤出一点儿小钱，勉强维持店铺经营。

奥斯卡问："马库斯，你想从生活中得到什么？"

马库斯想了一下，耸耸肩说："得到足够的钱来升级家里的硬件，还有找到真爱。哪样先实现都行。但我最近想要一个二十四核的 CPU。"

奥斯卡又痛苦地躺平了，"待在这里，你一样都得不到。"

一道提示音忽然响起，小小的虚拟屏幕上弹出了一条带有 IP 地址的工作指令。

奥斯卡问："找我的吗？"他的声音充满了倦怠。

马库斯热情满满地笑道："不，是找我的。有个家伙的电脑运行速度很慢，估计里面有很多讨厌的小怪兽吧。"他又给自己那把剑施了一遍打磨法术，归剑入鞘，然后笑嘻嘻地背起了装着诊断法术和各种工具的背包。

奥斯卡嫌弃地瞥了他一眼，"别太乐在其中，要小心。外面有点不对劲。"

马库斯小心翼翼地走向舱口，"奥斯卡，如果有客户打电话找你去维修，你一定要告诉我你去了哪里。遇到危险别犹豫，立即运行我写的紧急中止程序。就是那个红色按钮。把它拿出来，翻开安全盖，按下'中止'键，就行。"

奥斯卡摇了摇头，说："不，我可不敢。你自己都说不知道它管不管用。而且也说不清用了之后它会对我们的肉身造成什么影响。你可是说过的。"

马库斯耸耸肩，"大哥，这是最后一招。别死在里面就行。要是死了，你的肉身会被折腾得更惨。我用少林寺电脑里的数据编写过一些功夫招式，你出去干活时，身上多少带点儿。"

奥斯卡沮丧地摇了摇头，"马库斯，我没有力气耍这些功夫招式啊。"

马库斯一面为自己的朋友操心，一面钻进 USB 端口，进入电脑店的小型服务器。一只手伸过来拉了他一把，助他站起身来。原来是 USB 驱动程序哔哔。

"谢啦，哔哔。"

"哔哔。"

"也祝你度过愉快的一天，伙计。"

这服务器是一台老旧的四核古董，是马库斯垫了五十美元从 eBay[1] 上买来的，那钱比尔到现在都还欠着没给。不过，这台服务器内存还行，Ubuntu 也是最新的版本，这让马库斯得以编写、开发那些法术和脚本。他对写代码一向很在行。

马库斯单手在空中敲点着附带摄像头的大型虚拟屏幕，对自己在上面呈现出的英姿微微一笑。他的虚拟形象是"蛮王柯南"和"亚瑟王的魔法师梅林"的混合体，既可挥动宝剑，又能挥舞魔杖，将它们运用得登峰造极。这金发碧眼、肌肉发达的外形，和他在密室里横卧的肉身截然不同，后者戴着眼镜、含胸驼背、身材矮小，全然一副极客样。

这具虚拟躯体可真是万人迷！不幸的是，所有会为这样的躯体痴狂的女性，都生活在外面的现实世界里。马库斯把屏幕挥开，直奔电缆调制解调器端口。这家小破店用不起光纤或无线连接，所以上传过程十分痛苦。那速度太慢了！

马库斯向沿途遇见的软件数据点头致意。他对这台电脑里的软件数据全都了如指掌，它们也都对他信任有加。一群内存小猴携带着各式各样的数据窜来跑去，忙得不亦乐乎，"0"和"1"在它们晶亮如珠的眼睛里闪烁不停。它们向马库斯齐声招呼道："你好，马库斯。你好，马库斯。"

路过电源时，马库斯拍了拍其中一根电缆。火花嬉闹着扎痒了他的手指。他还是小孩儿时就迷上了电，并很快和它交上朋友。这段友谊时常给他目前的工作带来很多帮助。哈！岂止是"目前"的工作呢？这么想着，他笑了起来。

马库斯挤进电缆调制解调器，慢慢攀爬到了最近的芝加哥光纤骨干网交会点。使用常规电缆连接的问题就在这里——下载快，上传慢。服务器需要一种与数据接收同样迅速的推送方式。

马库斯像游过糖浆一样，费尽千辛万苦，从龟速上传中脱身而出，走上拥挤的月台。这里信息攒动，各式各样的数据彼此摩肩接踵，都焦急地等待着下一列数据包列车。电子邮件、需要访问数据库并检索信息的 SQL 命令、海量网址查询，都在为了能让人类上网者心满意足而整日奔忙。

---

1. 易贝，一个全球性线上拍卖及购物网站。

在可怕的 Python[1] 脚本恶龙抬起面目可憎的头颅，从月台后面的栏杆外看过来之前，马库斯已察觉到了逼人的危机。他猛扑向前，就地一滚，一团赤烈的电子旋即击中了他刚才的落脚点。

马库斯对它施展了"more"[2]法术，没看到什么让他担心的东西，他也不打算对它和蔼可亲。他在空中敲出"rm 恶龙"[3]字样，删除代码杀死了该进程，清除了 Python 脚本文件。脚本恶龙那令人胆寒的高耸头颅和雄伟身躯，顿时噗的一声化为乌有——但愿如此吧。毕竟删除电脑文件不一定能一劳永逸。马库斯毫发无伤，但这次袭击把这里搞得满目疮痍。致命的龙之吐息没有击中他，但害死了一些正在履行合法职责的无辜软件。

一份 jpeg 照片文件吓得抽泣不已，马库斯在它身旁跪下。那是一张惹人怜爱的婴儿照片，某位满心自豪的妈妈正准备把它发送给孩子的奶奶。而现在，这张照片永远无法送达了，它在马库斯的怀里渐渐消散殆尽。

马库斯悲伤地站起来，眼睁睁看着幸存的数据惊慌失措地四处奔逃。岂有此理！一场针对他的未遂袭击，却摧毁了那么多优质数据、有用工具和其他程序。这全然有悖于马库斯的原则。简直暴殄天物。

袭击脚本很粗糙，但极具杀伤力。看来编写脚本的人或别的什么玩意儿心狠手辣，对马库斯充满仇恨。哼，那就走着瞧吧！他会一查到底，把追捕这个凶手视作自己的使命。

一列数据包列车嗖嗖停下，所有数据和代码片段赶紧上车，不想再碰上另一条龙了。

马库斯走进一节车厢，一股恶臭顿时迎面扑入他的虚拟鼻子。垃圾邮件！在互联网世界的万事万物中，他最讨厌垃圾邮件。垃圾邮件和发送它们的卑鄙小人，跟他们电脑中的污秽一样令人作呕。

这节数据包车厢塞满了黏滑、腐臭的垃圾，都快堆到天花板了。所有垃圾邮件必须死无全尸！马库斯从背包里掏出几枚过滤器炸弹，扔向它们，顺势一蹲。铺天盖地的碎片从数据包车厢两侧涌出，落在月台上的垃圾桶里，还算整齐。

马库斯非常满意，换了节车厢，找座位坐了下来。

---

1. 一种动态的、面向对象的脚本语言。
2. Linux 系统中的 more 命令，用于逐页显示长文本文件。这里指逐页显示 Python 脚本的源代码。
3. Linux 系统中的 rm 命令，用于删除文件和目录。

他唤出屏幕，翻看着工作单。嗯……这是一个匿名 IP 地址。这可不寻常，而且还需要额外的花销。发垃圾邮件的人、黑客以及其他坏蛋都喜欢匿名 IP。对此，他感觉不妙。

一位穿着三件套的高个子黑人绅士坐到马库斯旁边的座位上，拿出一张四百万美元的支票，咧嘴一笑。

马库斯指了指 T 恤上的认证徽章，说："别想钓鱼。"

这个软件瞪圆眼，跳了起来，朝他的几个同伙做出撤退手势，"警察！快跑！这家伙是警察！"他用尼日利亚口音大喊道。

几封合法邮件向马库斯点头致谢。网络钓鱼和垃圾邮件一样，给它们带来了污名。

一波色情内容渗了进来，马库斯指了指下一节数据包车厢，它们就走了。色情内容都是些没头脑的玩意儿，但也不会在巫师跟前触霉头。

念及此，他想起了格温。他转过身子，想找找她。他已经有一周（也许更久）没见到她了。格温做着一些低俗营生，但她是一位真实的女性，也很有头脑。有些男人为了与她互动，不惜一掷千金。除了他自己和奥斯卡，格温就是他在这里见到的唯一的虚拟人类。他们很谈得来，有时会乘同一列车。马库斯知道她讨厌自己为了糊口而不得不做的事。她当然不希望自己仅有的亲人——她弟弟——发现这事，后者在市里一家大型律师事务所工作。

格温的虚拟躯体风姿绰约，和马库斯的一样撩人。她私下跟他说过，她本人不过是一个女极客，身材平板，毫无曲线。她拥有计算机科学的学位，也热爱写代码，却没能找到用武之地，所以她只能退而求其次，做这份所谓的"营生"。一提到这份"营生"，她就会面露嫌恶。格温跟他说起过她的服务器，她也喜欢 Ubuntu 这款 Linux 系统。她提过自己如何备份了虚拟现实软件，甚至还把自己的真名告诉了马库斯——她叫格温多琳·露易丝·贝克。

哇！太迷人了。而且她也懂电脑和 Linux 啊。这姑娘太赞了！

上次两人一同乘车时，他抱住了格温，对此，连他自己都十分惊讶。马库斯不擅长跟女性交往，平时也没有足够的自信开始一段恋情。然而，格温也回抱了他！那是他最后一次见到她。

马库斯从月台上无线起跳，通过四十兆的连接，降落在工作单上的 IP 地址里。这里的互联网连接效力高、带宽大，非常诱人，但通往电脑的端口却阴森诡谲，里面伸手不见五指，曾经的防火墙只剩一个围绕端口的焦环。鬼知道里面游荡着什么牛鬼蛇神。这地方只差一个标牌，上书：这是陷阱，蠢货。进来吧。

他右手抽出魔杖，左手点亮了一个工作光球。有明亮的光线引路，他自信地走了进去。

他遇见的第一个软件是键盘驱动程序。

他问："你好，兄弟，这是什么电脑？"

驱动程序应道："咔嗒咔嗒咔嗒滴……忙碌中……咔嗒咔嗒，主人输入了杀掉你的命令。咔嗒咔嗒咔嗒滴！"

突然，一阵呼呼声响起，一股热浪让马库斯猛地转过身来，只见一堵白热化的防火墙封闭了出口。马库斯比画着想重新开一个端口，任何端口都行，但徒劳无功。

他听见背后传来重型战靴踩踏地面的轰响声，又转回身来。这次，形似巨魔、全副武装的巨型病毒战士，挥舞着利剑、战斧和刀刃足有枪身长的可怕步枪，向他冲了过来。

"赶紧溜，伙计。"键盘驱动说完就跑了。咔嗒声再次疾速响起。

马库斯哼唧了一下。这些可不是友好的 McAfee 或 Norton[1] 杀毒警官，它们只杀病毒，遵纪守法。不，这些巨魔都很极端，它们卑鄙无耻、手段龌龊，但非常强大！rm 法术伤不了它们半根毫毛。

马库斯挥着魔杖，使出他最强大的排错法术，魔杖滋啦作响，击中了第一个巨魔。然而，它竟然没有起到任何作用。这个法术本该拖慢对方的速度，揭示它的内部运作方式。然后，他只需删除声明和变量，战斗就结束了。不会有任何问题。可这一次竟毫无作用。

他拔出自己的剑，看来这次必须用古老的方式来解决问题了。他把巨魔们劈成单独的子程序后，它们就会滋啦滋啦地消失无踪。

键盘驱动器又回来了，它溜到对方队伍后面，一阵急促的咔嗒声响了

---

1. 两者都是著名杀毒软件。

起来。领头的四个巨魔冲向马库斯，它们的盔甲骤然厚重了起来！某个真人程序员正在与马库斯实时对抗！

然而，变厚的盔甲增加了重量，巨魔的反应随即变得迟缓起来。它们竭力以缓慢的动作把刺刀扎向马库斯。看来，无论那位程序员是谁，水平实在是不敢恭维。

马库斯持剑砍向巨魔。这可不是件容易的事，但还是有大块头随之分崩离析。

咔嗒、咔嗒、咔嗒、咔嗒！

那个程序员迅速吸取教训，所有巨魔的盔甲随之变薄。它们不停地增殖，直到众多狂暴不已、饥肠辘辘的巨魔将他围了个密不透风。它们反应敏捷，迫切地渴望饱尝马库斯的虚拟之血。

然而，巨魔数量太多，反而难以靠近马库斯。电脑的CPU也逐渐不堪重负。突然，巨魔再次慢了下来，那个还在继续复制巨魔、给CPU增添负荷的程序员也给卡住了。

马库斯砍碎了其中几个巨魔，但他感觉CPU已难以为继。虽然他自己写的虚拟躯体的代码显然更有效率，但他还是觉得自己也开始搏命了。他可不想在电脑崩溃时待在这里，但接下来的几毫秒里，它随时都有可能崩溃。一个写代码的行家以这种方式死去，简直惨不忍睹，也实在丢脸到家。

马库斯把剑换到左手，挡开巨魔的一记刺刀戳刺，同时把中止按钮从口袋里掏出来，拇指翻开安全盖。他屏住呼吸，按了下去。咔啦！

马库斯滚过店内密室里老旧服务器中的一个开放端口，恢复了人体尺度。他优雅地跃起身，归剑入鞘，然后……

比尔今年五十多岁，身材滚圆，头秃得像颗台球。他看到马库斯时，手上正拿着一杯咖啡，然后他的咖啡和下巴一同掉在了地上。杯子碎开，里面的棕色液体弄脏了已经褪色的老旧油毡。但马库斯和比尔都没有注意到这一点。

比尔倒抽几口冷气道："你……你是……"

马库斯的双手在自己身上游走，这坚实的肌肉、古铜色的皮肤，跟他那虚拟躯体的设定一模一样！然而，这一切竟然变成了真的！

他猛地转身回望那张破烂的沙发，他那光杆般的极客身子之前一直都躺在上面——现在它居然不见了！虚拟现实头盔也空荡荡地搁在一旁。奥斯卡的肉身则仍然躺在另一张沙发上。

马库斯蓦地面上一窘。

"什么情况？"比尔问道。他跌坐在椅子上，抓起一本零件目录，给自己扇风。

马库斯说："我尿个尿。在电脑里是从来不用尿尿的。"

比尔虚弱地冲店里那肮脏、窄小的洗手间摆了摆手。

几分钟后，马库斯一脸困惑地回来了。

比尔猜测道："每样东西都变大了？"

"是啊。"马库斯咧嘴一笑，"好耶！"然后他举起手说："我们得好好商量一下，制订一个行动计划。我来召回奥斯卡。"

他走到服务器前，坐了下来，结实的手指在键盘上敏捷地飞舞。"我对电脑的擅长程度也没变。"他笑着说。

然而，他的笑容很快就消失了。"比尔，出事了。我联系不上奥斯卡！情况不妙！最好进去救……"

"没那必要。"一道奸猾的声音从后面传来。

马库斯跳起来，转身一看，阿尔带着两个狗腿子站在那里。三人手持自动手枪，瞄准了他和比尔。阿尔走上前，拿枪口顶住比尔的耳朵，"那边那个蛮王柯南是谁？我可没允许你雇用新人。你之前雇的那个小孬种去哪儿了？"

比尔看着马库斯说："啊……他不见了。"

"好吧。这傻大个也不怎么地。刚刚差点儿就干掉他了，结果他像个娘儿们一样跑了。我倒不知道他是怎么在电脑崩溃前跑掉的。"

马库斯回击道："你写代码的水平烂透了。"对他来说，这是最羞辱人的一句话。

"没时间跟你废话。过去靠墙躺平。"

马库斯依言照做，但还是问道："奥斯卡在哪里？"

"他和你的小女友格温现在成了我的虚拟阶下囚。"

"格温？"

"是的，格温。那天我偷了比尔的代码，在电脑上运行得挺溜，把她困在里面了。格温是我色情租赁店里最受欢迎的一个，互动性没得说，样样都好。"阿尔把枪从比尔耳旁移开,挥向马库斯,"而你横插一杠,跟她你侬我侬,现在她想跑路,但她跑不了!"

马库斯用手一拍脑门,疼得不行。他嫌恶地喃喃自语道:"居然忘了加密敏感软件,真蠢。"

阿尔冷笑道:"所以我要把比尔带走,他会为我改进代码,而我将称霸整个互联网的垃圾邮件和色情内容。"这个恶棍指向服务器,"那个也带走。"

比尔睁大眼睛,对马库斯摇摇头。他不想让阿尔知道马库斯才是那个写了虚拟插入代码的人。虽然那是比尔的点子,但只有马库斯才能让它实现。

其中一个狗腿子放好枪,走过去,拧开机架上固定服务器的球型螺丝,然后把服务器拉出来,拔掉线缆,夹在了胳膊下面。

阿尔把比尔从椅子上拽起来,推给另一个狗腿子。后者揪住了比尔的衣领。

"你,躺在地板上的家伙,你被解雇了,柯南。没有遣散费或者补发工资。你能活命就已经算走运的了。"

然后,他们都离开了。大门砰的一声轰然关上。

马库斯站起身来。他获得新身体的喜悦,已经被绝望和对朋友的担忧所压倒。他看向奥斯卡的身体和虚拟现实头盔,心想格温的身体肯定也像这样躺在某个地方。

他的大拳头猛地捶向另一只手。阿尔现在已经控制了他仅有的三个朋友。

马库斯轻柔地给奥斯卡的身体盖上一条毯子,然后弯腰从地板上的工具箱里拿出几件东西。他迅速动身离开,锁上店铺的门,小跑回了他在附近的公寓——他的服务器上有所有代码的备份!

阿尔失算了。他会把朋友都救出来!无论付出什么代价,他都要这么做。

他跑过两位年轻貌美的女子身边时,听见她们说:

"好性感!"

"真猛男!"

马库斯咧嘴一笑,跑得更快了。至少这新身子锻炼得不错,他一路跑来竟然都没怎么喘气。

马库斯住的是一室一卫的公寓。当他穿过主房间时,突然发现自己居然能听到——甚至感觉到——他装在小衣橱里的服务器中上演的那些事情。

哇！他虚拟躯体的能力也转移到这具肉身上了！他挥动手指，一个浮在空中的虚拟终端出现在他面前。

太酷了！

有个空置的电源插座噼啪一响。马库斯向自己的朋友——电——挥了挥手。这倒不新鲜，他向来能与电沟通。

马库斯冲发着光的空中终端咧嘴一笑。这让他想起了技术学院里一位教授常说的一句话："计算机科学，是百分之九十的理论，加上百分之十的魔法。"马库斯现在确信，魔法所占的比例比百分之十要高得多。而他就是巫师！这种感觉简直太好了。

但这种感觉转瞬即逝。如果他无法解救三个朋友，那么他现在所拥有的一切都没有意义。格温、奥斯卡，乃至比尔，就是他拥有的一切。

马库斯在终端上挥动着手指，确保自己的服务器安全无虞。备份的虚拟现实程序仍在运行，执行救援任务要用的一切都井然有序。

然后他一拍脑门。他忘拿虚拟现实头盔了！不过……

马库斯打开衣柜门，感觉错不了，于是他潜进前方面板的 USB 插口，钻进了服务器。两个噬毒巨魔正坐在空空的数据容器上玩纸牌。在他进去时，它们抬头看了一眼。

一个巨魔说："嗨，老大。一切安全。"

马库斯点点头，拍了拍它们的肩，让它们继续玩儿。软件也是需要放松的。他走向另一个数据容器，坐下来仔细思考，同时创建了另一个虚拟终端。

他想出几个主意，决定采纳其中之一。他调出奥斯卡虚拟躯体的配置脚本——老头子原本希望电脑中的自己能与现实世界里的保持一致，但结果显然不尽如人意。马库斯的手指在终端上翻飞，不停增强奥斯卡的体质，为他恢复青春、强化肌肉，添加各种力量，包括所有少林寺的功夫招式。马库斯对此感到十分骄傲，毕竟不是所有人都能用糟糕的软件打造出一个李小龙，还把一切都保留下来。

接下来，马库斯编译了配置文件。虽然他无法轻易找出奥斯卡的位置，但奥斯卡的虚拟躯体会定期检查配置。奥斯卡一定会给扣留他的人一个惊喜。

随后，他马不停蹄，又为比尔创建了一个配置文件。如果阿尔也把他扔进电脑，渴望一饮阿尔鲜血的勇武战士就会变成两个。其实是四个，如果算上马库斯自己和格温。当然，前提是他能找到格温的电脑，并修改她的配置文件。他现在明白了，阿尔是格温的老板，他们使用的虚拟现实软件，是阿尔从比尔那里偷到的早期版本。而那软件早已改进了不少！

接下来是第二步。要是马库斯没法找到并进入阿尔的电脑，整个拯救计划都是空谈。阿尔的电脑肯定锁定了，而且固若金汤，严防他人入侵。但马库斯自有妙计。

格温多琳·露易丝·贝克的住址很容易找到，而且离这里一点都不远。比起比尔的店铺，格温的公寓更近，可能还更安全，毕竟阿尔不知道格温的电脑的事。格温可告诉过马库斯。此外，他也已经决定，要执行拯救计划，得更新格温的虚拟现实软件。

"保持警惕，伙计们。"马库斯叮嘱了两个巨魔，然后从USB端口钻了出去。

马库斯将开门法术用在了格温的公寓门上。他的朋友——电，贴心地为他破坏了警报系统。马库斯溜进去，重新锁好了门。她的公寓比他的还小，她（她的肉身）头戴虚拟现实头盔，躺在床上。她有点儿胖（这一点她没有跟他提过），个子不高，没什么曲线，极客得如她所述。但马库斯知道，反正自己就是爱她。

他找到了格温的服务器，心怦怦直跳。它还不错，虽然是老版的第二十代PowerEdge，但可靠性和性能皆属上乘。他刚潜入USB端口，三个庞大的女性防毒巨魔立即前来盘查。她们利剑出鞘，蓄势待发。

"站住！密码！"

"呃……"他不想伤害格温的任何软件，但他知道自己必须过去。

"等等！"一个巨魔说，"他是马库斯！"

另一个巨魔说："格温喜欢他。"

"非常喜欢！"第三个巨魔补充道。

马库斯耳朵都羞红了。他飞快地向巨魔们解释了他需要什么，以及这将如何拯救格温。

巨魔们点点头，放下了剑。

其中一个巨魔说:"虚拟现实软件的内存地址从 3ddff000 开始。"

另一个说:"我们将提醒 CPU 为你准备一个数据包。"

"在那边。"第三个指了指,说。

马库斯大步流星奔过长长的内存总线,来到相应的内存地址。CPU 为他提供了一个更新的数据包,他跳了上去。CPU 也没有反对他率先更新虚拟现实软件的举动。他把一些少林寺功夫招式和别的东西放到了格温的配置文件里,然后重新编译。

一些内存猴子齐声高呼:"格温有男朋友啦!格温有男朋友啦!"

数据包上,马库斯堪堪抓住几个突起的数位,风驰电掣般向前驶去。

马库斯穿过了阿尔主服务器的虚拟现实更新端口,全副武装的巨魔对他那拥有授权的流量视而不见。他从数据包上跳下来,双脚落地,姿态优雅。然后他进入了内存中的一处封锁区域,那里便是格温、奥斯卡和比尔的牢房。能再次见到他们,他真的非常开心!而且,他也认出了自己所在的这台服务器——正是比尔店里的那台。

"想我了吗?"马库斯笑着说。

格温飞奔过去,搂住他,把头靠在他的肩上。奥斯卡和比尔拍了拍他的背。他不怎么情愿地让格温离开了自己的怀抱。

马库斯说:"我们必须快点儿。这里都发生了什么?"

格温说:"也没什么,阿尔并不搭理我们。倒是他们,自从得到了新身体,就一直在角落里端详自己,傻笑连天。"她看了看奥斯卡和比尔,"朋友们,那只是虚拟的。"

马库斯说:"呃……其实不是。现在我真正的身体也长这样了。我得转化你们,这样你们才能帮我除掉阿尔。"

三人都点了点头。他们喜欢这个主意。

马库斯拿出从店铺工具箱里带来的红色按钮,每人发了一个。"全设置好了。翻开盖子,按下中止键就行。"他抬起了手,"但不是现在!"

比尔又轻轻合上了盖子。

马库斯挥手召唤出终端,屏幕上显示出电脑外的景象。阿尔和他的两个狗腿子正在那里,从外卖盒里拿比萨吃。马库斯暗想,看来,再怎么无组织无纪律的罪犯也得吃东西。

马库斯说:"来说说我的计划。奥斯卡和比尔一按下按钮,就会出现在阿尔和他的狗腿子面前。在他们掏枪之前,用功夫干掉他们。这对现在的你们而言,完全不在话下。"

"那我呢?"格温问道。

马库斯微笑着对她说:"你的按钮会把你传送到你公寓的服务器外。之前的肉身消失后,你就会变成现在这样子。"

奥斯卡从多年老态龙钟、弱不禁风的状态骤然恢复青春,浑身上下顿时活力四射、激情满满,不由狼嚎一声。

格温向他吐了吐舌头,笑了起来。

"然后你就回这里来,帮我们肃清残敌。不过……这是哪里?"

马库斯当空敲了敲,数据随即涌现在他的虚拟终端上。"嘿,阿尔没有加密私人和商务数据。"他滚屏的动作一停,"那儿!绿景大道6701号。格温,离你的公寓不远。都动起来吧!"

格温点点头,翻开按钮上的盖子,但她的指尖在按钮上游移,有些犹豫不决。

马库斯又说出了一句让自己大吃一惊的话:"我爱你,格温。按吧。"

格温看着马库斯,粲然一笑,随即按下了按钮。嗖!她消失了。

马库斯在空中终端上敲击几下,通过开放的更新端口发送了视频请求。格温正站在公寓里,对镜中的新形象惊叹不已。

"亲爱的,赶紧行动!"马库斯说。

格温被他的声音吓了一跳,挥挥手,跑出门去。

比尔问:"那我们在这儿等她不?"

"不。数三下就摁按钮。一……二……三!"

他们动作轻盈、悄无声息地出现了,一亮相就是功夫架势。阿尔和他的两个狗腿子还没来得及把比萨放下,就被解除了武装。马库斯他们从电灯、风扇和咖啡机上扯了些电线,把那三个家伙捆了个结实。

奥斯卡和比尔轮流往厕所跑了一趟。

马库斯在空中呼出一块屏幕,拉过一把椅子坐了下来。他要捣毁阿尔的色情和垃圾邮件帝国。比尔和奥斯卡回来后,也稍稍提了一些建议。他特地留心抹去了格温为阿尔做过的一切。毕竟接下来警察肯定会调查,而这么一来格温就不会感到无地自容了。

一记强大的开门法术猛地把办公室的门撞到墙上,格温恍若复仇女神,威风凛凛飞奔而入。看到那些被五花大绑的匪徒,她紧急刹车,差点儿没停住。

马库斯说:"格温,不好意思,我们没有等你。不过他们实在太弱了。"

格温耸耸肩。

"现在干吗?"比尔问道。

格温举起手,说:"我跑过来的时候就考虑过这个问题。"

他们都发现,她的气息丝毫不乱。

格温笑着说:"我弟弟在芝加哥最大的知识产权事务所当专利律师。你们都会富起来的,而马库斯也可以保证,这项技术——"她双手拂过自己玲珑有致的曲线,"能用于造福人类。"

"和软件。"马库斯补充道,"我们有钱啦!格温,你也是!"奥斯卡和比尔激动地点着头。

"我们该给警察打电话了吧?"

格温挽住马库斯的胳膊,轻轻地把他拉向门口。

"让比尔和奥斯卡打吧。我要你现在去给我看看电脑。"她露出一个笑容,那笑意足以把铁块化成绕指情柔,再锻造为百炼精钢。

比尔耸了耸肩,眨眨眼。

格温大喊一声:"看谁跑得快!"话音未落,她就已经跑出了门。马库斯紧随其后。

奥斯卡看了看比尔,"大不?"

"雄伟!"比尔答道。

"我爱电脑。"奥斯卡说。

Copyright© 2013 by Ralph Roberts

## 身着绿裙，小丑环伺
### IN A GREEN DRESS, SURROUNDED BY EXPLODING CLOWNS

［美］罗伯特·T. 杰舍尼克 Robert T. Jeschonek　著
　　　　　　　　　　　　　　　　　　　　罗妍莉　译

明日经典

网络垂下傀儡线时，
命运早已不再掌握在你自己的手中。

作者罗伯特·T. 杰舍尼克出生于1965年，是位高产作家，著有众多小说、散文和漫画。他的作品体裁丰富，在科幻、奇幻、超级英雄等方面均有著作，其获得2012年"国家前沿文学奖"的小说《我最喜欢的乐队并不存在》深受读者喜爱。他还写过经典科幻电视剧《神秘博士》第三任博士及其同伴的故事。

插画／Luzhan

我气喘吁吁地转过身子，寻找着出路，但四下环顾，周遭都是同样的东西。

我周围全是小丑，好几十个小丑。

小丑们大笑、窃笑、哄笑着，晃悠着脑袋，嘟嘟吹着喇叭，脚上硕大的小丑鞋踩在地上啪啪直响。他们脸上都涂着油彩，戴着圆溜溜的红鼻头，身上穿着五颜六色、花里胡哨的蓬松衣衫，看起来就跟在马戏团、狂欢节或孩子的生日派对上一样如鱼得水。

然而，他们每个人脸上都挂着不怀好意的冷笑，一张张血盆大口里也森然露出一排排参差不齐、锋利无比的尖齿。

他们逼近时，我心如擂鼓。我块头挺大，能跟他们搏斗一番——但在经历了那一切之后，我已经精疲力竭。我得承认，这两天各种事端持续不断的狂轰滥炸对我造成了极大摧残。再说，我的身体从一开始就不太舒服——我的肚子本来就疼得厉害，之后更是愈发严重。

何况，我还穿着鲜绿色的及膝裙和尖头高跟鞋。

对我这么个身高五英尺[1]十一英寸[2]、体重二百二十五磅[3]的人而言，在与由残暴小丑集结成的乌合之众搏斗时，这套行头可算不上理想。

"给我退开！"尽管我的叫嚷盖过了癫狂的笑声，但我看得出这无济于事，小丑们仍在向我逼近。

我艰难地咽了一口唾沫，准备背水一战。我伏下身，慢慢转过来，伸出双臂。

忽然，我听到身后传来狂野的尖啸。我飞快地转过身，只见一个小丑正朝我猛冲过来，对方粉色的圆顶礼帽上缀着一朵硕大的塑料雏菊。

当我蹒跚着后退一步时，意外发生了：那小丑冲到离我不足六英尺的地方时，居然爆炸了——在一片汹涌的橙色火焰中炸得四分五裂！

我举起双手，护住自己。小丑的断肢残体落了我一身，它们闻起来就像烤焦的培根。

然后，我又听到另一声尖叫，急急转过身去，只见又一个小丑朝我直冲而来。我竭力躲避，尖细的高跟鞋却绊了一跤，使我狠狠摔倒在地。

---

1. 1 英尺 =0.3048 米。

2. 1 英寸 =0.0254 米。

3. 1 磅 =0.4536 千克。

这一次，小丑靠得更近了，离我不到五英尺时才爆炸。

随后，尖叫再次响起，接着又一声，又是一声。只听三双软趴趴的小丑鞋啪嗒啪嗒向我跑来。我不知这一拨能在爆炸前欺近多少，也不知他们会不会冲得太近，带上我同归于尽。

我向上帝祈祷着，由衷地希望自己不曾成为众活网的命运黑客的靶子。

三天前的我可绝对无法想象事情会演变成这样。我当时不过在工作——我是"众活结果执行处"（简称COE）的一名特工。

我接下的最后那件任务，让我的生活就此天翻地覆——那时我来到了贫民窟的一间破旧廉租公寓，这垃圾堆似的地方有三个房间，里面住着五口之家，他们衣衫褴褛，陷在一片脏乱的乌烟瘴气里。

就算那是个五口之家好了——还有一只叫声尖厉的黑猩猩，它戴着紫色头巾，裹着闪闪发光的金色尿布。

"瞧瞧这地方吧！"一家之主拜伦·切林汉姆先生说，"我跟您说，这准是搞错了！"

"对不起，先生，"我环视着这间摇摇欲坠的破房子，"众活就是这么说的。"

"要了命了！"拜伦猛地一拍，不知是在拍某只飞过的虫子，还是在拍一架虫眼摄像机——那是众多微型飞行摄像机器人中的一种，它们时刻萦绕在现代人居环境中。虫眼机不断地向现实强化装置（比如我的隐形眼镜和植入耳机）传送视频和音频信号，强化我和他人的所见所闻。虫眼机也会将数据回传给社交网络供应商们；若是没有它们，众活、哇哇流之类的网络公司就像少了一扇世界之窗。

"冷静点儿，切林汉姆先生。"我提高了嗓门，想让他赶紧振作起来，同时也竭力掩饰着我对他的同情，"你得控制一下自己的情绪，先生。"

"但是有人把系统给耍了！你看不出来吗？"拜伦挥舞着手臂，就跟想要飞起来似的。他明亮的绿眸鼓胀着，身上的背心浸透了汗水，"凭什么这么对我们！"

似乎是为了应和他的这句话，房间另一边，那肮脏的临时厨房里，裹着尿布的黑猩猩突然凄厉地尖声大叫起来。

"你签署了 T.O.S.[1]。"我娴熟地眨着眼，操纵着增强现实的隐形眼镜。我俩之间的半空中浮现出一幅服务协议条款的影像，它呈现出一张纸的样子，上面印满了字，底部署有拜伦的签名。很久以前，他就与我们每个人一样，跟终极众包社交网络商——"众活"公司——签定了自己的命运。

在脸书公司诞生一个世纪后，社交网络成了世界的真正主宰。每个人的命运都掌握在别人手中，大家通过投票来决定彼此的命运，哪怕是那些最微不足道的细枝末节。

说实话，这一套系统运作得挺好。兢兢业业、善良友好的人往往能获得多数人投票带来的奖励；而那些残忍无情和违法犯罪的人，则经常以同样的方式受到惩罚。人们得到的都是理所应当的东西……通常来说是这样。

但如果我说，所有结果都能自圆其说，或者每个人都对自己的结果心满意足，那就是在撒谎。

"没错，我是同意接受群众的意愿，"拜伦厉声说，"但它不可能是这样，格莱斯特工。"

就在他瞪着我的同时，他周围凭空出现了一些简短的弹幕，我借助增强现实隐形眼镜就可以看见——这些是正在围观拜伦事件发展的群众发在哇哇流上的社交短讯：

69Bill69：当然能！

FrtInspktr：群众觉得你很糟。

SuzieQ4U：可万一就是他说的这样呢？

这时，拜伦的妻子西尔维娅从门廊里走了过来，她手里拿着一根破扫帚柄，朝那只黑猩猩挥舞着，赶得它叽里呱啦地往后退了三步。"我们获得的好感度指数都高上天了！"她脏兮兮的手指捋过鸟窝般乱糟糟的缠结棕发，"我们每天都能在众活上收获数百万个微笑点赞！"

有什么东西从我身边飞过——不知道是虫子还是虫眼机——我一把将它拍开。"你也知道，规则不是这样的，夫人。好感度未必与命运投票相关。"

BoogaBooga99：说得真他娘对！

FrtInspktr：别管什么微笑了，我会一直给他们打呕吐脸的。

NoItAll3000：可我喜欢他们！我这就给他们 100 个微笑！

---

1. 作者杜撰的服务协议条款。

"我跟你说，这次一定是什么地方出问题了！"西尔维娅拖着扫帚把扑过去，把那只黑猩猩又赶远了些。"群众如此热爱我们，可不会让我们沦落到这个地步！"她又拿扫帚把捅了一下，黑猩猩打了个转，飞快地冲出了门。西尔维娅追得猩猩乱蹿，它的尖啸与切林汉姆那三个小孩的尖叫混成了一片。

这些噪音让我胃里一阵翻腾，肚子更痛了。"嗯。"我转向拜伦，"我明白了，你不喜欢这结果。"

SweetHawk7：告诉他啊，COE 小伙儿！

CowwSezMoo：娇生惯养的有钱废柴。

"你是说从亿万富翁变成穷光蛋？还是被穿尿布的黑猩猩吓得心惊胆战？"拜伦笑了，仿佛准备好了要从楼上一跃而下，"你怎么会这么说呢？"

"这些事情都自有解决办法。"我告诉他，"如果你打对了牌，群众可能一夜之间就直接把你送回顶层。"

SuzieQ4U：没错，我们办得到。

Gr8Wite：我眨眼就会投他们一票！

ExpltvDletd：我也是。

FrtInspktr：要我说，投票给他们换只猴子！

"可万一这不是群众的意愿呢？"拜伦说，"假如这一切全是一个愤世嫉俗的人在背后操纵呢？"

我皱起了眉头，"你是说，命运黑客？"

"我听说，这种事以前就发生过！"拜伦正说着，那只尖叫的黑猩猩从孩子们的屋里跑出来，在公寓里横冲直撞。"网络暴民会黑掉命运投票，从而得到他们想要的结果。"

"传说罢了，"我说，"众活网是黑不了的。"

69Bill69：我倒听说有那么个家伙。

FrtInspktr：没有黑不了的东西，你个笨蛋。

Jabbawokky75：#命运黑客。混蛋，没这玩意儿的。

"起码调查一下吧？"拜伦走上前，抬起一只手，像是想触碰我的胳膊，却又缩了回去。"求你了，好吗？"他的眼神几乎因绝望而颤抖起来。他的妻子在后面追着黑猩猩上蹿下跳、怒喝连连。"因为我不知道自己还能承受多久。"

CowwSezMoo：他们都这么说。

哇哇流上的这句话说得太对了。我从没遇到过不会这么说的失宠者，或者说，至少那些意思都跟这差不多。我也从没听哪个人说过，命运投票的结果是他们罪有应得。

FrtInspktr：叫他滚蛋，啊哈哈哈！

HackensteinXXX：废——物！

不过，我还是有些困扰。尽管大脑和哇哇流都告诉我，别搭理这些家伙，但我的直觉做出了不同的判断。我在COE干了这么多年，从未见过如此仓促、离奇的失宠。

万一命运黑客真不是传闻呢？

我站在那里，琢磨着这件事，这时，有人重重敲响了门。拜伦从我身旁一蹿而过，拉得房门洞开。

KangaCult101：哎呀呀，我等不及要看了！

SinrHatr：最新一轮命运投票出来了，我知道接下来会发生什么了。

CowwSezMoo：太棒了，滚滚滚！

"切林汉姆先生吗？"一名男子身着众活公司造命师的白色制服，站在门口往里望了望。不等拜伦回答，他就推着一辆装满蛇的手推车进了门。"特殊快递，先生。"

造命师把蛇倒在地板中央，让它们四处乱窜。

CallMeGodd：天哪！看看这些东西！

Jabbawokky75：跳吧，混蛋，跳啊！

"明白我的意思了吗？"拜伦睁大眼望着我，"你真觉得我活该遭这些罪？群众为什么要投票干这么疯狂的事呢？"

然而，造命师还不打算收工，"下一件！"

另一个身穿白色制服的男人推来一辆手推车，上面是一只生了锈的灰色钢桶，他停在了那堆蛇旁边。第一个人和他一起协力把桶翻了过来，桶里腐臭的棕色污物倒了一地。

那是未经处理的污水。气味浓得让我作呕。

"不好意思，切林汉姆先生。"第一个造命师拿出一台平板电脑、一支手写笔，递给拜伦，"可以在这里亲笔签名吗，先生？"

FrtInspktr：舒－昂－爽！

JudyJudyJulie：雪上加霜的典范！

拜伦只是怒视着他。

造命师清了清嗓子，"就……呃，先生，需要你在这儿签个字，好吗？"

拜伦转向我。我几乎听不见他接下来说了什么话——黑猩猩又尖叫起来，抓起一把把蛇往墙上甩去，砸烂了它们的脑袋。"你起码调查一下吧？"

我告诉他，我会的。

从切林汉姆那里回来后，我直接回到家，进入了众活的外景场地——这是个庞大的虚拟工作空间，将我这样的员工与众活幕后基础设施联系在了一起。

在我那增强现实隐形眼镜的渲染下，这里看起来就像一座宏伟的水晶城，在阳光普照的平原上铺展开来。我的视点高居其上，从泛着金色的天空向下俯视着它。这片视野具有罕见的私密性，并未接入任何社交网络。

我使劲眨了眨眼，视野右上角便出现了一个示意城市分区的下拉文本菜单。我目光闪动，选择了最后一个选项，向它靠拢过去。我穿过云带，向下飘去，降落在一座高塔上。

我找到自己想找的位于高塔第八十五层的那间办公室后，直接飞了进去，在这个虚拟的环境中，没有墙壁或窗户会拦住我的去路。

我着地时，一位年轻女子抬起头来，她正站在由一片全息电脑屏幕排列成的锥形井中，数十个屏幕上闪烁着源源不绝的数据流。

"凯奇！"一看到我，她立刻来了精神，顺手把几缕乌黑亮泽的发丝塞到耳后。她很漂亮，不仅是因为她选择了以这样的外貌出现在外景场地里。"什么情况？"

"只是来看一看我最喜欢的结果分析师。"这么说着，我不禁笑了笑，"我说，你看起来比以前更可爱了，莉兹。"

"马屁精。"莉兹伸手在面前的那些屏幕上一划，打开一道缺口，然后从椅子上站起身，走了出来，"可我喜欢听。"

"还有很多呢。"我耸耸肩，"话说，我在找东西。"

莉兹露齿一笑，靠了过来，"谁不是呢？我敢肯定，我们一起找，必然能找到。"

"我就没那么肯定。"我说，"命运黑客到底存不存在？"

莉兹用看疯子的眼神看着我,"命运黑客?你要找的是这个?"

我一直隐隐作痛的肚子猛地刺痛了一下,但那感觉很快就消退了。"有一家失宠者,他们遭遇了远远超乎寻常的极端结果。"

莉兹向后一靠,与我拉开距离,洋溢的热情也一扫而空,"众活已经发话了。他们也是签了 T.O.S. 的,对吧?"

"对,但是……"我摇摇头,"这个结果也太极端、太失常了。那可是个亿万富翁,沦落得一贫如洗不说,还被迫和一只狂躁的黑猩猩一起住在贫民窟里。"

莉兹耸耸肩,"是有这种事啊,凯奇。有时候,稀奇古怪的结果会像病毒一样传播开来,横扫所有的命运投票。"

"更怪的还在后头,"我说,"一整辆手推车的蛇,和一桶没处理过的污水,就那么直接地倒在了那间公寓里。"

莉兹叹了口气,转过身,往她的数据井里走去,"命运黑客只是传说。众活是黑不了的。"

"我也是这么听说的。"我跟着她来到井边,"无论如何,你能不能挖掘点数据出来呢?"

她重重坐回椅子里,合上那道缺口,仿佛拉起了窗帘,"我姑且看看能做些什么吧。"

在莉兹深入挖掘数据信息时,我打卡下班,准备处理点私事。我不得不离开这里,去赴一场始终令我惶惑不安的预约。

尽管我无比希望事情不要这样,但众活确实控制不了所有事。

当我坐在邓肯医生的办公室里,等他宣布诊断结果时,增强现实的隐形眼镜让我看到了在他身边此起彼伏的来自哇哇流的消息。

SuzieQ4U:拼命为他祈祷。

JudyJudyJulie:手指脚趾一起交叉祈祷。

TouchyFeely50:这样的悬念真让人受不了!

我读了几条,但弹幕来得又快又密,这样的时刻会引来大批围观群众。

"格莱斯先生,"邓肯医生说,"只怕这消息不太好。"他双眼紧盯手里的平板电脑,"完全不好。"

"可惜了。"我靠着椅子往后倒去。

"基因疗法没能阻止额外的癌细胞转移,"邓肯医生说,"以后你的癌症不太可能再缓解了。"

"好的。"我点了点头,"就这样吧。"

DogssBreakfasst:这狗娘养的好惨。

TouchyFeely50:我发誓,我要哭了!

SweetHawk7:天哪!

"也就是说,"邓肯医生道,"你的预期寿命会大幅缩减。"

我清了清嗓子,"我还剩多少时间?"

"根据最近这次化验结果,我看是不多了。"邓肯医生从平板电脑上抬起头来,"短则两个月,长就四个月。"

"我明白了。"我用力吞着唾沫,尽量不去理会邓肯医生周围的增强现实场中挤得密不透风的弹窗。

SweetHawk7:我现在哭得可凶了!

PrestoKarmaKid:这可怜的家伙身边一个人都没有,对吧?

FrtInspktr:自从咱们投票让他老婆跟他离婚以后,就没有了。

"现在,有一种可能在于,"邓肯医生说,"我们的靶向纳米疗法或许能稍稍延长一点你的寿命。数百万纳米装置经过引导,可以将新式化疗的微爆流输送到患癌部位。"他顿了一下,"不过,你也知道,这种疗法会带来一些不良的副作用。"

"我能多活多久?"

"一两个月吧。"邓肯医生说。

ZpprBrkr33:答应吧!

Tinatastic:接受纳米治疗吧,老兄,接受纳米治疗!

CowwSezMoo2:别犯二了兄弟!

我闭上眼,挡住了哇哇流上汹涌的弹幕浪潮,"所以在最好的情况下,我还剩六个月好活。"

"没错。"邓肯医生说,"你打算怎么做?"

我告诉他,我需要考虑一下,然后就离开了。我决定今天余下的时间都用来休息,便径直去了自己最喜欢的酒吧,一进去就点了烈酒。

我坐下来喝酒时,虫眼机或虫子在我身边嗡嗡作响,惹得我不时拍上一把。哇哇流上的帖子也不断从我身边冒出来，给我出谋划策。

然后，我预料中的信息来了。那是一则公告——将发起一次全众活范围的命运公投，决定我是否应该接受纳米治疗。

就在此时，另一条消息引起了我的注意——那是一道来电。我目光闪动，扫过隐形眼镜上的控制装置，接起了电话。转瞬之间，我周围的事物随之改变，经过增强现实镜头的重塑，它变成了莉兹那外景场地里的办公室内部。

"嘿，凯奇。"她的声音从我的植入耳机中传来，在我脑海里直接响起，一清二楚。她坐在全息数据井中的形象出现在我面前，"亲，你欠我一顿牛排晚餐，以及最高档的鸡尾酒。"

"哦，是吗？"我在酒吧的高脚凳上直起了身子。

莉兹说："我本来觉得你那套命运黑客的说辞全是胡扯，可是后来，我分析了近日失宠者们的抗议活动，还真发现了一些规律。最近众活里似乎还出现了其他令人费解的荒诞结果。"

"有多少？"

莉兹说："过去两个星期，全世界一共五十七起。"

我轻轻吹了声口哨，"受害者彼此间有什么联系吗？"

"没有。"莉兹的手指抚过那些发光的控制键，"但我的确发现了引发他们那些结局的命运投票间的联系。"她伸出手指，轻敲其中一块屏幕，"我发现了一套精心设计的投票交易系统——由一支人工智能代理无人机组成的'神风敢死队'来执行。

"代理无人机强行征用众活的说客——就是由系统用户分配出去说服其他用户，让他们投出特定的票的人工智能体。这些代理会利用说客，聚集起一组仔细校准过的选票，然后轰隆一下急剧暴涨，它们会引起命运投票的连锁反应，触发一系列的结果。

"然后无人机就会自毁，"莉兹继续道，"唯一会留下的痕迹，只有被占用的说客的活动记录，而且数据还掩盖在层层晦涩的投票交易之下。"

我惊讶得直摇头，"谁有能力实施这么复杂的策略呢？"

"不想被发现的人呗。"莉兹说，"可我还是把他们给揪出来了。"她指向那块正对我的屏幕，屏幕上显示着一个名字。

"达达飞龙公司。"我因肚子忽然一阵绞痛而龇牙咧嘴起来，"你有这个机构在现实中的地址吗？"

不到一个小时，我就站在了住宅区一幢公寓楼的门前——23号房。我肚子痛得要命，深吸一口气后，才举起拳头敲了敲门。好在没有哇哇流的弹幕让我分神——作为一名COE特工，我能在危急关头屏蔽哇哇流。

我左手敲着门，右手紧握枪柄，扣着扳机。没人应门。我又凑近了些，但还是听不见门里边的任何动静。

"众活结果执行处，"我喊道，"开门！我们需要问你几个问题。"

接着，我又敲了敲门，用的是枪托。但仍旧无人应答。

我伸手往下探去，试了试门把手……我惊讶地发现，它竟然转开了。我推开门，跨过门槛，向黑暗中张望。汗水顺着我的后背缓缓淌下，我一直举着枪，以防遭到攻击。

我又向前迈了一步，这时，一块全息面板忽然在我面前亮了起来，那是一块联了网的屏幕，与我一般高，有我两倍宽。我被这突如其来的闪光晃得直眨眼，然后，只见众活主页那熟悉的橘绿色出现在中央，逐渐缩小适应，填满了整块屏幕。

我腹痛如焚，一心想要绕过屏幕，进去仔细看看房间里的其他地方……但不管我转向哪个方向，那块屏幕都始终挡在我面前。

忽然，屏幕上内容一换，从众活主页变成了正在举行的命运投票的常见框列式布局。投票问题出现在屏幕顶端，由醒目的粗黑体字打出：

**格莱斯特工大战沿过道走来的三个杀手时，应该用左脚还是右脚跳？**

计数器上两个答案的票数都已达数亿，目前领先的是"右脚"，占67%。

我猛地转身，面向门口，随时准备开枪。那屏幕仍直直挡在我眼前。走廊里传来三组脚步声，离我不远，但命运投票计数器的闪光映在我的脸上，让我很难集中注意力。

就在此时，数字停止了变化，胜出的选项变成鲜红色，尺寸扩大到原来的五倍。"右脚"已以绝对优势胜出。

我的植入耳机中响起了音频信息："根据当事人2192年10月21日签署的《众活服务条款》，格莱斯特工现在必须遵守此项命运投票的结果。"

屏幕终于消失了……就在这时，一个身穿红色制服的高个男人挤进了门，手里还挥舞着一支步枪。

我毫不犹豫地开枪，向闯入者的额头连射两下。冲击力把他重重撂翻在地，为下一个人让出了路。

我正准备再次开火，众活屏幕猝不及防地再次出现在我面前，上面有一条非常眼熟的信息：根据当事人2192年10月21日签署的《众活服务条款》，格莱斯特工现在必须遵守此项命运投票的结果。

"该死！"我屈服了，右脚蹦跶起来，屏幕随之消失。我毫无阻碍地朝那个坏蛋飞速连发三枪——一发打额头，一发在喉咙，一发射胸膛。

第二个枪手刚一倒下，第三个就冲了进来，开始射击。虽然边跳边瞄准很不容易，但我还是设法击中了他的太阳穴和肩膀，把他放倒在另外两个家伙身旁。

三人都倒下后，我不再蹦跶，径直冲进了走廊里。我朝两边张望一番，没有看到其他闯入者。

但一眨眼的工夫后，众活屏幕又突然毫无预警地出现在我面前，上面显示着关于另一场正在举行的命运投票的表格。这一次，群众将投票决定一个新问题：**格莱斯特工，就此罢手还是搏命争霸？**

到目前为止，还没有一张选票投给"就此罢手"。

我的心脏像拳击手的拳头般凶猛地捶击着肋骨。我沿着走廊向前飞奔，众活屏幕在此期间始终挡在我面前，让我很难看清去路。

我刚跑到电梯前，它就叮的一声响了，众活屏幕随之窜到一旁。电梯门突然打开，里面是一群鬼哭狼嚎的疯子，他们戴着曲棍球守门员面具，挥舞着大砍刀。

屏幕重新滑到我面前，显示着命运投票的结果。毋庸置疑，胜出的选项是"搏命争霸"。

众活屏幕消失了。我如脱缰野马般飞快地冲过电梯，向楼梯奔去。操着大砍刀的疯子的吼叫和脚步声如影随形、紧追不放。

我撞开门，脚底着火般冲下两级楼梯。到达底部时，我没有减速，直接冲出了出口。

却迎面撞上一群手持奶油派和消防水管的暴徒。

我刚出楼梯井，那些奶油派就朝我飞来，它们接二连三地狂轰滥炸，黏稠的奶油糊了我一身。

这番接连不断的攻击告一段落后，我抹开粘在眼睛上的好些黏糊玩意儿，才看见众活屏幕又出现了。这一次，上面是一条直接发给我的消息：**之后不会再给你预警了，格莱斯特工。从现在起，我们的命运投票对你不再可见。这是你为多管闲事付出的代价。**

屏幕刚一消失，手持消防水管的暴徒就撒起了欢儿。

我被什么东西冲得连连后退，起初我还以为那是高压水柱……但我很快意识到，那是另一种液体，它有着我无比熟悉的有毒气味。

那是汽油。

一股股汽油冲得我在楼梯井门上动弹不得。我赶紧闭上眼睛和嘴，使出全身力气，踉踉跄跄地右行，任由汽油液柱推着我向前走，直到转过大楼的一角。

然后，我沿着大街一路往前冲去，竭力躲开那些暴徒。我拼命跑进了夜色，心里祈祷着，千万不要有人朝我这里弹烟头。

我全身被汽油浸透，溅满了馅饼上的奶油，跑过一个个街区，迂回穿过市中心。等我终于觉得自己甩开了他们时，便躲进一条小巷，靠着墙壁拼命喘气。

这一次，我有点晕头转向。我唯一能求助的人是外景场地的莉兹，于是我半点没耽搁，赶紧向她发出了紧急脉冲信号。没时间像往常一样，在外景场地的虚拟环境中穿梭，在水晶城中翱翔，再降落到她的办公室里了。

她立即做出了回应。通过增强现实隐形眼镜，我看到她的形象从小巷里冒了出来，站在离我三英尺远的地方。

"凯奇！"她的脸上写满了担忧，"出什么事了？"

"命运黑客，"我告诉她，"他们在达达飞龙那儿暗算了我。"

"你看上去一团糟！"

"我差点儿没逃掉。"我腹中一阵翻江倒海，弯下了腰……勉强吸了口气后才直起身来，"他们在操纵命运投票胡作非为，唆使群众攻击我。他们想让我死，莉兹。"

她严肃地点点头，"我在查这件事，凯奇。我会尽力而为。"

我听到远处传来人声，便望向巷口，"我看，我们的时间也不多了。"我拍打着那群无处不在、绕着我打旋的小虫，"他们可以通过众活，用虫眼机对我进行追踪。"

"我会尽我所能。"莉兹不再操纵那些看不见的装置,转而用温暖的棕色眼睛迎上我的目光,"尽量坚持住啊,凯奇。"

因为我还有那么多活下去的理由吗?反正癌症也会在几个月内夺走我的性命。我本不该在意的,对吧?

可我确实在意,"莉兹,我会尽力的。"

就在这时,人声鼎沸起来。他们涌进小巷,狂暴的人潮淹没了我,抢走了我的枪,将我拖倒在地。

他们把我拖走时,我听到莉兹的声音穿过狂乱的咆哮,从外景场地向我唤道:"凯奇,挺住!"

然后她就不见了。我被拖往某个未知之地,等待着我的不知会是怎样的荒唐事。

暴徒当街把我扒得精光,然后用圣诞彩纸把我裹起来,拿鸡蛋砸我。砸完以后,他们剥掉彩纸,把我塞进一条红毯,边唱七十年代的卡通主题曲,边在我身上撒尿。

我的遭遇愈发可怕。每一种虐待,达达飞龙的命运黑客们操纵的每一个命运投票的结果,都比前一个更加诡异。

他们用一辆红色的小推车拽着我穿过一家艺术博物馆,把名画一张接一张砸到我头上。完了以后,他们又把我塞进一套考拉服,在我背上倒上油脂,让我转了一圈又一圈,直到我吐了为止。接下来,他们给我套了一条及膝绿裙和一双尖头高跟鞋,让我在跨城大桥上蹦极。

肚子的疼痛随时间流逝不断加剧。等他们把我扔进夜总会舞池,随着《小鸡舞》的调子拿冻硬的羊腿揍我时,我感到自己的处境相当不妙。打从最开始我就状态不佳,更不知道自己对这种疯狂的折磨还能忍受多久。

这倒不是说暴徒们似乎想不出新招了。他们蒙住我的眼睛,把我扔进一个装满尿布的垃圾箱里,将我一只手绑在背后,让我自己挖出路来。他们戴上鹳鸟面具,啄得我死去活来,其间还背诵宪法序言。他们想逼我吞下活生生的狼蛛,以及从旧漫画书上撕下的一页页揉得乱七八糟的纸。

然后,终于,暴行暂告一段落。他们把我带到一个空旷的校体育馆,把我留在了那里。

我喘着粗气,站在中央球场里环顾四周。这地方静悄悄的,伸手不见五指，唯一的光线来自门上那些昏暗的红色出口指示牌。

一时间，我大胆地升起一线希望，以为这番摧残终于结束了。也许命运黑客们终于把我修理够了，也许他们认为我已经"懂事"了。

我伸出手臂擦去脸上的血，然后在绿裙正面蹭了蹭手臂。我想踢掉那双该死的尖头高跟鞋，朝最近的门走去——万一我有机会逃脱呢。

就在此时，灯光猛然亮起，一群小丑蜂拥而入。

他们涌进大门，围住我，切断了所有逃跑路线。他们大笑着，号叫着，窃笑着，把我团团围住，一排排参差不齐的牙齿闪动着森然的光。

然后，他们向我冲来，每次来一个，旋即就炸开。我躲开了一次、两次，差点儿和小丑们一起炸成碎片。

下一回，三个小丑同时向我冲来。

三个小丑从三个不同的方向朝我冲来，像狂暴的维京人般尖嚷着。我早已精疲力竭，想来他们总有一个会撞到我吧。也许这样反而更好，至少我的死法是惊天动地的一声巨响，而不是在癌症的折磨下痛苦地日渐衰微。

但在我内心深处，某些东西忽然闪现而出——我不愿坐以待毙。或许是我宁愿战斗至死；或许只是出于纯粹的固执；又或许，仅仅是我在遭受了这一切后，燃起了熊熊怒火。原因到底是哪个，又有什么关系呢？

我从破碎的牙齿间深深吸了口气，凝聚起残存的力气——已经所剩无几——立刻采取了行动。

就在小丑们差点碰上我时，我突然闪开了。他们撞到一起，伴着排山倒海的冲力炸裂开来，他们的断肢残体向四面八方绽开……但其中没有凯奇·格莱斯的碎片。虽然爆炸让我狠狠跌倒在地，但我仍然活着。

然而，我又能活多久呢？我匆匆爬了起来，而更多软趴趴的鞋子啪啪地朝我跑来的声音也钻进了我的耳朵。我环顾四周，看到三个……四个……这一回总共五个小丑，他们尖啸着，一齐朝我冲来。

我狂乱地四下打量，不知接下来该怎么办。跑和躲似乎是仅剩的选择。要是我和小丑们徒手搏斗，估计一碰他们就会爆炸。

等等！也许这就是关键。

我看到几英尺外的地板上有一条炸断的胳膊，它属于某个死去的小丑。我冲过去，抓起它继续跑，直奔五个攻击者中离我最近的那个而去。

我分别握住那条断臂的手腕和手,像挥棒球棒那样向后一摆,用力打向对方胸口。那尖叫着的小丑一碰到手臂,就爆炸了。

冲击波把我放倒在地,推着我在地上滚了两圈。停下来时,我看见另一个小丑双臂大张,几乎就要扑到我身上了。

我踢掉鞋子,抄起一只,用尽全身力气朝小丑敲去。他随之炸开,尖叫戛然而止。他的身体碎块喷向四面八方,有些碎块大得足以引发其他小丑爆炸,以此类推,别的小丑也陆续炸开。

我埋下头,等待爆炸声渐渐平息。再度抬头时,会爆炸的小丑的人数显著减少了。也许,此刻我终于有能与之一战的胜算了。

我抓住另一只鞋,匆忙站起身,迅速看了看四周。就我所见,还剩十几个小丑。我获胜的概率大大提高了。

我选中小丑最少的那一处,准备放手一搏。肾上腺素在我的血液中燃烧,令我的心脏像跳旋转舞的托钵僧一样飞速鼓动着。我的肚子此时痛到了极点,疼痛不肯消退,但我会努力克服。

在准备冲刺时,我身上的每一块肌肉都绷紧了。如果我终将因为想要逃离这个超现实的困境而死,那就这样吧。至少,我已经付出了自己所剩的一切。

我挥舞着鞋子,跑了起来。我预计小丑们会聚在一起,堵住我的路,他们也的确这么做了……然而,他们还是让我吃了一惊。他们软趴趴的鞋里冒出了轮子,大大提高了他们移动的速度。

小丑们像狂怒的蜜蜂般朝我扑来,我继续飞奔。我边跑边意识到,这可能就是我的结局了。但这根本吓不倒我。我觉得自己仿佛游离于身体之外,正远远看着这一切。我心中只有一个念头——我可从没想过自己会是这么个死法。哪怕一年前,要是有人告诉我,我会在这般情景中死去,我肯定会当面嘲笑他。

不过我还是走到了这一步——穿着绿裙飞奔,手中挥舞着尖头高跟鞋,和一群穿着滚轴鞋的小丑对峙。

然而,突然之间,体育馆四周的门集体轰然打开,一群腰裹缠腰布、脚蹬兔子拖鞋的男人闯了进来。他们手执吹箭筒——那是一种中空的管子。他们把这种丛林武器举到嘴边,蓄势待发。

接着,他们一齐吹起吹箭筒,一阵密集的箭雨飞进了宽敞的体育馆,但没有任何一支冲我飞来。

我很快明白过来，吹箭手们射的是小丑。每当飞箭射中那些穿着软趴趴鞋子的目标，体育馆里都会迸发出雷鸣般的爆炸声。

那些小丑很快一一炸开，搞得我身边燃满团团烈焰，也让我的耳朵嗡嗡作响。小丑的尸体碎块如雨落下，撒得到处都是，那些骨头和组织的碎片掉了我一身。

不知怎的，我在一连串爆炸中依然站着。我使劲摇着头，想甩开耳中嗡嗡的响声，这时，有什么东西向我直扑而来——谢天谢地，不是飞箭。

那是一块众活屏幕，和我一般高，有我两倍宽，眨眼之间，它就从一个小点扩大到了完整尺寸，上面用大大的粗体字显示着一条信息：

**根据《众活服务条款》中的"仁慈条款"，当前所有命运投票结果均对凯奇·格莱斯特工无效。**

"啥玩意儿？"这简直好得难以置信。或许，是另一轮丧心病狂的折磨的开胃菜吧？

也有可能，它所言不虚。在我读这条消息时，吹箭手们转身离开了门口……那些门也没有随之关上。所有出口都大大敞开、无人把守。

就在这时，莉兹的形象出现在屏幕旁，她展颜一笑。"现在好些了吧？"她说，"对不起，我来晚了。不过你肯定难以相信，在这种时候，要花多少工夫才能召集起一大群吹箭手。"

一见到她，我立刻放松下来，"这么说，都结束了？"我的身体不再紧绷，手里的尖头高跟鞋也掉了下去，"真的结束了？"

莉兹点点头，"开始的时候，我都没想过竟然真能圆满解决问题。防御机器人和人工智能的反制措施对命运黑客根本没用。我们派去对付他们的所有东西都遭到了破坏，并反过来攻击我们。"

"但你还是办成了。"我笑了笑，牙缺嘴破，惨不忍睹，"你还是救了我，我欠你个天大的人情。"

"其实，"莉兹说，"你应该感谢自己得了癌症。"

我朝她皱起了眉，不懂她到底在说什么。

"《众活服务条款》中有一条仁慈条款。"莉兹指了指身旁的众活屏幕，

"因绝症而必须举行的命运投票,可以取代其他所有命运投票,并使之无效。"她伸出一根手指,指着我,"巧得很,朋友,当前正好有一项关于你的投票正在举行。"

我想了好一会儿才想起来,"哦,对啊。"我一直陷在这些荒唐事里,倒把这茬给忘了。群众正在投票,决定我是否应该接受纳米疗法来治疗癌症。这种疗法可以为我延长一两个月的寿命,也会带来不良副作用。但投票在好几个小时前就已经开始了,怎么还在进行呢?"众活还有关于这个内容的条款?"

莉兹点了点头,"真是个典型的众活用户啊,读都不读 T.O.S.,就签好自己的命运,拱手送人了。"她大声叹了口气,"这一条款旨在挽回濒死者的尊严,在他们临终前,给予他们对生活的最后一份控制权。"

我皱起眉,"怎么个控制法?如果这个人在这项'因绝症而必须举行的'命运投票中仍然受制于群众的意愿,他又控制得了什么呢?"

"因为濒死者可以投上最后一票。那是决定性的一票,有一票否决权。"莉兹走到我跟前,把她虚幻的手搭在我肩上,"你可以投出决定性的一票。"

这就是为什么,过了这么久,投票却仍在进行的原因吧。"他们在等我投票。"

"幸好你推迟了决定。"莉兹直视着我的眼睛,声音柔和起来,"幸好一开始就是这么个情况。"

"是啊。"我自嘲道,"感谢上帝让我得了癌症。"

我们笑了,然后默默地在那里站了片刻。那群暴徒没有回来,哇哇流也依然离线,我却没能摆脱从进了达达飞龙的公寓后就一直腹背受敌的应激思维。

唯一突兀的是众活屏幕,那项至关重要的命运投票公告醒目地贯穿于屏幕顶端:**凯奇·格莱斯特工应该采用纳米疗法来治疗癌症吗?**

疼痛贯穿了我的腹部,我龇牙咧嘴起来。由于命运黑客、会爆炸的小丑之类的东西,我还没找到多少时间来考虑这个问题。

"所以呢?"莉兹看了看屏幕,又回头看着我,"你要怎样?接受纳米疗法,还是算了?"

我凝视着现在的投票结果:93% 的投票赞成纳米疗法,7% 反对。完全是一边倒。

我该把这样的投票结果视为一个征兆吗？稍微长一点、不怎么愉快的生活，比短不了多少、没那么多副作用的生活要好？

一切都取决于我。我这辈子的命运一直掌握在别人手中，现在我终于有了决定自己未来的力量。癌症倒是赋予了我这么一丁点好处。在最后一刻，一件社交网络无法控制的事，将我从中解放了出来。

也许，是时候把这种自由发挥到极致了。

"结果会是什么呢，凯奇？"莉兹棕色的眼睛满是期待地凝视着我的双眼，"你会在众活上投出怎样的一票？"

我再次看了看屏幕上的问题和结果……这个支点决定了我余生的方向。然后，我咧嘴笑了。

"不关他们的事。"我摘下眼中的增强现实隐形眼镜，众活屏幕随之消失，莉兹也不见了，"从现在起，每一票都是无记名投票了。"

接着，我把隐形眼镜抛到肩后，信步穿过体育馆，任炸碎的小丑残躯在我光溜溜的脚趾间吱嘎作响。

Copyright© 2014 by Robert T. Jeschonek

| 科学家笔记·跃过深渊 |

# 听斯蒂芬·霍金聊黑洞、统一场论与玛丽莲·梦露
## STEPHEN HAWKING ON BLACK HOLES UNIFIED FIELD THEORY, AND MARILYN MONROE

[美] 格里高利·本福德 Gregory Benford 著
刘博洋 许卓然 译

> 格里高利·本福德，科幻作家、物理学家、天文学家，加州大学河滨分校物理学教授，当代科学家中能够将科幻小说写得很好的作者之一，也是当今时代最优秀的硬科幻作家之一。独特的风格使他多次获奖：星云奖、约翰·坎贝尔纪念奖和澳大利亚狄特玛奖等。他发表过上百篇物理学领域的学术论文，是伍德罗·威尔逊研究员和剑桥大学访问学者，曾担任美国能源部、NASA 和白宫委员会太空项目的顾问。1989 年，他为日本电视节目《太空奥德赛》撰写剧本，这是一部从银河系演化的角度讲述当代物理学和天文学的八集剧集；之后，他还担任过日本广播协会和《星际迷航：下一代》的科学顾问。

跟往常一样，斯蒂芬·霍金看起来气色又稍微差了些。他罹患渐冻症二十多年，仍然紧紧扼住命运的喉咙，这已经是个奇迹了。每次见到他，我都认为这将是最后一次见面，毕竟这条细细的生命线不可能一直维系下去。[1]

2005 年，霍金已经六十三岁了。在他辉煌的科学生涯里，他解决了大量黑洞物理的基础命题，其中就包括那项最令人震惊的预测：黑洞不完全是黑的。相反，如果有一个跟一座山差不多质量的黑洞，它就会辐射出各种粒子，而小一点的黑洞则会在辐射中逐渐消失。这是天文学家试图寻找但尚无所获的一种现象。

霍金于 1988 年出版的《时间简史》取得了巨大成功，令他一举成为略有点奇怪的文化偶像。他也想知道，那么多在脱口秀中提起这本书的小明星和摇滚歌手，究竟有几个真正读过这本书。

他决定在另一本著作《果壳中的宇宙》里提升作品的可读性。他在书中穿插了海量的生动插图，以帮助读者理解诸如超弦理论和时间本质之类的复杂概念。其中的诀窍就是把公式翻译成普通人能看懂的语言，不过这绝非易事，幸

---

1. 霍金（1942—2018），本文写作于 2005 年，霍金时任剑桥大学冈维尔与凯斯学院院士。

亏插图发挥了巨大作用——尽管那些正统学究强烈谴责，认为这些插图有过度简化之嫌，但在我看来，只要这些方法可以帮读者跃过艰深难懂的学术深渊，那就是好方法。

我走进霍金位于剑桥大学的办公室时，他的工作人员对我很警惕，甚至怀疑我是个自创了一套宇宙理论的民科。幸好我提前打过电话，他的秘书也因为在过去这些年里见过我很多次，所以很快认出我来了（我是一名天体物理学家，早在20世纪70年代就认识霍金了。）这间办公室还是跟从前一样，霍金佝偻的身躯蜷缩在电动轮椅上，他正向外张望，厚厚的眼镜片让他的眼神显得有些呆滞。但他只要开口说话，就能让人感到一股如洪钟大吕般鼓舞人心的强大力量。

在很多年前，霍金因为一场紧急的气管切开术失去了声带。他那扭曲孱弱的双手连一支笔都握不住了。术后那段时间，他跟这个世界是完全割裂的，仿佛跌入了他一心研究的黑洞，他的所思所想，想对外界表达的一切都像被黑洞吞噬的信号那样，因引力而红移、减速，在死寂中等待被遗忘。

所幸硅谷的一家公司从天而降。工程师们为霍金量身定制了一款便于操作的软件和一副特殊的键盘。现在，他那枯槁的双手可以在键盘上灵活地移动了。软件便捷灵敏，能让他很迅速地拼出句子。我看着他在悬挂于轮椅前方的液晶显示屏上飞快地移动光标，选择着常用词。硅谷的那帮哥们儿现在已经开始量产这一伟大的发明，服务于全世界正在承受类似病患的人们。

"请不要介意我的美式口音。"安装在轮椅后面的扬声器带着加州腔调说。他只敲了两下键盘就完成了这一整句话。

虽然之前也曾来过他这里，但是看着眼前的场景，我还是被深深触动了：一个饱受身体衰竭和病痛折磨的男人，竟然在墙上贴了好几张巨幅海报，上面都是同一个跟他有着天壤之别的形象——玛丽莲·梦露。我问起她，霍金立即用一只手在键盘上敲出语音："是啊，她棒极了，像宇宙一样棒。我有想过在新书里放一张她的照片，就作为一种天体的插图。"我则评论道，对我来说，这书就像是法国印象派画家在描摹一头奶牛的光影瞬间，他们绝不会想要呈现一头真真切切、臭烘烘的牲畜。惊鸿一瞥抵得过万语千言。接着，霍金换了话题，开始聊起目前物理界关于宇宙起源，也就是大爆炸之后那个瞬间的热门话题。

霍金的彬彬有礼让我很不安。我很清楚他平时有多忙，而我，只是路过顺便来聊聊的。

"有那么些年，我跟罗杰·彭罗斯的早期工作对科学似乎是场灾难。"霍金说。

"我们证明了，如果爱因斯坦的广义相对论是正确的话，那么宇宙必然发端于奇点。而这就意味着，科学无法准确描述宇宙是如何起源的，因为物理法则会在密度无穷大的奇点处失效。"的确，数学无法处理这些趋向于无穷大的物理量。实际上，二十世纪的物理学有不少工作是在试图规避无穷，因为那会给粒子物理和宇宙学带来无法处理的麻烦。点粒子[1]的设定倒是能够暂时解围，但终究会带来大麻烦。

---

1. 一种抽象的粒子模型，可以有质量，但是没有体积。

我记得，自己曾在国王学院的一次晚会上问过霍金这个问题的数学解决方案。他说，这跟基础量子力学里的一些方法有点类似，他正在努力把这些方法运用到目前这个超现实的领域。

"现在看来，利用虚时间[1]的概念，我们确实可以确定宇宙是如何起源的了。"霍金说。我们就此进行了一番探讨。霍金运用了一个数学技巧，把方程中的时间替换成了虚时间，这就改变了方程式的本质，从而让他能够从微观的量子世界借用一些概念。新的方程式有一种隧穿效应，让宇宙在大爆炸之前，可以有多种不同的途径来穿越奇点。有了虚时间的概念，我们就可以计算出，宇宙经过某个特定隧穿路径进入到我们所谓时间发端之后的早期宇宙的概率。

"当然，你是可以这么解释这些方程，"我争论道，"但这只是一种数学技巧啊，不是吗？"

霍金说："没错，但大概是一个精致的技巧。"

"但我们并没有真正地深入理解时间，"我回答，"把实时间换成虚时间并没多大意义。"

"虚时间是一个新的维度，与实时间垂直，"霍金解释说，"沿着这条轴线，如果宇宙满足'无界'条件，我们就能展开计算了。这个'无界'的意思是宇宙在虚时间方向上没有奇点或者边界。在'无界'条件下，虚时间没有起点或终点，就像地球表面的路径没有起点或终点一样。"

"如果这条路径能围着地球绕一圈的话。"我补充道，"但是当然了，我们并不能确知虚时间没有边界。"

"我的直觉告诉我，在那个特别的坐标轴上是没有什么边界的，所以我们可以展开计算。"

"这只是你的感觉罢了，而这正是问题所在，不是吗？虚时间只是一个数学上便利的概念而已。"我有点恼火，耸耸肩。冷酷完美的数学世界和真实的物理世界之间总是隔着巨大的鸿沟。在物理研究方面，这种冲突太常见了。"虚时间跟我们所感知到的时间——逝者如斯，生老病死——毫无关系。"

"没错。我们的思想是在实时间中运行的，时间随着大爆炸开始，也将会随着大坍缩终结，虽然根据目前观测到的加速膨胀数据，大坍缩不太可能会出现，但意识总归会在奇点处终结。"

"这可算不上什么安慰。"我说。他笑了笑，"是不算，但是我喜欢'无界'条件。它似乎意味着宇宙在实时间的一端处于高度有序状态，而在另一端则处于无序状态，且这种无序会沿着时间轴的另一个方向增加——我们将其定义为时间向前的方向。当我们在脑中记住什么事情的时候，宇宙的无序度便又增加了一点。这就解释了为什么我们只能记住我们称之为'过去'发生的事情，而不能记住未来的事情。"

"那你还记得自己在1980年关于终极理论的预言吗？"我反问他。

"当时我说，我们可能会在二十世

---

1. 为了对应时间起点（大爆炸）而定义的一个概念。宇宙的起点如果源自大爆炸，那在此之前的时间将无法定义。霍金借助数学里的虚数概念，提出了一个与我们能感知的时间（实时间）方向相垂直的虚时间，从而让大爆炸之前的时间也可以指向。

纪末形成完整的大统一理论[1]。"霍金的语音合成器发出一阵干笑，"好吧，我承认自己错了。在那时，大统一理论的最佳候选人似乎是N=8超引力理论[2]。但现在看来，这个理论可能近似于一种更加基本的超弦理论。我之前过分乐观了，以为我们能在二十世纪末解决这个问题。不过直到现在，我仍然相信在接下来二十年里我们有一半胜算能得到完整的大统一理论。"

"我经常怀疑，当我们看向更小的尺度时，物质结构永远不会有终点——相应的物理学理论也是。"我提起这样的观点。

"也有可能世界上根本就没有终极物理理论，我们只是在不断地发现新的物质结构层级罢了。不过，似乎我们研究得越微观，物理学理论就变得越简单、越统一。而普朗克尺度是一个终极尺度，小于这个尺度，时空将无法被定义。所以我想，物质结构的层级还会是有极限的，只要我们足够聪明，总会找到一个大统一理论。"

"那你觉得我们足够聪明吗？"我问。

他又笑了，"这你得从别处找找信心了。"

"我有点跟不上目前超弦领域的研究节奏。"数学物理学就像音乐，只有年轻热烈的灵魂方能理解和驾驭，好比神童莫扎特那种人。

"我也只是在努力跟上。"他谦虚地说。我们又开始讨论最近的一些研究，关于"婴儿宇宙"，也就是时空泡沫。对于人类这种宏观生物而言，时空就像在远洋邮轮上一眼望见的大海，风平浪静，静谧浩渺。可一旦你凑近看，则是波浪汹涌，气泡翻腾。在极小的尺度上，时空中虚虚实实的涨落可以随机产生——凭空出现，又无声消散。

粒子物理中还有一些鲜为人知的结论称，在某些罕见但无法避免的情况下，这些泡沫可以发展为一个成熟的宇宙。

在大爆炸之后的那个瞬间，这样的情况可能在一瞬间发生过很多次。实际上，我们这个宇宙的某些性质，可能正是由那个极短瞬间中喷薄而出的时空泡沫所决定的。而研究这种可能性，则要用到"虫洞微积分"理论，也就是从无穷多可能出现的泡沫（以及连接它们的虫洞）当中进行采样分析。

霍金和一些科学家在数学上把这些泡沫做了个平均，把它的物理性质校正了一下，想要判断出，像我们所处的这样一个相当温和且平静的宇宙，是否是早期湍动发展的必然结果。这件宇宙公案没有陪审团，而且可能永远没有——这些计算太复杂了，而且更多是基于直觉，并非事实。而要断定他们是否给出了任何有意义的预言，就见仁见智了。这不禁让人想起王尔德的名言："对于重大事宜，形式总是比内容重要。"

退一万步讲，就算关于宇宙最初那一瞬的假设是正确的，宇宙的样子很大程度上还要取决于那些时空泡沫的能量。

---

1. 又称终极理论、万物理论，即用一个理论来解释宇宙间万物的运动规律，统一宏观世界和微观世界，统一宇宙间的各种基本粒子和四种基本的力。大统一理论是科学家们的终极梦想。

2. 超引力是一类将广义相对论进行超对称化的理论模型。在一种超引力理论中有八种引力量子，因此人们称之为N=8超引力理论。

把这些泡沫吹起来的能量将会受到一种负能量的制衡,这来自泡沫里面的物质之间的引力。如果向外的压力刚好和向内的引力(其实也是一种压力)相平衡,你就会得到一个蛮像我们宇宙的宇宙:比较温和、没有极端的时空曲率——天文学家称之为"平坦"。我们的宇宙,至少从太阳系这么微小的尺度来说,还真是挺平坦的,对于银河系这么大的尺度也仍然如此。实际上,一直到遥远宇宙中我们可以观测到的极限,宇宙都仍然保持着平坦。

这些泡沫直到现在都在不断形成,也就是说,你的客厅里随时有可能冒出一整个完全独立的时空。它起初会无穷小,然后膨胀成一个西瓜大,但是你的双眼看不见——出于一些基本的物理原因,你肯定是啥也看不见的。

"它们当然不会在空间里出现,"霍金说,"去追究它们会在空间里哪个位置出现是没有意义的。"它们并不占据我们这个宇宙的空间,而是会形成它们自己的宇宙,再往那些此前并不存在的空间膨胀扩张开去。

"它们在我们这个宇宙中产生之后,就跟我们的宇宙断了联系,"我问霍金,"没有遗骸,也没有痕迹?"

"我不认为会有。"

"就像一个从不给家里写信的不肖子。"当聊到极为宏大之处,我喜欢拿寻常之物做比。

"它并非在我们的空间形成,而是本身就是另一个时空。"

我们又开始讨论我基于上述理论拟定的一些科幻设定,我用这些设定写过两篇小说:《宇》和《时间逃逸》。我采用了剑桥的英式科学风格,在小说出版的1980年,这些理论还没有现在那么为人熟知。这些构思之所以能够产生,部分原因得归功于我跟霍金的一些海聊——当然,我在书里周详地说明了霍金的贡献。我给这些隔离的闭合时空起名叫作"洋葱宇宙",因为原则上这里面还可以嵌套更多层闭合的时空。这是一种神奇的感觉:一个猜想,居然能变出些真东西来——就好像轻如鸿毛的事物,也可以变得重于泰山。

"那么,它们就这么轻轻地来、轻轻地走,"我沉思着,"就这么消失了。在我们和这些其他宇宙之间,严格意义上什么都没有——没有时间,没有空间,没有物质,没有能量。"

"没有任何办法能触及它们,"霍金单调的合成声说道,"这是无法跨越的鸿沟。这也超出了物理学能解决的范畴,因为那里真的什么也没有,不再是物理世界了。"

那个机械合成的笑声再次响起。霍金喜欢这种哲思带来的愉悦,宇宙就好像泡沫一样沉沉浮浮、生生死死,他对于自己这个念头喜欢极了。

这时他的护士走了进来,要给他清理一下身体,于是我先回避了。被束缚在一把轮椅里动弹不得,肯定是有损尊严的,但是每天接受他人这种极其私密的例行护理,他却能泰然处之。也许对他而言,也就这会儿,他才能把思想从与世界的碰撞之中解放出来。

我坐在他办公室外的公共休息室里,一边喝茶一边跟他的几个博士后学生聊天。这些学生也在研究类似的疯狂理论,他们思维敏捷、诙谐机智、观察敏锐,偶尔喝一口浓郁的锡兰红茶。一群很厉害的家伙,可能还有点嫉妒我在占用霍金的时间。他们大概都在纳闷儿,这人是谁——没人听说过这么个搞天体物理和等离子体物理的、带南方口音的加州人——在这个研究领域严酷细分的年代,我跟他们的领域已经相隔十万八千里了。我没有多做解释,毕竟我的来访也确实没啥正当理由,除了我跟霍金是朋友。

霍金的秘书悄悄走出来,问我愿不愿意跟霍金在凯斯学院[1]共进晚餐。我本来想去自己最喜欢的印度餐厅,那里的咖喱鸡能让人把一切烦恼抛诸脑后,我还想饭后独自在剑桥校园的小径上溜达,我太爱这里的氛围了——但我立马接受了霍金的邀请。参加大学里的高桌晚宴是在英国最富传奇色彩的体验,我清楚地记得我每一次的参加经历。席间的口舌之快绝胜于口福之享。

我们走过一座座氛围典雅的学院小楼,人声、自行车铃声在那青石古木间回荡。在朦胧的暮光中,回响着学生的叫嚷,霍金的轮椅在鹅卵石路面上咯噔咯噔地碾过。他坚持自己操控轮椅,尽管他的护士在一旁焦急地守候着。我从未意识到,全天候地照料霍金让他团队中的每一个人承受了多大的压力。有些路人跟在我们后面,只是为了看霍金。"别在意,"他的合成音说道,"他们很多人到这儿就是来围观我的。"

我们绕过古老的石制建筑和精心维护的花园,终于来到了凯斯学院。拥进餐厅的学生们发出阵阵喧嚣,霍金乘坐电梯上去,我走的则是嘎吱作响的楼梯。

教职员工在学生们之后进来,我跟在护士后面。

"高桌"名副其实。他们精心安排了霍金的座位,让他背对着本科生们围坐的又长又宽的餐桌。我很快意识到,这是因为霍金进餐时是无法控制嘴唇的——样子有些不雅,他吃的是特别准备的、无须咀嚼的套餐。他的护士需要把食物切碎,用勺子喂给他。

晚宴很吵,今年的新生们都盯着大名鼎鼎的霍金的后背在看。霍金则通过他的键盘平稳地输出语音,来进行一场事实上的"对话"。

他聊起他的担忧,对于那事关物理学家的圣杯、能够解释万物的大统一理论心生疑虑。即便我们已经可以穿越数学的层层滞障、窥得大统一理论的轮廓,但我们尚不能看得真切——也就是说,我们还有很多可能的其他选项。物理学的发展可能会在某些难点上摇摆不定,那些事情与我们作为灵长类动物的经验相去甚远。从这里开始,就是审美发挥作用的时候了。

"如果不存在独一无二的大统一理论,"他说,"你将不得不求助于一些外在的准则,我们可以称其为上帝。"

我眉头一皱,"敢情他老人家不是来当造物主,而是来当裁判员的?"

"他可以决定哪个理论不仅仅是一组公式,而是描述了一个真实存在的宇宙。"

"也即我们的宇宙。"

"或许所有可能的理论都会有一个对应的宇宙存在!"他欢呼道,"还不清楚说什么东西存在到底意味着什么。如果问'在剑桥是否存在拥有两只左脚的人?',你可以检查剑桥每个人的脚。但

---

1. 全称是冈维尔与凯斯学院,是剑桥大学历史上的第四所学院,培养出了十二位诺贝尔奖获得者。霍金生前曾长期担任该院院士。

你如果不在一个宇宙里,你就无法确定它是否存在。"

"时空版的《第二十二条军规》啊。"

"所以要说清'宇宙为什么存在?'这样的问题到底什么意思并不容易,不过,这是一个让人忍不住想问的问题。"

餐厅的环节结束后,高桌晚宴在楼上的高级公共休息室继续。我们围着一张光滑的长桌,倚坐在舒适的软椅上休憩,享用着传统的脆皮核桃、有些年头的红酒、古巴雪茄和高谈阔论,其中时不时穿插着霍金的幽默发言。

有人提到美国物理学家史蒂芬·温伯格在《最初三分钟》中的观点,所谓"我们越理解这个宇宙,它就越显得没有意义"。这话霍金不同意,我也不同意,但他给出了更好的理由:"说宇宙是无意义的,或者说它是为了什么目的而被造就的,这种论调本身就是无意义的。"

我问道:"那追寻宇宙的意义这种行为,也是无意义的吗?"

"要追寻宇宙的意义,你得站在宇宙之外,但那是不可能的。"

又是一个"研究者与被研究对象之间存在鸿沟"的图景。"但是,"我坚持道,"我们身处宇宙内部,也能看到宇宙的一些惊人结构。"

"宇宙给人的最深刻印象即它是有序的。我们了解宇宙越多,就越发觉它是被符合理性的法则所主宰。如果有人乐意的话,大可将宇宙的秩序归功于上帝。爱因斯坦就是这样认为的。"

在座的一位学院同僚问道:"理性的信仰?"

霍金在键盘上快速地敲打着:"我们的宇宙拥有适宜生命生存的条件,但这不应令人惊讶,因为这并非宇宙刻意被设计成适宜产生生命的证据。我们可以把这种秩序称为'上帝',但这应当是一种非人格化的上帝。物理法则没什么是可以被人格化的。"

核桃吃完了,酒喝完了,烟也抽完了,到散场的时间了。我们走时,霍金操控他的轮椅穿过楼间阴暗处,这让我燃起了对一项剑桥大学传统学生运动的好奇心:夜攀剑桥。

在夜里,年轻人们有时会在那些古老建筑的陡峭外墙上攀爬,包括最难爬上去的一些地方。他们为了争夺胜利的荣耀,甚至把命都赌上了。这当然是严重违反规定的。这项活动的刺激感,一部分也是来自跟那些夜巡屋顶、监听异响的保安斗智斗勇。甚至还有人写过一本爬墙手册,记载了这项运动的荣耀和长达几个世纪的悠久历史。

霍金带我走了一条我走过很多次的小径,那是一条穿过高耸的本科生宿舍楼直抵康河的捷径。他说,"夜攀剑桥"中最艰险的玩法之一便是,在小径上方跳过这两栋楼间的深渊,爬到对侧陡峭、光滑的屋顶上。

那小径两侧相距大约三米,我简直无法想象在黑漆漆的屋顶上跳过这么远的距离,何况是在晚上。

"这么宽吗?"我问道。我的声音在夜雾间回荡。

"是的。"霍金说。

"有人摔下来过吗?"

"有。"

"受伤了吗?"

"是的。"

"死了?"

他的双眸闪了闪,咧嘴大笑,"是的。"

得了,这些剑桥人真有种。

在那个清凉的夜，霍金还追忆了一些他最喜欢的科幻小说。他说自己在十二岁之后，就很少读科幻以外的小说了，"这是唯一一种关乎我们物种在宇宙中的真实地位的小说。"他这么说道。

不过即便是那些小说家，又怎能料想到宇宙本身的奥妙跟小说比有过之而无不及？即便他们会讨论下一个十亿年的事情，也猜不到仅仅下一代的物理学家将会提出怎样的奇怪理论。现在有人认为，我们的宇宙有十一个维度，但除了三维空间和一维时间以外，都蜷曲到极小的尺度。这会改变宇宙学吗？没人说得清。但是这些想法本身就极有意思。

从剑桥回来一周之后，我收到了霍金秘书发来的那晚他全部的发言记录。我利用这份记录，在本文中复现了他的语言风格。这记录是从他轮椅电脑里导出的，那电脑是他跟我们唯一的连结点，这让这些文字像是从一个极遥远的地方飞跃深渊而来。

科学的骇人复杂与惊人神奇纠缠在一起，描摹它冷酷的一面既是技术，又是艺术。我们有的人用小说来描摹，而霍金用他对广阔冷峻的数学世界的深刻洞察来描摹。要弥合我们这个撕裂的时代，要跨越文化的鸿沟，也需要这些手段——甚至很多其他手段，如果我们能将其创造出来的话。

年复一年，霍金在面对着令人绝望的身体萎缩的同时，却向着那些终极问题发起了冲击，纵横于广袤的空间和时间；日复一日，他泰然以最孱弱的身躯作斗争，却没有丝毫怨言。我想起他对梦露的爱，那是他对生命的深刻执着，是他在熵增的大潮中屹立不倒的象征。

我意识到，我在那短短几天学到了很多，而那绝不仅仅只是关于宇宙学。

（张建东博士对译稿亦有贡献）

# 天象祭司（上）
## THE PRIESTESS OF CELESTIALS 01

宝 树
Bao Shu

中国新势力

一场恢弘的城邦毁灭，

一条曲折的求知之路……

---

作者宝树，重度科幻综合征患者，民间哲学家，死理性派的非理性主义者，悲观主义的梦想家，最是沉迷与时间有关的故事。相信每个故事在无限时空中都是真实存在的，写作者只是通过心灵去探险，用笔或键盘去守护。出版有《三体X：观想之宙》《时间之墟》《古老的地球之歌》《时间外史》等。

2012年12月，在墨西哥坎佩切州的玛雅古城卡拉克穆尔，一处神庙遗址被一群因"世界末日"恐慌而癫狂的人破坏，导致一座简易的墓穴意外地重见天日。墓中埋葬着一具青年女性的骸骨和一些普通的陪葬品，考古学家本来并不奢望能有什么重大发现，但在骸骨之畔出土了一只密封的木筒，其中藏有一叠鹿皮纸卷，是以古玛雅文字写成的手稿，共有十三卷之多。众所周知，自从1562年恶名昭著的西班牙主教德·方达将收集来的所有古玛雅文书都付之一炬后，只剩下四部玛雅文残卷，因此这一发现轰动了整个玛雅学界，人们迫切地想知道其中记载的内容。

由于卷帙残缺，以及文法上的疑难，四年后，"卡拉克穆尔手稿"才被初步破译。我们发现，这是一个生活在公元九世纪末十世纪初，亦即玛雅古典时代末期的学者的自述，其中包括大量足以重构玛雅学的重要史料，譬如卡拉克穆尔（玛雅人称为"迦安"）和蒂卡尔（玛雅人称为"穆都"）两大城邦的争霸战争、玛雅的天文历法研究、托尔特克人的入侵，以及最重要的——玛雅文明神秘消失的谜底。在媒体的报道下，部分内容被披露，引起了公众的强烈兴趣，但同时也造成了许多误解和异想天开的揣测。有鉴于此，一部翔实准确的译文就非常必要了。

笔者翻译并注释的版本发表于2016年的《美洲古文明研究学报》第三期，然而对未受过专门玛雅学训练的读者来说，这部学术性的译著或许会过于艰涩。为了便于普通公众了解其中的内容，笔者在原有译文的基础上进行了改写，删去了大量宗教或礼仪性修辞，将间接引述改为直接对话，根据上下文增补了一些缺失的词句，同时将若干古名改为今天常用的称谓。但是，核心的内容并无杜撰。您下面将要读到的，正是这位古玛雅学者跨越千年的倾诉。

——胡安·贾舍·维托尔
墨西哥国立自治大学考古系教授

插画～soda

## 残卷之一·会战

[上文已佚，下同]……决战到来了。当东方第一缕晨光照亮穆都城门口的羽蛇金字塔时，我们已经站在金字塔下，布好了阵形。

我左手执着木盾，右手握着长矛，腰间插着阿爸花了好几天磨好的黑曜石刀，背上止不住地冒汗。四周都是和我装束类似的武士，一直延伸到左右视线的尽头，至少有几万人。阿爸就在我身边，二哥在我身后。作为穆都的自由民，他们已经参加过好几次战斗。而让我们全家引以为傲的大哥已是四百夫长，他指挥的精锐方阵就在我的正前方，定能挡住敌人最猛烈的进攻。但我还是从心底感到害怕，我才十五岁，只马马虎虎受过几次训练，从未经历过战争。我怕在战场上被敌人砍下头颅，更怕被抓去开膛破肚，当成祭祀的牺牲。

海螺号角的呜呜声在我的头顶响起，鼓手用骨棒敲击着貘皮大鼓，发出咚咚的巨声，祭司们站在金字塔顶上，随着节奏高声歌唱，念诵上界和下界诸神的名号，吁求他们的助力。

"鹿尾，别怕，羽蛇神库库尔坎会保佑我们的，我们一定会把迦安人杀得片甲不留！"阿爸大概察觉到我的不安，安慰我说，但他的声音也在发抖。我努力去想穆都所传颂的羽蛇神之大能。三百多年前，它在天上向穆都人显现真身，庇佑我们的先祖击溃了宗主国特奥蒂华坎，成为一代霸主。此后，羽蛇的每一次出现，都意味着穆都的胜利。穆都称雄玛雅诸邦百年，直到对手迦安的崛起……

祭司们正在向羽蛇神控诉迦安人的罪行，他们杀戮羽蛇的子民，攻击我们的盟友，抢夺我们的货物，甚至霸占我们的水源。巫师的唱诵带来了上界的魔力，我又有点恢复了信心。想到自己在胜利之后，可以痛饮清澈的溪水，饱食裹着火鸡肉的玉米馅饼，我甚至有点渴望战斗。我想，也许我会亲自砍下迦安王的头颅，我威风凛凛的人像将被雕刻在羽蛇神庙前的石柱上，和历史上那些伟大的英雄并列，成为穆都的传奇。即便我牺牲了，也会被邀请到创世神伊察姆纳的神殿里，享受永久的福乐。

地平线上卷起不祥的灰霾，迦安联盟的军队出现了。我的阵地在高处，恰好可以将整个战场尽收眼底。他们至少有好几万人，队列异常整齐森严。随着他们的接近，我从服装和头饰上认出了许多不同的族类：左边，头盔上插着鹦鹉羽毛的是来自南方高山地带的库坎恩人，戴着精美碧玉项链的是历史悠久的卡拉克尔人；右边，在身上文有怪异文字的是占有北部盐沼的伊察人，而把脸涂黑、拿着鱼叉当武器的是贫苦的东海渔民。

　　穆都这边也有许多盟友，分散在长达数里的阵地上——有在盾牌上绘制华丽图案的科潘人、肩膀上缠着红布的伦帕克人、高举黑曜石矛的博南帕克人，以及像猴子般矮小而灵敏的瓦夏克人，还有许多城邦的标识我认不清楚。据大哥说，至少有四十个玛雅城邦卷入了这场大战，双方军队的总数超过十万。这不但是十一纪元迄今最大的一场战争，也毫不逊色于第九和第十纪元那些传奇的大战。穆都和迦安的数百年恩怨将在这里做一个了结。

　　当迦安联盟的军队行进到绿鹦鹉河另一边的河岸时，他们停止了前进。在河边有一座不高的土丘，许多巫师登上土丘，围成一个圆环，点燃了某种烟火。然后，他们像群蜜蜂一样跳起了复杂的舞蹈，口中还嗡嗡地高声唱诵，妄图求得诸神的助力。

　　"愚昧的迦安人！尔等岂配请求神明的帮助？"此时，从我上方传来雄浑有力的声音，我抬起头就看到穆都的天象大祭司，贤明的十八·天鳄[1]站在金字塔顶的羽蛇巨像前。十八·天鳄是一个身材矮小的老人，但在我们心目中宛如智慧的北极星神。"天鳄"不是他的本名，而是流传的别号，意思是他能够主宰天空，如同强有力的鳄鱼主宰湖泊。在玛雅列邦中，他的名声胜过最勇猛的武士，听到他灌注了神力的声音，我就像饱饮了山狮血一样充满力量。

　　"自从上个纪元以来，你们就被贪欲驱使，侵略和平的城邦，推倒众神的祠庙，砍光树木，杀绝鸟兽，令伊察姆纳大神降下灾难，让天上滴雨不落，让大地寸草不生！你们本当诚心忏悔，奉上自己族民的心肝来平息神灵的愤怒，却顽固不化，反向玛雅万邦之首、伟大的穆都开战！你们岂有资格再列于文明城邦？就连托尔特克蛮子也比你们更讲公义！"

---

1. 古典玛雅人姓名的第一部分是日名，玛雅人认为日期以二十天为单位不断循环，每一天都有不同的神祇守护，称为"卓尔金日"，因此第一部分是相应守护神的称号，译文中简化为日期序数。——译注

十八·天鳄的檄文是用穆都语宣读的,但两大城邦的语言相差不大,迦安人应该能理解。传话兵以大约五百步的间隔,从近到远呼喊起来,将十八·天鳄那铿锵有力的责难远远传了出去,一道道声浪如怒潮拍击着两边的阵线。

"今天,穆都的守护者、无与伦比的羽蛇神启示我说,他要给你们以应得的惩罚。在太阳到达天顶时,它将展开自己的羽翼,遮住半个太阳的光芒!如果你们稍有常识的话,就应该知道在一百九十三年[1]前出现过同样的异象,那一次穆都战胜了不自量力的迦安人。历史中发生的一切都由星辰位置所决定,也会随着星辰的再次组合而重现。迦安的愚民啊,星辰的运动赋予了我们力量,你们很快就会被不可抵挡的穆都大军所碾压,正如怯懦的鹿群被豹虎撕碎一样!"

迦安人的阵列骚动起来。十八·天鳄拿出了最有说服力的证据:如果同一天象在历史上曾经对穆都有利,那么当它再次出现时,自然也会继续保佑穆都。计算重要天象再现的时间是天象祭司最重要的工作,而十八·天鳄的权威无可置疑。

我以为迦安人会派一些士兵大叫大嚷地扰乱十八·天鳄的话语,以求挽救行将溃散的军心,但是并没有,他们默默听完了十八·天鳄的豪言壮语,随后围成一圈的巫师向两边散开,在他们中间,一个披着斗篷的人走了出来。我惊讶地发现,那是一个年纪很轻的女人,最多二十岁,但身材异常高挑,和十八·天鳄恰成鲜明的对比。她的装扮也非常奇特,脸上既没有鼻环和唇环,也没有涂红色的油彩,只在宽大的额头上绘着象征金星的符文。她从胸口到大腿都裹着蛇纹的白色棉布,但披着的不是贵族妇女的彩色棉袍,而是黑色鸟羽缝制的斗篷。我好奇地盯着她,不知怎么竟和她的目光对上了,她仿佛也在回视着我,她的目光冰冷锐利,全无感情。那一瞬间,她邪恶的目光仿佛化为箭矢,刺穿我的灵魂,我有些害怕地垂下眼睛,一颗心怦怦乱跳。

好在那女子的目光也移开了,她开始说话。因为太远,我什么也听不到,但很快对方的传话兵就将她的回复送到我们的耳边:

---

1. 玛雅人的"年"有两种概念,一是周期为260天的"卓尔金年";一是周期为365天的"哈布年",与公历年相同。为便于读者理解,译文中统一转换为哈布年表示。——译注

"十八·天鳄，你是最著名的天象大祭司，你的卓越名声从东海传到西海，所有的天象祭司都敬畏你，如同群星敬畏太阳。但是，请容许我的冒犯，你犯了不可忽视的错误。"

这一回，愤怒的喧哗发生在我们这边，这个古里古怪的年轻女人在说什么？玛雅第一天象师十八·天鳄大人会犯错误？

"和我说话的是什么人？"十八·天鳄冷冷地问，"难道迦安人狂妄到如此地步，认为一个无知的女娃娃也可以指摘天象大祭司——上界诸神在人间的代言人？你们的大祭司，那个叫十六·龟壳的蠢蛋呢？"

"请您允许迦安的狂妄，"女人的敬语里并无多少敬意，"和您说话的女娃娃名叫九·鹰瞳，是已故的十六·龟壳大人的继承者，迦安城邦的新任天象大祭司。我们的地位是对等的。"

"什么？你……你说你是……"十八·天鳄似乎惊呆了，随即哈哈大笑起来，穆都的武士们纷纷发出嘲笑声，其中也包括我。一个年方二十的女人当天象大祭司！迦安人疯了吗？十八·天鳄一边笑一边说："你，女娃娃，大祭司？哈哈哈！十六·龟壳已经是一个异想天开的笨蛋，想不到他还能挑出一个更离谱的继任者，一个同火鸡一样无知的女孩儿……哈哈！"

"您对先师的评价我不敢赞同，不过我本人确实是一个无知的女孩儿。"九·鹰瞳镇定地回应，"我不懂历史也不懂兵法，唯一知道的就是天象的奥秘，所以我受诸神和迦安国王的任命，站在这里。天鳄大人，你说的不错，一百九十三年前，半个太阳的光明被吞噬，穆都的天象大祭司让奇迹发生，令穆都征服了迦安长达一代人之久。"

迦安的军队更加骚动起来，虽说天象祭司对垒时不允许说谎，但一般也都是避重就轻，拣对自己有利的加以宣扬。九·鹰瞳直接承认了十八·天鳄的预言，难道是承认自己一方即将溃败？

"但是，"九·鹰瞳话锋一转，"不知为何您没有提到，在这中间的一百九十三年里，类似的天象还发生过三次。每一次，穆都的军队都精心选在那一时刻开战，但你们只打赢了一场战役，其余两场都失败了。发生第三场大战的时候，甚至穆都国王也被俘虏，你们的霸权几乎终结。天象真的对你们有利吗？"

"无知的女人！"当九·鹰瞳的反击遥遥传过来时，十八·天鳄立刻冷笑着说，"对于天象学你只是一知半解，星辰的位置每时每刻都在变动，这当然会导致结果的差异。那几次的相似只是表面现象，太阳在群星间的位置其实相去甚远，而这一次，太阳才回到了和一百九十三年前同样的位置。"

九·鹰瞳冷静地说道："的确，太阳此刻和一百九十三年前一样，在天鹿星座和双生子星座之间。但贤明的十八·天鳄啊，骄傲让你过分自信，也让你误解了星象的指示。你如果真的能和羽蛇神沟通，就绝不会犯这样的错误。羽蛇神会告诉你：太阳神基尼什·阿哈瓦即将登上天顶，届时，它的神圣光芒不会有一丝一毫的减损。"

十八·天鳄再次放声大笑，说羽蛇神会在两军数万将士面前展示她是何等的白痴。我们也都助威似的跟着大笑，这个狂妄的女巫，竟然想挑战玛雅最具盛名的天象大祭司？不自量力！但笑声并没有挫败九·鹰瞳，她站在两军阵前镇定如恒，反让我隐隐感到有些不安。

双方军队都在紧锣密鼓地进行着决战的准备，在连续不断的鼓点声中，时间一点点过去。当影子变为最短指向正北方时，关键时刻到来了。军官们命令我们准备好立刻进攻。我摸了摸腰间的黑曜石刀，抬头望向天空，阳光夺目，无法直视，显然半点被遮住的迹象也没有。

时间缓慢却不停顿地流逝，太阳一点点登上天空的高处，然后又一点点越过那个位置。

穆都联军逐渐沉寂下来，不安的情绪在弥漫。等到太阳完全越过天顶时，九·鹰瞳问道："十八·天鳄大人，你还有什么话说吗？"

"再等一会儿，异象很快就会发生……"十八·天鳄面色苍白地辩驳道，连传令兵的声音也低落了许多。九·鹰瞳却说："你说得不错，异象即将发生。"

我微感惊讶，九·鹰瞳又说："但是异象却和你所说的完全不同。十八·天鳄大人啊，太阳并非被羽蛇的翅膀遮住，而是美丽的月亮女神伊希齐——迦安的守护神和女性的保护者，她会带着太阳神基尼什·阿哈瓦去她的宫廷做客，让伴随月亮的黑夜诸神暂时统治天空。"

十八·天鳄脸色铁青，而九·鹰瞳说完最后一句话，便做了一个手势，迦安祭司们随即开始唱颂祭祀月亮女神的圣歌，跳起复杂的舞蹈，九·鹰瞳则在土丘顶上像石柱一样站着不动。蓦然间，一阵狂风吹得她的羽毛大氅飘扬起来，宛如鼓起的两翼，她仿佛要变成一只大鹰，凌空飞去。不过她并没有飞起来，只是伸出手指，怪异地指向天空，然后，不可思议的事情发生了。

我朝她指的方向望去，发现太阳完美的圆缺了一个口子，仿佛被啃掉了一小块，而那个口子还在不停地扩大。很快所有人都发现了这一点，太阳正一点点被蚕食，光线也越来越暗，这看上去和十八·天鳄刚才的预言类似，但却不止于此。不久后，整个太阳都被某种超乎想象的宇宙力量吞噬掉了，周围有一圈怪异而苍白的光晕流转，但中间却是一个深邃的黑洞。

骚乱开始在我们双方的军队中蔓延，但我们远比他们恐惧。我们听到九·鹰瞳神谕般的宣告："看啊，穆都人，黑夜诸神在白天显现了！"

果然，当阳光消失之后，夜里才能看到的群星浮现出来。我看到在刚刚消失的太阳边上，是莹白的水星和光芒四射的金星，远处还可以看到略显暗淡的红色火星和明亮夺目的木星。那些神圣的游走之星，在刚才还无比明亮的白昼中现身了。银色的宇宙树干也隐约可见。

但这些常见的天象比起另一种异象来，又算不了什么了。

在离太阳不远的天区中，出现了一个奇特的天体，它很小，很苍白，大约只有一根手指那么长，但有头有尾，身体颀长美丽，向周围散发出光辉，宛如披着一身白色的羽毛。我从来没有在天上看到过这样的存在：它无力地悬挂在群星之间，头部半淹没在太阳的光晕中，仿佛已经进入了太阳中心的黑洞。

"羽蛇神！羽蛇神！羽蛇神库库尔坎要被宇宙深渊吞掉了！"听到周围的人纷纷惊呼起来，我这才恍然大悟，这就是羽蛇神——穆都的守护之神啊！可是为什么他看上去这么细小，这么虚弱，全不像传说中那么威风凛凛？难道真是快被宇宙深渊吞没了吗？

不知谁开的头，我们的兵士纷纷跪倒在地，拼命地用矛头和石刀划开自己的手腕和脖颈，想将温热的鲜血献祭给羽蛇神，帮他摆脱黑暗的魔力。一些将领想要阻止，但是无济于事，甚至他们中的许多人也在放血，希冀用鲜血和生命去保护羽蛇神。

穆都的守护神是羽蛇神库库尔坎，一般而言，他的出现都意味着穆都的胜利。但这次情况却很特殊，本来如果羽蛇出现，必须举办盛大的献祭，杀死几百个人牲，让上界的力量与人间感通，而这次并没有举行相关的仪式，或许这就是羽蛇看上去孱弱无比、即将被黑暗深渊吞噬的原因？我们必须立刻献祭给他，哪怕是在战场上，哪怕牺牲自己的性命……

不知有多少穆都武士陷入癫狂的自杀中。我也迷茫地跟随着他们，将石刀对准了自己的心口，但阿爸一把打掉了我的刀子，"鹿尾，你干什么？"

"阿爸，羽蛇神快被吞噬了，我要献祭给他……"我还不太清醒。

"羽蛇神已经走了，你看天上！"

我呆了一下，往上方看去，发现太阳已经重新露出金色的一边，羽蛇已经变得难以分辨。它还在吗？离去了还是被太阳吞噬了？我不知道。但此时，迦安联军纷纷渡过只有膝盖深的小河，向我们冲来，一排排锋利的戈矛像上界之雨一样落下，迅速带走穆都人的生命。在他们冲过我们的防线之前，我们的队伍就已经土崩瓦解。

迦安人攻上来的时候，太阳已经重新出现，再度将阳光铺洒大地，羽蛇也无影无踪。此时我们早已阵型大乱，斗志全消，许多盟友丢盔卸甲，撤离战场，迦安人的前锋队像一把把利刃插入我们的阵营，将我们隔离开，各个歼灭。我看到我们勇猛的大王子被杀死，国王被屈辱地按倒在地，捆绑起来；而卓越的十八·天鳄则仓皇逃走，消失在乱军中。只有我的灵魂还沉浸在适才恐怖的天象中，浑然不知这意味着什么。

"快逃啊！鹿尾！"

我听到有人在叫我的名字，如梦初醒地转过头，发现是阿爸，他就站在我的面前。我刚要说话，却看到了将我灵魂砸成碎片的一幕：一支迦安人的长矛从他的胸腹之间刺了出来，鲜血染红了矛身。阿爸低头看去，露出恍惚难以置信的表情，然后望向我动了动嘴唇，想说什么，但却一声不吭地倒了下去……

我终于清醒过来，大叫着想要扑上去救他，却被另外一个溃兵撞了一下，站立不稳，从山坡上滚了下去。无尽的鲜血、残缺的人体和挥舞的兵刃在我面前旋转，我听到漫山遍野的惨叫和呻吟。然后，我的额头不知撞到了什么，昏了过去。在昏迷之前，我仿佛又看到了迦安魔女那邪恶的双瞳。

### 残卷之二·俘虏

……走进球场。死亡近在眼前，我反而一点也不害怕了，在半年的俘虏和囚禁生涯之后，这可以说是最好的结局。

在两边的看台上，迦安的王侯贵戚们已经纷纷就座，我看到了迦安国王六·虎爪——一个四十多岁的中年胖子。我以前从没见过他,但他穿着五色棉袍,端坐在中间铺着豹虎兽皮的宝座上,戴着红玉石的王冠,想不认出来都难。在他身边的可能是太子,一个同样身穿华服、佩着青玉刀的青年。而在另一边,则是一个身裹白布、肩披黑羽斗篷的女人,我认出来,她就是半年前施法击败我们、灭亡穆都的九·鹰瞳。

我和九·鹰瞳再一次目光相对,她那深潭般的双眸又一次令我震颤。但这一次我没有低下头,我的生命就要结束,和她对视又如何?一年前,这个魔鬼般的女人让黑暗吞噬掉太阳,让强大的穆都联盟灰飞烟灭,也让我们在俘虏生涯中吃尽苦头,她究竟是什么变的?

九·鹰瞳看到我在狠狠地瞪着她,似乎也感到惊诧,然而很快她的目光中竟出现了一丝惊喜,嘴角略微翘起。难道她是在对我笑?我惊奇地想,她到底想要干什么?

但我此刻无暇多想,随着鼓点响起,球戏开始了。我们四个被挑出的俘虏代表穆都,而对方四个人则代表迦安,依照惯例,失败者将被献祭给太阳神。表面来看这是一场平等的比赛,但我们四个是随意选出的孱弱俘虏,而对方则是身强体壮、每天都在训练的顶尖球手。这只是一场象征性的比赛,象征着穆都被彻底征服。

但我们仍然不能放弃比赛,坐以待毙,不是因为我们还有求生的奢望,而是因为这不仅仅是穆都和迦安之间的纷争。球戏意味着人类对太阳神的献祭。我想着以前父亲曾告诉我:胶球代表神圣的太阳,我们不能用自己的双手或双脚去碰它,只能用头或肩膀去顶,我们不能让球落地,必须用身体接住它,反顶向对方,否则就意味着太阳坠入地下,永不升起。为了表达侍奉太阳神的虔诚,我们必须拼尽一切力量。

对方将球顶了过来,攻势凌厉。我以前当然也玩过球戏,但只是儿童间的简陋游戏,从未到过真正的球场,也没有学会接球的技巧。看着空中转动的胶球,我不知所措。但是我身边的十三·蓝蜥飞扑过来,顶住了它,很有技巧地将它向上抛起,然后用力顶回去。球必须越过全场三分之二距离,否则仍然算我们输;而当球到了另一边,接住它就是对方的任务了。

十三·蓝蜥曾是穆都的知名球手,也是我们唯一的指望。但他的实力如今只能发挥一小半,要取得胜利,只能指望对方犯错。但对方并没有犯低级错误,球很快飞了回来,飞向我这边。我竭力跑动着,想要接住它,但还是失败了,球重重地落在地上。

每一边的墙头都放着二十块绘有卓尔金日名号的木板,裁判官收起了我们这边的第一块木板"鳄鱼之日",代表第一天已经陷入黑暗。如果再丢十九个球,所有的卓尔金日都陷入黑暗,我们的死期也就到了。

球再一次向我飞来,对方显然发现了我是一个很弱的突破口。我大步跑上前去,本来能接住,但眼角的余光却瞥见九·鹰瞳正盯着我,想到那一天她让太阳消失的力量,我不禁打了个寒战,身子一偏,球再次落在泥地上,第二天"风之日"也被黑暗笼罩。

"你在干什么,鹿尾!"同伴们不满地对我嚷着。我知道,他们明知自己必败无疑,没存着求生的奢望,但是否用心打完这场球戏,是否能取悦太阳神,却将决定我们的灵魂在另一个世界的宿命。

第三个球仍然飞向我,我这次接住了,并将球反顶回去,但是距离太短了,我们再一次失分。"黑夜之日"的太阳没有再升起来,我们的心也一点点沉入黑暗。

球接二连三地飞过来,一小半都是飞向我的,我笨拙的表演显然成了迦安人取乐的对象。十三·蓝蜥成功地让对方丢失一分,而对方一次发球失误又丢一分,但我们的进展仅此而已。不到四分之一时辰,我们已经失去了二十天中的十八天。

胶球再次飞到我面前,我高高跳起,想将它顶起来,但是一抬头,又看到了九·鹰瞳,她以那种高深莫测的目光看着我,让我浑身的力量不翼而飞,球无力地坠地。第十九天"雨之日"也失去了太阳。

六·虎爪打了个哈欠,这场比赛对他来说显然太无聊了。

大概是为了取悦国王,下两个球飞向我另外两个同伴,出人意料的是,他们爆发出了惊人的力量,不但都接住了,而且成功地让对方失了分。一下子失去了两天,迦安队一时慌乱起来,另一个发球失误让他们又丢一天。这样,他们总共失去了五天。虽然比分还遥遥领先,但已大伤颜面。迦安球手们怒吼起来,以一个刁钻的角度,再次把球抛给我,比我的头还要高出几分,他们打算靠这手结束比赛。

这回我不顾一切地跃起迎了上去,身体在空中转了半圈,球撞到了我的胸口,然后不知被反弹到哪里去了,但显然没有落到对面场地上。结果是一样的,球出场仍然算我们输。

我摔倒在泥地里，浑身都是泥泞，等待着死亡的判决，耳边却是一片死寂。似乎所有人都在盯着我，片刻后，观众嘹亮的欢呼声响了起来。他们是在欢呼迦安人的胜利吗？这是必然的结果，为什么他们那么激动？

我迷惘地抬起头，看到队友们向我跑来，抓住我的手脚，把我高高抛起，我以为他们要来痛殴我一顿解气，不料他们却接住了我，口中欢呼着胜利的口号：

"七·鹿角，你的球穿过了羽蛇之口！我们赢了，我们赢了！"

羽蛇之口？我看到球场边的墙上有一个凸出的羽蛇头像，口中衔着一个石环，球正好落在它底下，这才恍然大悟，刚才我无意中将胶球斜斜顶飞，不知怎么正好从这个闲置已久的石环里穿过。

我依稀知道，这是球戏的最高胜利，它意味着太阳得到了新生。根据规则，球只要穿过石环，就等于发球一方获得了胜利。在平时，因为只能用身体去碰球，根本没法掌握精确的方向，而稍有差池，就是自己失分，所以几乎没有人会采用这样的冒险战术，而我却误打误撞获得了成功。据说在第十纪元，有一些球戏高手懂得这种打法，但近百年来，从未听说过这样的事。

但我做到了，我像神话中的孪生英雄一样，拯救了整个世界！在这一刻，我们不分穆都人和迦安人，不分征服者和被征服者，同样作为玛雅人，作为太阳神的子民而欢呼着、呐喊着，激动不已。

终于，六·虎爪站起身来，欢呼声低了下去，迦安的观众等待着国王发话。

"穆都人，你们将球送过了羽蛇之口，取得了球戏历史上罕见的胜利！"虎爪王沉着地宣告，"这是太阳神的恩典！也是我们迦安的荣耀！我会让史官把你们的事迹写成动人的祭文，雕刻在太阳神庙前最高的石柱上作为纪念！"

这的确是最高的荣誉！我和伙伴们激动地对视了一眼，下面就要宣布我们的赦免和自由了吧？我激动地想，虽然已经做好了被献祭给太阳神的准备，但既然得到活命的希望，我们又怎能不为所动？

"按往常的规则，"虎爪王顿了一顿才说，"比赛的失败者将被献祭给太阳神，这次也不会例外。不过，今天的比赛和以往都不同，你们令太阳神战胜了羽蛇的威胁，他显然特别钟爱你们，你们的灵魂必将获得诸神的庇佑，沿着世界树攀爬到宇宙上界去。所以穆都人啊，我要以最隆重的仪式在太阳神庙举行大献祭，你们和你们的同胞将与太阳神同住，他必将欢喜于这份珍贵的礼物！"

就这样，我并没有改变我们的命运，但是大家也没有多失望。毕竟同样是被献祭，我们已经争取到了最高级别的光荣，在这冷酷无情的世界上，还能再期望什么呢？

不过我的待遇多少有所改善，因为在球场上的卓越表现，我从不见天日的地洞里被送到了一间较为宽大，还有窗孔的监牢，每天有半个时辰能晒到太阳光。食物也从狗都不吃的霉烂薯干，变成新鲜的番薯和玉米。还有祭司来问我有什么需求，我斗胆请求将和我同样被俘，却关押在不同地方的二哥十九·鹿蹄送来同住，也获得了允准。在生命中最后的日子里，我们兄弟俩还能相聚，这已是莫大的安慰。

最后的时光飞一般地过去，祭祀的前一天晚上，我根本无法入眠。望着窗孔外的星星，我问二哥："我们被祭祀后，真的会到上界去和太阳神同住吗？"

二哥曾在伊察姆纳神庙中学习过，对于神祇的事情比我清楚得多。他抚着我的头发说："我们的鲜血将成为太阳的食物，我们的灵魂也必将为他所喜悦，这是我们至高无上的荣耀。"

"但我们不是羽蛇的子民吗？为什么又要被献祭给太阳呢？"我说出了一个一直以来的困惑，"为什么太阳要从羽蛇之口中逃生？难道它们本来是敌人吗？那我们被献祭给太阳神，岂不是……"

"不是敌人，不过……从头说起吧……"

在这晚剩下的时间里，二哥告诉了我一个奇妙的神话。

上古，众神在特奥蒂华坎创造世界，至高神伊察姆纳掌管天地万物。他的众子女中，基尼什·阿哈瓦和伊希齐主管日夜，云神和雨神负责天地之间的交流，玉米神创造了动植物以及人类……而羽蛇神库库尔坎是伊察姆纳大神的幼子，也想要成为普照光明的太阳神。但基尼什·阿哈瓦却设了一个计谋，要和他比试谁能第一个跑到宇宙尽头，赢家就当太阳神。库库尔坎自认为速度胜过基尼什·阿哈瓦，于是一口答应。但当他跑到宇宙尽头又跑回来之后，基尼什·阿哈瓦已经趁他不在当上了太阳神，连月亮神的位置也被伊希齐给占据，天地之间再没有职位给他了。

愤怒的羽蛇神与太阳神相争，扰得天地大乱，上下不宁。最后闹到了伊察姆纳大神那里,他告诉库库尔坎:"我的孩子,不要为不能成为太阳而不满,太阳的职责是维系这个世界,但我要将另一个同样重要的职责赋予你,那就是破坏和毁灭。你和太阳神之间将相互平衡,而最后还是你掌管世界。"

于是,羽蛇神以不同的化身和形态出现在这世界上,带给人类和万物以毁灭。譬如雨季的飓风,据说便是由他掌管,而蛇虫和鳄鱼据说也是他的化身,更不用说战争与瘟疫。但最可怕的是一旦他以本体出现在天空上,那就意味着他和太阳神纷争又起,会发生重大的灾难。也恰因为如此,人们对羽蛇神的崇拜比起其他神明来又更甚几分。而我们穆都人,就是羽蛇所挑选的子民。

这个神话在玛雅各邦家喻户晓,只是穆都很少能听到,因为穆都将羽蛇视为守护神,自然要掩饰他不怎么光彩的一面,不想让子民认为羽蛇神和其他神祇关系不睦。听了二哥的讲述,我才明白,球场中为什么要设立"羽蛇之口":太阳神穿过羽蛇之口,象征着太阳从羽蛇的威胁中新生。然而,二哥告诉我,从根本意义上来说,太阳神和羽蛇神之间存在与毁灭的相互平衡,对这个世界来说缺一不可。把我们献祭给太阳神,同样是为了维持世界的秩序。

第二天,我们在太阳金字塔顶上被献祭。

我们被剥得精光,像一群拔光毛的火鸡,身体还涂上了宝蓝色的颜料。一名肥胖的中年男子第一个被带到台阶前,按跪在地。祭司念诵完祷词,刽子手的石斧砍下,他的头颅便离开了脖颈,沿着太阳金字塔的数百级台阶滚落而下。他的颈里同时喷出长长的血柱,带着生命的愤怒和不甘,无奈地洒落在陡峭的阶梯上,把那里染成了触目惊心的鲜红。他的身体抽搐着倒下,手脚还在乱动,刽子手在他的屁股上踢了一脚,无头的身体便也滚了下去。这就是血统高贵的十七·蜥蜴火,末代穆都王的下场。

这场祭祀要处死二百六十名穆都联盟的俘虏,这是一个神圣的数字,其中许多人是以前高高在上的王公贵族,也有不少和我一样的自由民。蜥蜴火王之后,又依次处死了几个显赫的王室成员,其他人则不分贵贱地被斩杀,一颗颗头颅像滚珠一样滚下高高的金字塔,在底下堆积起来。这场屠宰临近结束时,神庙的台阶已经被浓稠的鲜血染得一片通红。溪水一般的血液在底下汇集成血泊,淹没了石柱群的底部,四散的血腥味儿怕是连邻近的城邦都能闻到。

我和二哥被排在祭祀的末尾。相聚短短几天，今天，我们将一起死去。二哥看到我恐惧的面容，反而露出一丝笑容，"鹿尾，不必害怕。你知道我们从被俘虏的第一天就期待这样的命运，与其被敌人奴役，成为卑贱的奴隶，不如将生命献给天上众神，这是我们求之不得的幸运。"

我迷惘地看着他，"但是，众神会因为从鲜血中得到滋养而更加保佑迦安人，我们的生命只会成为迦安人统治世界的基石。"

二哥却露出一丝微笑说："不要以凡人的眼光去看待这件事。这是世界秩序的一部分，没有什么城邦能够永远兴盛，就像没有凡人能够永生。在我们的宇宙周期中，从特奥蒂华坎的创世开始，十一个纪元过去了，无数的强大邦国已经沦亡，穆都和迦安只是其中的两个，而最终这个世界也将毁灭。但众神与宇宙树会万古长青，太阳和羽蛇、风雨和大地都将从我们的牺牲中得到滋养，这是一切战争与献祭的最终意义所在。我们终将回到玛雅的雨林，在那里重生——"

我睿智的兄长还没有说完，就被拖到祭祀台前，在我面前被砍下了头颅，连同遗体一起被抛下了金字塔。他的热血汇入浩荡的血流，成为滋养太阳与众星的食物。以后的每一缕阳光中，都有他温暖的目光和话语。

很快我的时刻也到来了。我被武士带到台阶前，跪倒在地下，沉重的石斧就杵在我身边的地上，二哥的鲜血还在从上面缓缓流下。此刻，我心中出奇平静，甚至带着解脱的愉悦。虎爪王不是说要把我送到太阳神身边吗？我的灵魂中哪怕有一丝气息能够到达上界，也一定会向众神控诉迦安人的罪恶，尤其是那个魔女，她以黑暗的魔力遮住了神圣的太阳，险些毁灭世界。众神一定会惩罚她僭使了神明之力！

石斧离开了我的脖颈，我从影子中看到它被高高举起，我已经准备接受命运的安排。然而恰在这时，我看到一个披着黑色斗篷的人影出现在台阶下面。这个人我只见过两次，却再熟悉不过，这个怪异的人影常常出现在我的噩梦中：迦安的天象大祭司——九·鹰瞳。

"住手！"

九·鹰瞳沿着浸血的台阶向上走来，她赤裸的双足被染红，额头上用金粉涂成的金星符文在阳光下熠熠发亮。我望向她，和九·鹰瞳再次四目相对，比在球场上更加凶恶地瞪着她。但九·鹰瞳并没有被我恶狠狠的目光吓退，她一步步登上了金字塔顶，迦安人一向视她如神明，刽子手们都放下石斧，跪伏在地。九·鹰瞳对他们说："这个俘虏留下，众神已经将他的生命交在我的手上。"

听了这话我不但没有感到欢喜，反而有一种更深的恐惧，我嚷了起来："魔女，你想干什么？我宁愿去服侍众神，也不愿落到你的手上，成为奉献给黑夜恶灵的牺牲！"

刽子手把我按倒，一阵拳打脚踢，还咆哮了几句，大概是说我顶撞神圣的天象大祭司，罪无可赦——然而，死亡早已不是我所惧怕的了。九·鹰瞳冷冷地说："穆都人，我保证你仍然可以服侍众神，以更有用的方式。"

九·鹰瞳的背后跟着几名武士，他们将我架了起来，跟着九·鹰瞳下了太阳金字塔。我反抗了几下就没有了力气，只能任其摆布。他们拖着我一路穿过迦安城，中央大道两边是各类神祇的金字塔和神庙。迦安的金字塔塔基狭小，方正宏伟上不如穆都，但不得不承认它们的高峻要胜过穆都一筹。神庙区之后，依次是国王的巨柱宫殿、贵族的高墙宅院、喧哗的市集和低矮的平民草屋，然后出现了大片玉米田，我以为已经出了城，但在道路尽头又有一座金字塔屹立如天柱，比之前所有的金字塔，包括太阳金字塔都要高大陡峭。

我被他们一路拖到这座金字塔上，回头望时，还可以遥遥看到祭司们正在用水清洗太阳金字塔台阶上的尸体和血污。

我被关进一间漆黑的石室，不久后，有人扔进来一袋香气扑鼻的玉米团子。我听说有一种宴席是让人吃饱了之后就挖心挖肝，再将包裹着食物的胃摘出来煲汤，想到这儿就一点也吃不下了。但一直没有人来处死我，又过了不知多久，有武士打开门将我带了出去。我沿着一道石头台阶螺旋向上，最后到了神庙屋顶。这时已经是深夜，迦安城中只有神庙和王宫门口还有几点灯火，头顶上群星灿烂，银色的宇宙树干横贯天穹，东方一轮半圆的月亮刚刚升起。

神庙的屋顶是一个巨大的四方形平台，四边都有百步之宽，中心立着一根非常高的铭文石柱，平台四边都有人，他们穿着白色的祭司服，背对着我肃穆地挺立着，没有一个人看我。但是站在中央的九·鹰瞳转向了我，我心中一阵发毛，不知道她又要行使怎样的邪术。

"你的名字是七·鹿尾？"她问，我没有回答，却反问道："你把我带到这里来干什么？"

"你知道这是什么地方吗？"魔女也反问。

我想也没想就说："按门口的铭文，是月亮神庙。"

"你识字？"九·鹰瞳有点儿吃惊。

"我阿爸是为王家刻字的石匠，教过我一些。"提到阿爸我心中一酸，就想扑上去掐死九·鹰瞳，但身后有迦安武士虎视眈眈，这只能是找死。

"很好。但你不知道月亮神庙也是迦安的天象台，所以甚至造得比太阳金字塔还高，除了众神之城特奥蒂华坎，全世界再也没有这么高的金字塔了。"她带着几分骄傲说。

我惊讶地环顾了四周一圈，在玛雅诸邦，天象台是每一个城邦最神圣的核心圣所之一，是和上界诸神感通的地方。一般的平民绝不允许进入，人们甚至很少公开谈论，九·鹰瞳怎么会把一个敌国的俘虏带到这里来？

"你不明白我为什么带你来吗？"九·鹰瞳看出我的疑惑，"上次在战场上，你看到了我，对不对？"

我惘然点头，但不知道这有什么关系。

"当时我们相距至少有三千步远，一般人绝对无法看清人脸，他们的目光只会涣散地从我脸上扫过。但你不同，你能够看到我，盯住我，就像我能够看到你一样。"

我还是不懂她的意思，九·鹰瞳接着说："我相信你有一双诸神所赐的锐利之眼，在战场上我就想找到你，可是一直没成功。我以为你已经死了，但那天在球场上竟又看到了你，所以才千方百计求得国王的同意，留下你的性命……但你不用太过欢喜，首先我要证实一下我的判断。"

她指着夜空中三颗连成一线的亮星，问我："那是什么？"

我很容易就辨认出来："那是创世的三块石头，玉米神的诞生地。"

"在三石的下面呢？就在底下一点点。"

我眯起眼睛，这是一个我曾经大感不解的地方，其他人说那里有一颗不太亮的星，但我却明明看到，那是某种云雾状的、弥散的东西。

"是一小团发光的……云，"最后我说，"对吗？"

九·鹰瞳似乎微微点了点头，但她没有回答，而是指着天空中的某个地方，问我在四颗较亮的星连成的一片很小的区域里能看到几颗小星。

"八颗。"我看了一会儿说。

"确定吗？"

"确定。"

这回九·鹰瞳满意地点点头,"很好,一般人只能看到六颗,少部分人能看到七颗,能看到八颗的人寥寥无几。"

我略有些得意,我的目力之强的确常常令家人感到惊讶。小时候,有一次阿妈让我出去找大哥在哪里,我根本没有出门,只是爬到屋顶张望,就看到他在远处一块玉米田里偷摘人家的玉米,身边还有几个邻居的玩伴。我跟阿妈说了,可她不相信。直到大哥被训问,大哥以为有人告密,只有苦着脸招供,证明我说得一点也没错。

但九·鹰瞳的下一句话又粉碎了我的骄傲:

"其实有九颗——至少九颗。但能看到八颗已经很难得了……下一个问题,你既然识字,认得出这几个字符吗?"

她把我带到天象台中央的石柱边上,指给我看上面铭刻的文字。那是一种古雅的花体字,很多意义构符和一般的写法不太一样。我花了好一会儿才认出来:"伊察姆纳神……所赐福的……天象台,十二·豹虎·飞鸟大王建于……9-7-16-3-0。"

"你知道9-7-16-3-0的意思吗?"她问。

"这还用说?"我厌恶这种考教的口吻,顶了回去,"第十纪元,第八世代,第十七长历年,第四双旬,第一日。"

"这只能证明你知道这些词汇,但你明白其中的意思吗?"

"你以为我们穆都人是托尔特克蛮子吗?"我恼怒地反击,"穆都的小孩也知道,这是诸神所颁布的长历,最后一个数字表示天,每二十天是为一'双旬',每十八个双旬,也就是三百六十天是一个'长历年',每二十长历年为一个'世代',每二十世代是一个'纪元',一个纪元大约相当于三百九十四年。这里记载的是第十纪元的事,而现在是世界诞生以来的第十一纪元[1]。"

"看来你还真了解长历知识。"九·鹰瞳赞许道,"那么,这个日期如果换成一般的纪年方式,大约是在多少年前?"

这个问题就有点难度了。我得将生活中用的短历换成长历,算出相隔

---

[1]. 长历以0-0-0-0-0开始,相当于格里高利历前3114年8月11日,因此用序数词表示要加上一,正如我们把20xx年说成是二十一世纪。——译注

多少天，再换算成年份，而年份又有哈布年和卓尔金年两种计算法，一时很难算得精确。我想了一会儿，"大约三百个哈布年，四百二十个卓尔金年……吧？"

"其实是三百零二个哈布年，四百二十三个卓尔金年，"九·鹰瞳纠正道，"不过能算成这样也不错了。最后一个问题，除长历年外，玛雅人有以二百六十天为一个周期的卓尔金年，还有以三百六十五天为一个周期的哈布年，这两种纪年都是神圣不可或缺的，但如果只能使用一种，应该用哪一种？"

这回我找不到答案，想了半天才犹豫地说："哈布年吧？"

"为什么？"

"雨季交替，还有玉米成熟的周期都是一个哈布年，我想也许它更有用一点。"

"不错，但这本质上是因为太阳在星空间运行的周期是一个哈布年。"九·鹰瞳说，"看来你已经具备学习天象学的基础了，用不着再从认字教起……对了，你几岁了？"

"十五岁，"我说，"按哈布年。"

"还是个小孩子。"九·鹰瞳说，虽然她好像也大不了几岁，"以后你就在这里担任天象助祭，和他们一样。"九·鹰瞳向周围的那些白衣人一指，"虽然他们的目力不如你，但都有丰富的知识，这些你还需要学习。"

九·鹰瞳想当然地安排了我的命运，根本没有问我是否同意。当然，在她看来我能死里逃生，没有不同意的道理。但我心中却一片茫然，难道我真的要留在这里，为毁灭穆都的迦安人服务？

或者，干脆扑过去抱住她，从这高塔之巅跳下去，结果她的性命……

不，这机会太渺茫了，另一个念头在我心底闪现：我可以留在这里，这是绝佳的复仇机会。为了阿爸，为了哥哥们，为了所有的穆都人。

我主动跪下来，去亲吻九·鹰瞳的脚趾。她惊诧地退了一步。

"大人，感谢您赐给我这只虫豸以重生的机会。"我用自己所能想到的最卑微顺从的口吻说，"愿众神赐福给您……"

## 残卷之三·观天

……共一百零八人，分为十六组。其中两组各十二人分别观察日月运行，还有四组负责白天风雨和云气的观测，另有八组观察夜空中东西南北等八个方向，一组仰观天顶，最后一组专门观测游星的移动。每组又分为两批换班，我们要望着自己被分配的方向，报告一切异常变化。为了防止错过天象和把幻觉当真，需要三人一起，相互监督和印证。如有分歧，以多者的说法为准。

三年中，我首先学习了天空中的二百六十个星座方位以及其中超过五千颗定星的名字，它们都是神，掌管着无尽时间中的一切。但这些神永远也不会动，因此以它们为基准，就可以很方便地说明五大游星的移动和流星划过等现象发生在哪一片星区，乃至哪几颗星之间的具体位置。在天空中任何微小的变化，我们都要向记录祭司报告。他们根据中央石柱确定具体时辰，再郑重其事地写在树皮纸上。

确定时辰的方法既简便又复杂，这依赖于天象台中间那根铭文石柱，称为日晷柱。白天根据哈布历的日期观看柱影的方位，夜里躺在若干特定位置上观察石柱顶端在定星间的位置，受过训练的祭司就可以报出准确的时刻。我从没完全弄懂这些判断时间的方法，但我很快学到了一点：这些光与影的变化是绝对准确的，日月与众星的移动速度像石头一样确定不变。它们绝不会因为在下界得不到鲜血为食就蹒跚慢行，也不会因为吸饱了鲜血而大步疾走。

我在十五个组里都待过，我的视力果然如九·鹰瞳所期待的那样好，但不论在哪一组，我都成了不受欢迎的人。这倒和我的穆都出身无关，只因为我所报告的远比他人多。我能比别人多看到上千颗定星，我能看到非常细小的流星，也能看到几颗缓慢移动的黯淡"游星"，这些游星并不在五大游星之列。我最初每晚都报告几十次，但我的伙伴却什么都看不到，记录祭司也犹疑不决，不知是否真的存在这些天象。后来，九·鹰瞳专门找我谈话，让我以后不要动辄报告那么多天象。她说我看到的她也能看到，但有些东西——比如某颗黯淡的"小"游星——就很危险，如果话说得不妥当，就可能动摇整个天象学体系，甚至被当成渎神的妄人处死；如果有什么值得报告的，我可以直接找她。

这是一个接近九·鹰瞳的好机会，我便经常去找她讨教。九·鹰瞳表面冷若冰霜，但我发现她和我探讨那些只有我们两个能看到的秘密时会多一分兴奋。我们一起发现和印证了木星和金星是极小的圆形，而非定星那样的光点；木星周围还有至少两颗很小的伴星，我们相信那是它的仆从或者妻妾，或许其他星星也有，但我们无法看到；我们还在月亮上看到了一些细小的圆环，仿佛伊希齐女神脸上的瑕疵——这想法太亵渎神灵，但九·鹰瞳说，上界之事本非人类所能理解，观察和探索天象的真实就是天象祭司最大的虔诚。

我趁机向九·鹰瞳请教各种问题，她教给我许多日月星辰的学问，但我仍不敢问得太多，我怕她发现我内心的秘密，让我的复仇计划化为泡影。这期间我有好几次机会可以动手杀她，但这样就无法知道天象的奥秘了。只有暂且忍耐，我想。

我最感兴趣的是日食的奥秘，或许这种强大的力量我也可以掌握，但我不敢直接询问九·鹰瞳。我以为自己得通过终身学习才能参透这个奥秘，但到了第三年我就明白了其中的堂奥。我被分配到观察月亮的小组，每天都盯着月亮在天空中的位置和变化。我发现它是逆着天空转动，有规则地从西向东运行，每天都要在星空间后退一段距离，大约二十八天走完一整圈，正好和月相的变化相吻合。我揣摩着它在星空间的运行路径，和太阳的道路是交错的。因此，月亮会经常路过太阳曾经路过的地方，甚至可能很接近太阳，不过离得很近时会被阳光所掩盖，很难看到。但是再进一步又如何呢？它们会撞到一起吗？

我被自己的念头吓了一跳。如果有这样的事，日月不是破碎就是飞到天空的某个角落去。可它们显然都好好的，历史上也从未有过这样的记载。那么是不是伊希齐会给基尼什·阿哈瓦让道呢？毕竟月神的地位低于日神，但这种事似乎也没人见到过。我旁敲侧击地问九·鹰瞳。她听到之后，眉头深深地皱了起来，"也许让你担任天象助祭是一个错误。"

我感到自己犯了一个重大的忌讳，深感后悔，"大人，请原谅，我不该问这样的禁忌——"

"你是不该问，"九·鹰瞳打断了我，"而应该用自己的灵魂之眼去观察。

你的肉眼如果能分一点敏锐给你的灵魂，答案就会显而易见：当伊希齐经过群星时，它们也会给月神让路吗？"

她说完这句话，就把我赶出去了。我回去后苦思冥想起来，当然，星星用不着给月亮让路，谁都知道，月亮会挡住经过路径上的星星，这么说来，日月不也可以是同样的道理？它们在不同的高度上运动，不会发生撞击，只会相互遮挡。那么是谁挡住谁呢？是太阳挡住月亮吗？但是它运行的周期长达一个哈布年，可比月亮长得多，应该比月亮更远。反过来，如果是月亮挡住太阳，又会发生什么？当然，我们就会看不见太阳了，但这种事发生过吗？

我忽然明白了那一天为什么九·鹰瞳说，伊希齐女神会带走基尼什·阿哈瓦——因为太阳根本就是被月亮挡住了！

多么简单的道理！太阳和月亮都按部就班地运行，不会随意后退或拐弯。因此，它们的运行轨迹是可预测的。理想情况下，我们可以知道在十年后，甚至一百年后的某一天，它们会在哪里，也就会知道在什么时候，会发生遮挡事件。所以，那一天，十八·天鳄和九·鹰瞳事实上都推测出了太阳被月亮挡住这一事件，只是二者的推算结果略有差异：十八·天鳄认为会在正午发生，但只会挡住一半；九·鹰瞳却认为发生的时间略迟，且太阳会被整个挡住。最后证明九·鹰瞳是对的。

想明白这些后，我对九·鹰瞳的敬畏不减反增。我虽然勉强明白了太阳被遮挡的原理，但要我推算出具体入微的时刻和遮挡方式，却还差得太远。就连天鳄大人也会有不小的误差，迦安的魔女是如何得出如此完美的结果的？

我不动声色地和同僚聊天，渐渐打听出了九·鹰瞳的一些事迹：原来她并非迦安人，而是来自南部边陲的某个蛮族，是十六·龟壳在那里收的徒弟。她的名字也非本名，是十六·龟壳所取的，以形容她过人的视力。

十六·龟壳在十多年前的一次辩论中被十八·天鳄击败，后来远游了好几年，回来时就带着九·鹰瞳，此后，九·鹰瞳一直跟随他学习。在大战前一年，十六·龟壳死去了，临终时推荐九·鹰瞳继承他的位置，说她是比自己优秀十倍的天象祭司之材。不过，王室上下并不信任这个年轻的外族女孩，其他的天象祭司也纷纷诋毁她，说她并无才学，只是凭借"女人的特殊本领"获得了十六·龟壳的欢心，这种恶毒的猜测被广泛散布。

最后忍无可忍的九·鹰瞳上奏虎爪王，要求和其他天象祭司进行比试，看谁更通晓上界诸神的知识。

虎爪王批准了这次比试，还亲自主持。比试共有三场，第一场是在一片雪白的墙壁上绘出巨青蛙星座的星图，双方各自绘图后和权威的迦安古星图比较，一开始人们发现，九·鹰瞳的误差比其他人要大一些。但她告诉虎爪王，那是因为古星图为了画成蛙形，本身就不太准确，而对方将古星图奉为圭臬，反而弄不清星辰的真实位置。于是，虎爪王命令三个对天象学一无所知的宫女、仆役和武士分别在夜里观看巨青蛙星座，来判断哪幅星图比较准确，结果他们一致认为九·鹰瞳的星图更精准，"简直就像是从天上拓下来的"。

第二场比试，是在星图中绘出金星在接下去一个月里的运行轨迹，这一点双方都能大致做到，甚至包括难以预测的逆行，但九·鹰瞳精确到了一天二十时辰中每个时辰的具体位置，而对方只能准确到天的级别，所以他们又输了。

老祭司们还不服气，说这些不过是九·鹰瞳窃取了十六·龟壳的遗泽。最后九·鹰瞳宣称，十天后的夜里会出现一场"上界之雨"，其他天象祭司却认为不会发生这种事。虎爪王于是宣布，如果没有"上界之雨"，九·鹰瞳将被处死，否则就处死其他人。结果那一夜，千百道灿烂的流星划过天空，最多时每一眨眼都有好几颗，好像天上的星星全都掉下来了，令所有人恐惧不已。虎爪王心悦诚服，要处死其他天象祭司，九·鹰瞳为他们求情，虎爪王才饶了他们的性命，让他们以后服从九·鹰瞳的指挥，不得再有异议。

不过即便天象祭司们一败涂地，其他臣僚和将领也仍然反对立九·鹰瞳为天象大祭司，理由是她将来会嫁给某个男子，不能忠心为国王效力。几次比试后，虎爪王对九·鹰瞳十分着迷，趁机提出干脆立她为嫔妃，让她在后宫担任女祭司。但九·鹰瞳却公开举行了放血仪式，发誓终身守贞，服侍月神伊希齐，让虎爪王知难而退，这才破解了这个难题。大战在即，九·鹰瞳终于被任命为天象大祭司。

战后，九·鹰瞳的辉煌胜利令各种恶毒的谣言都销声匿迹。很明显，迦安的魔女不可能有什么男女之事，她唯一感兴趣的就是那些天体，痴迷的程度比她的老师更甚。人们开玩笑说，也许她已经嫁给了天空神伊察姆纳。

对九·鹰瞳的事迹了解得越多，就越令我感到震惊。但我更想知道的是羽蛇神的秘密。我怎么也想不透，它是穆都的守护神，何以又带来穆都的毁灭？我跟一个叫十·负鼠的天象师关系交好，一天，我装作不经意地谈起那天决战时所见到的羽蛇神，没想到十·负鼠竟十分紧张，他悄悄告诉我："我们不该谈论这个，这是天象中最重大的禁忌。"

"可为什么那么禁忌呢？"我换了个问法。

十·负鼠犹豫了一下说："你也当了几年的天象助祭，应该知道，天上的所有天体相对于天球不是静止不动的，就是有固定的运动路径，哪怕金星和火星那种复杂的逆行也可以预测。"

"没错。"我说，不论民间有多少不经的传说，观测几年天象就足以明白，天体运动的严丝合缝胜过训练最严格的军队。

"但羽蛇神不一样，它的出现和消失没有任何规律，没有任何天象学家能搞懂。而每一次羽蛇神出现，都伴随着惨烈的战争和暴动。这就尤为危险。"

"这又是为什么？"

"这你还不懂吗？除了对你们穆都人之外，羽蛇总是不祥之兆，预测它出现往往会引起骚乱，如果到时候羽蛇根本没有出现，那就是我们天象祭司在传播恶毒的谣言。退一步讲，即便它真的出现了，那些愚民不会认为是天象祭司的预言招来祸患而憎恨我们吗？如果闹出什么大事，国君还会拿我们当替罪羊。"

"原来如此……"我明白了几分。

"所以一代代天象祭司都不会去碰羽蛇，只会强调它至高无上，随心来去，没有周期，没有路径，根本无从预测……尤其你是一个穆都人，不要问那么多了，否则只会给自己带来麻烦。"

我唯唯诺诺，只有将对羽蛇的好奇藏在心底。不过，天象中的奥秘实在太多，不久之后，我又注意到一个看似平平无奇、实际却很有意思的现象：月亮永远是对着太阳的一面发光，上半夜出现就是上弦月，下半夜出现就是下弦月。以我的目力，可以看得非常清楚。它显然是被某种光芒照亮的，明暗之间是光线渐渐微弱的地带，那很像是太阳光照亮大地的情形。

如果月亮发光反映了太阳的光辉，满月的状态就可以解释了。这个时候月亮和太阳在天空上处于两端，遥遥相对，所以整个月面都被阳光照亮，但奇怪的是，当太阳处于地面下最深之处，而月亮升到中天的时候，却还是那么明亮，但这时太阳应该被大地挡住了，月亮怎么还会发光呢？

但也并非总是如此,在某些满月的时刻,它会被某种阴影吞噬。这种现象也很常见,在穆都的民间传说中,是月亮进入了天空中的死亡之渊。但我发现这也说不通,因为每次月亮在群星间消失的位置都不一样……

我苦苦思索着这个问题,几乎废寝忘食。我强迫自己记下月亮的运行在几个月中哪怕最微小的变化,以找出隐藏的联系。终于有一天,我在深夜的月光下仰头盯着这位神秘的女神,忽然天旋地转,竟然晕了过去。

不知过了多久,我悠悠醒转,发现九·鹰瞳在我面前,拍打着我的脸颊,问我有没有事。我忙爬起来,说自己没有什么大碍。

"还好,"九·鹰瞳微微点头说,"否则我只有吩咐他们把你拿去祭祀金星了。我记得你最近的任务是观察七鹦鹉星座一带,但他们告诉我,你昏倒前一直盯着月亮,你不知道这是严重的违规吗?"

我只有老实承认自己的错误,并告诉九·鹰瞳自己在思索什么。九·鹰瞳摇头说:"我说过,你要用自己的灵魂之眼去看。鹿尾,天象学是神圣的学问,依赖于灵魂的净化,如果你想要得到真相,必须睁开灵魂的眼睛。"

"可是大人,如何能睁开灵魂的眼睛?"

"世界被创造时,玉米神从上界来到人间,赋予我们以灵魂,"九·鹰瞳说,"我们的灵魂来自星体,可以和上界相互感通,但必须经过艰难的转化,让你的灵魂像火焰一样燃烧起来,它就会上升到星星中,飞到世界树的中心,让你懂得这一切。"

我还是不明白,缠着她继续请教。九·鹰瞳微微叹息,"好吧,我给你一个机会,一个让你能打开灵魂之眼的机会,记住,唯一的机会!"

## 残卷之四·通灵

……拿着火炬,走下月亮金字塔内部的阶梯,阶梯弯弯绕绕,长得异乎寻常。往下先是闷热,渐渐又有了凉意。到最后我可以断定,虽然金字塔高踞在地面上,但我们已经到达地下很深的地方了。

走下最后一级阶梯,九·鹰瞳推开一扇门,带我进入一间密室。室内很狭小,转身都困难,我以为在这里有什么机密,不料除了四壁外,一无所有。我忍不住问:"大人,这里什么也没有啊……"

"很快会有的。"九·鹰瞳道,然后灭了手中的火炬,顿时连光也没有了。我恐惧地惊叫起来:"大……大人,我什么都看不见了!"

"看不见才好,"我只能听到九·鹰瞳淡定的声音,"这样你才能睁开灵魂之眼。"

我仍然不明所以,她塞给我一个小木筒,低声说:"吃掉里面的东西,然后把心思集中在你的疑难上。"说完,她就关上门离去了。她的脚步声在上面消失后,整个房间沉入完全的黑暗寂静,没有一丝声音来打扰我,连自己的心跳都清晰可闻。

我有些紧张地打开木筒,把里面的东西倒出来,摸起来好像是一只很小的蘑菇,一口就可以吞下。我不明白为什么她会给我一只生蘑菇,玛雅人都知道,菌菇不能乱吃,雨林中有些菌类毒性很强,吃下去会立刻毙命。难道她发现了我的图谋,想让我无声无息地死在这里?

我心中忐忑,心跳也快如打鼓,但转念一想,如果九·鹰瞳要让我死,何必如此大费周章?她这么做必有道理。我横下了心,将那只蘑菇一口吞下肚里。

我紧张地捂着肚子,心想万一有变,说不定还能吐出来。不过一直毫无感觉,我也放松了几分,便坐在地上休息。不久后,我渐渐感到自己的胃部变得暖和,一股奇异的热力从那里向周身弥漫,从腹部到胸口,再传到头上。我感觉身子轻飘飘的,有点像喝了玉米酒,但又比那飘忽得多。脑中各种念头此消彼长,一个个记忆中的场景在黑暗中幻化出来:一会儿是血肉横飞的战场,一会儿是人头满地的祭祀,一会儿是阿爸阿妈的面容……我想起九·鹰瞳的叮嘱,让自己不要乱想,努力将意念集中到天体运行上来。

果然,随着念头流转,眼前出现了新的异象,无边黑暗中,一颗星星出现在我的头顶,然后是第二颗,第三颗。我依稀认出来,这是弓箭手星座,在它的边上,火鸡星座和野兔星座也逐渐生成,然后是房屋星座、金字塔星座和火焰星座……群星逐一点亮,明亮的宇宙树也出现了。

像之前那些观天的夜晚一样,星空围绕北天极在我头顶转动,但速度比现实中要快得多。旧的星座下沉,新的星座升起,四周的星星越来越多,越来越完整。终于,不同季节的二百六十个星座、五六千颗定星都在黑暗中显现,它们排成和以前一模一样的图案,但不只是像平常的夜晚一样笼在头顶,而是在脚下,在东西南北各个方向,到处都是熠熠发光的星星,像无数颗宝石镶嵌在黑暗的天球上,而我就像悬浮在天球中心的一粒沙子。

太奇妙了,我在一间深深的地下室里,在什么也看不到的黑暗中,看见了所有的星座,只有南天极附近什么也没有,宛如璀璨星空中的一个黑洞。因为虽然星天不息地旋转,但那附近的天空始终在地平线以下无法看到。

游星也出现了,它们在黄道的附近一遍遍兜着圈子,时进时逆,但都有明显的速度和规律。最后是太阳和月亮,它们一圈圈追逐着彼此,时而发生遮挡,但一切都森严有序,似曾相识。我模糊地意识到,它们其实来自我的头脑,是这三年来一千多个夜晚中观测场景的复现,我的灵魂之眼提取了记忆,让这一切复现!

我越来越兴奋,头脑中的星空也飞速旋转,太阳和月亮继续运行着,每一步都按部就班。我看到太阳和月亮在天空的轨道交叉,也看到当月亮经过天空时,会被位于下面的太阳所照亮,就像大地不存在一样。

是的,如果大地不存在,只有我浮在星空中,一切就完满了,会和观测很完美地契合。

但大地当然不可能不存在。

或者……

太阳绕到了我的正下方,甚至将我的影子投射到了上方的月亮上。日月之间,宛如架起了一道桥梁。我忽然心底一片通明:

"啊,原来……竟然……"

那一刻,我直观地"看到"了一切,一时却无法用语言表达。

我跳了起来,不由兴奋得手舞足蹈,却忘了自己并非真的在宇宙间飞腾,只是置身于一间狭小的石室内。一脚踢出,脚趾正撞在石壁上,又跌倒在地,不由痛叫出声。

周围的星空渐渐沉入黑暗,九·鹰瞳的声音却在我面前不远处响起:"喂,你没死吧?"原来她并没有远离我,听到我的响动又回来了。

我却还在兴奋中,忍痛站起来,大声说:"大人,我明白是怎么回事了!大地相比太阳来说非常之小,就像虚空中的一粒沙子。它也不可能比太阳更大,否则它可以永远将自己上方的月亮掩在黑暗中。因为大地比太阳小得多,才无法阻拦太阳照到位于大地正上方的月亮、出现在深夜里的满月。而月食就是月球进入大地在阳光下的阴影区域所造成的!我一切都明白了!"

"不错,"九·鹰瞳冷冷地说,"但是你——"

"这就是那个神奇蘑菇的力量！"我仍然兴奋地说个不停，"它调动了我灵魂的全部记忆，让我能够在灵魂深处将这些都连在一起，重现宏伟的星辰运动本身、宇宙的结构本身……这就是灵魂之眼的真意所在，对不对？对不对？"

"对，但这似乎并不是你抱着我不放的理由。"

我这才发现，自己在那蘑菇的力量下，不知什么时候已经忘形地拥住了九·鹰瞳，感受着大祭司身上的温暖和芬芳。我大惊失色，慌忙松手伏倒在地，惊惶得话都说不利索："大、大、大人，我、我、我不、不……"

九·鹰瞳的脚在我手背上狠狠踩了一记，但我不敢呼痛，还好她没有施加更严厉的惩罚，而像一切没有发生过那样，用火石重新点亮了火炬。

"人的灵魂被世间万物所玷污，"她淡淡地说，"如同堕入无知的黑暗。而通灵菇正如这火炬，能够激发灵魂的潜能，让灵魂之眼目睹天地的真相。唯有它，能看到纷乱复杂天象背后的至高之美，让渺小卑微的人类也能够感受上界的伟大庄严。七·鹿尾，你过关了，从今天起，可以升任为真正的天象祭司。"

她嘴角露出一个淡淡的微笑，我心里仿佛有什么屏障被击碎了，一种恼人的温柔情感涌了出来。

我忙收拾心情道："那个，大人，成为天象祭司就能明白天象背后的奥秘吗？"

九·鹰瞳的表情复归严肃，"还差得很远。你必须掌握足够久的记录，才可能看到更加清晰和完满的画面。就好像只有观察一整年，才能看到太阳在群星间的完整路径。而有些天体的周期远远长于一年。"

"那么我们需要多久的记录呢？"我问。

"越久越好！可是迦安目前的记录还不到一个纪元的，远远不够。"九·鹰瞳遗憾地说，"以后你要继续观察夜空，不过不必再拘泥于细节了。我更需要你整理之前的资料，包括我们从其他城邦找来的天象记录，我希望能用灵魂之眼看到更古老的星空。"

接下去的一年中，我认真按照九·鹰瞳的指示工作，也更加了解了天象祭司完成预测的工作方式。一般的计算仅仅是辅助性的，一切真正的预测都要依靠那种被称为"通灵菇"的黑色小蘑菇来完成。在它引起的迷离幻象中，日月星辰在头脑的星图中一刻不停、一丝不苟地运行着，能重现越深的过去,也就能看到越遥远的未来。

我也渐渐明白那些民间传闻是靠不住的,天象祭司并没有真正的魔力,至少我没有亲眼见过。他们的主要本领在于能够精确预测未来的星象。

但我还是不明白,为什么当初九·鹰瞳能够预测到"上界之雨",那东西好像毫无规律可言。后来我大胆地问了九·鹰瞳这个问题,她告诉我:"在这一点上卓尔金历毫无用处,如果你以二百六十天为循环周期,那么什么也看不到。就像我曾说的,三百六十五天为周期的哈布年更为关键。"

"可就算用哈布历,我也看不出什么规律。"

"这个问题,你去翻翻之前两百年的记录,"九·鹰瞳说,"不要让我后悔对你的提拔。"

果然,我把所有"上界之雨"的记录都翻查了一遍,发现绝大部分"上界之雨"都发生在哈布历上固定的日子。如果以哈布历计算,一个哈布年中,"上界之雨"基本只在十来个固定的日期里出现,误差不过一两天。不过并非每一年都会出现同样的现象,有的年份爆发一次"上界之雨"后,此后几年它又会变得很小,直到一二十年后才再次出现大的"上界之雨"。只有综合两百年的资料,才可能发现比较明显的规律。

我将自己的想法告诉九·鹰瞳,并请教她为什么能够预测到那一次"上界之雨",她摇摇头说:"我无法回答你的问题,因为我也不明白是怎么知道的。我读了两百年中所有'上界之雨'的记录,在灵魂之眼的观察中,这些天体的周期运动一年年持续下去,并越过时间延伸到未来,时隐时现中有着隐微的运势,我看到了它们,我知道它们会在那个夜晚出现,也只知道这些。"

"大人,您一定拥有最接近上界的纯净灵魂,才能看到最隐秘微妙的天象运动。"我恭维道。

"还差得很远。"九·鹰瞳脸上显出苦涩的神情,"我看不到羽蛇,从来都看不到。"

我一怔,没想到她主动提起这个话题,此时不问就错过良机了,"但是大人,穆都之战的那一天,您不是在天空中召唤了羽蛇吗?"

"我只预言了日食,"九·鹰瞳毫不隐瞒地说,"压根儿没有想到羽蛇也会出现。那天的羽蛇出乎我的预料之外。事后我翻查了很多记录,但还是弄不清楚羽蛇从何而来,又到哪里去。如果羽蛇和日月一样是一个天体,那么肯定有其规律。但我研究了迦安三百年来所有羽蛇出没的记录，始终没有发现规律在哪里。"

"那我们该怎么办呢？"我不知不觉把自己代入了九·鹰瞳的研究中。

九·鹰瞳沉浸在思考中，并没有注意到我用词的改变，只是叹了口气，"我需要更多的记录，更多的'通灵菇'。蘑菇也罢了，可靠的记录却无从寻觅。这些年的战争毁灭了太多的古老文化，许多城邦的记录最多只能上溯到第十纪元，还很不完整。我本来寄望于穆都，不仅因为它本身的历史比迦安要长，而且据说穆都人当年在攻占特奥蒂华坎之后，将千年的天象记录都搬回了穆都……但是十八·天鳄在逃走前，下令焚毁了所有的天象记录抄本，至少有几百卷之多——这是对众神犯下的最可怕的罪行！"她露出了罕见的怒色。

我也不禁感到惋惜，但很快惊觉，这可是向着敌人一边。我可千万不能被这魔女的话所迷惑。"大人，也许别的地方还有什么线索吧？"

"我本来指望特奥蒂华坎，那座神圣之城的历史可以上溯到开天辟地之时，比所有的玛雅城邦都要长，但几经洗劫，如今已空空如也。我派人寻找过，却一无所获……不过，现在好像在科潘东南的丛林里发现了远古的石碑，上面似乎有很古老的天象记录。我正在请求国王陛下的许可，前往那里考察。如果他许可，你跟我一起去好了。"

我的心一动：科潘，文明世界最南的城市，背后就是蛮荒的原始丛林。也许……

## 残卷之五·南行

……拖了很久，科潘之行一直没有被虎爪王许可，我也渐渐淡忘了。升任天象祭司后，开始有迦安的贵族和富商请我在空闲的时候占星，根据星象选择婚礼的日期或者预测子女的吉凶。我对占星术其实了解不多，但我逐渐发现，只要有天象祭司的头衔，随口瞎扯一些星象和人生的关系吓唬他们，再说上几句吉利话，就能赢得他们的敬畏和感激，所以我也逐渐成为一些迦安要人的座上宾，出入宴席聚会，生活也越来越舒适了。

复仇的心愿我并未搁下，但却越来越淡。五年了，穆都的一切已离我远去，甚至有时候我想起穆都的事，心里用的都是迦安方言。我后来常常想，如果就这样下去，我和九·鹰瞳会变得怎么样？但我注定不可能知道答案，因为发生了一件事，将我们的命运彻底扭向了另一个方向。

那天，我陪着一位迦安将军和他的宾客在一处郊外庭院散步，一群弯腰驼背的奴隶背着沉重的石块从我们面前经过。主人向我们夸耀，这些奴隶正在为他修建一座蒸汽浴室，规模和水准仅次于王家，我们赞叹不已。正当主人开怀大笑时，一个奴隶在土坡上摔倒，背上的大石滚落下来，撞倒了后面的几个奴隶，一时秩序大乱。主人在众人前丢了颜面，十分愤怒，命令卫士们抓住那个笨手笨脚的奴隶，将他杀了充当晚上的肉宴。他一边哀求一边逃窜，躲避着卫兵的追捕。忽然间，他看到了我，竟一下子站住了，还流露出难以置信的表情。

我愣了一下，也认出了他的模样，这个皮包骨头、惊弓之鸟般的奴隶，竟然就是我的大哥，当年英俊威武的四百夫长十·鹿角！我一直以为他早就死在战场上了，没想到他还活着，却变成了这般模样。

一瞬间，小时候大哥怎么背着我去集市游玩、怎么打跑欺负我的小坏蛋、怎么手把手教我武艺的场景都涌上心头。我忘记了周围的一切，忘记了自己已经是迦安的祭司，径直奔向大哥，帮他挡开那几个兵士，不顾一切地和他抱头痛哭。主人本来知道我是穆都的俘虏出身，但明白了我们的关系后，还是大感吃惊。我翻出身上所有的财物：两块玉石、五枚白贝和二十多颗可可豆，要把大哥赎买下来，如果不够还可以再回住处去拿。结果主人却推开了我的手，允诺赐大哥以自由，条件是我得请鹰瞳大人为他女儿的婚礼选择星辰组合最吉利的日期，还要给他的孙子起一个吉祥名。虽然九·鹰瞳很难请动，但我还是一口答应了。

我把大哥带回我的住处，问起他别后情由。他告诉我，当年他战败被俘，因为孔武有力，所以未被杀戮祭祀，而是被将军要去，成了他的苦力。在其他活下来的亲人里，我的两个叔叔被拉去为迦安人建造神庙，没熬过一年就死了；我那年仅十一岁的小妹和其他邻家女孩一起，被带到迦安军队中供那些残暴的武士奸淫，小妹因此怀上了一个孽种，因为年纪太小，竟难产而死；我慈祥的母亲，用丰满双乳哺育我的母亲，知道小妹死去后发了疯，被当成祭祀玉米神的人牲，剖心挖肝……

知道这一切后，我悲愤地想要大吼大叫，却怕被周围人听到，只能撕扯着自己的头发,捶打着石墙,直到双手鲜血淋漓。这几年下来,我每每对自己说要复仇,实则却安于迦安的安稳生活,甚至没有用心打听亲人的下落。在我衣食无忧地仰望星空时,就在离我只有几里的地方,我的至亲们却在遭受比下界还要恐怖的折磨。也许我心底早已明白这一点,所以才寄情冰冷的星辰变化来逃避残酷的真相。

大哥抓住了我的手,阻止我继续自残,"鹿尾,这不是你的错。阿爸阿妈如果知道你还好好活着,也会欣慰的。何况你还当上了迦安的天象祭司,这一定是库库尔坎的安排,鹿尾,现在你是我们穆都人的希望所在。"

我心中一动。大哥说得不错,我能进入迦安的天象台不是偶然,这一切都出于羽蛇神的护佑,他一定会让邪恶的迦安覆亡,让伟大的穆都复国。我必须做点什么。但是该怎么做呢?

我翻来覆去想不出头绪,又想到现实问题,该怎么安置大哥?我的居所和饮食都是天象台分配的,不像迦安的自由民那样在城外拥有自己的田产,大哥不可能一直住在我这里。而且他也不想再留在迦安,宁愿逃到远方去碰碰运气。于是过了几天,等大哥的身体养好了一些,我找到一个商队,让大哥跟随他们一起前往东部半岛贩盐,半年一个来回——虽然艰苦,但比当奴隶好多了,还能薄有收入,目前我能做的只有这么多了。

大哥走后,我正在苦思复仇的事,九·鹰瞳却通知我,虎爪王终于批准她前往南部边陲去考察古碑,我和其他几名天象祭司将与她同行。我为能够参与这样一次重要考察激动了片刻,但一个疯狂的念头很快攫住了我:也许这就是羽蛇神赐予我的复仇机会,杀死九·鹰瞳,让迦安人失去他们的天象大祭司,从此走向衰亡。在路上,这样的机会绝不会少。羽蛇在上!神的指示再明确不过了。

我们在这一年的雨季结束后,踏上了漫长的旅程。迦安王拨给九·鹰瞳的队伍非常庞大,包括四十名扈从武士、二十名仆役、十名专门服侍她的侍女,还有包括我在内的九名天象祭司。佩滕地区是此行的必经之途,队伍在穆都故城停留了一天。我看到了故乡那熟悉的城郭和林立的金字塔群,仿佛一群沉睡的巨神对周遭的变化毫不在意。但稠密的人烟已寥寥无几,羽蛇神庙也香火冷落,迦安征服者在城里横冲直撞,残余的居民都沦为了迦安的农奴。

我们被安排住在穆都的旧王宫里。那天夜里,我偷偷溜出住所,回了一趟旧居。我家的草顶泥屋没有金字塔坚实，早就成了一片废墟，稍有价值的财物都不知所踪。但满地的破烂仍然唤醒了我沉睡的记忆：阿爸的藤条烟斗、大哥的弹弓、二哥练习写字的沙盘、我买给小妹的贝壳项链……我在地上捡起一块脏兮兮的破布，拂去尘土，看着有些眼熟，依稀记得是战前阿妈缝给我的衣裳，还没有做完，也永远不可能做完了。

我偷偷哭了一场，才擦干泪水回去。接近住所时，我却看到九·鹰瞳一个人坐在庭院里，仰望着横亘于星空之间的宇宙巨树，若有所思。一股恨意止不住地翻涌上来——我要杀死她，我对自己说，别耽搁了，现在就杀死她，现在！

我悄步走向她背后，握紧了腰间的匕首，但接近她身后时，呼吸不争气地开始变得急促，身子也不由自主地颤抖起来，匕首怎么也拔不动。九·鹰瞳一回头就看到了我。

"鹿尾？你也睡不着吗？"

"是啊，大、大人，"我窘迫地掩饰，"我大概是习惯了每晚的守夜。"

但九·鹰瞳锐利的目光已发现我神色有异，"你是穆都人，这次回来会勾起一些过去的回忆吧？"

我沉默了。

"想开点，你已经是天象祭司了。"九·鹰瞳天真地以为"天象祭司"这个词就代表了一切，"现在你直接侍奉上界诸神，人间的是非与你无关。"

"我……我只是没想到会是这样。"我忍不住说，"在前几个纪元，迦安和穆都也经常开战，战败方无非是多支付一些贡赋，献出一些人牲，迦安战胜过穆都，穆都也击败过迦安，但城邦的传统并没有断绝。可现在，为什么整座城邦都……都被……"

"这不是我的初衷。"九·鹰瞳叹了口气。

"你的初衷？"我越发感觉不对。

"数百年来，玛雅诸邦各自为政，不知道有多少珍贵的天象记录和研究记载在不同的语言文字里，分散在各个城邦，彼此都秘而不宣，也常常毁于战乱，平白浪费了。在穆都之战后，有鉴于十八·天鳄的破坏，我请求国王陛下将各地的天象祭司汇集起来，让他们将各城邦的记录带来，在迦安一起工作。但不知怎么，王上误以为我的意思是不允许其他城邦观测天象，他干脆让迦安的将军们捣毁各地的天象台，杀戮天象祭司，而这激起了进一步的反抗,最后导致了整个城邦的大屠杀,反而丧失了更多古老的天象记录。等我发现时,已经……"

我的脸色一定变得越来越难看,为了不被她发现,我勉强转过身。在九·鹰瞳眼中,一切问题只是那些天象记录的损失。可穆都是我的故乡、我的城市,有我的同胞!因为你的一个提议,一切就这样毁灭了!

你要负责,迦安的魔女,你要为这一切负责——

我的手又摸向匕首,但此时,两名巡逻的武士走来,说附近还有暴民作乱,客气地请我们回去休息。我只能再次放弃。但时机总会到来的,我一定会亲手杀死九·鹰瞳。这不是我们的私怨,而是羽蛇子民的正义复仇。

离开穆都后,我们迤逦南行,不一日便抵达科潘地界。科潘本是穆都的盟友,但在战场上他们当了逃兵,并且很快向迦安献上降表,称臣纳贡。得知九·鹰瞳前来,科潘城主,年迈的十五·毒蛙亲自在边境迎接,并设宴款待我们。一连几天,我们都被丰盛的南瓜、火鸡、鹿肉以及从海边运来的新鲜鱼虾所环绕。离开科潘时,十五·毒蛙殷勤地送我们到边界,并奴颜婢膝地请九·鹰瞳在虎爪王面前美言几句。我真看不起这个怯懦卑鄙的小人。

科潘城已经毗邻山区,前头的山道艰险难行。不过,十五·毒蛙派遣了大批民夫在前面为我们修桥铺路,后面还源源不断地运来丰盛的食品,甚至还找来好些个科潘姑娘供那些武士和其他天象祭司享乐,一路倒也并不艰苦。

可我毫无寻欢作乐的心思,只是一直待在九·鹰瞳身边,想找机会下手。不过,始终没有合适的时机。

三天后,我们抵达了那些古石碑的所在,它们屹立在一座悬崖上,总共有三十多块,从铭刻的长历时间来看,至少是九百年前所刻,的确够古老。那里应该是某个上古城邦的天象台。但令我们失望的是,古石碑上大部分内容都已经被风和水侵蚀,只有少数有用的资料可以抄录。九·鹰瞳让我们巨细无遗地临摹下所有完整和残缺的文字,她说这些古文的写法与今有异,可能意义也会不同,必须尽可能完整地复制下来带回迦安。

这种工作当然很令人厌烦。我们干了一天,到了傍晚,太阳西斜,几位科潘女郎又送来了丰盛的食物。其他人都放下活计,一边吃喝一边调情去了,只有九·鹰瞳还蹲在悬崖尽头,聚精会神地研究着半块断掉的石碑。

我走到她身边，心想可以在这里把她推下悬崖，她毫无防范，自然轻而易举。当然我也不可能逃走，就抱着她一起跳下去，也算还了她一条命。但九·鹰瞳抬起头，冲我露出天真的微笑说："这里还有一条羽蛇出没的记载，太难得了，你来看看！"

九·鹰瞳孩子般的笑容和阿爸与二哥临死时的惨状在我心中交织，我僵在那里，脸色一定极其难看。九·鹰瞳似乎察觉到了什么，忽然收起笑容，脸上都是惊愕。再不动手就来不及了！

此时身后却传来一声惨叫，我一惊，回头看到我的同僚十·负鼠的脖子上插着一根箭，大瞪着双眼倒了下去，手里还拿着一个啃了一半的玉米馅饼。

随即，各个角落里的惊叫和惨呼声不约而同地响起。那些刚才还热情似火的科潘女郎从头发里拔出了黑曜石刀片，迅速捅进身边迦安男人的肚子。送粮的科潘民夫也从粮草里抽出了利刃和弓箭，疯狂地袭击我们。此刻所有人都在狭窄的悬崖上，无法躲避，人群像被收割的玉米一样倒下。

我终于明白过来：十五·毒蛙并未臣服迦安，而是处心积虑地将我们引入陷阱，要一网打尽！深沉多智的科潘城主啊！我在心中赞叹，好一个完美的计谋。我错怪你了，你并不是怯懦小人，而是智慧的抵抗者。

又一名同僚倒在我面前，把我拉回了现实。不管科潘人如何深谋远虑，但眼下我自己的生命也处于危险中。即便表明身份也没有用处，在众人眼里，我可是九·鹰瞳的"亲信"，不论怎么辩解也不会有人信，科潘武士随手就会把我送进死神基西姆的嘴里。说来也怪，刚才我还想和九·鹰瞳同归于尽，现在却又害怕真的死在这里。

"大家跟我冲出去！"护卫队长吼道，但这是不可能的，这里是绝路，唯一的下山道路上已布满了科潘的战士，几个试图冲出包围圈的武士立刻被消灭，最后迦安武士只有依靠石碑群和敌人周旋。但这只是时间问题，一个个迦安武士倒下，眼看我们就要在这座陡峭的悬崖上被科潘人消灭干净。

前后的道路都被堵死，我又没有长翅膀，唯一的出路只在下方。我向下眺望，看到悬崖下有一个溪流汇聚而成的小湖，如果能落进湖里，有水的缓冲，或许能留下一条命。我正在思忖，便看到一个绝望的迦安武士向那里跳去，但力道不够，身体落在湖边的碎石地上，顿时鲜血飞溅，身子抽搐几下，便不再动弹。

我不敢再试，却听到身边九·鹰瞳的惊呼，一个半裸的科潘女郎已经冲到她身边，挥动黑曜石刀直刺她的心口。我没有多想，猛然撞向那女郎，刀刃从九·鹰瞳的喉咙边擦过，女郎被我一撞跌下山崖，我一时收不住脚，也跟着一起落下。九·鹰瞳伸手抓住我的衣服，大概想要拉住我，却反而被我带了下去。

我吓得闭上了眼睛，心中一片空白，只感到天旋地转，然后身体在什么东西上重重地撞了几下，身上又被什么东西狠狠碾压，感觉五脏六腑都要被撞碎，然后就昏了过去。奇怪的是，最后我心中竟然一片平静：死了也好，那就不用再想着复仇了……

我没想到自己还能醒来。是有人拍打着我，让我恢复了意识。睁开眼睛，看到光线昏沉，一个女子蹲在我面前："鹿尾，你还活着吗？"是九·鹰瞳。

我慢慢从茫然中恢复了意识，爬起来，只觉得身上无处不痛，"大人，我们……没有死？"

九·鹰瞳指了指旁边一大团模糊的血肉，从衣服才能看出是那科潘女人，"她的身体落在那个武士的尸体上，正好垫在下面，救了我们。我又落在了你身上，所以……"

怪不得我前后都在疼，我想。身上都是淤青，我摸了摸自己主要的骨头，似乎还没有断。惊惧渐消，心中又感庆幸，人类就是这样，虽然同伴都已丧命，但自己没死，总还是感到幸运。看九·鹰瞳好像根本没受什么伤。

"是你救了我，鹿尾。"九·鹰瞳看着我的眼睛，轻轻地说。晚霞中，我发现她的眼睛很美，很温柔。

"我……"我心中五味杂陈，转过了头，"大人，那些科潘人呢？"现在太阳已经沉入地平线，至少过了一个时辰了。

"我醒来的时候已经没有声音，也许他们以为我们已经死了，回科潘去了。"

我稍感宽心，但想了想，心又提了起来，"不对，大人，你是科潘人真正的目标，他们不拿到你的首级是绝对不会回去的。也许他们会来下面——"

话没有说完，九·鹰瞳就指着我的背后，神色剧变。我回头一看，暮色中，一串火把在数百步外若隐若现。

"快逃！"我拉着九·鹰瞳飞奔起来……

## 残卷之六·漂流

"……为什么……他们……要我死？"九·鹰瞳一边跑，一边喘息着问。

我也气喘吁吁道："大人，这还用问吗……如果你死了，迦安就再无法掌握……对战争有利的天象……科潘人可以趁机作乱……"

"但是科潘难道不怕……迦安的报复？"

"当然怕，所以我们在科潘地界的时候，十五·毒蛙对我们礼遇有加……人人有目共睹。而这次袭击发生在边境外的山区，和科潘毫无关系……他们完全可以说是野蛮部落下的手，杀一些蛮族来交代……虎爪王什么都查不到……"

我们顺着溪流往下游逃亡，身后科潘武士一路追赶不休。已经是第三天夜里，我发现九·鹰瞳除了天象学之外一窍不通。是我教她顺着溪流漂下以隐藏自己的脚印和气味，找到可以吃的野菜、果实和昆虫，以及躲开偶尔可以看到的野蛮部落，那些人以砍下外来者的人头为乐。如今，九·鹰瞳对于我来说完全是一个负累，我可以扔下她不管，甚至杀了她复仇。只要科潘人找到她，不论是人还是尸体，想必不会再继续追赶我这无名小卒。

但我没有抛下她。我也不知道为什么。也许是因为当初她留了我一命，还让我成为天象祭司；也许因为她胸怀丰富深邃的天象知识，而我只是揭开了其中的一角，她一定还懂得更多的奥秘。但回归迦安的路已经被科潘人堵死了，我们能去哪里呢？

我们已经在科潘南方数百里，还在无人知晓的深山里穿行，而科潘是众所周知的文明世界的南方边城，我们已经越过文明世界的尽头。前方是什么？我想或许是传说中的世界边缘，我们会看到大地的边缘，天球在脚下转动，宇宙树的全貌出现在面前，而我们的世界只不过是某根树枝上的一小片树叶。

爬上一座山头，我陡然止步，张大嘴巴几乎无法呼吸。

果然，世界的边缘就在眼前，视野中再没有任何土地，璀璨的繁星从天顶一直延伸到脚底，仿佛只要纵身一跃，就可以跳进神秘的星群……我无法呼吸，无法思考，这是何等瑰丽不可思议的场景！

"到海边了。"九·鹰瞳在我身边说。

我揉了揉眼睛，才发现这回是自己犯傻，眼前不过是无边的水面，映照出满天星辰。

"原来这就是大海……"我喃喃地说。虽然每个玛雅人都知道，我们的土地在两片大海之间，但我从未见过海洋，原来它的博大与浩瀚竟不亚于天空。

我没有太多时间感叹大海的壮丽，阴魂不散的科潘人又追了上来。我们匆匆跑下山坡，等我们到达山脚下时，科潘的追兵已经到了山顶，他们看到了我们，咆哮着向下抛掷石块，幸好还离得远，并没有砸到我们。然而，他们也很快顺着山路追了下来。

我们只能匆匆向海边跑去。天色渐渐明亮，可以看到这片海湾在两片山岭的夹缝中，逃跑的道路十分有限，那些科潘人也发现了这一点。他们呼喝着向两边包抄，整片海湾变成了一只即将收拢的口袋。我正感无计可施，借着晨光看到海边有一间坍塌的茅屋，旁边还有一条搁浅的独木舟，忽然灵机一动。

"我们坐那条独木舟逃走！"我对九·鹰瞳说，抓着她的手向那条小舟跑去，心中祈祷它没有坏掉。羽蛇在上，那条独木舟看上去还能用，正好坐下两个人。但找不到桨，我们用力把它推到海水中间，跳上船，拼命用手划水。手忙脚乱中，独木舟渐渐远离了岸边，向大海深处飘去。等到科潘人赶到，不论是扔石头还是掷飞镖，都无法伤到我们了。

"现在怎么办？"海岸变成了天边一线后，九·鹰瞳问我。

"再划远一点，让他们完全看不到我们，也就无法追踪了。"我说，"然后我们把船划到北面一点的地方，找个荒僻的地方登陆。"

这本是一个不错的主意。但当我们划到看不见岸的地方后，却发生了一件蹊跷的事。我根据天空中太阳的方位不断地向东北划去，想回到岸边，却始终看不到海岸线，就好像刚才的大陆根本不存在一样，不管怎么尝试都没用。过了许久，我看到一块礁石在眼前出现，又迅速地向北移动，好像长了脚在飞跑。我想要划过去，却离它越来越远，这才醒悟过来，大海中有一股强大的水流，正裹挟着我们向南前进，而且不断远离海岸线。

而我们什么都没有，没有食物，没有水，就这样被抛到了大海上。

独木舟日复一日被带向南方海域。好在里面有一团破旧的渔网，我们试着网鱼,偶尔能捞上几条。可是没有淡水,我们渴得快要发疯。到了第五天,下了一场雨,让我们喝了个饱,还存了一些在随身水囊里,每天喝一点能暂免渴死。但我们还是日渐虚弱无力,只有躺在独木舟里听天由命。转眼已经过去十来天,我好奇这海流会把我们带到哪里去,如果到了世界边缘,海水会像瀑布一样轰然从大地边缘落下吗?对,也许这正是形成海流的原因。但如果这样的话,海水怎么没有流光,露出光秃秃的海底呢?

我把自己的疑惑告诉九·鹰瞳,她虚弱地撇了撇嘴,好像不想浪费力气说话,但最后还是开口了:"关于这个,十三年前,迦安和穆都还保持和平时,我的老师十六·龟壳拜访穆都,和十八·天鳄进行过一次辩论。十八·天鳄的答案是,海水的确会从大地边缘泻下,形成九万里高的超级瀑布,落到天球底部,在那里形成积水,而随着天球每天周而复始的转动,海水会重新回到天空上界,从那里落下变成雨水,这样一来,水就可以一直循环下去。"

"好像蛮有道理的。"我心想,不愧是穆都的天象大祭司十八·天鳄,观察和计算也许略逊于九·鹰瞳,但对天象学理解的深刻堪称玛雅列邦的翘楚。

"你也觉得是这样吗?"九·鹰瞳冷冷地说,"但是我老师反问,如果是这样,那么雨水就会像海水一样是咸水,并且鱼虾龟鳖都会随雨水一起落下,可雨水却是极其清淡,而且也从没见天上掉过鱼虾。十八·天鳄又提出了许多补充的假设,什么天球对水的转化、不同层面的截留等等,烦琐又牵强,我现在可没力气复述了。"

我又糊涂了,"那十六·龟壳的解释是什么?"

"老师有一个非常简单的解释,简单又离奇,没有人肯相信他,十八·天鳄还尖刻地嘲讽了他,最后老师愤怒地离开了穆都,不,离开了整个玛雅,说要去'世界边缘'寻找证据。"

"最后他找到了吗?"我越发好奇。

"找到了。但是只有到达世界边缘的人才能亲眼看到,所以他也不能说服其他人。你想知道是什么吗?其实这几天夜里已经能够看到一些东西,但是你一直无心观看星空,所以错过了。但以目前漂流的速度,如果能活到今晚的话,也许我们将亲眼看见那神奇的景象——"

九·鹰瞳说得激动起来,苍白的脸上燃烧着红晕。但说到最关键处,忽然身子晃了晃，倒在了我怀里。我生怕她有事，忙探她的鼻息，发现她只是晕过去了。这几天缺少饮食，又被毒日暴晒，她单薄的身体早已支撑不住了。

我稍微松了一口气，才发现自己很怕她死掉，因为那就意味着只有我一个人在这瀚海漂流，直到从世界边缘无尽地坠落。我俯下身子，为她挡住头顶太阳的炙晒，又把不多的水喂她喝了一口。她轻轻把水咽下，干裂的双唇动了动，但没有醒来。让她这样休息一会儿吧，我想。

但接着我却做了一件连自己也吓了一跳的事。

我轻轻地吻了吻她干枯的嘴唇。

九·鹰瞳动了动，我一惊，生怕她醒来，但她却把头埋在我怀里睡熟了。

不知什么时候，我自己也困倦地睡了过去。等到醒来时，已经是夜里了。今晚没有月亮，只有满天星斗，和在城市里不同，这里没有丝毫的火光，可以极清晰地看到一百多个玛雅星座肃穆地拱卫着银色的宇宙巨树。群星倒映在海里，我们宛如漂浮在无垠星空。

九·鹰瞳已经醒来，她像石雕一样坐在我前面，凝视着南方的海平面。我叫了她一声，她没有说话，只是用手指了指前方。我循着她的手指看去，一下子呆住了。

一小片从未见过的星空出现在海天尽头，那里非常黯淡，没有几颗星星，看上去平平无奇。但我身为天象祭司，通过周围的星空，一眼就认出那是平常终年在地平线下的南天极——也就是上次灵魂之眼所看到的宇宙全景中始终缺少的那一块碎片。如今它竟已升到海面上，将宇宙深底的神秘展现在我面前。

"这、这不可能！"我喃喃道，"我们怎么能看到南天极？难道这里就是世界边缘？那我们——"

按基本常识，人居住的世界是宇宙树上的一片树叶，我们生活在树叶上，看得到地平线上的北天极，这也就意味着南天极在树叶之下。我们的视线被地面挡住，因此不可能看到南天极。除非我们已经来到世界边缘，这也就意味着，我们即将从九万里高的大瀑布上跌下！

我向南方看去，海水平静地伸展到视野尽头，没有任何即将跌落的迹象，也听不到瀑布落下的水声，不过，如果天地间的瀑布实在太高，听不到声音也不奇怪。

"不用担心。"九·鹰瞳回头对我说，显然已经洞悉了我的想法，"我们不是在世界边缘，世界根本没有边缘。从某种意义上讲，我们反而在整个世界的中心。"

"这怎么可能？"

"这就是我老师的理论：大地是一个球体。"

"球、球体？"我不明白这是什么神学术语。

"就是字面上的意思，类似球戏中的胶球一样的形体，只是要巨大不知多少亿亿倍。也就是说，地面——当然也包括海面——是有弧度的，正是大地的弧度让我们无法看到南天极。而我们不断向南漂流，已经越过了一个很大的弧度，到了可以同时看到南北天极的地方，老师将这里称为——赤道。"

我还是不敢相信。九·鹰瞳又列举了一系列的证据：月食中大地的投影是圆形的，恰说明了大地的形状；在迦安无法看到科潘的高山，纵然中间都是平原，也是因为隔了一个弧度……天象学的深邃奥秘让我们忘却了饥渴，娓娓交谈了一夜。我看到两极在地平线上几乎遥遥相对，如同存在一根无形的轴，牵动整个星天像巨大的纺锤一样滚动，而我们处于轴心，无限时间和空间的轴心。这里的一切都是那么不可想象、不可思议，我之前认知的整个世界图景都破碎了。

黎明时分，东方发白，我已被九·鹰瞳说服，但又想到一个问题："如果大地是球体，那为什么从西北的特奥蒂华坎到东南边陲，天极的位置没有变化呢？至少我从未听那些来自南北方很远地方的人说过。"

"不是没有变化，只是变化小得一般人无法觉察。即使在这里，变化也很小，只不过我们恰好穿过了赤道线。如果要到达南方十字或者北方鹦鹉七星高悬的地方，得跨越远比玛雅世界南北之间大得多的距离，所以据我老师推断，如果世界是一个球体，那么它远比玛雅人所知道的范围要大得多，不知道大几百几千倍。"

"这么大的世界都是海洋？只有我们的世界这一片陆地？"

"不是的。老师认为，在玛雅之外一定还有其他的陆地，也许可以通过陆路连起来，也许要跨越海洋才能抵达，那里也许有其他的人民、其他的城邦、其他的天象祭司，只是大家根本不知道彼此的存在。"

"可是……"我还是觉得太不可思议，"从来没有人见过或者听说过其他的大陆和城邦，除非你说的是托尔特克人之类的部落，听说他们也造了几座城，但有没有天象祭司就不知道了。"

"不，托尔特克人只是我们的邻居，可以说近在咫尺。我指的是比托尔特克人远得多的世界，玛雅人无法想象的遥远文明，其实——"九·鹰瞳忽然停下了，诧异地望向红霞满天的东方，我顺着她的目光看去，也呆住了。

那里真的出现了陆地，虽然还很远，但已经可以看到连绵不绝的群山崛起在波涛上，在接近山顶的位置，隐约有一座建筑林立的巍峨城池刚被橙红的霞光照亮。

"那……那是……"我惊讶得说不出完整的话。

九·鹰瞳却似乎比我还震惊十倍，睁大眼睛一动不动，急促地喘息着，胸口剧烈地起伏，整个人都激动得发抖。

"大人，你——"

"鹿尾，"她终于梦呓般地说，"告诉我这不是濒死的幻觉，那里的确有一座山，山上有一座城。"

"大人，我看到了那座城，这不是幻觉。可那到底是哪里？"

九·鹰瞳又呆坐了许久，才缓缓吐出几个字："我的……故乡……"

（未完待续）

本文为中文原创小说，并非《银河边缘》原版杂志所刊篇目。

# 妖精的旋律
*THE MELODY OF DEMON*

海 客
Hai Ke

毁灭是另一种创造。

作者海客，南开大学基础数学专业在读博士，研究方向包括但不限于三体问题。马尔克斯和小林正树忠实粉丝。曾于《新科幻》发表过《远离武尔坎》《比你想象的更科幻》等多个短篇。

插画／布瓜

## *Act 1*

"请容我代表我的报馆发言,"屏幕上,格里高利·派克扮演的记者说道,"我们相信公主殿下的信心一定不会白费的。"

"很高兴听到你这么说。"镜头切回奥黛丽·赫本扮演的公主。

"在公主殿下造访过的城市中,您最喜欢哪一座呢?"另外一个记者问道。

"每一座城市都有让我难忘的地方,真的很难……"说到这里,赫本扮演的公主停顿了一下,然后坚定地说:"罗马,我最喜欢罗马。我终其一生都会珍惜在这里的回忆。所以——"

音响里突然发出一个爆音,一旁的示波器上的波形也陡然扭曲起来,赫本的声音猛地变得又高又尖:"所以我们明天接着去抓水母吧,派大星!"

就在这时,K按下了一直攥在手里的遥控器,房间里顿时充满了大功率电子设备启动时的嗡嗡声。与此同时,K抄起一个看着像扑蝴蝶用的网兜,对准播放《罗马假日》的蓝光播放器罩了下去。一阵噼噼啪啪的电火花闪过之后,网兜握柄上的一个发光二极管闪了起来,在一旁等待了半天的中年男子焦急地问道:"怎么样,都抓住了吧?"

K点点头,接过中年男子递来的一个信封,用手掂了掂后塞进上衣口袋,转身去收拾那一堆大大小小的仪器。

"一共三只妖精,都是从屋顶的通风口进来的。防护磁场老化导致的问题,等会儿负责维修的电工师傅来换了新的设备,就可以重新开张了。"

"太好了,那样还能赶上下礼拜最新的《敢死队3》上映。你真不知道之前我有多发愁,负责维护和平区还有东丽区电影院的那两个除妖师这几天一直联系不上,整个天津就剩下我们这一家电影院了,要是再找不到你该怎么办,总不能让全市的影迷都坐城铁到北京去看电影吧?"

K嗯了一声。负责给和平、东丽两家电影院除妖的大Z和老赵时不时地就会像这样"消失"一段时间,跑到某个连手机信号都没有的深山老林里去玩所谓的极限生存,所以整个天津全年都能正常营业的,也就只有K负责除妖的这家南开区的电影院。而每个除妖师都有自己的职责范围,除非收到邀请,否则去别的除妖师负责的电影院除妖可是这行的大忌。当然了,这些没必要告诉面前的这个"外行人"。

想到这儿，K 拍了拍装满光碟和各种器具的工具箱——三层防辐射的铅皮外壳，再加上两层细密银线编织的衬里，足以提供万全的防护——淡淡地说道："怎么可能抓不住呢？没人能抗拒奥黛丽·赫本，就算是妖精也一样。"

"这次也不用给你留座位？"

"不用。"

"我还以为干你们这行的都是些喜欢看电影的人呢。"

"不好意思，刚才你说什么？"已经走到门口的 K 听到这句话，转头道。

"呃，我是说，"中年男子显得很尴尬，"你来给我们除妖也已经好几年了，但是我从没见过你来看电影，所以看起来你似乎不怎么喜欢看电影，但你又偏偏是个除妖师，这……"

"好吧，那我就明确告诉你：我不是喜欢电影，我是热爱电影！"K 从紧闭的牙缝里一字一顿地说道，"但是我丝毫不认为，看一群平均年龄六十多岁的老大爷在银幕上跳来蹦去，试图利用他们那早已过期的名气来可怜巴巴地赚取一丁点儿票房就算是喜欢电影。这么残忍的事我干不出来！明白了吗？"

K 提着工具箱往家里走去——一连三辆出租车都以这个工具箱太大为由拒载，K 只能提着箱子走回家去，因为这次任务顺利完成而泛起的好心情，就这样瞬间无影无踪了。算了，还是想想用这次"除妖"的报酬可以添置点什么东西吧：是换一台屏幕更大的背投电视呢，还是咬咬牙把一直眼馋的那套环绕音响买了？嗯，要不干脆升级一下家里那堆宝贝光碟和录像带的防护吧，毕竟防护加得再多也不为过嘛。

一声尖锐的刹车声打断了 K 的盘算，只见一辆深蓝色的 MINI COOPER 猛地冲出行车道撞穿防护栏，越过绿化带贴着 K 的脚尖停了下来。没等 K 反应过来，一个二十来岁的年轻女子打开车门冲着他大声喊道："没时间解释了，快上车！"

"你谁呀……我家就在前面，"K 对突然发生的一切茫然不知所措，甚至痴痴地指着前方一栋住宅楼说，"就是那个阳台上爬满铁线莲的……"

没等 K 说完，那一大丛绿茵茵的铁线莲就变成了一只巨大的火球，爆炸的冲击波猛地把 K 掀翻，灼热的碎片如雨点般落下来——大部分是光碟和录像带烧剩下的塑料残渣。

这阵"火雨"刚刚下完,一个烧得黑乎乎的小丑玩偶从地上那堆灰烬里爬了出来,看着已经完全傻掉的K,尖声尖气地说道:"嘿,伙计!怎么一脸这个表情啊?Why so serious?来猜个谜语吧!为什么阿瑟·克拉克到了斯里兰卡之后就没写过什么东西?嗯?猜不出来?因为他一直在潜水啊!哈哈哈哈……"

## Act 2

K在一张陌生的沙发上醒过来,他的第一感觉是双手火辣辣的疼,但是还没等他呻吟出声,一只装满清水的玻璃杯就出现在眼前。顺着握玻璃杯的手看过去,理所当然的,K看到了之前那个开MINI COOPER的年轻女子。

K轻声道了谢,接过玻璃杯小口啜饮起来。与此同时,他也发现了自己双手疼痛的原因——他的两只手就像煮过的龙虾一样泛着鲜亮的红色,还起了几个不小的水泡。

"现在知道疼了吧?活该!"那个女子在旁边的一张椅子上坐了下来,用一种和她文静的长相完全不搭的语气说,"当时你跟个疯子一样,不停地刨那堆还没烧完的灰堆,还止不住地念叨着:'完了,全完了',拉都拉不住。没办法,我只好把你硬塞进车里送了回来,然后给你灌了两片安定。"

"别,现在还没到你问问题的时候。"K正待开口,年轻女子就把K满肚子的疑问硬生生给堵了回去,"我叫许倩,这儿是我家,是我开车把你拉回来的。至于你家嘛,相信你还记得那场爆炸吧?嘭!就像你说的,全完了,什么都没剩下。好了,现在先回答我的问题:对这一系列事件你知道多少?干你们这行的平时得罪的人多吗?能猜到幕后主使是谁吗?还有——"她指了指墙角那个捆得跟粽子一样还不停扭动挣扎的小丑玩偶,"那是个什么玩意儿?"

"呵呵,那是个什么玩意儿?"K像复读机一样的重复着,"呵呵,这一系列事件我知道多少?呵呵,幕后主使?呵呵呵呵……"

"嘿!嘿!停停停停停。你是昨晚受的刺激太大,已经傻掉了不成?那你先听听这个吧,说不定再刺激一下就好了。"许倩说着,掏出手机按了几下，然后边读边解说起来："就在过去一周内，全国共发生三百二十八起天然气泄漏引发的爆炸案，五百三十六起其他原因引发的火灾，以及若干其他安全事故，而每次事件的受害者里都至少有一名是你的同行——电影院除妖师。可惜等我注意到这一点的时候，天津的三个除妖师里，老赵和大Z都已经出事了，只有你运气好，我还来得及帮你一把……

"怎么你好像一点也不吃惊？"许倩的语气里带着一缕失望，"你真的已经吓傻了，大脑彻底死机了？"

"你觉得亲眼看见了那场爆炸之后，我还会在乎别的事情？"K的语气里竟有一种超然的平静，"那里可是有一整套CC[1]的蓝光啊，从最早的一号让·雷诺阿的《大幻影》，到最新的七百三十七号西德尼·波拉克的《窈窕淑男》，全部按顺序整理的。现在，没了，全没了……"

"很白很亮的一堆光碟！而且是K的——现在没有了！全都没有了！没有……"

"闭嘴！你以为你是阿Q啊！"K抄起一只靠垫就朝还在喋喋不休的玩偶砸过去。

"嘿，你这人怎么乱扔人家的东西啊！这可是我花了好几个晚上手工做出来的，弄脏了你洗啊？！"许倩一个箭步冲过去，把靠垫和玩偶都捡了回来。

稍稍发泄了一下，K的精神似乎也恢复了正常，仿佛之前经历的一场浩劫，都随着刚才那一砸烟消云散。"你知道电影院里的妖精吧？你现在拿着的那只玩偶就是。"K望着气急败坏的许倩说。

"啊？这就是妖精？"

"没错，这就是'电影院正常放映系统维护技师'——也就是大众口中所说的'除妖师'，虽然我们更喜欢自称'电影原教旨主义捍卫者'——从电影院里清除的、随意篡改电影情节的淘气鬼——'妖精'。"

"我一直以为妖精是没有形体、看不见摸不着、来无影去无踪的，原来它们长这样啊。"

"嗯，你说对了一半，妖精确实是没有实体的。这个玩偶只不过是一个普通的电动玩具，是我做的一个精致的笼子而已，真正的妖精是关在这个

---

1. CC，是 The Criterion Collection 的简写，意为"标准收藏"，是美国的一家私人公司，专门发行重要的杰作及当代电影的权威版本。最开始发行镭射影碟，后来发行DVD及蓝光。

玩偶里边的。之所以这么做,是为了我能够直接看到它,你可以把它看成我养的一只宠物。"

"那它到底是什么啊?"

"它到底是什么?我怎么知道!《西游记》里的金鼻白毛鼠精?莎士比亚笔下的精灵帕克?还是别的什么存活到现在的传说生物?比起这些,我更愿意相信,它是因为人类电磁活动日益频繁而生发出来的电磁场生物,要不就是走错路回不了家的外星智慧生物。"

K从许倩手里接过那个"粽子",继续说道:"能够被法拉第笼困住,能够被电磁示波器捕捉到踪迹,在我看来,它们实际上就是一团有自我意识的电磁场而已。这就是为什么它们能够随意改变播放的电影内容,这也是为什么我们要用这样的防护措施来保护电影。"K拍了拍地上那个沉重的工具箱,"说起来,要不是这东西太大、太沉,搞得那些出租车司机都不愿意拉我,我现在应该也和那堆光碟一样都烧成灰了吧……"

说到此处,K将话头打住,好像还在感慨之前的死里逃生,稍顿又继续说道:"至于它们到底是什么,这要问那些物理学家才知道。但是他们中的大多数人,连手里摆弄的那几个方程到底蕴含了什么意义都搞不清楚,哪有精力琢磨这种无关紧要的小问题。"

"原来如此。好吧,那你对这些事件有什么头绪吗?"许倩问。

"完全没有,刚才听你说了我才知道,不止我一个遇到了事故。也许是某个黑社会大佬某次看电影时被妖精捣乱,看得不爽,要拿我们撒气;也许电影院老板们被我们敲竹杠敲得太狠了;也许……算了,这个说出来我会遭殃的。至于真正的原因嘛,你问我我问谁去!"

"问它啊,它是妖精嘛,既然这些事情全是针对你们除妖师的,说不定它知道呢?"许倩还不死心。

"它?算了吧。虽然妖精的确懂得我们的语言和思维,但它们的行为只是对外界的应激反应,本质上是完全非理性的,可以说除了恶作剧什么都不会。想想看,从你遇见这只妖精到现在,它除了讲几个毫不相干的冷笑话之外,还干什么了?所以说,指望从妖精手上获取线索,那可真是找错了人。再说了,"K指了指屋角洗衣篮最上面一件黑色制服,"你不是警察吗?处理这种事你应该比我有经验啊。"

"你好意思说这话!这事儿本来就是针对你们这群什么'原教旨主义

者'的，不问你问谁去？而且你忘了是谁及时赶到把你救出来的？对我就这个态度啊！再说了，积极提供有用线索，协助警察办案，是每个公民应尽的义务，你连这个都不懂吗？就算你什么情况都不知道，那能不能麻烦你，用你作为除妖师的专业知识，以及发现我是警察的这股子敏锐劲儿，分析一下到底是怎么回事，夏洛克·福尔摩斯先生？"

"真不好意思，我发现的只有我家被炸了、你长得还算不错但是却没有男朋友，以及你的鱼缸该换水了这些事情。"

"作为一个几个小时前差点死掉的家伙，你这个表现真够可以的！"许倩显然有点受不了K的态度了。

"那你指望我怎么样？！我是不是该号啕大哭、歇斯底里，把脑袋往墙上撞？是不是该躲在角落里惊慌失措地瑟瑟发抖？是不是该像个超级英雄那样，义无反顾地找出制造这一切的幕后黑手，把他们一网打尽？我是想做点儿什么，但我能做什么？告诉我，我该怎么做？"冷静的面具突然裂成了碎片，K的声音里带着绝望，"那群家伙可是有能力同时在全国范围内施展手段的人物啊，你指望凭你一个小警察就能解决吗？想死的话你自己去，别拉上我！我现在只想找个没人认识的地方躲起来，活一天算一天，我的电影已经没了，我不想连命也没……"

一阵刺耳的电话铃声打破了两人之间的唇枪舌剑。K拿起手机看了一眼，随即脸色大变，双手抓住旁边的玩偶拼命地摇晃起来，同时嘴里大喊："怪物，说！这到底是怎么回事？快说，否则我把你接到高压线上！"

"All those... moments will be lost... in time. Like... tears... in rain. Time... to die."说完《银翼杀手》中罗伊·巴蒂的最后一句台词，小丑也像罗伊一样，任凭K怎么摇晃、叫嚷，再也没有任何反应。

"你……没事吧？"许倩小声问，看表情，她显然认为K已经彻底疯了。

K扔下小丑，提起工具箱就往门口走去，走出两步又回来拿起地上的小丑，看着许倩叹了一口气道："还是坐你的车比较快，而且看起来你也不打算置身事外了，拿上车钥匙，马上跟我走。"

"哎哎哎，你到底什么意思？先把话说清楚啊！"

"你看看这个！"K打开了电视机。

"……一架空客 A300-600ST 大白鲸[1]在飞行途中突然失控，坠毁在美国电影学会位于洛杉矶的存储仓库上。事故的进一步情况还在调查中，目前没有中国公民伤亡的消息。美国电影学会，英文简称 AFI，成立于 1967 年，是美国国家艺术基金会创建的独立运作的非营利组织，其成立之初就致力于经典电影拷贝的收集与保护工作。该存储仓库号称拥有全世界最全的电影拷贝，而且大多数都是早已绝版的珍贵胶片……"

"怎么会这样？连美国那边也……"

"还不止，你再看看这个，"K 把手机递到许倩面前，"这是全球除妖师组织的官方网站，每次除妖师的任务完成之后，相关信息数据都会自动即时更新上传到这里。但是你看看，这上面显示，近三天来，只有我今天完成了一次除妖任务。"

"你是说……"

"没错，看来情况比我们预想的要严重得多——这次事件是全球范围的，弄不好现在活着的除妖师就剩下我一个了。"K 叹了口气，看看手里提着的工具箱，"而这些，就是世界上仅剩的电影拷贝了。"

"所以你现在打算干吗？该不会突然有勇气去直面那个幕后组织，查出事件真相了吧？你刚才不是还怕得要死，说要找个地方躲起来，活一天算一天吗？"

"你还不明白吗？看看这次事件的规模，全球范围内几乎同时行动，作案手法各不相同，而且事先没有一点蛛丝马迹泄露出来。你觉得这是人类做得出来的吗？"

"难道谋划这一切的是……"

"没错，谋划这一切的只可能是那些妖精。"

"之前你不是说它们的行为是完全非理性的，除了恶作剧什么也不会吗？"

"是啊，这些家伙在之前伪装得还真好。"K 的脸上浮现出一丝冷笑，"不过，不管这次它们想干什么，都到此为止了。别忘了，我可是除妖师。"

---

1. A300-600ST "大白鲸"超级运输机（A300-600ST Super Transporter "Beluga"）是空中客车集团用来运送新造飞机半成品的特殊用途货机。由于巨大的机身上半部与造型独特的机首驾驶舱，A300-600ST 的外观非常像一只鲸豚类的动物，因而得到"大白鲸"的昵称。

## Act 3

"你不是说要去找妖精吗？来电影院干什么？"许倩看着跑来跑去摆弄着各种设备的 K 不解地问道，"你总不会是想告诉我，你一放电影，那些妖精就会自己跑过来吧？"

"没错，就是这样，没人能抗拒奥黛丽·赫本，就算是妖精也一样。"K 说着，把《蒂凡尼的早餐》放进了播放器，"电影开始了，请保持安静。"

"大梦谁先觉？平生我自知。草堂春睡足，窗外日迟迟。"影片开始，派拉蒙电影公司的标志还没播完，小丑就翻身坐了起来。

"你……"许倩抄起网子就要扑上去。

"请先冷静一下。作为人类第一次与外星智慧生命的面对面接触，你这样做会让以后的历史老师在讲课时很尴尬——'同学们，当人类第一次面对外星智慧生命的时候，那位女士抄起一个网兜就扑了上去'，你真的希望历史书上这样写吗？"

"你说外星智慧生命？"

"没错，外星智慧生命、外星人、天人、E.T.、Alien……随便你们用哪个称呼都可以。当然，如果你们愿意的话，也可以继续叫我小丑。"小丑的声音突然变得一本正经，"我知道之前的那些事情让你们现在情绪很激动，但请尽量保持冷静，don't panic。我会把一切都向你们解释清楚。"

"冷静？你居然有脸让我们保持冷静？就像别的除妖师那样，冷静地被你们杀害吗？"

"我想这里应该有一个误会，除了极少数意外情况，以及'大白鲸'上的那几位飞行员之外，我们这次行动并没有造成多少人员伤亡。毕竟我们的目的只是销毁那些电影光盘和胶片而已。"

"销毁光盘和胶片？你们为什么要这么做？"

"现在可以听我说了吧？虽然我不敢说你们一定会认同我们的做法，但至少，听完之后，你们，特别是作为除妖师的你，应该会理解，我们这么做是有自己的理由的。"

"我？"

"没错,除妖师都是热爱电影的,不是吗?"小丑意味深长地看着K,"好了,现在麻烦你先把播放器关了吧,声音有点大,会吵到我们接下来的谈话,而且电影会分散我的注意力。要么,我们一起看完后再听我说?"

K点点头,关上了播放器,打开工具箱就要把光碟放进去。

"其实没那个必要,你手里的这些拷贝,现在已经无所谓了。"小丑好心地提醒道。

"这个不用你操心。现在你可以开始说了。"

小丑耸了耸肩,说道:"记得有人曾经说过:'现在的地球,有数百种外星人混居其中,只是地球人毫无察觉……'事实虽然不至于那么夸张,但是也相差不了太远。"

"你说什么?"

"你没听错,的确是这样。不用觉得不可思议,也不用奇怪为什么你们没有察觉,因为没什么外星人会像《黑衣人》里演的那样,套着一身完全不合适的人皮,在大街上到处乱跑。实际上,绝大多数外星人和你们人类的差距大得超乎想象,就算它们站在面前你们也意识不到。"

"你说得也太夸张了吧?未免也太小看我们人类了。"许倩显然难以接受这种说法。

"怎么,你不相信?那你猜猜看,我们来到地球是什么时候的事情?"

"这个我知道,'妖精'第一次出现在电影院是2004年7月25日。"K抢着说,"你们来到地球应该是在那之前不久的事。"

"如果我告诉你,我们来到地球已经七十多年了,你会怎么想?"

"什么?!那怎么可能?"

"的确如此。我们第一次来到地球是1938年10月30日,因为我们接收到无线电信号,说你们遭到了外星人入侵。"

"1938年10月30日,你是说奥森·威尔斯的广播剧?"

"就是那个疯子!"

"等一下,你们在说什么?"许倩听得一头雾水。

"你看过前几年阿汤哥主演的那部美国大片《世界大战》吧?1938年那天,奥森·威尔斯用同样的剧情做了一个广播剧,结果导致美国和加拿大一百二十多万人陷入恐慌,没想到竟然还引来了妖精。"K耐心地解释道。

"但是那怎么可能呢?怎么会有人傻到那种程度,连广播剧和现实都分不……"许倩的疑问被小丑硬生生地瞪了回去。

"都是因为那个疯子,"小丑没好气地说,"他把广播剧弄成了紧急新闻的形式,插在别的节目里播出。"

"这……"许倩一时之间不知道说什么好。

"照你这么说,你们那个时候就已经掌握我们的语言了,"K若有所思道,"但是你们怎么能够立刻赶到地球来呢?难道说当时你们恰好在附近?"

"这没什么好奇怪的。你们刚掌握无线电技术时,我们就开始接收你们发出的无线电信号了,学会你们的语言是很正常的事情。至于我们是怎么瞬间赶到地球的,那要提到一种类似于科幻小说中'安塞波'[1]的技术,用它可以实现全宇宙的即时通信。像我们这种抛弃了物理形态的纯能量体生物,只需要把自己的思维传输一下,就可以轻松实现全宇宙范围的瞬间移动。"

"原来是这样。"

"我们当时觉得,既然来了,那就看看你们这个刚发展出无线电技术的文明是什么样子吧。结果正好赶上你们自己打得不可开交,最后还拿着原子弹往自己星球上砸。"

"你是说二战?"

"那可不是?能自己跟自己折腾出这么多花样的种族让我们觉得很有意思,于是,我们就在这里住了下来。"

"等一下,"许倩又插了进来,"照你这么说,你们就这样在地球上住了七十多年,那你们这么多年在地球上都在干什么?"

看着一旁的小丑和K都笑而不语,许倩不解地问道:"你们笑什么?"

"作为妖精,当然是在电影院里了,这是常识啊。"K说道。

"你的意思是说,它们这些外星人不远万里来到地球,在之后的七十多年里,除了看电影就是看电影?"许倩完全难以置信。

"作为电磁场生物,我们可不像你们人类有那么多种感受。食物?美酒?运动?这些我们完全无法体会。你们叫作文学的那种消遣倒是不错,只是可惜,"小丑举了举手,做了个遗憾的表情,"它们大部分都是印在纸上的,而我们没办法翻页。但一部电影能够让我们在几小时内完全沉浸其间,每一部电影都是一个完整的世界,我们能在其中体会到人类社会中的各种可

---

1.《安德的游戏》中设想的一种超光速通信技术。

能。在电影中，我们能同时体验小说、诗歌、绘画、音乐、戏剧等各种人类的艺术形式……呃，总之，我们看电影是因为，我们觉得看电影是一件很有意思的事情。"看着许倩越来越迷茫的眼神，小丑自觉地放弃了解释。

"但我还是没想明白，为什么不告诉人类你们的存在？明明有那么先进的科技，却偏偏要躲在我们这颗落后的星球上偷偷看电影？这怎么看都应该算是某种变态的恶趣味吧？"许倩仍然不依不饶。

"我们这么做当然有充分的理由。想想看，一部广播剧就能引发那么大的恐慌，真要是知道外星人来了，会发生什么？"

"但那都是几十年前的事情了。再说我们两个不就是地球人吗？我们恐慌了吗？"

"是啊，几十年了，和人类几千年的文明史比起来，还真是一段漫长的时间啊。"

"你……"许倩猛地被这句话噎到了。

"你想想看，单就最近几年，你身边发生的恐慌、暴力的群体性事件还少吗？哪一件的起因单独看起来不是荒唐可笑的？当人类作为一个群体而不是单独一个人的时候，恐惧或愤怒总比理智传播得快得多。而且，更关键的一点是，我们为什么要和你们接触？向你们输出远远超过你们现有水平的高科技吗？姑且不说这样的科技跳跃对任何文明的发展都没什么好处，单说像你们这样刚发现原子能就能折腾出原子弹，还有胆量对着自己扔的种族，谁知道真给了之后你们会干出什么？！所以像现在这样，我们悄悄躲起来看电影，才是对双方最好的选择，对吧？而且我们也可以省下买票的钱啊。"

"但还是有一点说不通。"从刚才就在倾听的 K 开口问，"按你的说法，你们都是电影爱好者，为什么会干出在电影院捣乱这种事情？"

"我们这么做的原因你应该很明白才对啊。"

"我？"

"除妖师都是热爱电影的，那么我想请问你，热爱电影的除妖师先生，你上一次进电影院看电影是什么时候？"

"这个……"

"还是让我替你说吧：现在电影院上映的绝大多数电影，都是给一年也看不了几次电影的普通大众消遣的爆米花儿，他们其实根本不在乎电影到底什么样，只是想找个地方消磨掉两个小时而已。更关键的是，现在这种现象已经形成了一种负反馈机制，整个电影市场呈现出劣币驱逐良币的状态。这种情况下，热爱电影的你又怎么会去电影院呢？"

"你怎么会知道的？"

"难道你忘了我在你身边待了好几年了，这些事情我怎么会不清楚？'假如有一种电影，将观众不当观众，不但不当观众，还不及弱智，不算什么东西；待到人们羡慕弱智，发出'不管是什么，只要有声音，会动就行'的叹息的时候，然后给予他略等于弱智欣赏水平的片子，有如元朝定律，打死别人的奴隶，赔一头牛，则人们便要心悦诚服，恭颂太平的盛世。为什么呢？因为他虽不算人，究竟已等于弱智了。'[1] 这话不是你说的吗？"

"我的确有时候会这样想，但这和你们在电影院捣乱有什么关系？"

"当然有关系。你还记得 2004 年之前的电影院是什么样的吧？那时，每隔几条街就能看到一家影城，每家影城几乎都是通宵营业，任何人只要花个一二十块钱就可以进去看一场电影。我们当时认为，正是这种过度商业化，才使得电影变得廉价而失去了它本来的魅力，正因为这样，我们才会去电影院捣乱。我们原本以为，当电影变得不那么容易获得的时候，也许你们会重新懂得尊重和珍惜电影。结果呢？你们只是简单地加了些防护措施，搞出来了除妖师，然后把额外花费都加在电影票里边了事。不得不说，你们的确是一个适应能力很强的种族啊。"小丑无奈地说道，"所以我们只得采取这次的重启计划。"

"重启计划？"

"是的。重启、恢复出厂设置、Reset、删号重练，随你喜欢哪个叫法都可以。简单来说就是，清除掉你们目前关于电影的一切，然后从头开始，重新发展电影事业。销毁所有的电影拷贝就是这个计划的第一步。这一次我们会全程主导整个过程，保证不会让它再沦落为低级的爆米花娱乐。"

"你们这群疯子！就因为现在烂片太多，你们就要把以前所有的电影全都抹掉，然后再重新开始？！你们知道被你们毁掉的那些电影中，有多少是应当永世长存的大师杰作，有多少天马行空的神奇之作，有多少一旦消失就再也难觅其踪的绝世孤品吗？！"K 越说越气，抄起小丑就在地板上摔了

---

1. K 的这段话化用了鲁迅在《灯下漫笔》中的论述。

个四分五裂。

"嘿，伙计！别这么生气嘛。"放映机突然咔一声亮了起来，小丑咧着嘴在银幕上笑着说道，"好好想一想，我们怎么忍心让那些东西消失呢？等'重启'进入正轨之后，你们自然会'意外地'在某个角落里，发现那些传世经典的拷贝，就像几年前在阿根廷发现《大都会》的原始拷贝一样。当然，寻找和修复工作是要花一些时间的。但是，失而复得会让你们更加珍惜，不是吗？"

"你……你是说那份《大都会》的拷贝是……你们放在那里的？"小丑的话让K无比震惊。

"当然了，要不然你觉得一部德国电影的原始拷贝，为什么会在八十多年后，在地球另一端的阿根廷被人找到？"

"但这怎么可能？时间……你们怎么可能看到《大都会》上映？"

"的确，我们没有看过上映的《大都会》。"小丑的语气显得有些遗憾，"甚至连真正的完整拷贝我们都没有见过。"

"但你刚才不是还说，在阿根廷发现的那份拷贝，是你们放在那里的。"K已经彻底糊涂了。

"量子力学。"

"你说什么？"

"我们找到那份拷贝的方法，用你们可以理解的话说，就是量子力学——简单来说，就是我们搜集了那部电影的所有量子态，从中筛选出没有被毁掉的部分，拼凑出了完整的拷贝。当然整个过程非常……"

"你说的这些是真的？"K的声音突然变得非常奇怪，似乎在强忍着什么。

"当然，事实的确如此。"

听了这话，K二话不说拉起许倩就往外走。

"诶诶诶，你干什么啊？"许倩急忙喊道，"刚才你们说什么大都会、量子力学，我一句没听懂。还有，这又关德国、阿根廷什么事？我就知道这次世界杯德国最后把阿根廷给赢了，现在你又突然要走，这到底是什么意思啊？！"

K停了下来，用气得发抖的手指着银幕上的小丑道："跟这种不说真话的家伙有什么好说的？我竟然一开始还相信了它的话！用量子态找到《大都会》这种谎都扯得出来，还奥森·威尔斯，喜欢电影，谁知道这里边有没有一句是真的？！"

"你……没事吧？"许倩小心翼翼地问道，显然觉得 K 已经神志不清了。

K 叹了口气，耐心解释道："《大都会》是 1927 年弗里茨·朗在德国拍的一部电影，被誉为人类有史以来最伟大的电影之一，也被联合国教科文组织列入世界记忆名录。但就是这么一部伟大的电影，初次上映之后就被发行商剪得面目全非，原始拷贝也散佚世界各地难以寻齐，虽然之后的几十年里曾多次重映，但均非原本的完整版本。直到 2008 年，在阿根廷首都布宜诺斯艾利斯的电影博物馆里发现了一份最初的拷贝，从中找到大约二十三分钟失落的片段画面，才据此修复出了一个基本上接近原版的版本。"

"原来是这样啊。那你又为什么说它在撒谎呢？"许倩继续问。

"你还不明白吗？那部电影 1927 年上映之后就被毁了，而刚才它说它们是 1938 年来地球的，怎么可能有《大都会》最初的原始拷贝？"

"它不是说用什么量子力学，找到了这部电影的所有量子态什么的吗？"许倩不解地问道。

"量子力学，呵，量子力学，你对量子力学了解多少？"

"我看过霍金还是谁写的书，里边说什么半死不活、又死又活的猫，说在某种状态下是这样的，在另外一种状态下是那样的。所以说小丑它们就是用某种高科技手段找到了这部电影没被毁掉的那个状态吧？"许倩说。

"是啊，照一般人的理解，的确如此，因为那些科普读物都有意无意地忽略了很关键的一点：任何理论都有它的适用范围。不仅如此，那些科普读物中，还经常用一些看似容易理解的类比来解释复杂高深的理论，这更导致了误解。在科幻小说中甚至出现了'人们看到有许多小碎片穿过电脑完好无损的外壳四下飞散，细看发现，那些碎片是一个个完整的 CPU、内存条和其他芯片，每一个量子叠加态的芯片都同时出现于很多个位置，所以飞散的芯片数量巨大，一时间办公楼笼罩在芯片稠密的概率云之中，但人们的目光像一把把无形的扫帚，将芯片扫回毁灭态，它们纷纷拖着尾迹消失，坍缩为机箱中的灰烬，空气中很快变得空无一物。'[1] 这样的描写。所以小丑刚才的话听上去的确很像那么回事，不是吗？"K 转过身，对着银幕冷笑着继续说道，"亏你在我身边还待了几年时间，怎么就忘了我除了是个除妖

---

[1]. 这段描写出自刘慈欣的《球状闪电》。

师，更是一个地地道道的基础数学专业在读博士？何况我所在的数学研究所里边，还有一层楼是杨振宁先生建立的理论物理研究室。你说的那些鬼话，怎么可能骗得了我！"

"我还是没明白，你怎么就看出来它说的是假话呢？"许倩一脸困惑地问道。

"中心极限定理——大量相互独立的随机变量，其均值的分布以正态分布为极限。"K看着努力做出听懂了的样子的许倩，叹了口气，继续说道，"举例来说，如果你同时扔几个骰子，虽然每次扔的结果从一到六概率都是一样的，但是如果你扔的次数足够多的话，就会发现在所有结果的均值里边，中间那个数值是出现次数最多的，而最大和最小的是出现得最少的，并且整个结果是有规律可循的——骰子的数量越多，结果就越确定。回到量子力学的情况，量子力学的适用范围仅限于微观粒子，也就是说，就算你有能力让一个物体处于量子态，那也只可能是它其中的每一个基本粒子处于量子态，即物体中的每一个基本粒子都可以看作是一颗小小的骰子。而每个物体都包含了巨量的基本粒子，即使每个粒子的状态都是不确定的量子态，根据中心极限定理，整个物体的状态也是可以确定的。因此，根本就不会有什么宏观物体的量子态出现，通过这种方法找到被毁掉的电影拷贝更是无稽之谈。"

"也许人家有什么高科技手段可以做到呢？就因为这一点你就认定它一直在说谎？"许倩感到有些莫名其妙。

"你怎么还不明白？这不是科学，这他妈的是数学！对就是对，错就是错，不是因为科技水平高就可以绕过去的。而且如果它真的打算告诉我们实情，又何必在这种细枝末节的地方说谎？难道我们还能偷了它们的方法去干别的事情不成？所以只剩下一种可能——这家伙从一开始就没打算对我们说实话，那我们留在这里还有什么意义？继续听它编故事吗？"

K刚说完，身后就传来小丑的掌声。

"你还有什么好狡辩的？"K瞪着小丑质问道。

"首先，请允许我为之前表述不清所带来的误解表示歉意；其次，我要对你的敏锐洞察力表示敬佩。"小丑说着，深深地鞠了一躬，"我们的确是用量子态复原的《大都会》，不过不是量子态的电影拷贝，而是量子态的影片内容的'信息'。我们是在2007年开始做这件事的，由于量子态的传播速度是光速，我们不得不跑遍了以地球为球心、八十光年为半径的球面的每一处角落，才搜集到所有的量子态信息，拼凑出了完整的电影内容。当然，我们当时做的观测是量子非毁坏性测量，所以只会引发部分的量子去相干效应[1]，而不会损失整体的信息。尽管如此，仍然有几分钟的影片内容塌缩不见了。这也就是为什么最终的修复版本长度是一百四十七分钟，而不是1927年柏林首映版本的一百五十三分钟。我这么解释，你还满意吗？"

"好吧，这听起来还挺像回事。" K 不情愿地说道，"就算你说的都是真的，你告诉我们这些又想干什么？"

"当然是为了我们的重启计划。"小丑说道，"就像我之前说的，毁灭电影这门艺术，然后重新塑造它。但我们又不能公开露面，所以很多事情做起来极不方便，因此我们打算让你们这些除妖师加入这个计划，由你们出面主导整个过程。毕竟，除妖师都是真正热爱电影、有鉴赏力的人，而且你们也算是电影界的业内人士，在这个危急关头站出来也是应该的。同时，我们不止可以恢复所有的电影拷贝，别的散佚的东西我们也可以找回来。"小丑冲着 K 挑逗般地笑了一下，继续说："比如你一直感到遗憾的刘宝瑞的全套《君臣斗》，以及马连良、谭富英、周信芳、李少春、梅兰芳等人的现场录像。"

"讲个故事。" K 没有一丝犹豫地立刻说道。

"你说什么？"小丑看着 K，好似完全不明白自己刚才听到的话。

"我让你讲个故事。" K 冷冷地看着小丑，一字一顿地说道，"你自己编的，或者你们来地球之前的事情，随便什么故事都可以。只要你能讲一个不属于人类的故事，我就马上加入你们的计划！"

K 看着沉默不语的小丑继续说道："从刚才你说出你们的来历和留在地球的原因时，我就觉得有什么地方不太对劲儿。看来我想的没错，你们的确不配被称为妖精，你们完完全全就是一群没有实体的幽灵！"

"你到底是什么意思？"许倩被这突然的变化搞蒙了。

K 瞪着屏幕上的小丑，冷笑着继续拆穿："想想看，为什么这些拥有如此发达的科技、可以在整个宇宙任意穿梭的妖精，会因为电影这种小小的

---

1. 在量子力学里，开放量子系统的量子相干性会因为与外在环境发生量子纠缠而随着时间逐渐丧失，这个效应称为量子退相干（Quantum decoherence），又称量子去相干。

娱乐就留在了地球上？那是因为这些家伙没有实实在在的肉体，也没有记忆！单靠它们自己根本无法创造任何东西。这些可悲的幽灵连自己编一个小故事都做不到！也只有这样的一群家伙才想得出如此不可理喻的计划！你们以为现在烂片越来越多，我们不难过吗？你们以为你说的这些，我们不想去改变吗？别忘了，我们可是除妖师，托你们的福，没有除妖师，电影根本就没办法正常放映。你有没有想过为什么我们不去做点什么来阻止那些烂片的上映，这对我们来说可是再简单不过的事情。"

"为什么不去做？"小丑问道。

"因为我们比你们更懂电影，我们不仅欣赏电影，我们也参与电影。"K的声音越来越大，语速也越来越快，"我们知道，电影最初也是最终的乐趣，在于欣赏别人的创造，而不是一个个早已确定结局的已知剧本。就像一盒巧克力，只有当你不知道下一颗是什么口味的时候，才有一直吃下去的动力。否则，就算再好吃再合口味的东西，也会有吃腻的一天。我们能创造出这一切是因为——我们是活生生的人类！有血有肉！能感受！有欲望！会痛苦！这些道理，你们这些没有血肉的冷酷幽灵能明白吗？！"

K猛地打开旁边的工具箱，把里面的光盘一股脑地倾倒而出，一张张地折成两半："这是最后一份茂瑙的《日出》，最后一份基顿的《七次机会》，最后一份阮玲玉的《神女》，最后一份黑泽明的《七武士》……现在没了，全没了！怎么样？这种毁灭的痛苦，你们这些家伙能感受到吗？！哦？没错，你们可以把它们找回来，用你们那神奇的科技，最多也不过是像《大都会》那样少几分钟罢了，那样有什么关系呢？是吧？！"

"请……停手……"小丑结结巴巴地说，"这……我们的确没有想过……看来你们人类身上，的确还有很多我们不懂的东西。或许我们把事情想得太简单了，我想我们还需要花漫长的时间来了解彼此。至于毁掉的拷贝，我会尽快复原的。

"之后，我们一定会想出更妥善的办法。还有，K，"小丑指了指地上那个被摔坏的玩偶，"记得买个新的电动玩偶，要发音功能好一点的。"

说完这话，小丑挥了挥手，银幕就突然暗了下来。

"好了，散场了，走吧。"K平复了一下激动的情绪，拍了拍还在发愣的许倩，轻声说道。

"就这样结束了啊……"许倩的声音里透着深深的遗憾，"那我们现在干什么?"

K微微一笑,伸手从工具箱里拿出仅存的一张完好的《罗马假日》光盘:"可以请你看场电影吗?"

本文为中文原创小说,并非《银河边缘》原版杂志所刊篇目。

## 绮月物语
*THE TALE OF AUGUST*

钛 艺
Tai Yi

美好的夏日祭里，
有一段未了的遗憾。

---

作者钛艺，村上春树脑残粉，不仅喜欢阅读村上的小说及杂文，更喜欢用村上的笔触来抒写自己的内心感悟。现居月球中央湾，喜欢和朋友去居酒屋喝纯正的得其利，以及逗适应不好重力的猫。已发表《响》《圣诞夜》等多篇科幻小说。曾获中国科幻银河奖"最佳新人奖"。

插画～soda

## 其　一

石原春一梦见小时候在祖父家过暑假的情景。

在铺着榻榻米的起居室里，春一盘腿坐在拜垫上，邻居家大他一岁的翔子姐挨他坐着。她扎着一束马尾，身穿白色的连衣裙，赤裸的双腿伸在木桌下。外廊上的蚊香冒出细细的烟迹，阵阵夏风摇响风铃，声音清脆悦耳。两人面前的木质矮桌上摆着深棕色的茶杯，散发出大麦茶的香气。桌上还有一只装着点心的深棕色陶盘，盛着春一和翔子都很喜欢的和菓子。春一的奶奶石原绿经常会做这种点心，深得家人的喜爱。不过，他俩正沉迷于春一的爷爷石原耕一郎制作的游戏中，无暇顾及眼前的美食。

退休前，爷爷是个很厉害的游戏制作者。在公司里，擅长美工和编程的他是游戏开发团队的中流砥柱，经常开发一些和风游戏。退休后，爷爷还以一己之力使用 V.I. 技术[1] 制作一些游戏和程序，而春一和翔子是爷爷的御用游戏测试员。

现在是 V.I. 设备大行其道的时代，作为一种类似于隐形眼镜的装置，这套设备可以让人们获得现实增强的效果。戴在瞳孔上，人们可以随时用手激活视野中的虚拟键盘，使用各种基于 GPS 定位技术的软件。

春一和翔子虽然身处起居室，眼前却是一派水族馆中的景象，与 V.I. 关联的共享音域中传来海的声音。珊瑚层层叠叠地排布在榻榻米上，不时有几只小丑鱼从珊瑚的缝隙中钻出，在翔子的手边游来游去，她慢慢抬起手，小丑鱼们便也跟了过去。丑陋的鮟鱇鱼打着灯笼，在海的深处游荡着。藏在海底细沙中的比目鱼小心翼翼地等鮟鱇鱼离开后，才敢扇动身体，激起一阵尘屑。金龙鱼慵懒地游向外廊，一副悠然自得的派头。一群沙丁鱼从房顶上冒了出来，鱼群顺着水流的方向改变着行进的路线。有两只海豚游到他们触手可及的地方，好奇地盯着他们看个不停。突然，室内的光线变暗了，春一和翔子兴奋地朝外廊跑去，地板上响起一串欢快的足音。两人向天空探出头，只见一头体型巨大的座头鲸在蓝天下翱翔，遮住了太阳的

---

1. Vertual Interface，虚拟视觉界面。

光芒。

"耕一郎爷爷，你是怎么做到的?!"翔子惊讶地喊着。

"这个很简单，只需要降低V.I.的透光度就好了。"爷爷露出得意的笑容。

"这些建模好逼真！我能摸摸它们吗？"春一忍不住向海豚伸出手去，可惜手直接穿过了海豚的身体。

V.I.不可能模拟触觉，春一明明知道这一点，却还是忍不住尝试了一下。

在失望之中，春一醒了过来。

"呵！"春一穿着白色的短袖衬衣和蓝色的牛仔裤走出房间，站在盂兰盆时节的阳光中。等待父母出来的时间里，他忍不住伸着懒腰，享受着舒展身体的快感。

这时春一听到咔嗒声，隔壁邻居立川家二楼的窗户打开了。春一回头望去，谁知窗户又立即关上，那慌慌张张的样子像是在躲着他。

应该是翔子姐吧。他想着，心里有些难过。

一年前，父亲被公司派遣去东京。那是公司总部的所在地，对于父亲来说这是一个无法推辞的差事。春一希望自己可以留在家乡，毕竟同学们都在这里，做一个转校生的滋味一点也不好受。但爷爷年事已高，奶奶也已经去世多年，父母对春一不放心，只能带他一起去东京。

事出突然，春一本想和翔子好好道别，毕竟两人从小就是青梅竹马。结果翔子知道这件事后非常生气，在春一离开那天也没有出现。

"不要再跟我联系了！"当时，春一的V.I.收到翔子的"临别赠言"。

走之前，春一跟爷爷抱怨过这件事情。

爷爷对于父亲离开家乡这件事并不反对。自己虽然年纪大了，但暂时还不需要人照顾。V.I.的功能非常方便，如果有紧急情况的话，可以随时和附近的医院联系。遇到自己处理不了的家务活儿还可以向家政服务公司下单。而调任对于父亲来说机会难得，爷爷在听到这件事后还是很高兴的。

至于春一的情况，爷爷心里也很清楚。翔子对于春一而言是一个特别的存在，但这是没有办法的事情。

在东京，父亲的工作非常忙碌，所以这次回乡尤为难得，只因家里人要为奶奶扫墓。

春一的父母跟邻居立川一家约好，一起去半山腰的墓地。许久不见的翔子穿着淡蓝色的连衣裙，跟在两家人的后面，看到春一之后一言不发。春一只好加快脚步，跟在她的身后。

"翔子姐，好久不见……"春一试图打破两人之间冷淡的氛围。

翔子什么都没说。春一也不再说话，只是在翔子身后看着她。不知道翔子究竟在生什么闷气，好不容易回到家乡，没想她的态度依旧这么冷漠。

翔子突然定住了身子。她被路边的站牌吸引了过去，春一也顺着她的视线看去，除了站牌，什么都没看到。这时春一才想起来，他把V.I.的过滤功能提到了很高的级别。

在东京的街头走动时，由于佩戴了V.I.的缘故，人们的视野中会出现大量的信息。特别是在寸土寸金的地段，繁杂恼人的信息会扑面而来，将人们的视野完全淹没。为此，很多人都会开启V.I.中的信息过滤功能。

V.I.的使用者可以根据信息本身所携带的标签来过滤，比如"广告""视频""留言板"等。受政府管理条例的限制，广告从业者必须将他们发布的信息贴上"广告"的标签，春一就将这类信息基本屏蔽掉，唯独自己喜欢的游戏或者自行车品牌的广告例外。

但广告并非唯一恼人的信息类型。东京街头有大量含义不明的涂鸦，甚至还有些恐怖的恶作剧。好在V.I.还能以信息发布者的标准来过滤信息，除了V.I.联系人中的亲人、朋友和同学以外，其他人发布的信息一概被过滤掉。只有这样，春一走在东京街头才不会被那么多信息困扰。

"翔子姐，你在看什么？"他一边准备关闭标签过滤功能，一边问道。

"妖怪。"翔子说道。

春一吓了一跳，不由停下了手上的动作，看来标签过滤功能还是保持原样比较好。翔子从来不在V.I.中设置过滤功能，所以她也总能看到很多奇怪的信息。春一很难想象她每天看到的世界究竟是怎样的。

不一会儿，他们就来到了附近的小山。石阶的入口处是红色的鸟居，附近几棵巨大的树木被注连绳围住。走在石阶上，春一看到盛夏的阳光照射到郁郁葱葱的树木上，这幅景象让他觉得心里痒痒的，好像有什么东西要随着这股盛夏的生机萌发而出。从管理人那里借了木水桶和舀子，打了水，两家人分别去祭奠各家的亡者。

来到奶奶的墓碑前，春一和父母将附近的落叶残枝收到垃圾袋中，然后用舀子给墓碑浇水，冲洗完毕后再用抹布擦干。春一将两束百合花摆放妥当，呈上了奶奶喜欢的和菓子与一壶两合左右的清酒，之后再摆上用黄瓜和茄子做的精灵马与精灵牛，以及一只西瓜。这时，父亲点燃了香烛，又用手扇灭火苗，家人一起向墓碑双手合十，进行祭拜。

由于突发心肌梗死，奶奶石原绿已经去世五载有余。春一闭上眼睛，回忆着幼时爷爷奶奶家中的情景。爷爷生性浪漫，同奶奶十分恩爱。爷爷虽然有轻度的糖尿病，但由于贪恋奶奶的和菓子，总是经常会为此缠着奶奶。在奶奶的面前，爷爷像个撒娇的小孩子一样。奶奶拗不过他，总是没好气地给他做些南瓜馅儿的和菓子。每每看到爷爷大快朵颐的样子，她的脸上又会露出开心的笑容。

别看爷爷在奶奶面前是这副样子，实际上他非常有定力和毅力。不管是在工作的时候，还是退休之后，爷爷都坚持去晨跑。以前，爷爷的同事来家中聚会，还会聊起这些事情来。虽然当时春一还小，但对很多事情却记得很清楚。

"石原君工作非常认真，对于新兴的编程软件也很熟悉，他制作的游戏人物非常讨玩家喜欢。"一个身材有些微胖的老人说道。

"是啊。不过石原君也很注意身体呢。他经常会去附近的公园晨跑，到公司的楼顶做保健操，下班时还会换上跑鞋，坐地铁时也提前几站下车，徒步跑回家里。"坐在对面的老人弓着腰回忆着。

"对对，石原君还是蛮在乎身体保养的。"大家七嘴八舌地附和。

"毕竟咱们的工作对身体太过磨损，还是多注意一下比较好。"爷爷笑着说。

至于爷爷的技术水准，那更是没得说。在家里做了很多用于 V.I. 的游戏和软件，春一和翔子从小就玩着这些游戏长大。家里有时候会成为巨大的水族馆，有时是秋意渐凉的野营地。他们两人会一起合作，将爷爷制作的游戏慢慢通关。爷爷还为自己家里制作了一款管家系统，戴上 V.I. 之后，大家可以看到小狐狸形状的管家跟随着大家的脚步行动。那只小狐狸的名字叫"痕"[1]。当看到这只栩栩如生的小狐狸后，翔子还缠着爷爷为他们家特制了一款管家系统，外形是一个身穿红色和服的七岁男孩，大家叫他"座敷童子"。

---

1. "痕"在日语里读 kon，是狐狸叫声的拟音。

春一想起夏季的夜晚，祖父母家的院子里弥漫着茉莉花的香气，这是奶奶最喜欢的花。春一和翔子会陪他们一起坐在外廊上欣赏月色，吃着用泉水冰过的西瓜，其乐融融。

好景不长，奶奶去世了。送别奶奶的时候，爷爷在父亲的搀扶下走到她的墓碑前，一副泫然欲泣的表情，最后双手合十，向陪伴他一生的人道别。从那天起，爷爷就经常发呆，要么在桌边一坐就是几个钟头，要么埋头开发新的游戏。

祭拜结束，全家人收拾好食物和垃圾，仅留香烛在墓碑前。准备下山时，两家人再次会合。完成了祭拜的仪式，大家的心情舒畅了一些。这回春一和翔子走在队伍的前面。

"跟弟弟说话了吗？"春一问道。

"嗯。"翔子点点头。

两人肩并肩走着。春一察觉到翔子的态度不像刚开始那样拒人千里。

过了一会儿，翔子指着春一的背后说："痕一直在你的背后跳来跳去，不管它真的好吗？"

"痕在跟着我们吗？"春一回头看了看，却根本没有看到小狐狸的身影。

"你看不到它吗？"翔子问道。

"啊？！"春一的头上顿时冒出了汗珠。

## 其　二

扫墓的前一天下午，春一和父母一起来到爷爷家里。

爷爷的痛风病又犯了，膝盖和脚踝止不住的疼，所以第二天他只能在家中悼念亡妻，没法跟大家一起去墓地了。

父亲跟躺在床上歇息的爷爷简单谈了谈工作的事情，妈妈去做了一些拿手的饭菜。

离开前，爷爷叫住春一。

"翔子还是不理你吗？"

"嗯，是啊……"想到这里，春一又叹了一口气。

"年轻真好呐。"爷爷笑着说道。

"不知道哪里好……"春一嘟囔着。

"想当年，绿的脾气也很倔，我可吃了不少苦头呢。"想起过去的事情，爷爷笑着摇了摇头，然后直视着春一的眼睛说："明天好好把握机会哦。"

那时，春一还以为爷爷只是在为自己鼓劲。

扫墓回去的路上，春一因为翔子的话而产生了一丝恐惧。虽然翔子喜欢对春一做些无伤大雅的恶作剧，但那时的翔子总会露出坏坏的笑容，而现在两人之间的关系还非常微妙。这回翔子应该没有戏弄自己。

春一赶紧激活 V.I. 的控制界面，然后把所有的标签过滤功能都暂时关掉，他的视野里瞬间出现了很多信息，既有广告，也有其他人信手涂鸦的奇怪画面，以及痕。

痕一边跳来跳去，一边围着春一转圈。等春一可以看到它之后，它便慢慢走到了前面，朝二人既正式又可爱地微微鞠躬。

"你不小心把痕屏蔽掉了？"翔子问道。

"我刚检查了一遍标签管理，并没有屏蔽痕啊。会不会是系统的 Bug 呢？"春一也冒出满头的问号。

痕走到前面，然后转过身来，抬起右爪冲两人招招手，那姿势令春一想起了拉面店里的招财猫。于是两人快步跟上。

走了一会儿，小狐狸走到刚才经过的站牌旁边。

"啊！这是刚才我看到的那只妖怪！"翔子指着站牌前的一个人影说道。

春一慢慢走近妖怪，然后仔细观察着她的样子。她穿着华丽的红色和服，面容娇媚，头上顶着一双狐耳，身后露出九根毛茸茸的狐尾。痕跳进她的怀中，她轻轻抚摸着小狐狸的脑袋，小狐狸露出惬意的神情。

"小哥，你终于肯看我一眼了。"妖怪的微笑勾人心魄，春一猜测她应该是传说中的妖狐玉藻前。

"嗯……"春一不知如何回答，只好应声。他利用 V.I. 的虚拟按键来和面前的虚拟人物进行互动，然后检查了一下妖怪和痕的制作信息，果然是玉藻前。

"她的制作者是谁呢？"翔子好奇地问道。

"是……我的爷爷。"春一检查完后，关闭了制作信息的界面，"跟我们来的小狐狸不是痕，而是痕的 2.0 版本。"

"如果是你爷爷制作了它们的话，那你应该可以直接看到啊，毕竟你的 V. I. 并不会过滤亲属的信息。"翔子有些不解。

"嗯。不过，这两个造物的制作者名称是爷爷刚出道时用的名字'グリーン'[1]。我没想到爷爷还会用这个笔名继续制作信息，所以没有添加到白名单中。"春一回忆起小时候在爷爷家玩游戏的事情，然后继续用 V. I. 检查玉藻前和痕 2.0 的隐藏信息，结果一无所获。看来只有和它们互动，才能知道更多的信息。

春一盯着玉藻前，接着问道："爷爷为什么要你们来这里呢？"

"这是游戏哦，爷爷希望你们两人一起来测试，游戏测试完成可能会花一整天。"玉藻前笑着说，"春一太笨，肯定没法自己通关，还是请翔子也来帮忙吧。"

原来如此。

"是什么游戏呢？"

"这是爷爷用'グリーン'这个名字制作的第一款游戏。"玉藻前举起右手，她的指尖燃起了蓝色的火焰。春一用 V. I. 选中火焰，然后将游戏下载到 V. I. 中。

"还有其他信息吗？"春一问道。

"我只携带了这一条信息。"玉藻前露出遗憾的坏笑。

"好吧。"玉藻前类似于游戏中的 NPC，春一猜测它应该不会说谎。那么剩下的事情就得靠自己了。这时，玉藻前和痕渐渐退下，然后走进一块山石之中。

"耕一郎爷爷真狡猾……"翔子喃喃道。

"翔子姐如果不愿意的话，我自己来就……"说到这里，春一就被翔子打断了。

"我会帮你的。正如耕一郎爷爷所说，春一的确太笨了！"翔子面露自信的神情，看起来跃跃欲试。

总感觉自己莫名其妙被嫌弃了……春一无奈地摇摇头。

此刻已经接近中午。

---

1. 英语单词 Green 的片假名。

两人去到附近的家庭餐厅吃快餐，吃完后，春一点了碳酸饮料，翔子点了草莓圣代，两人开始在餐厅里研究玉藻前交给他们的游戏。

春一先检查游戏的信息。这是爷爷在 V.I. 出现之前制作的作品，最近才由他移植到 V.I. 上。这是一款带有分支选择的恋爱游戏，讲述了一个热衷于编程的少年在进入高中后喜欢上同班女生的故事。游戏本身很质朴，画面、音效跟他现在的作品无法同日而语。但在这款游戏中，爷爷的才华已经显露出来，朋友除了帮忙录制音乐以外，画面和故事脚本均由他一人完成。

游戏的内容不多，所以他们玩起来进度很快。等玩到游戏的结尾时，游戏的背景画面进入到图书馆中，少年向梳着两条麻花辫的同班女生走去。窗外一片黄昏的色调，而巨大的樱树下落樱纷纷，画面和音乐明明稚气未脱，却水乳交融，觉得非常温馨。当少年来到少女的跟前时，游戏中出现了两条选项：a. 向她告白；b. 擦身而过。

"要不要先选 b 试试？"春一一边问，一边瞥了一眼翔子，不知道是否因为害羞。

"嗯。"翔子先将进度保存，然后点点头。

少年与少女擦肩而过。少年没有哭泣，但是心底深处充满了空虚的怅然。四周的景色逐渐黯淡下去，他的世界重新回到一成不变的状态。

看到游戏的最终画面上显示着大大的 Bad End，两人唏嘘不已。

春一重新加载保存的进度，这次他们选择了第一个选项。

少年走到少女的身边，轻声对她说："请同我交往吧。"

少女微笑着看他，嘴唇轻启，低声说着什么，可惜突如其来的风抚动窗帘，让少年没能听到少女的声音。游戏在这里戛然而止，令春一觉得意犹未尽。

"话说，游戏就这样结束了吗？不是说要一天嘛……"春一有些疑惑。

"的确很奇怪，游戏明明很简单啊。"翔子不解地回答说。

"不过，有谁会在图书馆里向女生告白啊。"他对游戏的剧情吐槽道。

"咦，莫非春一不知道？"翔子歪着头，指尖轻点嘴唇。

"不知道什么？"

"当初耕一郎爷爷就是在图书馆里向奶奶告白的啊。而且奶奶还告诉我，爷爷就是在图书馆里让奶奶来玩这款游戏的，结束后就向她告白了。"回忆这段多年前的浪漫逸事，翔子不禁抿嘴笑着。

游戏结尾的过场动画很简短，主要显示了制作者和开发工具的信息，不过，最后一幕的右下角却显示"つづく"（未完待续）的字样。

原来是这样啊！

春一想了想，然后对翔子说："看来游戏还没结束。"

"嗯，不过该怎么继续呢？"

"我猜，我们应该去一趟市立图书馆。游戏里那棵粗大的樱树就在市立图书馆的中庭。"

"原来如此！"翔子恍然大悟。

两人离开餐厅，走向市立图书馆。为了保证自己不会看漏任何消息，春一没再开启标签管理的功能。但这样一来，一大堆平时看不到的信息全都扑面而来了。

很多地方都有广告，然后是人们留下的微妙信息。有的长凳上写着"失物招领"，但上面明显空无一物。有的树下被标注着"蚂蚁窝"的字样，字体歪歪扭扭的，应该是顽童用手写上去的。街心花园的跷跷板上写着"太郎天下第一"，完全不明所以。而滑梯下面用小字写着什么，明明看不清楚，字体却又发着光。

好奇心折磨着春一前去一探究竟，原来是有人画了一把相爱伞。这是一条公开信息，那人却在相爱伞下故意用罗马音标的英文首字母写着两人的名字，这让春一哭笑不得。

"明明是想向别人传达自己的心意，结果却弄成这样半吊子的信息！"春一摇摇头。

"把自己的心意告诉别人需要很大的勇气。"翔子忽然反驳道，看上去还有些生气。

让春一出乎意料的是，市立图书馆里面也有纷繁复杂的无用信息。

"这些奇怪的信息把有用的书全都淹没掉了。"春一向年轻的女性图书管理员抱怨道。进入图书馆的认证非常方便，只要把自己 V.I. 中的个人信息通过图书馆的专用网络拖入到指定区域，借阅证很快就能办理下来。

"是啊……我们一开始还向 V.I. 公司的技术首席申请高等级权限，以便清理图书馆里的垃圾信息。但一来这样太麻烦，二来大部分人都设置了标签过滤的功能，所以我们就不再处理这些事务了。"她的脸上也写满无奈。

"你也把大部分信息都屏蔽掉了？"春一好奇地问道。

"嗯。不然，一进入图书馆就什么都看不到了。"

春一只好苦笑着回头望向翔子。翔子显然已经习惯与纷繁的信息共存，正饶有兴趣地在其中徜徉着。春一叹了口气，一边小心被信息挡住的书架，一边快步跟了上去。

这样找下去的话，何时才能找到爷爷设置的信息呢？

"对啊！"春一忽然想到了什么，然后拍了拍翔子的肩膀。

"有什么好主意了吗？"翔子小声问道。

"嗯嗯，"春一同样小声地回答，"我们把标签过滤的权限设为最高，然后将'グリーン'这个制作者名称设为例外。"

"也就是说，除了带有'グリーン'标签的信息，其他信息我们都看不到了，对吗？"

"正是如此。"春一会心一笑。

## 其 三

五年前，翔子的弟弟小忠去世了。那时他刚七岁。

暑假里，同班同学偷偷相约去附近的河川玩耍。在没有成人照看的情况下，翔子的弟弟不慎溺亡在那条河里。

翔子一直躲在屋里哭，连弟弟的葬礼都没有参加。无论父母怎么劝，她都不出自己的房间。她很宠爱这个弟弟，姐弟的感情一直都很好。如此亲近的人就这样永远离开了这个世界，这对于那个年纪的翔子来说是一个难以恢复的打击。

"唉，翔子，去跟小忠道别吧。不然的话，他没法安心去那个世界。"夜里，春一从自己家的阳台翻到翔子家的阳台，蹑手蹑脚地进到她的房间。

"问题是他已经什么都听不到了啊！我去跟他道别又有什么用？这种仪式对于小忠来说还有什么意义？！"翔子对眼前的不速之客充满敌意。

"我说不好。翔子姐，我觉得你是对的，小忠应该什么都不知道了。但我觉得，这一切对于你父母而言是有意义的。更重要的是，对你有极其重大的意义，"春一顿了顿，接着说，"不好好和小忠道别的话，你将来会更难受的，毕竟你这么疼他，不能让他就这么走了。"

说完，春一就从阳台翻回家里，走下楼，然后又从正门来到翔子的家中。

此刻，僧人们正为棺材里静静躺着的小忠做着法事。小小的棺材，小小的寿衣，小小的面庞。不一会儿，翔子穿着睡衣就从屋里走了下来。人们注视着她，看她在弟弟的面前泣不成声。

春一看着翔子，自己也不禁哭了起来。

春一从最高层的借阅室往下搜索，而翔子从一楼的借阅室往上找，不一会儿翔子就在三楼借阅室的角落里发现了爷爷留下的信息。

一个妖怪倚在窗台上。窗外就是那棵粗大的樱树，可惜时值八月，枝叶繁茂的树上没有樱花。她悠然地端着烟枪吞云吐雾，而这云雾和她那一袭白色的绸缎长裙交织在一起，仿佛长裙也由朦胧的烟雾组成。她左腿搭在窗台上，右腿耷拉下来，纤细的脚踝在裙与烟雾中若隐若现。

这一看就是爷爷的制作风格。

"呃……在图书馆里做出一个烟烟罗来，爷爷可真够腹黑的。"春一小声吐槽道。毕竟这是依附于烟火的妖怪，图书馆的管理者们心里肯定会不舒服。

他走上前去，检查妖怪的制作者信息，的确是"グリーン"。

"你有留给我们的信息吗？"春一问道。

女妖没有说话，只是用长长的烟枪柄指着一本书。春一看了看书脊上的名字，原来是《情书》。这本书是岩井俊二的小说，春一还没有读过。他慢慢翻动书页，仔细查找着和爷爷有关的信息。

"没想到是这本书。"翔子凑上前去。

"你看过？"

"当然看过。这部作品非常好看，这部小说的同名电影也非常好看！尤其是结尾那里，不管读多少遍都会感觉心里暖洋洋的。"翔子回忆着自己的阅读感受。

春一翻到结尾处，然后读了起来：

学生们显得有些害羞而踌躇不前，结果遥香说："我们发现了一件好东西。"

说着，把一本书递到我眼前。那是马塞尔·普鲁斯特的《追忆似水年华》。就是他那时所留下的那本书。

学生们对着目瞪口呆的我喊着："里面。里面的借书卡！"我照着他们所说，看了看里面的借书卡，上面有藤井树的签名。可是学生们依旧嚷着："背面，背面！"

我不明就里，毫无防备地把那张借书卡翻了过来。

我说不出话来。

那是中学时代的我的画像。

回过神来，发现他们正津津有味地偷看我的表情。

我一边故作镇定，一边想把卡片放进口袋里。但不巧的是，这件我喜欢的背心裙上竟然没有任何口袋。

的确是非常温暖的结尾。

"对了，春一！去看看书封内侧的借书卡吧。"翔子突然想起了什么。

春一翻到书封那里，拿出借书卡看了起来。由于标签的过滤作用，春一只看到上面附着了一条V.I.的信息——相爱伞下，一边竖写着"グリーン"，另一边竖写着"ミドリ"。

那是奶奶的名字。

这就是爷爷想要传达的信息吗？春一自问道。

"还没完呢。"女妖开口说话了。

春一走到女妖的跟前，等待她的新提示。

这回她将一份地图资料传给春一。稍加分析，春一就知道这是某个公园的地图。爷爷经常会在那里晨跑，风雨无阻。一抬头，烟烟罗化作一阵淡淡的烟，渐渐消散于春一的眼前。

下午三点左右，春一和翔子来到公园里。园中树木茂盛，夏风不时拂过枝头，树叶发出窸窸窣窣的声音。两人依旧分头去找，不一会儿他们就找到一只天狗模样的妖怪站立在粗壮的树枝上。

"喂！"春一站在树下面，试图跟高高在上的妖怪搭话，但妖怪根本不理他。

这该怎么办呢？

"好像只能慢慢爬上去了。"翔子说道。

"唔……"春一围着树转了一圈，看着半米粗的树干，然后转身对翔子说道，"我可不想在大庭广众之下爬这棵树啊。"

"我替你爬吧。"翔子伸展着手臂，一副游刃有余的样子。

"别……还是我来吧。"春一尴尬地说道。

他想起小时候经常和翔子爬树，一不小心就割坏衣服或者擦破手掌，回家之后总会招来一顿训斥。但他们依旧乐此不疲，因为树上的景色总归是和地面上的不一样。长大之后，这些记忆已被他逐渐淡忘了。

手掌接触粗糙的树干，用胳膊将其环抱住，鞋子也尽量踩在树皮上凸起的部位。春一一点一点向上爬着，这份独特的痛感让记忆慢慢复苏。万幸的是，现在没人注意到他，起码没有招来公园的管理员。

由于心怀负罪感，春一加快了爬树的速度。可树皮时不时钩住他的衣裤，他又不敢太过用力地蛮干。花了差不多十分钟的时间，春一终于爬到了妖怪那里，但他却觉得自己至少用了半个小时。

"搞不懂爷爷为什么要把你放在这儿……"春一小心翼翼地踩在树枝上，对妖怪说道。

红脸高鼻的妖怪转过脸来，傲慢地释放出一个音频文件。春一通过V.I.点击那个文件，然后就自动下载了下来。

音频文件的制作者依旧是"グリーン"，而录制的设备则是几十年前的某款手机。看来这个文件是很久以前制成的。

春一把文件共享给树下的翔子，两人进入共享音域后听了起来。

  两周前，我和绿分手了。

音域里传来一个男子的声音，虽然年轻，但一听就是爷爷的声音。

  我和绿已经交往六年了。不知不觉中，恋爱从最初的甜蜜变成了一种负担。我想成为游戏制作者，一直在研究编程和美工，而且需要大量接触不同开发团队制作的新游戏。每天的时间总是太短，所以深夜里我也总是还在玩游戏，甚至会为此通宵达旦。在她眼里，我这种不规律的作息是在透支自己的生命，但我却觉得，她每天都在管我这些事情，实在是太烦人了，毕竟我也没有什么办法。我们经常会为此争吵，直到两周前我向她提出了分手。

分手的第一个晚上，我觉得自己终于重获自由了。我买来消夜，准备打通之前购买的一款游戏。但等到夜深人静的时候，我看着游戏中的画面，脑子里却全是绿的事情。我突然明白，即使我打通了游戏，却再也不能跟她分享自己的喜悦了。想到这里，我的眼泪就抑制不住地流了下来。那一刻，我失去了打游戏的心情，躺倒床上，辗转反侧。

第二天早晨醒来的时候，我整个人依然深陷混乱之中。看着之前互道早安的短信，我很想去跟绿说些什么，却又不能这么做。接下来整整两周，我每天都过得浑浑噩噩，好像自己的灵魂错入了一个与己无关的肉体，过上了与己无关的生活。我本以为我很快就能适应，结果并非如此。我突然意识到，绿对于我而言是非常重要的存在。今天，我来到了公园，这是我们经常一起来玩的地方。录完这段语音之后，我准备打电话给绿。我想再听到她的声音，希望她能原谅我。

我想告诉她，我非常想她。

录音戛然而止。

待两人听完音频，天狗对春一说："等到月亮出来之后，就来这里跳盂兰盆舞吧。"

说罢，天狗张开那对硕大的翅膀，向着太阳的方向一飞冲天。

## 其　四

四年前的一天，春一和翔子走在放学的路上。夕阳缓缓西沉，将两人的影子斜斜拉长。十字路口的交通信号灯变到绿色时会响起《通行歌》的旋律：

通行了，通行了。
这是哪里的小道？

这是天神的小道。

轻轻通过到对面去，

如果没有要事就不需通过。

为了庆祝孩子七岁生日，

请笑纳钱财保我平安，

出行容易归途却很可怕。

虽然归途可怕，

但也通行了，通行了。

翔子跟着歌曲的旋律哼唱起来。但仔细一想，这首曲子还是会让人感到些许寒意。

"阿春，你觉得座敷童子在这个世界上真的存在吗？"

"不知道啊。翔子姐觉得有吗？"正因为翔子前天去给小忠扫了墓，所以才会想到这个问题吧，春一如此推测。

"我也不知道。只是希望会有，这样我就能见到小忠了。"

那个时候，V.I. 技术已经传播开来。春一的爷爷根据自己的经验，很快就把痕创造了出来。只要戴上 V.I. 设备，就能看到这只活泼可爱的小狐狸。退休之前，爷爷就喜欢用日本传说中的妖怪来创造游戏中的角色，而熟练使用 V.I. 技术开发游戏之后，爷爷发现这项技术能达到更加真实的效果，不论是什么样的妖怪，仿佛都触手可及，现实与虚拟的界线正在慢慢消失。

"阿春。"沉默了一会儿，翔子突然说道。

"怎么了？"春一歪过头去。

"我想拜托耕一郎爷爷来制作一款座敷童子的管家系统。"

后来，爷爷答应了翔子的要求。从此只要翔子在家，那个穿着红色和服的七岁男孩就会和她形影不离。在翔子的父母眼中，这个景象实在是有些怪异，可他们拗不过翔子。同时，在日本的传说中，座敷童子是一个守护宅运的妖怪，所以他们对这件事也就听之任之了。

看着恢复生气的翔子，春一突然觉得，生与死的界限也因 V.I. 的存在而变得模糊了。

盂兰盆庆典的晚上，节日的气氛越来越浓厚。

两人约好在公园的大门相见，春一依旧是白天时的穿着，而小孩子们则穿着各种颜色的浴衣[1]和木屐，围着各个临时摊位嬉闹个不停。公园附近挂起无数彩灯，来庆典的人们越来越多。

春一想起小时候和翔子一起参加这些夏日庆典。那时候，他俩都会穿着浴衣，而且翔子总会缠着春一给她买苹果糖吃。春一从不拒绝，因为看到她的舌头染成红色还蛮有趣的。

"我来了。"随着木屐传来的踏踏声，翔子走到春一跟前。

她穿着淡绿色的浴衣，上面点缀着白色长尾蝶的花纹。手里提着绘有青色小鱼的蓝色和风手袋，看上去非常漂亮。翔子裸足穿着木屐，纤细的脚踝和小巧的脚趾暴露无遗。恍惚间，春一以为回到了过去。

"这件浴衣如何？"她露出可爱而狡黠的笑容。那个春一熟悉的翔子姐又回来了。

"很……很合身。"因为翔子的美丽，春一竟然有些紧张。

"那么，请我吃苹果糖！"翔子拉住春一的手，往公园里走去。

章鱼烧和炒面的摊位前人满为患，而孩子们在捞金鱼和射击的摊位面前开心地叫嚷着。为了不被人流冲散，春一紧紧握着她的手，就跟小时候一样。

找了一会儿，两人在卖面具的摊位旁找到了卖苹果糖的老伯。

"多谢惠顾！"摊主笑嘻嘻地将红彤彤的糖果递给翔子。

她轻轻地用舌头舔着糖衣，和小时候别无二致。

两人一边在庆典中闲逛，一边寻找着耕一郎爷爷留下的提示。不过，哪里都没看到与"グリーン"相关的信息。

不一会儿，两人走到公园中心的空地上。那里灯火通明，乐手们站在两层的木制高台上奏起太鼓，男女老少围成一个圈，伴着鼓点的节奏跳起盂兰盆舞。舞蹈没有跳跃等剧烈动作，只需变换手势和身形就好，老少咸宜。

"我记得那只天狗提示我们一起跳盂兰盆舞。"春一回忆起线索。

"好呀。"翔子点点头。

两人一起加入跳盆舞的队伍。老婆婆们在队伍的前面跳舞，跟在后面的小孩子们笨拙地学着，令人忍俊不禁。大家的脸上都洋溢着笑容，火热

---

[1]. 夏季穿的和服种类。

的气氛跟夏日相得益彰。

一切都宛如从前。春一跟在翔子的身后,看着她的长发随着舞姿的变换而晃动,被浴衣裹紧的身体呈现出纤细动人的身姿,使他根本无法移开视线。

在人们的欢声笑语中,春一生出一股浓浓的忧郁。盂兰盆的假期结束之后,他就要随父母回东京了。说不定以后只有在这个有着"民族大移动"之称的假期中,他才能回到故乡,见到自己的爷爷……还有翔子。

这时,春一发现V.I.中的视野突然变暗,地面上出现了巨大的身影。抬头望去,一只天狗张着翅膀,挡住了皎洁的月光,宛若神灵。

"翔子姐,快看!"

这一定是爷爷的杰作。

两人跟着天狗飞行的方向,离开了庆典的队伍,来到公园旁边的小山脚下。那里出现的景象令春一觉得震撼。

百鬼夜行。

无数妖怪举着昏黄的灯笼,慢慢沿着石阶山路向山顶走去。春一认出了其中的络新妇、河童、桥姬、骨女、百目妖、青坊主、雪女,还有白天遇到的那几只妖怪。另外还有很多妖怪春一叫不出名字。

他们安静地行进着,那皎洁的月光宛若仪仗,平添了一缕恢宏。

两人悄悄地跟在妖怪组成的大队伍后面,慢慢走上山。妖怪们一步一停,喃喃低语,春一和翔子便也随着他们的节拍前进。

"耕一郎爷爷的作品依旧令人印象深刻。"翔子低声赞叹着。

"是啊……"春一点头道。

"如果不想被妖怪们吃掉,就不要说话。"两人前面的青坊主恶狠狠地吓唬着,他俩吐吐舌头,老实噤声。

等队伍行进到山顶,前方的灯火便逐渐熄灭。这些妖怪进入一扇看不到的门中,身形逐渐消散。等到青坊主也消失不见时,春一和翔子便停下了脚步。两人的眼睛在逐渐适应着黑暗,而翔子再次握住了春一的手。

山顶的地面砌着石砖,视野非常好。两人向山脚看去,可以看到张灯结彩的庆典,好不热闹,而抬头便能看到满天的星河,绝美的景象令两人屏住了呼吸。

"阿春,看那里!"翔子指向一个石凳,上面摆放着一株茉莉花,花瓣在月色中闪烁着淡淡的白光。两人慢慢走过去，用 V.I. 检查制作者的 ID，果然是"グリーン"。

"Bingo！我们找到了！"春一和翔子击掌道。

激活茉莉花所携带的信息，里面是一封信。

　　亲爱的ミドリ（绿）：
　　好久不见。
　　的确是好久不见了。最近我一直在想，假如过段时间能再见到你的话，我会跟你说什么呢？我心里有很多话想对你说，毕竟这些话已经憋了好久。可是想来想去，我却忘了应该跟你说些什么了。明明已经跟你说了一辈子的话！不论我说什么，想必你都会静静地听吧。
　　那样的话，我可能会更加沮丧吧，比见不到你还要沮丧。
　　所以，我决定了，下次见到你的时候，我就只对你说——
　　月が绮丽ですね（月色真美）。
　　不要笑话我。因为昨天的月色就很美，今天的也很美。这是千真万确的。
　　见到你的那天，想必月色依旧会很美。
　　就像你一样。

　　　　　　　　　　　　　　　　　　　　　一直想念你的
　　　　　　　　　　　　　　　　　　　　　　　グリーン

看完这封信，翔子突然抽泣起来，泪珠落在浴衣上，发出微小的声音。

"翔子姐……"春一想要安慰，却不知道说什么好。

"笨蛋阿春！"翔子突然喊道。

"哈？为什么要骂我……"春一完全摸不着头脑。

"因为你太笨了，"借着月光，翔子一脸委屈地看着春一，"小忠也是，你也是，为什么你们说离开就离开，把我一个人孤零零地扔下？"

"我也想留下来……"春一想要辩解，却没能说下去。

"过不了多久你就会把我忘掉吧？你在东京会迎来新的生活，然后会有新的伙伴，每天都会有新的事情在等待着你。你会为我所不知道的事情开心，又为我所不知道的事情烦恼。每次想到这些，我就感觉自己很孤单……"

"翔子姐，我不会忘记你的。"春一的言语里多了些勇气。

"可是你每年只能回来一两次，也许今年没忘、明年没忘，但早晚会把我淡忘。"翔子虽然这么说，但语气里透露着一种不甘，"我之前一直担心，跟你告别之后就再也见不到你了，所以我才对你不理不睬。而且，如果惹你生气的话，说不定你就不会忘记我了。可是听到你要回来的消息，我就开心得不得了。早晨看到你站在楼下，我就抓紧挑选合适的衣服，生怕你会认为我变得不值一提。"

听到这里，春一才明白为什么翔子会突然关上窗户。现在，微凉的月光映在她的眼眸中，春一感到一阵痛楚。

"翔子姐，你知道茉莉花的花语吗？"春一突然问起。

"不知道。是什么呢？"

"因为奶奶喜欢茉莉花，所以我以前查过。茉莉花的花语是——你是我的生命。"

翔子微微一愣，随即带着一丝哭腔回应道："嗯。"

"翔子。"

"阿春……"

"今晚月色真美。"说罢，春一轻轻地吻上翔子的唇。

翔子没有拒绝。软软的嘴唇，还有翔子身上的香味。两人屏住呼吸，久久没有分开。

夜里，翔子牵着春一的手，渐渐十指相交。

而茉莉花在月下悄然绽放。

本文为中文原创小说，并非《银河边缘》原版杂志所刊篇目。

# 黄金前线静悄悄
## ALL QUIET ON THE GOLDEN FRONT

[西班牙] 阿尔瓦罗·齐诺斯－阿马罗 Alvaro Zinos-Amaro 著
刘为民 译

你以为的岁月静好，
是有人为你负重前行。

作者阿尔瓦罗·齐诺斯－阿马罗曾与罗伯特·西尔弗伯格合著中篇科幻小说《蓝移现象来临时》和访谈录《世界旅行者：对话罗伯特·西尔弗伯格》。他创作的短篇小说、诗歌、随笔经常登上《类比》《自然》《阿西莫夫科幻小说》等众多杂志和选集。

我们是金子做的，骨架里有黄金。是我发现了这个（以及很多其他的）事实。那时，我身在"永恒闪电之地"，来往穿梭的奇怪电流将我击中，让我在很多方面都发生了改变。

二连上下早就听我讲过这些，当然也包括连长。可他们并不相信，认为我是骗子，或者疯子，甚至两者都是也说不定。然而，他们却无法解释为何事实一再证明我是对的。

比如我很清楚：假如我们不是金子做的，就会被敌方的信使打败。他们会乘虚而入、窃窃私语、深入内部，直到我们叛变。这就是无辜平民的遭遇，这就是敌方给他们重新编程、壮大自己队伍的方式。

我们的使命很简单：发现敌方的信使，让他们噤声。我们就是传播静默的使者。

从表面上看，我们就要赢得这场战争了。虽然这个观点我不认同，但至少在连队上下很受欢迎。没错，我们确实打赢了很多战役，敌方进攻的间隙也确实越来越长了。然而，我不会因此就错误地认为，我们取得了某种永久性的胜利。因为真正的胜利只意味着一件事：彻底铲除敌方。

事实上——令连长十分担忧的是——我相信战争才刚刚开始。我相信敌方已经知道有个"永恒闪电之地"，而且已经发起远征，企图确定它的方位。而且就在此刻，他们很可能正整装待发，妄图把新知识带回基地，然后便能倾尽全力，发起最后一击。如果这种情况真的发生，将会造成毁灭性的后果。

可是，大家都不听我的。

连长很不乐意我到处散布这样的观点。一名士兵被派到外围侦察去了，在我们等他回来期间，连长命令我休息。

"我不能休息。"我告诉他。

"你已经老化了，"连长嘲讽道，"你需要补充酶和寡核苷酸，我可以为你添上，虽然会引起疼痛，但却能增强你的力量，让你感觉焕然一新。"

我想，这就是连长的职责吧，他得确保我们都保持在最佳状态，但却很少为战略做考虑。我对连长说："不。"

"你怕疼？"连长问道。

我报以大笑。

"那就执行。"连长说道。

"我可不想冒险失去记忆。"我告诉他。大多数士兵都不介意冒险，在我看来，这是因为他们只活在当下，也可能是因为他们没有值得珍藏的记忆。

"你，你的记忆？"连长发出的电化学信息满溢着怜悯。

"对，我的记忆。"我说道。

"你的记忆会拖累你，"连长回答道，"让你出问题，让你不稳定。你不能一直活在过去。"

我并没有反驳连长，而是告诉他："除了过去，我无处可活——我肯定不可能活在将来，也不可能活在当下，至少是活不了多久。"

"我敢肯定，敌方很赞同你最后那句话。"连长回答道。

此时，其他士兵被吸引到了我们所在的位置，他们捕捉到了空气中的化学气息——连长散发着对我的蔑视，我拒绝执行补给程序。现在，他们仍处在礼仪距离之外——但这只是暂时的，如果我犯下错误，他们就会吃掉我的遗骸。我们必须高效利用原材料，虽然这并不是最初制造我们的方式，却能使我们变得无比强大，变得比原来更加适应环境，这是我在"永恒闪电之地"发现的。正是依赖这种技术，打败敌方的"灰白殖民地"才成为可能，要是等它发展成为无法遏制的帝国，一切就为时已晚了。

"我们应该转移营地。"我转换了话题。

"我们现在的位置有什么不好？"连长诘问道。

"我们在这里只会浪费时间，'永恒闪电之地'才是该去的地方。我们能从那里获取知识，从长远来看，这非常重要。那地方一定是敌方的目标。"

连长考虑了我说的话，最终向我发出这样的信息："很好，你去吧，带上两名士兵。但你得带回证据，证明那地方真的存在，否则就别回来了。"

我理解连长的计划，也很欣赏这其中的巧思——为了消除我已然构成的威胁，同时避免我继续散布奇怪的观点，不妨就满足我强烈的要求，而整个过程只需牺牲两名士兵而已。

于是，我开始安排任务，再也没多说什么。我招来的两名士兵都不太积极，但当我传达了这是连长的命令，他们便别无选择，只能跟我走。

我们在做出征准备的时候，其中一名士兵仔细观察了我一会儿，随后问道："为什么我们还要继续打仗？既然处在优势地位，为什么不迫使对方讲和？"

"这是连长考虑的问题。"我回答道。

"但你是二连活得最久的士兵,而且看问题的角度很独特,"士兵说道,"你经历过的前线战斗最多,见过新兵入列,也见过老兵死亡。你是我们当中最年长的。"

"你说得都对。"我说道。他的话只有一个意思:与他们相比,我的时间已所剩无几。我的胶体内核已经老化,甚至可能来不及完成当前的任务。

但那位年轻士兵却坚持问道:"为什么不讲和?"

那一刻我很后悔,真不该挑选这名士兵执行任务。我没有耐心继续听他的想法,开始怀疑他可能已经变节,受到了敌方污染。我准备好了酶和寡核苷酸,只要部署得当,它们将成为迅猛而致命的武器。我们可以将一整个营的敌军瞬间劈成两半,就跟在脑子里闪过"金子"这个词一样快。

"敌方没兴趣讲和,"我答道,"只关心扩展地盘,听不进道理。"

士兵又问:"所以,为了阻止敌方,我们必须跟他们一样狠心、残暴?"

我答道:"不是狠心,是没心,没有理由相信我们有'心'。什么是'心'?"

士兵默不作声。

于是,我回答了自己的提问,"是我最先把这个愚蠢的概念引入队伍中的,我所揭示的知识并非都有用,这你懂。有时候,还是闭嘴为好。"

但士兵并没有理会我的暗示,我绝不相信必须跟敌方一样。

"可真相是,"我反驳道,"我们本就如此,因为我们就是这样制造出来的。也许你很难接受,但我们的行为既算不上勇敢,也算不上凶残,只能说是不可避免。"

随后,我命令这名士兵返回营地。我认定他不是叛徒,但情况可能更糟:一位哲学家就快成长起来了。

我向连长汇报了与这名士兵的交锋,以便他得到应有的关注,又另招了一名合适的士兵,然后我们三个就开始为出征做准备。我们各自加满了七十八个单位的寡核苷酸,还加载了很多酶——能够感到,它们迫切地想要突入敌方的肉身。

随后,我们出发了,没说再见,也没留下遗言。我们将拼死一搏。

然而,随着我们离营地越来越远,我心中也渐渐生出疑惑。我想起了自己虽然知道,却理解不了的许多神秘知识,其中就有这么一句:闪闪发光的未必都是金子。我们闪着光吗?我暗自问道。我敢肯定自己并没有足够长的寿命来寻找答案。

我想到了营地,想到连长如何命令全体战士休息,以节省资源。只要敌方不进攻,金骨战士就不会投入战斗,而我们三个则会按照计划奋力前行。

医生仔细看了看读数,再三确认数据是否准确,没完成这些步骤,他是不会宣布消息的。

患者的双眼仍然紧闭着。

病房里其他人的眼睛全都锁定在医生平静的脸上。

"好消息是,"医生终于开口,半是欣慰半是困惑地说道,"纳米机器人已经治愈了丙型肝炎。"亲属们齐刷刷地松了口气。"实际上,"他继续说道,"看来机器人干的还不止这些。"

患者母亲探过身子,"不止?"

"机器人的行动记录表明,您儿子处在肝炎引发的肝癌的极早期,而我们当初完全没有发现。机器人似乎已经消灭了刚出现的肿瘤。"

亲属们纷纷流下喜悦的泪水,深情相拥,紧紧握手,热泪不止。

"您只说了好消息。"患者妻子试探地说道。

医生点了点头,"大多数纳米机器人完成任务后就休眠了,这符合预期,但我们还是跟踪到了极轻微的活动。看来,有个机器人不久前去过大脑,回到肝脏后,表现出了某种……异常行为。目前,一支三个机器人组成的小分队似乎正从肝脏往大脑移动,刚提到的那个机器人也在其中。"医生皱起了眉头,"我认为不必多虑,但应该定期检查,这样才能确保万无一失。"

"好的。"患者父母说道。

"好吧。"患者妻子附和道。

紧接着,患者父母就开始盘算明后天的安排。患者妻子则想着丈夫就快回家了,要做好瑞士甜菜千层面,这可是他最喜欢吃的。但谁都没有细想医生的警告。

总有一天,他们将回想起那一刻。

Copyright© 2013 by Alvaro Zinos-Amaro

# 一秒而已
## JUST A SECOND

［美］卢·J. 伯格 Lou J. Berger 著
张　羿 译

纯粹幻想

> 所有命运馈赠的礼物，
> 早已在暗中标好了价码。

作者卢·J. 伯格，美国科幻作家协会成员，短篇科幻小说作家，四十岁开始写作生涯，作品多次登上《银河边缘》。短篇代表作包括《导游》《麒麟座》《寻找火星》，以及与迈克·雷斯尼克合著的《美好的友谊》。

插画／LuZhan

这个世界上，有生物学意义上的杂种，这种杂种是情有可原的。但是，也有像弗雷德里克·托马斯这样的杂种，这就是另外一回事了。

有一天，他推门走进一家商店，门铃随之叮当作响。他扫了一眼手表，等待着眼睛慢慢适应店内的昏暗。那是早上的八点三十分，九点有场会议，他不想迟到，但也不想早到，此处便是打发掉几分钟时间的绝佳地点了。

他曾无数次路过这家商店，但从未真正留意。窗户上有一块招牌面向街道，鼓励顾客进门："买一秒钟时间！"多年来，这块招牌从未改变，他也从不知道上面写的到底意味着什么。

低矮的柳条篮子里，一只橙黑相间的肥猫正躺在红色的毛绒枕头上酣睡，沐浴着温暖的阳光。飘浮的尘土就像小飞虫一样，四下里闪烁着、舞动着。空气中弥漫着一股霉味，低处的柜台上，一只茶壶正冒着茉莉香味的蒸汽，多少遮掩了些味道。

弗雷德里克思忖着，这大概是家古玩店吧。壁柜和货架上摆满了各色熏香和蜡烛，还有缠绕在水晶球上的盘龙雕像。店里靠后的架子上放着许多落满灰尘的书籍，有的排列得十分整齐，有的则乱七八糟地堆放着。

"我能为您效劳吗？"一个女人用奇怪的口音问道。或许，她是匈牙利人？弗雷德里克转过身来，看到她正站在后墙边的柜台旁。一定是从挂着珠帘的后门走出来的。这女人涂着浓重的睫毛膏，戴着耳环，身穿一件色彩鲜艳的连衣裙，却留着涂黑了的长指甲。她的皮肤苍白得可怕。弗雷德里克敷衍地笑了笑，这副打扮可真老套！

"我看到窗户上的招牌……"他开口道。她微笑着，伸出一只像爪子一样的手。

"原来如此。我叫伊泽尔达。"

弗雷德里克也伸出手，却只握了握手指。她的手很小，骨骼纤细，握在他手中的长指甲如同利爪一般。她的皮肤滚烫干燥，仿佛烈日下暴晒很久的纸袋。他抽回手，漫不经心地在裤子上擦了擦。"许多人看到招牌仍会继续往前走，从不好奇它是什么意思。"伊泽尔达咧着嘴，露出一个狡黠的笑容。她似乎很高兴提及了这个话题。

那只肥猫站在篮子里，伸了伸懒腰，然后转了两圈，就又安静下来。

"许多年前，我的母亲学会了掌握时间节奏的方法。她发明了一种药水，可以在任何需要的时候，给人额外的一秒钟时间。如果你控制了时间的脉搏，就可以控制一切。第一瓶药水卖一百美元。"

她停顿了一下。

"怎么样？"她的嘴上露出一丝微笑，但眼珠却冷冰冰的，就像黑曜石制成的弹珠一般。

"我不明白。"弗雷德里克皱着眉头说，"你是说你在卖魔法药水？你以为现在是什么年代了？"他轻松地笑了起来，她也跟着笑了，但也只是礼貌地附和。

"你在嘲笑自己不知道的东西。"她的声音透着一丝厌倦，仿佛已经把这个故事讲了无数遍，"但有很多人，甚至是聪明人，都会来买药水。"

弗雷德里克再次环顾商店，然后看了看表。离会议还有一段时间，但也所剩不多了。

"那么，药水是如何发挥功效的？"他问道。

那女人耸了耸肩，"喝下它，就能得到额外的一秒。"她用语气暗示着他是一个傻瓜。她身子往前一倾，挤出一个假笑，"这并不是什么高深的科学，只是魔法药水而已。"

他耸了耸肩，把手伸进口袋，然后打开钱包，把一张一百美元的钞票扔在了柜台上。与钱包里剩下的那叠钱相比，这张钞票显得微不足道。况且，他对于科学几乎一无所知，"好吧，我买了。"

她把手伸到柜台下，拿出一瓶清澈的药水，然后递给了他。他打开瓶子闻了闻，感觉就像清水一样。他疑惑地望着她，她便做了一个"快喝"的手势。

于是，他闭上了眼睛，仰起头，一饮而尽。尝起来也跟清水一样。

"好吧，就那么回事。"他说着，在阳光下眯起眼睛盯着那只空瓶，"其实就是昂贵的清水而已，对吗？"他审视着她的脸，想看看这一切是否就是个玩笑。

但她却摇了摇头，然后便朝珠帘走去。"我们很快就会再见面的。"她说道。

弗雷德里克本已转身向门外走去，闻听此言，便停住脚步，回头看了看，问道："你凭什么认为我还会回来？"

她透过珠帘羞怯地望着他，"你会的。"然后竖起一根瘦骨嶙峋的手指，"对此，我毫不怀疑。"

后来，弗雷德里克回到了办公室，他对自己这一天取得的进展感到十分满意。会议开始之前，他还有时间打电话处理客户订单。在股票季度收益报告发布的前几分钟，他还为一名特别有钱的客户开仓[1]买入了大宗股票。他向后靠在椅背上，对着电脑显示器咧嘴一笑，股价涨得更高了。他又迅速帮助另一名客户拿下一单交易，客户对他的高效感到十分满意。真是幸运，他打起了响指。

新来的接待员珍妮在门外的角落偷偷向里面瞟了瞟，一簇鬈曲的栗黑色头发垂在了她的右眼前，"托马斯先生，您需要我做些什么吗？"

弗雷德里克本想挥手让她离开，然而却又改变了主意："珍妮，进来坐吧。把门关上。"

她拉上身后的门，向他办公桌前的椅子走去，脚上的高跟鞋让她走得有些踉跄，身上的裙子紧紧贴着膝盖。她小心翼翼地坐下，后背挺得笔直，蓝色的双眸望着托马斯的眼睛："有什么吩咐吗？托马斯先生。"

弗雷德里克靠在椅背上。他知道接下来要做的不对，但他最近过得毫无乐趣，一直忙着在委员会里往上爬，追逐更高额的奖金。他摘下眼镜，捏了下鼻梁，"珍妮，既然我们一起工作，不如就叫我弗雷德吧？"

"好的，托马……哦，不，弗雷德。"她轻快的声音有些迟疑，弗雷德里克朝她瞥了一眼。她的鼻梁上方有一道浅浅的抬头纹。他很想把手伸到桌子对面，用拇指把它抹去。这是她完美的娃娃脸上唯一的瑕疵。

"谢谢。我本打算今晚审阅季度委员会报告，但工作让我身心俱疲。你晚上有什么安排吗？"

她咬了咬下唇的嘴角，过了一会儿，才摇了摇头。

"很好。那就好办了。我六点钟到大楼前门接你。谢谢，珍妮，没别的事了。"

她慢慢站起身来，走到门口，手扶在门把手上。然后又转过身来看着他，吸了口气，仿佛欲言又止。

弗雷德里克皱了皱眉头。"没别的事了，珍妮。"他说道，语气变得冰冷。

她点了点头，转身离开，关上了身后的门。

---

1. 开仓也叫建仓，是指交易者新买入或新卖出一定数量的期货合约。

第二天早上,弗雷德里克一觉醒来,感觉到的第一件事就是口中的阵阵恶臭。他一脸难受地翻身坐到床边,揉搓着脸,对宿醉的巨大破坏力深感惊讶,甚至连头发都觉得疼痛。他走进浴室,往脸上泼了把水,水顺着下巴滴了下去。他凝视着镜子,用手指拂过细长的棕色头发,从额头上往后理。他摇了摇头,又对着镜中的自己眨了眨眼。"你这狡猾的家伙。"他嘟囔着,把两片药扔到了嘴里,然后就着自来水吞了下去。

走回床边时,他突然愣住了。黎明前的天色还十分昏暗,但他可以看到床单上扭曲而成的一道道长长的曲线。他深吸了一口气,感到有些遗憾,但还是举起一只手,重重地拍在了最高的那道曲线上。珍妮一脸迷糊地从床单里露了个头出来,睡眼蒙眬。

"怎么……?"她的声音像小猫一样,充满了困惑。她用长长的指甲把头发从眼前拨开,指尖轻轻地抓着,然后厌烦地晃了晃脑袋,把头发甩开,"几点了呀?"

弗雷德里克坐在床边,嘴角挂着微笑,"我可没说过你能在这儿过夜,珍妮。"他义正词严地说,"你想什么呢?"

她皱起了眉头,那道浅浅的抬头纹又出现在前额上。一夜之间,它就失去了魅力。

"我不知道,弗雷德。我以为……"她在床上挥着手,用简单的动作暗示着这其中的无数臆测。

"好吧,你想错了。现在起床,然后穿好衣服回家。这是一个误会。"

她震惊得缓缓张开了嘴,然后又咔嗒一下合上,咬紧了牙关,一把扯下身上的被子。她站起身来,大步踏过地毯走到椅边,抓起连衣裙套在头上。肩膀套好后,又把裙摆拉到腰下面,然后理了理,踩着高跟鞋向门口走去。突然,她停了下来,转过身去面对着他。她的头发看起来就像马厩里的茅草一样,狂野而蓬乱。

"所以,这到底算什么?一夜情而已?"

弗雷德里克耸了耸肩,钻到床单下面,"怎么说都随你,珍妮。我只是觉得你表现得有些……不专业。"他闭上眼睛,笑着听她砰的一声把门关上。他又等了整整一分钟,才拿起手机拨通电话。听到哔哔声后,他清了清嗓子,然后开口说道:

"喂，玛吉？我是弗雷德里克·托马斯。我知道现在还早，所以只想给你留言。是珍妮的事情。她昨晚喝醉了，尾随我到了我的公寓，砰砰地一直敲门，还大吵大闹。我们什么也没有发生，但要是她想惹麻烦的话，我也不会惊讶。你能让她走吗？给她一个月的离职补偿金，或许就能让她闭嘴。谢谢你，玛吉。我知道欠你一个人情。你能给我再招个女孩儿吗？"他说完挂上电话，从床头柜上拿起一支烟，点燃后深吸了一口。黑暗中，他得意地微笑着。或许，下一个会是位金发女郎。

接下来的几天里，他发现自己的交易几乎都可以瞬间完成。刚按下"回车键"不久，确认回复的信息就出现了，再也不像往常那样会遇到延时了。

此外，他的通勤时间似乎也缩短了。在停车等待转向时，总会有成群结队的车辆迎面而来。在过去，通常情况下，这一大批车流总是离他太近，使他无法行驶过去，于是只能等待。然而，自从光顾了那家商店后，他似乎总有足够的距离完成加速，在其余车辆驶过来之前就开过去。而且，他通过十字路口时，遇上黄灯的次数也更频繁了。相比喝下药水之前，他开车上班的时间平均缩短了十分钟。

两星期后，弗雷德里克确信他的订单完成得更快了。他走到布赖恩的办公室，站在办公桌前。

"稍等。"布赖恩比了个口形，抬起手指，歪着头，把电话夹在肩膀上。弗雷德里克在一旁等着。

布赖恩说了几句后，挂断了电话。他看着弗雷德里克问道："怎么了？"

"没什么……我们的交易系统升级了吗？"

布赖恩皱起了眉头，"怎么了，有什么不对吗？我给IT部门那蠢货说了，在这个周末之前，不要升级系统。"他伸手想去拿电话，但被弗雷德里克拦住了。

"不，不用了。我再问个问题吧。你的订单最近是不是完成得更快了？"

布赖恩吸了吸鼻子，敲击着键盘，对着屏幕皱起了眉头。

"没有，过去一千次交易的完成速度都跟往常一样。具体来说，过去三百个订单的平均速度是六点一五秒。"

"谢谢。"弗雷德里克说着，扭头往自己的办公室走，"感谢你帮忙察看！"

他坐在办公桌后，盯着自己显示器上的数据。最近的一千笔订单，平均速度是五点六秒。这些数字闪烁着，平静安详且毋庸置疑。

时光飞逝。尽管因需求量巨大，通常几乎不可能在首次公开募股[1]中分得一杯羹，但他却立即就处理好了每笔订单，十分顺利，一点儿时间都没耽搁。他认为，这就是运气吧，就这么纯粹、简单。难道不是吗？

他停下来，陷入了沉思。开车上班的时间缩短，是因为他在遇到交通信号灯和停车标志时一直很走运。他的交易执行得更快，他花更少的时间处理订单，有更多时间与开心的客户交谈。所以，他的销售额就上涨了，迎来了销售业绩的新高，这一季度居然比上季度增长了两万五千美元！这可是两万五千美元啊！他暗自盘算着，既然如此，那做下一个决定就很容易了吧。

第二天早上，商店的门铃叮当作响，伊泽尔达再次闻声从珠帘后面走出来。那只肥猫也依然在阳光沐浴下酣睡。一切如故，弗雷德里克微笑地看着她。

"你回来啦，还想再买一瓶？"她的眼睛里闪烁着调皮的神情，"我说过，你会回来的。"

"是的。我不知道是怎么回事，但你的魔法药水似乎真的有用。"

他把手伸进口袋，掏出一张一百美元的钞票，放在柜台上，满怀期待地笑了起来。

伊泽尔达盯着钱，然后把目光转向他的眼睛，"抱歉，第二瓶药水的价格更高。"

"你是什么意思？"弗雷德里克皱起了眉头。他不喜欢被愚弄，心中开始燃起怒火。

"第一瓶药水买成一百美元，挺值的，不是吗？"

弗雷德里克暗想道，第一瓶药水简直如同灵丹妙药，他可不愿让这女人知道自己有多想买下第二瓶。就算她索要两倍的价钱，他也会付的。

"是的。"她摊开双手，"事情就是如此。第二秒远比第一秒更值钱，因为魔法……"她俯身向前，慢慢说道，"很复杂。"

她在柜台下面摸索着，拿出了另一瓶药水，放在手心上稳稳地托着，

---

1. 简称IPO，是指一家企业或股份有限公司第一次将它的股份向公众出售。

刚好就在他够不着的地方。

"现在，这瓶要一千美元。"她的语气不容置疑。

他张开嘴，然后又紧紧闭上。业绩上涨了两万五千美元，这区区一千美元又算什么？最好还是别和她讨价还价了。他又把手伸进了钱包，另外拿出九张钞票扔在了柜台上。

她把药瓶递给他，然后把钱摞到一起，那长长的指甲敲击着玻璃表面，发出甲虫一样的咔嗒声。他一口喝干药水，把空瓶啪的一声扔到玻璃柜台上，然后转身离开了。

接下来的几个月简直如梦似幻。他打破了办公室的销售记录，七月份就达成了自己的年度指标。随着取得一级级突破，他的佣金比例也得到了快速提升，有史以来第一次触到了天花板。只要他的新款雷克萨斯一接近，每个交通信号灯都会变成绿色。当同事询问他的秘诀时，他总是耸耸肩答道："把握时机。"并朝对方眨个眼，笑着欣赏他们困惑的表情，然后走回他的办公室。

一天下午，老板把他叫到会议室，弗雷德里克关上门，注意到会议室里还有另外两位穿着西装的人。

"怎么了，沃尔特？"他问道。

"先坐下。"沃尔特指着一把椅子。

弗雷德里克随即落座。

"这些人是证券交易委员会的成员。他们想和你谈谈。"

弗雷德里克靠在椅背上，松了松领带。两小时后，他握着二人的手，咧嘴一笑，得意地用食指朝沃尔特比了个手势，然后悠闲地踱出办公室。反正那些人也不会相信他。他们认为，他所享有的明显优势虽然极不寻常，但却是合理的运气。

八月里一个闷热的星期三，他再次光顾了伊泽尔达的商店。这次，那只肥猫没有出现在垫子上。商店里也没有其他人。弗雷德里克无所事事，心想着，这是怎么做生意的。过了一会儿，伊泽尔达才出现。

"多少……"他开口想问。

她却举起手，让他不用再说下去。她的脸色异乎寻常得苍白，忧伤的皱纹也爬上了眼角。

"没有药水了。"她回答道，语调很平淡。从她眼中，他看到了忧虑，还有别的情绪……或许是恐惧。

他停顿了一下，脑海里冒出了许多个争论的理由，但最终却问了一个问题："为什么？"

她看着他说："因为不安全。一瓶药水，或者两瓶，都无关紧要，没有多大意义。但是三瓶……"她停顿了一下，声音变得坚定起来，"太多了。"

她是什么意思？

"我有的是现金，你不该拒绝上门的买卖吧？"他扫了一眼空荡荡的商店，扬起了眉毛，然后拿出一大沓钞票。

"多少钱？"他又问了一遍，随即开始数钱。

她犹豫了一会儿，瞥了一眼他手中的那堆钞票，不禁打了个哆嗦。她闭上眼睛，低下了头，乌黑的长发像窗帘一样垂在脸颊两侧。

"一万。"她低声说道。

他一张一张地点着钞票，任由其像秋天的落叶一样撒在玻璃柜台上，堆成了一小堆。

她把手伸到柜台后面，又拿出一瓶药水。"求求你，不要这么做。"她说着，用瘦削的手指抓住药瓶。

他从她手里夺过瓶子，一把打开，故意嘲讽地摆出个膜拜的姿势举起它，然后一饮而尽。他把药瓶扔到地上打碎，重重地摔门而出，门上的铃铛都震了下来，悄无声息地落在了厚厚的地毯上。

一个月后，他在一家餐馆里看上了一名女子。

第三瓶药水似乎真的让他时来运转。自从最近一次去了伊泽尔达的店后，他不但再没遇到过红灯，而且世界上的人似乎也变少了。他对这个想法嗤之以鼻，这确实很愚蠢，但他的感觉的确如此。如果他晚宴迟到，只要他的车一到，就会有一辆车从离门最近的停车位开走。如果公路发生了堵车，无论他行驶在哪条车道上，都能畅通无阻，完全不受影响。仿佛整个世界都在巧妙地适应他，只为他一人运转。他用餐巾轻轻擦了擦嘴唇，看着盘子里吃剩下的三明治。

他把一张钞票扔在桌子上，站起身来，从眼角瞥见一个女人在看他。但当他转过头来的时候，她却已经转身离开了。他喜欢她肩膀的线条、摇曳的臀部，还有那浑然天成的轻盈体态。这女人与珍妮不同，似乎是个成熟的女人，而不仅仅是个女孩儿。她强健的颈部、美妙的身姿，所有美好的特质结合在一起，造就了一个自信的女人。他不由得窃喜起来。

他现在正处于上升期，像珍妮这样的女孩儿已经无法满足他了。他需要的，是同样有实力的伙伴，一个同他的智力不相上下、社会地位相当、意志坚强、能够包容他的个性的人。他漫不经心地试着跟上她，一路离开了餐厅，走上人行道，但她却已经转过了街角。他慢跑着来到街道尽头，领带随着步调飘动，一眼望去，她已消失在小巷深处的拐角处。他深深地吸了口气，感觉自己闻到了一股淡淡的茉莉花香，但这香气很快就消失了。他耸了耸肩，回了家。

一周后，他又见到了这位女子。当时，他正在给当地的志愿者组织做演讲。他们邀请他以一名成功股票经纪人的身份，做个简短的发言。邀请他的人暗示，他们正在考虑让他加入组织。没错，好像他真愿意加入他们的小小社交俱乐部似的。不过，这里有免费的食物，那又为什么不呢？

演讲结束前，他以一位欲壑难填的客户为例，最后讲了一则颇具讽刺意味的轶事。这时候，她走过酒店会议室敞开的大门，往里面瞥了一眼，又驻足片刻。他立刻抬起头来，就这一转眼的工夫，却还是太迟了，还没看到她的脸，她就又离开了。他知道就是那位女子，那曼妙的身姿和肩膀，毫无疑问就是她了。

他找了个理由，向大家道了歉，然后匆匆赶到门口。他往左边一看，只见她的背影正消失在拐角处。他冲过走廊，毫不在意周围人的目光，在拐角处停了下来。她不见了。但是又一次，他闻到空气中有一股茉莉花的清香。他深吸一口气，仿佛记住她的气味，就能了解她的一些情况。

在接下来的几个星期里，他一次又一次地瞥见她，每次都刚好无法看到她的脸，每次都差一步才能赶上她。城市里来来往往的人群有时会变得熙熙攘攘、分散开来，让他得以瞥见她那雪白强健的脖颈、线条明晰的肩膀、完美紧实的小腿。但很快，人群就会聚拢起来，再次将她淹没。鉴于他最近的好运，一切总能如愿以偿，所以无法与她面对面相见就让他更加难以忍受。他发誓，无论付出多大代价，都一定要找到她。

于是，在一个星期六的早晨，他开车来到市中心，再次走进了那家商店。伊泽尔达在那里，但那只猫还是没在篮子里。她走到柜台前，一脸不屑的样子。

"请听我说,伊泽尔达。"他开口说道,声音中带着一丝歉意。

她举起手来打断他,皮肤苍白却有光泽,"不,我不再欢迎你大驾光临了。我不能再卖你药水了。你已经……"

弗雷德里克低下了头,"请听我说,我很抱歉自己上次的举动,当时确实有些太激动了,我真心向你道歉。"他努力向她露出了一个孩子气的笑容,不出所料,她的眼神开始有所迟疑。他乘胜追击,露出更加热情的微笑,"当初我就应该听你的,三瓶太多了。"

她点点头,很高兴他明白了。"我只是想告诉你,不要试探命运。"她说完,声音变得有气无力的,朝他笑了笑。他思忖片刻,感觉她似乎没那么强硬,于是向前探出身去,想要搞定这笔交易。

"我想问问你,有这么一个女人,我总是看到她,但又总是与她擦肩而过。我想上前介绍自己,但似乎永远无法追上她。你认为,我是不是需要第四瓶……"他话音刚落,她的脸已经变得更加苍白了。

"这女人是谁?给我描述一下她!"

弗雷德里克舔了舔嘴唇,"呃,她看上去十分矫健,一头长长的黑发,似乎总是……触手可及,却又遥不可及。"

伊泽尔达点了点头,坚定地说道:"这女人是个大麻烦。你必须离她远点儿。千万不要接近她。"

"不。"他摇了摇头,"我要见她,哪怕就一秒也好。我一直对她念念不忘,必须得知道她是谁。"他恳求道,"给我第四瓶药水吧,然后我就再也不会回来了。我不在乎要花多少钱!"

但她却摇了摇头,双臂交叉着放在胸前。即便再多的甜言蜜语也没用了,他愤怒又沮丧地离开了商店。突然,他在人行道上停住了脚步,透过窗户往里面看。伊泽尔达以为他已经走远了,便打开抽屉,拿出一瓶药水看了看,又摇了摇头。随后,她把药瓶放了回去,关上抽屉。弗雷德里克看了看店铺的营业时间,然后回到车里。

那天晚上,弗雷德里克把车停在商店门前的路边。他关掉引擎,坐在车里,听着引擎在夜晚的凉风中渐渐熄灭的声音。弗雷德里克戴上手套,打开车门,朝人行道走去,右手还握着撬棍。他向前迈出三大步,走到了商店前门。过了片刻,他把撬棍插进门和门框之间,一用力,木头便嘎吱嘎吱地压碎了，门就开了。弗雷德里克屏住呼吸，等着警报响起，但什么声音也没有。

他走进商店，借着前窗透进来的月光，小心翼翼地穿行于货架之间。这次，肥猫又回到了篮子里，仰着脑袋，一双黄眼睛恶狠狠地盯着他。它站起身来，嘶嘶地叫了一声，脊背上的毛也炸了起来。弗雷德里克走到柜台后面，打开抽屉，取出了药瓶。他回到车里，气喘吁吁地急速驶离这里。在那皮手套的掌心中，玻璃药瓶上反射着归家路上的灯光。

弗雷德里克回到家后，坐在自己房间的床上，凝视着药瓶。他慢慢打开了瓶塞。里面的药剂仍然像水一样，然而这一次，茉莉花的浓烈气味却一涌而出。他不禁皱了皱鼻子，但还是一饮而尽。尝起来仍然跟水一个味道。他感到头晕目眩，倒在床上，不省人事。

第二天早晨醒来时，弗雷德里克注意到茉莉花的香味变得更浓了。开车上班的路上平淡无奇，一如既往地顺畅而高效，这一天也过得飞快。他感到怡然自得。午餐时，他坐在户外咖啡馆人行道上的一张小桌子旁，注视着人群，直到看见她走近。她的头发在面前摇曳不停，遮盖着面庞。他赶紧大口咽下最后一点咖啡，留了张钞票在桌上。

他跨过咖啡店低矮的围栏，跟在她身后，留意着她鞋跟敲击在人行道上的韵律。他的目光慢慢沿着她那强健的脖颈，移动到那光滑白皙的手臂，再移到那瀑布般倾泻过肩头的黑发。他欣赏着她行走时小腿肌肉的收缩变化，高跟鞋使她的双腿显得更加修长，翘臀也随之曼妙地摇曳着。

他跟着她走进一条小巷，很快就要追上她了。他一伸手，终于摸到了她的肩膀。

"女士。"他轻声说道，"我可以和你说句话吗？我一直想见你。"

她转过身来。他倒吸了一口气，情不自禁地后退了一步。他料想着，她那轻盈、有力、迷人的身体一定有一张与之匹配的美丽面孔。然而，事实却大相径庭。她憔悴、凹陷的脸上布满了皱纹，眼睛如同漆黑的水池一般暗淡无光。

"你一直想向我介绍自己，对吧？"她轻声笑了起来，声音有些低沉，"这不是惯常的套路。但无论如何，我都很高兴见到你，弗雷德里克。"

他心中泛起一阵寒意。她怎么会知道他的名字？弗雷德里克又后退了一步。她的脸让他感到恶心——满是皱纹，面如死灰，眼神冰冷呆滞。她看上去怕是有一百万岁。她凝视着他，伸出一根细长弯曲的手指指向了他。

"你见过伊泽尔达？"她撅起嘴，舔了舔嘴唇，"她为我工作。药剂店是我的一个小小甜蜜陷阱，用来寻找……乐趣。它已经冷清了几个世纪。"她走上前，指甲沿着他的领带往上滑动，然后按在了他的喉结上，"但幸运的是，你来得正是时候。我一直渴望着男人的抚摸。"她紧紧握住他的二头肌，兴奋地瑟瑟发抖，"你还挺合适的，是的，真不错！"

弗雷德里克厌恶地往后退，"听着，再等一下，好吗？我真不知道你在说什么！"

"即使你现在不知道，很快也会知道的。"她回答道，就像是捕食者锁定猎物一般微笑着。

"药剂店是你的？"

"早就有人警告过你，不应该随意操纵时间的结构。但你却自作聪明，不是吗？你习惯了世间万物都为你运转，认为自己就应该得到任何想要的东西。"她笑了笑，露出了可怖的牙齿。弗雷德里克吓得喘不上气。她又再次开口说话，语气中满含嘲讽："大多数人的一生都在竭尽所能地远离我，但是你……居然真的来追我了。好吧，我就在这里，弗雷德里克。我的一切都是你的。快来占有我吧。"她张开双臂，期待着他的拥抱。

他摇了摇头，"不，这一定是个误会。我还有会议要参加。很高兴见到你，但我得走了。"

"看看你周围，弗雷德里克！"她严厉的声音把他吓坏了，立马呆呆地站在原地。她挥动着瘦骨嶙峋的手臂，"你知道我们有多孤独吗？这都是你造成的！你买了药水，心甘情愿地喝了。"她举起四根手指，"四次！我根本都用不着引诱你！"她用长长的指甲抚摸着她的黑发，"本来还需要几十年的，弗雷德里克。"她用一个小女孩的声音补充道，"几十年。但现在，你就来找我了，而且还是自愿的！"她拍了拍手，弗雷德里克感到自己的胃里翻江倒海，"现在，俊俏的年轻人，你是我的了！"

弗雷德里克的脸痛苦地扭作一团，转身想要离开。

但那女人用惊人的速度，一把抓住了他夹克的翻领，把他拉近。即使隔着一层衣服，他也能感到她那冰冷的双手散发的阵阵寒意，渐渐麻木了他的胸膛。她把他的脸拉近，吻了上去，嘴唇用力地吸住他的嘴，把他的呼吸吸进了她的体内。

　　他渐渐失去知觉，身体没了力气，膝盖也绵软下来。他心想："再等等，哪怕一秒也好……"但是，再也没有时间了。

Copyright© 2013 by Lou J. Berger

## 祈祷天梯
### THE PRAYER LADDER

［美］玛丽娜·罗斯泰特 Marina J. Lostetter 著

肖承捷 译

纯粹幻想

怀着责任和信念向上攀登，

其余的交给命运。

作者玛丽娜·罗斯泰特，是一位出生于美国俄勒冈州的新人作家。她曾在多家媒体上发表小说和文章。曾入围2013年美国科幻与奇幻"未来作家之星"奖的最终名单。

眼前的梯子不断向上攀升，穿过云层，或许还穿过了太阳。梯子越来越高，一眼望不到头，但我知道它的尽头是天国。

寒风刮过雪山，我缩进驯鹿皮袍里，左边袖子太长，妈妈想让我再多穿两个冬天。而右边的袖子在右手肘断口处缝了起来。

我的脖子上挂着一个包裹，装满了这个村子的祈祷言。几百个小纸卷塞满了粗麻布袋，这些手写祷言非常精致，但却难以辨认。

每过五年，祈祷会被带去天国。

每过五年，一位村民会离开，然后永远不会回来。

现在轮到我了。

我抬起脚搁在梯子的第一根横杠上。我早已经学会用一只手完成别人两只手才能做的事。我知道如何敏捷地攀爬梯子，但是这架梯子……

它是通向永恒的漫漫长路。

这梯子似乎是用又轻巧又柔韧的材料制成的——就像是游商带来的竹子。

同时它又非常坚固，它已经伫立千年，还会再挺立又一个千年。

选择使者的时候，整个村子的人都会聚集在神殿外面的广场上。

牧师会确保所有的门窗都敞开，于是我们都可以看到天选仪式。他给"祈祷神像"戴上花环，在丰腴的金色神像周围撒上种子，然后抚摸神像的肚子，在它耳边轻声细语。过一会儿，神像张开嘴巴。牧师会把手探进去，然后取出一小片羊皮纸，上面烙印着使者的名字。上帝选择使者，而牧师负责取出使者的名字。

今年，那张羊皮纸上印着我的名字。

"不！"妈妈哭着说，"这一定出了差错。达米安不能去。求你了！"

和以往不同，这次上帝选择了一个孩子。

即使我只有十三岁，我也差不多算是个成人了。但通常上帝会选择更年长一些的，那些行将就木的村民。

妈妈推开人群走进了神殿。她冲到牧师身边，踏进了牧师周围不容侵入的神圣空间，然后请求他重新再选一次。

"你不能把只有一只手的小孩儿送去。"有人说。

"对，"另一个人表示同意，"万一他跌倒了呢？我们的祈祷送不到天国怎么办？"

"神已经说出了他的旨意。"牧师庄严地说。他冷酷的黑眼珠盯着母亲，毫无感情。他已经完成了自己的工作，而她应该感恩。她的孩子被赐予了无上的荣耀。

我走上祭坛，在牧师旁边站定。这里充满了常青树的气味和供品焚烧的焦味。"我可以做到。"我说，对妈妈的抽泣视而不见。

当我们离开神殿时，她避开了我的视线。

我在往上爬。冰蓝色的凝霜鸟在我的下方翱翔——这些温顺的鸟儿，翼展是成年男子身高的五倍，但云层还在我的上方。我用右手臂的残肢使劲把身体往上推，然后我的左手向上抓梯子的横杆，我就这样努力向上爬。

包裹系得很紧，我不会丢失任何一个祷告。

只有一半的祈祷会被应允。每次都是正好一半。通常是好的愿望，且所求甚微。比如，祈求丰收或祈求旅途平安的人们通常会得到护佑。只有少数时候，神才会应允重大的祷告。

在我还小的时候，母亲许过一次重大的祷告。我本来就要死了，可怕的高烧和红疹折磨着我，好像有什么可怕的东西正从内部噬咬我。妈妈祈祷上帝让我活下来。然后我真的活了下来，只是没了右手。

今天早上，选择使者的仪式结束后，我们一起写祷文。妈妈把施加过祝福的羊皮纸和墨水拿出来，然后我们一起在家里的餐桌旁坐下。

我问妈妈她祈求什么，她不愿意说。我告诉了她我的祈祷，妈妈听完又忍不住哭了起来。

我感到我的肩膀很有力，双腿没有一丝倦意，而且，我现在已经爬到了梯子的顶端。

我的上方有一扇活板门，只能靠它窄窄的方形轮廓和一只银色把手勉强辨认出来。我用梯子的横杠固定好自己，然后敲了敲天空。

门打开的一瞬间，白光明亮夺目。一只纤细的银色手臂伸出来，对着包裹指了指。

我摇摇晃晃地把包裹拉起来，举过头顶，它逐渐消失在白光里，然后，那只手向我伸过来。我就要像过去所有的信使一样，升入天堂了。

但当我努力去够那只手的时候，我失去了平衡。我的手指堪堪擦过银色的手，随即向后倒去。

我在向下坠落。耳边是呼呼的风声，地面离我越来越近。

向下。

向下。

当我穿过一片云层的时候，我突然意识到妈妈向神祈求什么了。她祈求我可以回去！

不会的，她不能这样向神祈求。但是，这或许意味着我们俩的祈祷都会被应允，而现在也并不是结局。我在心里再次说出了我的祈祷：请让我的母亲幸福快乐。

这时，我的右手肘生出一阵尖锐的刺痛。一只银色的、轻灵的前臂从我的袖口钻出来。即使厚厚的外袍也不能阻止一只神赐之手的新生。

但是，现在给我一条手臂又有什么用呢？为什么等到现在才给我？这么多年了，我好不容易习惯少了一只手的生活。

下方，冰蓝色的凝霜鸟群绕着圈盘旋，它们的羽翼在夕阳的余晖中闪闪发光。

我现在需要的不是手，我需要的是翅膀。

神赐予的手臂在我的意愿下变形。一只巨大的凝霜鸟翅伸展出来。但是，只有一侧的翅膀发挥不了作用。

我握紧左手。这是一只好手，多年来勤勤恳恳地完成了两只手的工作。但我现在需要的是别的东西。

变，我命令它。

变。

变！

一片银光裹住了我的左手，然后一只巨大的翅膀飞快地从光芒中长出来。

张开双翅，我乘着风翱翔。风会载我回家，一路回到妈妈的身旁。

Copyright© 2013 by Marina J. Lostetter

## 黑暗宇宙 03
*DARK UNIVERSE 03*

[美] 丹尼尔·F. 伽卢耶 Daniel F. Galouye 著
华 龙 译

长篇连载

  在一片漆黑的地底世界，幸存着一小支人类的后裔，他们在地下生活得太久太久，忘却了文明，忘却了太阳，以至于光明成了一种信仰，成为人们心中上帝般的存在。主人公贾里德刚刚成年，却发愿将终其一生去探寻光明和黑暗的本质。一边是毕生的追求，一边是他不得不肩负的责任，他将何去何从？他有能力解救笼罩在恶魔辐射阴影下的他的人民吗？本辑请继续欣赏这篇小说的最后一部分：第十二至十七章。

## 第十二章

地下河的激流冲得贾里德左右乱撞,最后把他卷到了河底。他在凹凸不平的河床上撞了几下,又被卷了上来。贾里德感觉自己的肺都要炸裂了,想要探头吸口气,却在水里撞到了隧洞的顶部。不过,他始终拼尽全力抓着黛拉的头发。

姑娘一次又一次被冲得撞在他身上,而他则努力压抑着胸中的恐惧,害怕这河水永远都在无尽的岩石中奔流,再也不会流到空气充沛的世界。

等到他再也憋不住气了,一探头,他的脑袋又碰到了顶部的岩石。在一处岩架下面滑过,紧接着噗的一声,浮出了水面。他连忙把姑娘拉到身边,大口大口呼吸起来。感知到近处的河岸,他赶紧扒住露出水面的岩石,倚着它稳住身子,将姑娘推上岸去。听到她仍在呼吸,他这才放心地爬上岸,一下子瘫倒在她的身边。

时间仿佛过了好几个孕育期,随着剧烈的心跳渐渐平缓下来,他逐渐意识到附近有一处瀑布震耳欲聋。这声响和它回声的距离勾勒出一个宽广而高大的穹顶世界。他察觉到瀑布声中隐隐还透出一些其他的声音,不由心中一惊——远远传来吗哪果壳的碰撞声、岩石撞击的砰砰声、绵羊的咩咩声、许多人声,诸般声响飘忽不定。

他有些头晕脑涨,从鼻子里又擤出一些水。他站起身来,丢出一块小石头,听着它朝着远离瀑布的方向一路嗒嗒作响滚下了一道斜坡。然后他捕捉到了一股浓烈的、确定无疑的气味,他一挺身坐了起来,又警觉又兴奋。

"贾里德!"姑娘在他身边也站了起来,"我们到炁刺者世界了!炁刺一下吧!就跟我想象中的一模一样!"

他仔细听了听,但是瀑布落水的浑浊声音映出的声影凌乱而模糊。不过他能听到,就在他左边,有吗哪种植园柔软的、纤维状的音调,右侧远处有一个洞口通向走廊。他分辨出声影里有许多古怪的、各自独立的形状分布在这个世界的中央。排列成行，每个都像是一个方块，在侧面有长方形的洞口。他认出那是什么了——模仿原始世界里那些东西建造的生活洞室，可能是用吗哪枝干捆在一起建造起来的。

黛拉动身向前走去，因为兴奋和急切，她的心跳不断加速，"这世界真漂亮，不是吗？能凥刾那些凥刾者——那么多人！"

他全然感受不到姑娘心中的那份激动，他跟着她下了坡，借着瀑布的回声感知着这片地方。

这确实是一个奇怪的世界。此时此刻，他已经竭尽全力探查到了众多凥刾者劳作、玩耍所产生的声影，还有不少人扛着土石去堆在主入口那里。但是没有中央投声器那令人心安的声音，所有那些活动都模糊不清，让他周围这个世界里的一切都显得那么诡异、可怕。

不止于此，他还非常非常失望。他曾希望，随着步入凥刾者的国度，他苦苦追寻的那种差异就会跃然而出。噢，一切都会简单明了！凥刾者有眼睛，而且使用眼睛，他们真真切切地影响着无处不在的黑暗，在黑暗上咬出了洞——就像是人耳听得到的声音在寂静中咬出了洞一样。而且，只需要找出这里缺失了什么，他便能确定黑暗到底是什么了。

但他听不到任何不寻常的声音。很多人正在下边那里凥刾。这里的每一件事物都跟其他世界里的别无二致，除了没有投声器，除了无处不在的刺鼻的凥刾者气味。

黛拉加快了脚步，但他拉住了她，"我们可别吓他们一跳。"

"没什么可担心的。我们俩都是凥刾者。"

到了距离居住区足够近的地方，借着各种活动的回音产生的声影，他跟着姑娘绕过种植园，经过了一排牲口围栏。最终，当他们走到距离最近的一间形状规则的住处时，一群在这里干活的人发现了他们。贾里德听到这群人一惊之下陷入了寂静，许多脑袋警觉地转向了他的方向。

"我们是凥刾者。"黛拉自信满满地说道，"我们来这里是因为我们属于这里。"

那些人默不作声地从四面八方走上前来，将他们围拢在中间。

"摩根！"其中一人喊叫起来，"过来——快点！"

几个凥刾者冲上前来，抓住贾里德的胳膊牢牢地扭在他身体两侧。他听到黛拉也受到了同样的待遇。

"我们没有武器！"他抗议道。

这时候更多的人聚集过来，他暗中感激周围乱糟糟的说话声——没有投声器，是这些说话声让他对周遭一切有了更细致的了解。

两张面孔凑到了他面前，他听到他们的眼睛大睁，一眨不眨。于是，他也让自己的眼皮完全撑开，同样一眨不眨。

"这姑娘正在炁刺。"他左边有人很确定地说。

突然有一只手伸出在他面前扇了扇风，他的眼皮忍不住颤动了几下。

"我看这个也是。"那只手的主人证实道，"至少他的眼睛是睁开的。"

贾里德和黛拉被推推搡搡走在一排排居室中间，无数炁刺者幸存者从四面八方聚拢过来。贾里德借助熙熙攘攘的人声及其回音，捕捉到一个魁梧高大的身形穿过人群。随即他认出那人就是摩根，炁刺者的首领。

"谁让他们进来的？"摩根问道。

"他们不是从入口来的。"有人答道。

"他们说他们是炁刺者。"另一人又说。

摩根问："他们是吗？"

"他俩都睁着眼睛。"

首领的声音自上而下笼罩了贾里德，"你来这里干什么？你怎么到这里来的？"

黛拉抢先回答道："这里就是我们的归属。"

"我们被恶灵蝙蝠攻击了，就在那边岩壁的另一侧。"贾里德解释说，"我们跳进河里躲避，然后就被冲到了这里。"

摩根的声音不那么严厉了，"你们肯定度过了一段辐射不如的时光。我是唯一一个从那条路进来的人。"然后他自负地说，"来回往返过几次。你们在外面是为了做什么？"

"寻找这个世界啊。"黛拉答道，"我们俩都是炁刺者。"

"胡扯！"摩根吼了回去，"只有一个源发性的炁刺者。我们全都是他的子嗣。你们不是。你们是从某个层级世界来的。"

"不错。"她承认道，"但我父亲是炁刺者——内森·布拉德利。"

围观的幸存者中有人紧张地吸了口气，迈步向前。一位上了岁数的男人发出焦急而沉重的喘息声。

"内森！"他叫起来，"我的儿子！"

但有人拉住了他。

"内森·布拉德利？"贾里德左边的人疑惑地重复着。

"当然了，"另一个人说，"你听说过他的。一辈子都游走在这些通道里——最后他失踪了。"

然后，贾里德听到摩根暴躁的声音又向他压迫过来："那你呢？"

"他是另一个源发性氽刺者。"黛拉说道。

首领破口骂道："我还是恶灵蝙蝠的叔叔呢！"

贾里德的自信心又一次动摇起来，担心自己没那个本事假扮成氽刺者。脑筋一转，他想出了一些自己觉得挺有说服力的理由，"也许我并不是源发性氽刺者。你们之中总有一些人一次又一次撇下你们的世界出走，后果便是生下许多庶子，有内森，有艾丝泰尔……"

"艾丝泰尔！"一个女人惊叫起来，推开众人走上前来，"你知不知道我女儿怎么了？"

"她头一次出走的时候，就是我把她送回给你们的，当时我在主通道附近氽刺到了她。"

那女人一把抓住他的胳膊，他几乎能感觉到她的眼睛带来的压力。"她在哪里？她出什么事了？"

"她去到底层世界是为了听……氽刺我。也就是因此，所有人都发现了我是个氽刺者。从那之后我就再也没法留在那里了。"

"我的孩子呢？"女人问道。

他有些不忍心，但还是将艾丝泰尔的事情讲了一遍。刹那间一片沉默笼罩了这个世界，那位女幸存者啼哭起来，有人带着她走开了。

"你们就这样从岩石下面游进来了。"摩根沉思着说，"很幸运，你们没在这头落下瀑布。"

"那我们能留下了？"贾里德满怀希望地问道，尽力让自己的眼睛死死对着对方，就像摩根对着自己那样。

"先留下吧。"

在随之而来的一阵寂静里，贾里德察觉到氽刺者首领发生了微妙的变化。由于某种原因，摩根无意识地屏住了呼吸，他的心跳微微有些加速。贾里德集中精神探查着，甚至察觉到了更加细微的变化，一个人若是身体出现那种紧张感,准是他心里在耍什么小心思。然后他捕捉到一丝动静,摩根的手几乎是无声无息地慢慢抬起,举到他的面前。他不时咳嗽几下,借着回声觉察出那只鬼鬼祟祟的手是在等着被握住。

他没有犹豫,伸手向前一把握住,问道:"你是不是觉得我没有炁剌到?"随即大笑起来。

"我们必须得小心些。"摩根说,"我炁剌过有些层级世界人的听力十分出众,很容易被误认为我们的一员。"

"如果我们不是炁剌者,那我们来这里干什么?"

"我不知道。但是我们不会抱任何侥幸——有那些怪物在通道里横行,就绝不能心存侥幸。现在,我们甚至都开始封死入口了,免得被它们发现。不过要是它们发现那边还有别的路能进来的话,这些措施又有什么用呢?——那条路可封不死。"

摩根走在贾里德和姑娘之间,带着他们一路走下去,"我们得盯着你们,直到确定能信任你们。另外,我知道在那些石头下面游那么久是什么感觉,所以,得让你们好好休息休息。"

他们被带到两间毗邻的居室——贾里德听到一个炁剌者把它叫作"棚屋"——他们被带进了长方形的洞室里。每一间都有卫兵在外面把守。

贾里德在这间围拢的区域里惴惴不安地站着,他故意大声清了清喉咙。回音将细节勾勒出来,与他所熟知的那些居所洞室全然不同。这里,每一件事物都随形就势做成长方形。有一张用餐台,极为平整的台面是用果壳的外皮纤维紧密编织而成的,绷在吗哪枝条做成的支架上。他漫不经心地把手放在上面,顺着编织的线条抚摸着。他摸到有四根枝干做成支腿将台面高高支起。

他打了个哈欠,假装像是疲惫不堪的样子——可能有人在暗中听着或是炁剌着——顺势借着反射的声音探查了一圈。在用餐台旁边摆放着同样结构的凳子。睡铺也是同样风格的东西,纤巧的结构由四条腿支撑着。

然后他猛地停住,但尽力不露声色,他发现自己正被人听着——他不住提醒自己,应该是被炁剌着。右墙上有一个上下开合的开口,就在睡铺那边。透过那个开口他捕捉到有呼吸的声音,特意压得很低来隐藏行迹。有人正站在外面炁剌他的一举一动。

太好了。最安全的行为就是尽可能少地到处走动,这样就能减少暴露自己的可能。

他又大声打了个哈欠,找准了睡铺的位置。然后他过去一头倒在了铺上。他们不是以为他筋疲力尽了吗?那为何不筋疲力尽呢?

舒舒服服躺在软软的吗哪织物床垫上,他这才意识到地下河里的那番潜游真是要命。没过多一会儿,他就睡着了。

一声接一声的尖叫惊扰了他的睡梦,紧接着他意识到那是无声的影像。

莉亚!

他强迫自己留在梦里,奋力与仁慈女幸存者进行更深的联系。但是那飘忽不定的联系只传递来了实质性的绝望与恐惧。他尽力朝着仁慈女幸存者靠了过去,多多少少将他们之间的纽带收紧了一些。

"怪物!怪物!怪物!"她一遍又一遍抽泣着。

透过她的痛苦,他感觉到她的眼皮紧紧闭合着,这使得她耳内组织受到巨大的压力,发出阵阵轰鸣。强壮而有力的手抓着她的手臂将她左拖右拽。一根尖锐的东西狠狠刺进她的肩膀,它们那种怪异的、让人恐惧的气味令她窒息,而他感同身受。

然后他感觉到有手指在上下用力按压她的眼睛,使劲地掰开了她的眼皮。

刹那间,仿佛充斥着所有辐射的尖叫声透过那女人的意识刺入了他的内心。他认出那是寂静之声那种震耳的轰鸣,与怪物投射在走廊墙壁上的那种东西相差无几。只是它现在直击莉亚的眼睛,威力无匹。他担心那个女人会被逼疯。

随着这刺激强烈的感官意识,他从梦魇中一惊而起,而他知道那根本不是噩梦。

他通过仁慈女幸存者的眼睛所听到的不可能是别的,只能是辐射本身发出的核烈火。那就像是他跨越了物质存在的界限,跨越了无限遥远的空间,与她共同体验了一把核子妖魔施加在她身上的折磨。

他浑身哆嗦,一动不动躺在睡铺上,这非梦的体验带来的回味让他心中阵阵绞痛。

莉亚——离去了。

她的世界空了。

走廊里到处都是人形的怪物，它们投射出刺耳的、蔑视一切的寂静之声。那些残忍的生物将受害者麻醉，然后带到……哪里去？

一个炁刺者进来了，在餐台上放下一个盛着食物的果壳，什么都没说就离开了。贾里德过去端起配给的口粮。但他毫无食欲，他的内心已经被懊悔之情淹没了。他意识到，就在他顽固地追寻黑暗与光明的时候，由于他的所作所为，他所熟悉的众世界已经彻底灭亡了。

变化已成定局，变化的步调愈加疯狂而残暴。一个可怕的念头冒了出来：一切都不会、也不可能再和以前一样了。显然，那种穿着宽松而怪异衣物的怪物已经向所有的世界、所有的通道发出了挑战，现在正坚定不移地去继续征服。他同样也很确定，热泉干涸和不断降低的水位就是他们处心积虑的阴谋的一部分。

而这一切发生的时候，他却在虚度时光，去操心那些无足轻重的东西，去追寻那渴望光明的信仰。他让实实在在有意义的东西从手中溜走，却在一条没有尽头的走廊里追逐虚无缥缈的清风。

如果他不那么做，而是把两层世界联合起来，为了生存去斗争，事情可能就会不同了。甚至有希望将世界恢复到从前那种寻常的生存模式，还有黛拉做他的联姻伴侣。也许他甚至都不会发现她是……异类。

可现在太晚了。他如今几乎就是一个囚徒，他曾经希望目前囚禁着他的这个世界能为他提供一些至关重要的线索，让他对于光明的探索不再那么不着边际。可现在，那些怪物已经完全统治了走廊系统，他和炁刺者都成了它们手中无助的猎物。

他把食物推到一边，手指抓进了头发里。外面，这个世界生机勃勃，活动时段的声音此起彼伏——有人在大声地谈话，孩子们在玩耍，更远的地方是岩石堆垒的声音，劳力们在继续封堵入口。百无聊赖之际，他注意到一件事情，垒石头的声音是很好的回音声源。

但是，负罪感带来的绝望让他更直接地领悟到了一件事：在这里他没有发现任何独特的事物——他对于黑暗和光明的探索即便扩展到这个世界，也一无所获。

在距离更近的声响中，他辨出黛拉的声音从隔壁棚屋传来。说话声很开心，很兴奋，快活地从一个话题转到另一个话题，她的声音不时被其他几个女人的声音干扰着。从谈话的只言片语中,他了解到她没用多少时间就找到了所有的炁刺者亲戚。

隔帘一掀,摩根站在了入口处。他粗壮的身形只由背景声勾勒出来,蛮横地打破了棚屋里的寂静。

炁刺者首领点头示意说:"是时候确定你究竟是不是我们中的一员了。"

贾里德假装若无其事地耸耸肩,跟着他出去了。

摩根顺着一排居室领路先行,还有不少炁刺者跟在他们身后。

他们到了一片空地,首领停下脚步,"我们要来一场小小的决斗,就你和我。"

贾里德不明所以地皱起眉头,仰头听着对方。

"要检验你是不是真的能炁刺,这是最保险的方法。你同意吗?"摩根说着,伸出双手。

贾里德听出那是两只巨手,与对方的身材比起来显得大得出奇。"我看行。"他同意了,带着一丝无奈。

一条人影冲出人群朝他走过来,他认出是黛拉,急促的呼吸声流露出她的关切。但有人抓住她的胳膊把她拉了回去。

"准备好了?"摩根问道。

贾里德打起精神,说:"好了。"

但炁刺者首领显然没准备好——至少目前还没。

"好了,奥尔森。"他转向入口处,朝还在劳作的人群喊了一声,"我想要那边全都静下来。"

然后他转向周围众人,"不许有人出声——明白吗?"

贾里德掩藏住心中的绝望,挖苦道:"你忘了我还能闻味儿呢。"他心存感激地意识到摩根忘记了瀑布的声音,感谢光明,那可没法静下来。

对方笑起来,"哦,我们还没准备完呢。"

有几个炁刺者抓住了贾里德的手臂,同时又有一个人抓住了他的头发,把他的头向后拉得仰起。然后用几团粗糙的、湿乎乎的东西塞进了他的耳朵,堵住了他的鼻孔——泥巴!

刹那间,他落入了没有气味、没有声音的虚无之境,不由自主地伸手向脸上摸去。但不等他从耳朵里挖出泥团,摩根走上前来,用发力的手臂死死卡住了他的脖子。他只觉得身子一紧,双脚便离了地,随即又被重重摔在地上。

没有声音、没有气味引导他，他失去了方向感，他纵身跃起挥出一拳，却什么都没打中，反而让他再度失去了平衡。

他模模糊糊听到一阵大笑透过泥巴传入耳中。但是这声音太朦胧了，根本映不出摩根的声影。贾里德挥舞着拳头踉踉跄跄往前走，兜着圈子——最后炁剌者首领在他后颈上猛击一下，又把他打倒在地。

这次他想要爬起来的时候，一只拳头砸在他脸上，几乎砸掉了他的脑袋。若不是这一下就让他彻底失去了知觉，连他自己都确信，要是下一拳再真的打来，准会打掉他的脑袋。

冰冷刺骨的水泼在脸上，他惊醒过来，用一只胳膊肘支起了身子。一只耳朵里的泥巴已经掉了，他听到人们围成一圈，正气势汹汹地炁剌着他。

人群中传来摩根和黛拉的声音："我当然知道他不是炁剌者。"

姑娘正在争辩。

摩根怒火冲天地说："可你还是把他带到了这里。"

"是他带我来的。"她轻蔑地大笑起来，"我自己可做不到。我唯一的办法就是让他认为我相信他也是炁剌者。"

"在此之前你为什么不说实话？"

"好在你收拾他之前让他有机会来找我麻烦？反正我知道你自己有本事发现真相的。"

贾里德昏昏沉沉地摇了摇头，想起了关于这姑娘莉亚对他的警告，还有他自己心中时不时产生的怀疑。如果他能把眼界放远一点，也许他早能听出她一直都是在利用他，只是为了让他一路护送她寻找炁剌者世界。

他努力想站起来，但有人在他肩头踹了一脚，又让他倒在地上。

"他来这里干什么？"摩根问姑娘。

"我不是很清楚。他在追寻一些东西，他觉得在这里可能会找到。"

"什么东西？"

"黑暗。"

摩根过去一把将贾里德拎了起来，"你到这里干什么？"

贾里德闭口不答。

"你是不是要找到这个世界，然后带人袭击这里？"

没有回答。于是首领又说："或者说，你是在帮助怪物寻找我们的位置？"

贾里德仍然一声不吭。

"我们要让你好好考虑考虑。你应该明白，坦白交代对你有好处。"

然而贾里德觉得，自己不会得到宽恕。尽管他还活着，但他们永远都会担心他逃走，疑心他会去干些秘而不宣的勾当。

他被人用绳子捆了起来，带到这个世界的另一头，推进一间小居室，距离咆哮的瀑布不太远。这间棚屋很狭小，墙壁上的洞口都装着用吗哪植物枝干做的隔栅，结结实实。

## 第十三章

在被关押的第一个时段里，贾里德有好几次想要逃跑。他听得出，冲出吗哪棚屋其实不难——如果他能挣脱双手的话。可他的手腕绑得很结实。

但是，逃出去……干吗？主入口已经由劳作的人们封死了，还竖起重重障碍，另一条路要面对的则是地下河的激流，逃出棚屋毫无意义。

要是换个处境，他也许巴不得早点脱身呢。但是，厷刺者世界的领地外面只有遍布着怪物的走廊。更有甚者，其他世界显然都已经被那种恶毒的生物劫掠一空。唯一能够激励他的动力——希望和黛拉一起找到一个隐秘的、自给自足的定居地，可就连这点儿向往，也随着那个姑娘的背弃成了泡影。

第二个时段，他站在棚屋侧墙装着隔栅的洞口前听着劳作的人群，他们正在对主入口的封闭工作进行收尾。然后，他绝望地靠在墙上，任凭身边瀑布的咆哮声将自己淹没。

自责之下，他不断思索，到底是什么让他认为自己能在这个可悲的世界里找到光明。他曾经设想过，既然厷刺者不依靠听觉就能知道前面有什么，他们的那种力量大概与光明无上士出现时，所有人类所能发挥出的力量是一样的。而且他愚蠢地认为，这种能力在发挥作用时，会造成黑暗的缺失。但是他忽略了一种可能性：黑暗的缺失可能是只有厷刺者本身才能识别出来的，而由于感官的局限性，他自己永远也不可能识别得出。

对于光明－黑暗－厷刺者之间关系的猜想让他一筹莫展，他躺在睡铺上翻来覆去。他努力不让黛拉溜进自己的思绪，但徒劳无益。然后，仿佛突然间茅塞顿开一般，尽管百般不情愿，他却不得不承认，她所做的一切——要着花招让他把她带到这里——只不过是厷刺者奸诈的本性使然。另一方面，现在莉亚永远不会再……

想到仁慈女幸存者，他又不由地担心起她来。没准儿她现在正努力从辐射深处与自己联络呢，可如果他不睡觉，他就永远不会知道。

这个时段剩下的时间里，除了他们给他送来食物的时候，他一直都躺在睡铺上，希望莉亚能再来。但她没有。

到了被关押的第三个时段就要过去的时候，他察觉到棚屋外出现了一阵急促的脚步声——微弱，离他不远，透过瀑布的水声正好能听到。然后他嗅到了黛拉的气味，她向前一跃贴在了外墙上。

"贾里德！"她焦急地低声叫道。

"走开。"

"可我想帮你！"

"你已经帮的够多了。"

"动动你的脑子！要是我在摩根面前不那么做，我现在怎么能轻而易举到这里来？"

他听到她在坚硬的隔栅上摸索着绳扣。"我猜你是一直等到现在才找到机会放我走。"

"当然了。一直到现在才有机会——刚才炁刺者们被外面走廊里的声音引开了。"

最后一根绳子解开了，吗哪枝干做成的坚固隔栅向外拉开，黛拉闪身进来。

"还是回到你的炁刺者朋友那里去吧。"他抱怨着。

"光明啊，你真是个死脑筋！"她取出一把锯齿骨刀开始割他的绑绳，"你能不能从那条河游回去？"

"那样的处境跟现在又有什么差别？"

"可以回到层级世界去啊。"

他的手腕松开了，"我担心还有没有层级世界幸存下来能让我回去，就算他们认为我不是炁刺者。"

"那还有一个与世隔绝的世界呢。"她顽固地又说了一遍，"你能游过那条河吗？"

"我想还行。"

"好的，那么……咱们走吧。"她往棚屋外走去。

但他站住了，"你是说你也走？"

"没有你的话,你觉得我还能留在这里吗?"

"但这是你的世界啊!这里是你的归属!不管怎样,我连炁刺者都不是。"

她气恼地哼了一声,"听着……起初我的确冲昏了头,以为找到了一个跟自己一样的人。可一路上,我也一直都在纠结,如果你不是炁刺者,事情会有怎样的不同。而一直到了那个时候,就是你倒在地上,摩根居高临下审视你的时候,我才终于明白,就算你不能听、不能闻、没有了味觉,对我来说,这一切都无所谓。现在我们能上路了吗?去找那个隐秘的世界。"

不等他再说什么,她朝着那道坡的方向推了他一把,上去就能到达瀑布上游了。这时,贾里德感觉到一团恐惧的气氛笼罩着炁刺者世界。远处的居住区里在一片浓重的寂静里。借着激荡的水流带来的模糊不清的回声,他感觉到一群炁刺者正从设置了障碍的入口处忧心忡忡地往回退。

爬坡爬到半截,他猛地停住了,有一缕气味自上而下飘过他的鼻端。他心中闪过一丝绝望,拾起几颗小石子,握在手心里叩了几下。在清晰的响声中,他听到摩根就等在坡顶上。

"我猜你们是打算逃出去,告诉怪物怎么进来。"他充满威胁地说。

贾里德快速而精准地叩了叩石头,炁刺者的声影已然居高临下扑来。

但就在这时,突然传来一声震天动地的巨响。与此同时,一股巨大而狂暴的寂静之声轰鸣起来,已经堵死的入口旁边出现了一个缺口,那团寂静之声从这个缺口刺入了炁刺者的领地。紧接着,重新打开的隧道口里喷吐出一股锥形的、残忍的寂静之声,下方的每一个人都尖叫起来,四散奔逃。

贾里德攀上坡顶,用力拖着黛拉。摩根一阵眩晕,跟着他们一起退走。

"光明啊!无上士!"炁刺者首领高叫着,"该死的辐射到底发生什么了?"

"我从未炁刺过任何像是这样的东西!"黛拉尖叫着,惊恐不已。

一种压迫的、疼痛的感觉折磨着贾里德的眼睛,混沌了他对整个世界的声音感知,却又在一定程度上让他听得更清楚了。嘈杂声反射不断,大致映出了对面岩壁缺口那一带的声影。然而同样是借助那面岩壁,他发现寂静之声投射到的地方,墙面上的每一处细节都纤毫毕现,就如同他用手摸在上面一样清晰。

突然之间,那面岩壁消失在了相对的寂静之中,他努力将这个变化与另一种现象联系起来——那种狂暴的音锥已然转移开去，晃动着扫到另一片声影了。现在，他似乎感觉到了居住区中央每一间棚屋的存在，它们的大小以及形状。那种暴烈的、刺耳的寂静触在耳力所及的每一件事物上，然后又极为残忍地喷射进他的感观意识之中。

他双手用力捂在脸上，发现立刻轻松了下来，同时他听到怪物从通道里蜂拥而入。随着它们一起进来的，是那种熟悉的嗤嗤声。

"别害怕！"有一个生物大声喊叫着。

"往这边投射一些光！"另一个喊道。

这话在贾里德心里激荡起来。它们这是什么意思？光明真的在帮助这些邪恶的东西？怎么可能有人能投射光明？他曾有过大胆的设想，这些生物在通道里投在身前的东西可能是某种光明。但当时他立刻就否定了这种可能，就像现在，他又一次强迫自己推翻这种想法。

他不由自主地睁开了眼，却当即待在了那里，一个新的困惑纠缠住了他。有那么一刻，他几乎能察觉到某种缺失的东西——就像他曾有一次所想象的，他的手指已经触摸到了他一直在探求的那种缺失之物。现在，那种信念更坚定了，在妖魔进入炁刺者世界之后，这里的确有某种东西缺失了一些。

"小心怪物！"摩根叫道，"它们上来了！"

黛拉惊叫起来，她的声音反射回的声影显示出有三个怪物正朝着坡上跑来。

"贾里德！"她拉住他的胳膊，"咱们赶紧……"

嗤嗤嗤。

不等他抓住她，她便一头栽倒，顺着斜坡滚落下去。贾里德一阵暴怒，跟着往下冲去。但是摩根把他拉了回来，说："我们现在帮不上她了。"

"我们能的，只要能赶在她被……"

但是炁刺者首领将他一把拎起来用力一甩，丢进了河里，紧接着自己也跳了下去。

不等贾里德开口争辩，摩根便拉着他潜入水中，开始了令人绝望的逆流潜游。贾里德倔强地想要挣脱对方的手，但是对方强有力的抓握再加上溺水的威胁让他的挣扎缓了下来，他无能为力了，只能任由自己无助地被拖拽着潜游。

在地下河里游到一半时，水流突然使他撞到一块岩石上，他拼尽全力憋在肺里的空气一股脑全吐了出来。摩根一个猛子扎到底下，贾里德拼命地憋住气。最终他实在憋不住了，一大口水灌进了气管。

随着炁刺者宽大的手掌在他腰背上有节奏地挤压，他苏醒了过来。一阵干呕、咳嗽，呕出了一股还带着体温的水。

摩根停止了心肺按压，扶着他坐起来。"看来我错怪你了，你不是给那些东西探路的。"他十分抱歉地说。

"黛拉！"贾里德一边咳嗽一边叫喊起来，"我要回到那边去！"

"太晚了。那地方已经满是怪物了。"

贾里德心急如焚，找寻着河水。但他在身边听不到任何水声。"我们在哪儿？"他问道。

"在一条小通道里。把你拉上岸之后，有恶灵蝙蝠攻击我们，我不得不扛起你就跑。"

仔细辨认着这些话语的回音，贾里德摸清了这条隧道的细节，隧道的墙壁在他们身后不远处收窄了，前方则越来越宽。后面正传来被阻挡住的恶灵蝙蝠连声狂躁的号叫。

"我们不能前往主通道了，是吧？"他失望地说。

"得走反方向。不然就得赤手空拳打跑恶灵蝙蝠。"

贾里德起身站起来，靠着墙稳住身体。在更宽敞的通道里还是有机会追上那些怪物的，不过恶灵蝙蝠挡了他们的路。他郁郁地说："这条隧道通到哪里？"

"从没走过这条路。"

意识到自己别无选择，贾里德循着他们说话的回音顺走廊走了下去。

过了些时候，脚下又绊了一次，他这才回过神来，为什么自己在一条无声无息的通道里瞎摸，却不用叩石？他在地上摸索到了两块合手的小石头，然后叩响石头继续前行。

过了一会儿，摩根说："你用这东西听得很明白，是吗？"

"恐怕是的。"然后贾里德意识到自己根本没必要如此粗鲁，唯一让他恼怒的只是这个炁刺者不让他去找黛拉——而那显然是做不到的。

"我用这种东西很有经验。"他更为友好地加了一句。

"我猜这种东西对于那些不能炁刺的人很管用。"摩根无所顾忌地说，"但这声音怕是会让我发疯。"

他们默默地走了一段。距离炁刺者的领地越来越远，那个绝望的念头再次压上贾里德的心头，他可能再也听不到黛拉了。他终于明白了，他早就应该跟她一起在一个与世隔绝的世界里安居下来，至于她是否比他高一筹，那无关紧要——两人厮守终生比什么都好。

但是现在她不在了。最致命的是——他的宇宙观又有一部分瓦解了。他责怪自己，没有体会到她对他是多么的重要，都是他那种不正常的价值观刺激着他，沉迷于对光明和黑暗进行丧心病狂的探究，因而无视了一切其他的东西。他暗自发誓，他唯一的目标就是找到她，哪怕这会将他带进辐射的热核深渊。如果他不能将她从怪物手中夺回来，那辐射就是他应受的惩罚。

他们越过了地上一道窄窄的裂口，炁刺者首领赶到他身边，"黛拉说你在追寻光明与黑暗。"

贾里德厉声说道："忘了这事儿吧。"他决意忘记此事。

"但是我很有兴趣。如果你是一个炁刺者，那我肯定早就会跟你谈论这些。"

贾里德有些好奇，问道："什么事？"

"我也不怎么相信那些传说故事。我一直以为，所谓伟大的光明无上士，只不过是对于某种寻常事物所做的毫无必要的赞美。"

"你这么想？"

"我甚至都认定了光明到底是什么。"

贾里德停下脚步，"是什么？"

"暖意。"

"怎么讲？"

"暖意在我们身边无处不在，对吧？更强的暖意我们称之为'热'；更少的暖意就是'冷'。一件事物越暖，在炁刺者眼睛里，它就会生成更强烈的影像。"

贾里德若有所思地点点头，"就是这个能让你们不用触摸、不用听、不用嗅，也能了解周围的事物。"

摩根耸耸肩，"传说里讲的光明就是这么回事儿啊。"

并不是这么回事儿，有些东西并不一致，不过贾里德也说不清楚到底是什么。或许只是他并不想承认,光明没准儿就是与热量一样平平无奇的东西。他重新迈开步子,听到前边的走廊更为宽阔,他加快了脚步。

与此同时摩根说:"我觉察到前边还有一条通道,真够宽的。"

贾里德一路小跑,更迅速地叩着叩石,好让自己跑得更快。但就在冲进那条更大的通道时,他猛地一停。

"怎么了?"摩根停在了他身边。

"这地方有怪物的臭味!"贾里德抽了抽鼻子,用力嗅了几下空气,"不止如此,还有上层世界和底层世界人的气味——几乎跟别的气味一样浓。"

借助叩石的回音,他听到叆叇者首领的一只手遮到了眉毛上面。

"这条走廊里满眼都是热量!"摩根叫道,"太暖了。所有的东西都成了一团,区分不出来。"

贾里德也感觉到了热,但他还注意到了别的情况。有些东西很熟悉:通道延伸的方式,岩石散落在地上的样子,都似曾相识。这时候他心中一惊。当然了——他们已经到了原始世界外面!他再次叩响石头,探到了那块突岩,他和欧文第一次遭遇怪物的时候就藏在那后边。绕过他右手边的转弯处,就是原始世界的入口了,再过去,就是屏障和诸层级世界。

"我们该走哪条路?"摩根问道。

"左转。"贾里德脱口而出,立即便走了过去。

走了几步,他又说:"所以你认为热量就是光明。"

"没错。"

"那黑暗呢?"

"很简单。黑暗就是寒冷。"

现在贾里德厘清了那种不一致性:"你错了。只有叆叇者能从远处感觉到热与冷。你根本找不到哪一个传说,里面讲光明是叆叇者独有的财富。所有的经文都说所有人都会与光明重新大一统。"

"这个我也想明白了。叆叇者是走向大一统的第一步。"

贾里德正想反驳这个假设,但这时候他正好转过走廊里的一个转弯,他本能地往后一退。叩石回音的波峰清清楚楚勾勒出前方又有一个转弯。他明白无误地感知到那个转弯的另一边有一股巨大的寂静之声倾泻而出,就像是有成百上千个非人的人形生物朝着他的方向走来,每一个都在它们身前投射出刺耳的寂静之声。

"我什么都叩刺不到了！"摩根绝望地叫起来。

贾里德听着，但听不到转弯的那一侧传来怪物的声响。他小心翼翼向前挪，决定这次让眼睛一直睁着。但是想要闭上眼睛的意愿让面部控制眼皮的肌肉愈发紧张，使得面孔剧烈地扭曲起来。匕斜着眼睛，浑身颤抖，他发现自己一直向前走去，却没有使用手里的石头。

摩根还是跟了上来，不过小心地拉开了一段距离，还不时痛苦地咒骂两句。

担心自己稍做犹豫就会转身往回逃，贾里德到了转弯处，便迅速转过弯去。现在，那恐怖的事物带着一百口热泉的力量扑进了他的眼睛，他没法再睁着眼睛了。眼泪顺着两腮流下，他跌跌撞撞往前走，再一次依靠起叩石来。

然而他的脚步却陷入了恐惧的泥潭，因为前方没有叩石的回音——一点都没有！但那是不可能的！从未有人听到过在各个方向都没有产生反射的声音。然而，就在这里，声场出现了一道巨大的、不可思议的裂隙！

他的恐惧完完全全变成了滞碍，他再也无法前进一步，而是一动不动站在那里，就像是种在那里的一株吗哪树。继而，他大叫起来。

他的叫声在前方没有回音，上边也没有，两侧也没有！只在身后，传来的回声勾勒出一堵巨大的石墙，高耸矗立，甚至比叩刺者世界的穹顶还要高出许多倍。在这堵墙上，他听到了通道形成的空洞，自己刚才正是从那里走出来的。

一个念头犹如巨石坠落在他心头：他进入了无限之境！围绕着他的不是无尽延伸的岩石，而是没有边际、取之不竭的——空气！

一时间他惊恐无比，朝着通道退了回去。因为所有的经文都坚称，无限只有两种——天堂与辐射。

又退了一步，他撞上了摩根。

叩刺者首领号叫着："我都睁不开眼睛了！我们在哪里？"

"我……"贾里德声音一哽，"我想我们是在辐射里。"

"光明啊！我闻到了！"

"那是怪物的气味。但其实这本不是它们的气味，而仅仅是这个地方的气味。"

失魂落魄中，贾里德继续朝着通道里退去。此时，他特别注意到了那种浓重的热气,继而明白为什么身边那位厌刺者的厌刺能力失效了。众世界和通道里的暖意属于摩根感知的正常范围。而这里,犹如世间所有沸腾泉都聚于此处,将热量从空中倾泻而下。

这时,贾里德猛然间意识到,若是没有彻底认清这个无限之境,就绝不应该离开。他已经开始怀疑这到底是哪种无限。这种热量就是极为有用的线索。但他还是得去亲自证明才行。他强打精神,忍住那种显而易见的痛苦,睁开了眼睛,任凭眼泪流下。

这一次,折磨着他的那些怪异的影像让他十分迷茫,他用手背擦了擦脸上的泪水。

然后,影像清晰起来——就是那种他猜测的,与厌刺到的影像极为相似的感觉。他很怪异地感觉到——透过自己那双眼睛——大地在他面前倾斜,向前延伸出去,一直伸向一小片纤弱的东西,那些东西在远处摇来晃去,模模糊糊地令他想起了吗哪树。只不过这些东西的顶部坠着精致的花边。他记起了天堂植物的传说。

但这里是极热的无限之境,根本无法让它和天堂挂上钩。

在树木之间,他厌刺到一个个小小的、形状规则的东西,就像原始世界的棚屋一样成排分布着。又是一个天堂的特征。

但这里住着怪物。

突然,他的注意力集中到了另一件事情上面:

他现在同时感受到了无数事物的影像,既没有听也没有闻!

只有伟大的光明无上士出现的时候,人才会拥有这种能力。

那么,这就是了。

这就是他探索的终点。

他找到了光明。光明,终究就是怪物在通道里投射在它们身前的那种东西。

但光明却不在天堂。

它在辐射所统治的无限之境里,与核妖魔在一起。

所有的传说、所有的教义都令人痛苦地引向了错误的方向。

对于人类来说,没有天堂。

而且,随着核妖魔在通道里肆意横行,人类的存在已经到了尽头。

绝望之中他回过头,让自己的脸完完全全避开那致命的寂静之声。

那影像是如此的暴烈，滚烫得似乎要让他的眼珠进到眼眶外面了。

发出那狂暴、刺耳的尖叫声的，是一个巨大的、浑圆的邪恶事物，它用不可思议的力量、热量以及宏大的恶毒之力统辖着辐射。

氢核本尊！

贾里德一转身朝着通道里落荒而逃，几乎没有意识到，就在这一刻自己听到了前面的坡上传来一些动静。

摩根大叫一声。但是凄惨的叫声被一阵嗤嗤声打断了。

贾里德将手中的叩石猛击，循着回音往走廊里狂奔而去。

## 第十四章

摩根已经不在身边了,贾里德却几乎毫无察觉,通道的墙壁重新将他包裹围拢之后,他的心才稍许安定下来。让炁刺者首领倒下的啾啾声已成了微不足道的记忆碎片,令他震撼的失落感笼罩了他的身心。

他跌跌撞撞朝着第一个转弯处跑去。他的眼睛滚烫滚烫的,泪水直涌,仍然感受得到怪物释放出的那种令人生畏的压力,那种东西充塞了辐射所统辖的、令人恐惧的无限之境。

他撞到一块大石头,跌倒了,爬起来继续跑,一直跑过转弯处,心头才模模糊糊意识到,自己正在危险重重的境地之中寻路而逃,丝毫没有借助声影的帮助。

最终他停下了脚步,战战兢兢倚着一块纤细的钟乳石,让自己的呼吸平稳下来。

现在一切都很清楚了,揭示的真相太具有讽刺意味。无限之境中所有的那一切就是——光明。那就是他耗费一生去寻觅的光明。唯有一点出人意料,它居然是邪恶的,因为它竟是辐射本尊的一部分。

突然之间,另一个不可思议的念头让他心头大震:

**现在他也知道黑暗是什么了!**

黑暗就在这里——就在这条走廊里——就在他所熟悉的每一条走廊里,就在他曾造访过的每一个世界里。他的一生从未离开黑暗,除了仅有的那几次与怪物的遭遇。若不是先行体验过光明,他根本无从知晓黑暗。

现在,一切居然就是这么简单。

他身后的无限之境充满了光明。前方的走廊里所缺失的无疑便是那种东西。绕过下一个转弯,光明便会彻底消失,只剩下完全的黑暗——是那样彻底,那样的无处不在,令他就算身居其中上万个孕育期,也不会知晓黑暗就在那里。

在这怪异而又全新的困惑重压之下,他头晕目眩,顺着走廊走下去,颤颤巍巍伸出了双手。仅仅透过眼睛去感受,他便能完全感觉到无光明的状态令前方一片昏暗,就像他所知道的最浓重的寂静一样实实在在——那是一幅厚重的、黑暗的帘幕。

脚下犹犹豫豫,他绕过转弯处,缓缓挪进了那无形的屏障之中,当黑暗毫不停歇地将他包围之后,他的脚步变得畏畏缩缩。现在,他是摸索着一路前进,双手始终保持着探查的姿态。而且他汗颜地想起了他那个感官迟钝的哥哥洛梅尔,他在寂静稍重的时候就不得不摸索着前进。

下一步,他一脚踏空,踩进了一个浅浅的坑里,他笨拙地扑倒在地。爬起来的时候他摸到了两枚小石头,赶紧在手中叩响。

但是现在,那种咔咔声似乎遥远而又怪异。必须要十分集中精力,他才能从回音里搞清楚前方是什么样子。他怀疑听觉的下降是辐射病即刻造成的影响之一。然后一阵恐惧袭来,犹如将他团团包围的黑暗一样阴郁,他想起另一个传说:任何遭遇辐射的人都会患上各种严重的疾病——发烧、耳聋、严重的呕吐、脱发,还有失明,且不管那是什么意思。

然而,对于自己身体的顾虑被一种更为苦涩的感觉吞没了,就好像从沸腾井涌出一团令人窒息的蒸汽包裹住了他。摆在前方的未来空空如也,就跟他刚刚从中逃脱出来的那个无限之境一样令人茫然。

如今他的每一个理想都毫无去处,成了一个个破碎的梦——他的世界崩溃了;黛拉离去了;他对于光明的探索在充满失望与妄想的极度悔恨中终结了。他这一生都是沿着一条诡秘的走廊,去追逐一个飘忽不定的希望,等到终于捕捉到了,却发现它不过是一缕清风。

他拖着沉重的步子走进黑暗,绝望地叩响了石头,凝聚起全副精神,从那不再熟悉的回音中去极力搜寻每一个声影。他突然感到一阵狂躁,因为自己已经拼尽全力从每一次回声里尽可能去分辨周围的事物,却收效甚微。甚至到了这个时候,他还是得时不时停下脚步,探出一只手去摸索前方模糊不清的障碍物。

他到了那条岔道,他和摩根就是通过那个岔道进入这条更宽大的通道里,几步远之外,叩石在他左侧回映出了原始世界空洞洞的声影。

他拳头一握,攥住叩石,止住了叩击声。前方突然有声音传来,他紧张地向后撤步——他本应该在很多次心跳之前就听到那声音的。

喧嚣声——非常喧嚣。走廊里到处是怪物的喧嚣！他甚至都能嗅到它们的气味。混杂其中的是炁刺者那种独特的气味——毫无疑问那是失去意识的俘虏，他们正被妖魔带出来。

他从通道中央退到一旁，蹲在两块突出的岩石之间，确保自己处于回声映不到的地方。然而一个念头冒了出来，如果想要在那种生物跟前隐藏自己，他就必须待在光明也映不到的地方。于是他往岩龛深处又缩了缩。

下一刻，他便意识到光明开始渗入这处裂缝。但是他已下定决心，不再和能够窃走他听觉的怪物产生任何交集，于是紧紧闭上了眼睛。

随着怪物和炁刺者的声影清晰地出现在脑中，他的注意力转而集中在了从身边经过的两个妖魔的对话上：

"……很高兴我们以炁刺者作为收尾。"

"我也是。既然他们已经知道如何使用眼睛，对付他们也就不算太难。"

"向他们灌输道理简单多了。现在你要从上层世界带最后一队……"

这番对话被后边另外几个怪物的谈话声压过去了：

"……炁刺这种现象真够邪门儿的。索恩戴克说他想深入研究研究这个。"

"一点都不稀奇。一旦辐射引发基因变异，那你就等着瞧吧，什么变异体都有，包括红外线视觉，我猜是。"

很多词都毫无意义。贾里德也想不起来在核子妖魔谱系中有"索恩戴克"这个名字。

队伍的尾巴过去了，他只是蹲在那里，迷失在失望和彷徨之中。他已经很用心地听了，也用力地嗅，但在俘虏中没有黛拉的踪迹。

就在他决定要继续朝着底层世界进发的时候，他又听到一个怪物从屏障的方向走来。这时他捕捉到了黛拉的气息，冲动之下差点从藏身处一跃而出。

他紧紧闭着眼睛，不让一丝一毫光明带来干扰，他紧张地等着。终于，那个生物到了与裂缝平行的地方，贾里德纵身扑了上去，肩膀狠狠撞在怪物的肋下。

黛拉的身子毫无生气地跌落在了他身上，但他身子一抖闪了出来，冲到抓她的那个家伙身后。他打算用臂弯卡住那东西的喉咙，但显然，把这家伙勒死有些太浪费时间。他干脆一拳捣在怪物的下巴上将它打昏了。

他捎起姑娘，打着响指辨清了方向，然后拔腿跑进原始世界暂避一时。他尽其所能感受着响指的回音，一路跑过中央空地，然后随意找一间棚屋躲了起来。

进到里面，他将黛拉放在地下，自己坐到洞口旁边，警觉地听着可疑的声响。

过了几百次呼吸之后，他感觉到姑娘的意识恢复过来，急促地吸了一口气。他赶忙过去将一只手捂在她嘴上，及时阻止了她的尖叫。

他压制住她惊恐的挣扎，低声道："我是贾里德。我们在原始世界里。"

等惊恐之意退去，他松开她，讲述了一切经过。

"噢，贾里德！"等他讲完了，她忙说，"咱们还是去找那个与世隔绝的世界吧，趁着我们还有机会！"

"一旦确认外面走廊里再没有怪物了，我们立刻就走。"

她软绵绵地把脑袋歇在他的手臂上，"我们要找一个快活的世界，对吗？"

"最好的世界。如果跟想象的不一样，我们就把它建造成我们想要的样子。"

"我们要先凿出一个洞室，然后……"她话语一顿，"听！那是什么？"

起初他什么都没听到。然后，随着他们静下来，传来一阵微弱的砰砰声。就像是岩石，或是什么更坚硬的东西在相互撞击。不过这时候他更在意的是另一件事，居然是黛拉先听到的。难道他与辐射的遭遇已经让耳聋如此严重？还是说，通过光明获得影像的那段记忆让他一时之间有些混乱，忘记了如何使用自己的耳朵？

"那是什么？"她起身问道。

"我不知道。"他摸索着出了居室，"似乎是从旁边的棚屋传来的。"

循着声音，他走进另一间居室的入口，站在那里能听到声音是从地板上一个方形的洞口里传出来的。黛拉握着他的手，他感觉得出来，她忽剌到那个人工井的时候吃了一惊。

他走近了些，仔细听着那个洞，发现洞口沿着一个很陡的角度向下延伸，而不是垂直向下的。现在他听得出那种砰砰声随着一种急促而有规律的升降产生着明显的变化，顺着倾斜的隧道从地下扩散出来。

"就我所能听到的,这里有台阶可以下去。"他说。

"通到哪里?"

他无能为力地耸了耸肩。

"贾里德,我真的很害怕。"

但他有些执拗,一只脚迈下了第一级台阶,"传说里讲,天堂离原始世界不远。"

"下面没有天堂!如果我们要去什么地方,还是赶紧出发去找我们自己的世界吧。"

他走上第一级台阶,又去找第二级。苦恼之中,他早已发现,辐射与原始世界相去不远。但这并不意味着天堂就不会在这附近的什么地方。

不止于此,他的注意力已经全然集中在那砰砰声上,对别的事情充耳不闻了。这是一种十分奇特而又令人着迷的声音,吸引着他一步一步向下。

砰砰砰,砰砰砰……

这撞击声很猛,但很精妙。它们尖锐而精准,特别清晰。就仿佛有一只超级投声器正从远处发出声响——它的回声如此完美,令人绝对不会遗漏周围的每一处细节。

虽然在遭受核子恶魔那无限之境的蹂躏后,他的听力迟钝了很多,但他也能察觉出周围石头的一切形状和特征,那是他从未到达的境界。每一级台阶上的每一条裂缝和凹坑,每一面墙上的每一道缝隙,所有的表面上微小的起伏——这一切的一切他都清晰地听到了。这是怎么做到的?现在他接收到的声音影像,几乎与辐射中所有的光明席卷他的时候,通过眼睛所感受到的那种怪异影像一样完美!

在那个奇妙的投声器面前,他丧失了抵抗力,加快了向下的步伐。他感觉自己是在走向世间最完美的人造投声器。这样的投声器自然只会出现在天堂。

砰砰,咔咔……砰砰,咔咔,嘭嘭……

他双耳大张,着迷于那精妙的复调,随着他距离声源越来越近,复调也越来越突显于主音之上了。整个音场犹如温柔的拥抱将他浸没。音调完美精确得不可思议。

砰砰,乓啪,嗞嗞嗞……

强烈而低沉的音调映出他周围每一件事物的主音声影。即便没有着意去听,他也能捕捉到黛拉迈步走动时手臂和腿部每一个细微的动作变化。在声影转折变化的时候,那美轮美奂的音符更为美妙、高调。精妙的乒乓声真的妙不可言——根本不需全神贯注地听,便能清清楚楚听到姑娘束在脑后的发绺不经意间甩在肩头上的每一缕发丝。

砰砰,乒啪,梆梆,哧哧哧哧……

他转而去聆听那时断时续的轻微震音。顺着这独特的难以置信的音调,他甚至能听到姑娘皱眉时眉峰变化那难以察觉的声影。从她长长的睫毛传来的影像,就好似他用许多细小的手指去触摸每一根睫毛那般清晰。

他加快脚步,一次跨下两级台阶,朝着那只会存在于天堂的大美之音冲去,有那么片刻,他还担心这下降的台阶会不会无穷无尽。但是很快,台阶向右一转,他终于听到井底有一个洞口,就在前面不远。

"咱们赶紧走吧!"黛拉有些愠怒地恳求着,"我们永远都没法再爬上那么多台阶回去了!"

但他自顾自地加快了脚步,"你没听到吗?这也许就是我一直以来所追寻的。我要找的并不是光明。我其实是在寻找天堂,直到现在我才真正意识到这一点。"

他顺着台阶走到底,把姑娘拉在身边停下了脚步。他们站在一道宽阔的石拱门下面,门内是一个巨大的圆场,甚至比厼刺者辽阔的领地还要宽广许多倍。狂喜之下,他在丰富的、撼人心魄的声音面前心旌摇曳,任凭那排山倒海般雄浑的理想之音如醍醐灌顶般倾泻而下。不言而喻,这是生命中最令他心驰神往的体验。他找到了一种美轮美奂的声音。这无限优美的和谐音程与节奏让他心旷神怡,让他的内心充满了无与伦比的满足与自信。

他努力将这欢悦之情平抑下来,听了听在他面前伸展开的这个世界。

这是一个——几乎全都是水的天堂!

这不可能!然而确实如此——一片巨大而宁静的水域,各种音调都只在液体的表面上反射变化。

现在,他听出自己正站在水边的一道岩架上,只比水面略高一点点。此外,他的耳朵探查不到一丁点儿干燥的地面。世界另一端有一道恢宏的瀑布自洞顶坠落,发出雄浑的轰鸣声。

脚下的岩架只往右边再延伸出去几步而已。在他左侧是岩壁自然的曲线，他顺着岩壁的声音细节一路寻到了那完美音调的源头。

天堂的投声器是一簇巨大的立方体结构。每一个立方体都比原始世界里最大的棚屋还要大很多倍。它们以一种错综复杂的形式层层堆叠在许多巨大的管状结构上，这些巨管回旋盘绕，从水里伸出来又伸入那些方形结构体的侧面。

在这些巨型棚屋顶上，竖立着数以百计的管子，它们径直向上延伸，然后朝着各个方向钻入洞顶。

他琢磨着将所有这一切细节灌入他耳中的砰砰声、哧哧声，有些莫名其妙。

"这个地方是做什么的？"黛拉忧心忡忡地低声问道，"那边为什么那么热？"

现在她说到关键了，他也感觉到了那股萦绕不散的暖意。而且似乎都是从发出那种理想之音的巨型棚屋里传来的。他已经多多少少有些开始怀疑自己是不是真的在天堂里了。

"你觑刺到什么了？黛拉？"可就在他问话的时候，他感觉到她的眼睛早就闭上了。

"我没在觑刺——这么热没法觑刺。太热了。"她似乎很害怕，也很困惑。

"试一试。"

她犹豫了好一阵，然后他察觉到她眨巴着的眼睛勉强睁开了。

但她倒抽了一口气，随即将双手捂在脸上，"我不能！太疼了！"

然后他意识到自己的眼睛自始至终都没睁开。他抬起眼皮，什么都没看到（他记得应该是这个词）。

"你什么都觑刺不到吗？"他问。

她死死捂住自己的脸，"有些棚屋……很大。还有很多枝干从水里伸出来。那后边的每个东西都很热。我没法让眼睛一直对着它。"

他一阵冲动，转头面对着那些棚屋的方向。现在那边有光明了！不是在无限之境见识过的那种，而是怪物随身带的那种——发出声音的结构体中间有两束锥形的光明扫来扫去。

看他默不作声，姑娘有些不解，问道："怎么了？"

"有怪物！"

然后他听到有一个怪物朝着另一个叫喊着，叫声透过复音投声器的喧

插画／刘鹏博

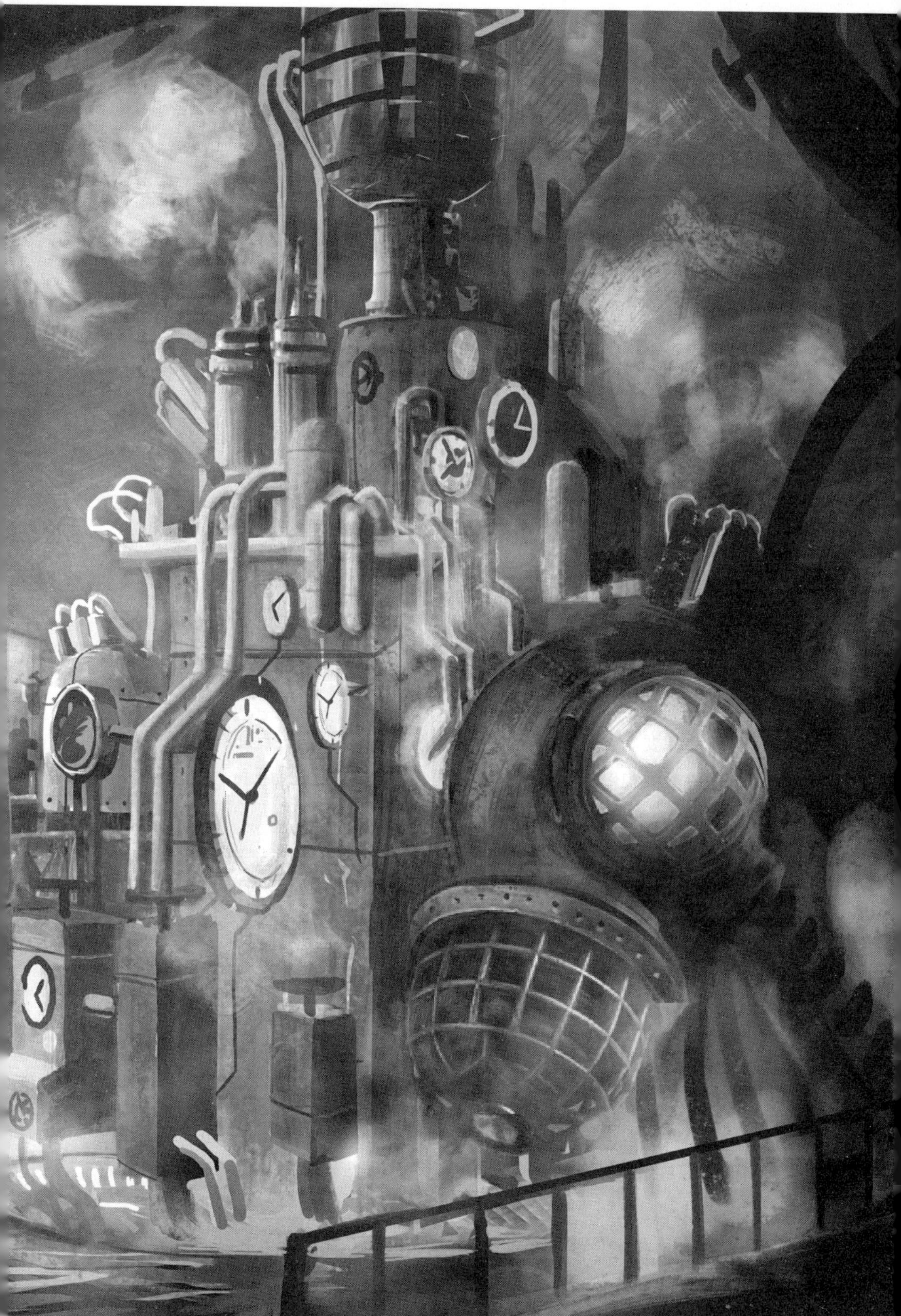

嚣传了过来：

"你有没有减缓四号反应器？"

"我把它彻底关掉了。按图表看，那个反应器维持着上层世界的最后几口泉水。"

"那些零散分布的泉水怎么办？就是二号反应器供应的那些。"

"索恩戴克说让它们继续流动好了。如果我们漏掉了什么人，他们也能有个地方待着，直到被我们找到。"

贾里德心中一阵剧痛，朝着楼梯退去。他一直都是对的。沸腾井的干涸就是怪物做的手脚。现在他听明白了，在所有的孕育期里，幸存者的境况是多么岌岌可危。只要这些妖魔想做，它们随时都能剥夺他们最基本的生存依靠！

突然，那束光锥摇向了他所在的方向。他一转身朝着楼梯跑去，将黛拉推在身前。

他警告说："它们来了！"

他们全速冲刺，拼命往上跑。跑了几百级台阶之后，他想要放慢脚步喘口气。但随即意识到身边的事物正散发出微弱的光明影像。这意味着怪物也已经上来了！

他的肺像要炸裂一般，可他还是加快了速度，将姑娘一直紧紧拉在身边。绝望中他不敢去想怪物的距离到底还有多远。

"我……我不行了！"姑娘抱怨道。

她身子一软，瘫倒了，突如其来的重量险些压得他失去平衡。他扶住她站稳，一只胳膊搂住她的腰，继续顺楼梯往上面跑。

尽管有他扶着，她还是又摔倒了，他想尽力把她扶起来，手上却一软，随即也瘫在了她身边。他真想永远躺在这里。但这是他们最后的机会，如果现在失败了，就永远别想着有一个安全的、与世隔绝的世界等着他们去了。

他拼尽全力直起身子，把姑娘揽在怀里，强迫自己麻木的双腿动起来。每走一步都给他的两肋带来阵阵疼痛，每喘一口气都像是最后一口气。

终于，他听到了头顶上的洞口，目标近在眼前了，他打起最后一点精神。同时他模模糊糊地思索着，等他们到了原始世界之后，自己究竟还有没有力气去寻找藏身之地。

不知过了多久，他终于一鼓作气，带着姑娘一齐冲上最后一级台阶，爬上了那间棚屋的地板。他将黛拉往前一推,"藏到另一间里去……快!"

她拼尽全力往前走,跌跌撞撞出去了。到了外面她就一头栽倒,他只听见她一动不动地倒在地上,大口大口喘着粗气。

他努力想让自己站起来。但浑身酸软无力,头一晕,倒在了内墙边。他撞倒了一个粗大的物件,棚屋的声影盘旋在他耳边。然后他又撞到了什么东西,随即瘫倒在地,紧接着一堆器物倒下来压在了他的身上,可他几乎什么都没感觉到。

## 第十五章

"别躺在那里,贾里德!起来拯救你自己!"

莉亚的声音从辐射深处跨越遥远的距离焦急地回响在耳边。贾里德迷迷糊糊之中有些不解,他想不起来自己做梦了。

"那些怪物……它们顺着台阶上来了!"

他身子微微一颤,顶了顶压在身上的东西,他想起来了,棚屋里那些东西倒下来压在自己的身上了。可是他一时之间又无法让自己的意识完全恢复过来。

"我没法在跟你说话的同时又跟着那些怪物。"莉亚焦躁地说着,"它们不知道你在那里,但它们听到那些声音了。它们会找到你的,并把你带回到辐射里去!"

听到这些警告自己居然无动于衷,连他自己都有些困惑。他琢磨了一下,一定是筋疲力尽带来的虚脱导致他精神恍惚。

透过莉亚的意识,他努力探查着她身边周围的影像。他感知到了,从她的思维意识中感知到了声影,她躺在一张睡铺上面,她已经学会那个词是"床"。她身处于某种棚屋里,有硬质的隔帘将其封闭起来(对应的是一个不熟悉的词,"门")。她的双臂被绑在床的两侧。她的双眼顽固地闭着,因为她知道,如果睁开眼睛,就会被那种叫作"光"的无法理解的东西折磨。那种光从"窗户"上挂着的柔韧幕帘边缘渗透进来。

然后,他听到她的那间洞室——应该说"房间"——的门打开了,他随即捕捉到一股汹涌如潮的恐惧。接着,他听到两个非人的人形生物走了进来。

其中一个问道:"我们的传心者今天怎么样了?"

"我们要花点时间睁开眼睛,对吗?"另一个说道。

当莉亚缩着身子躲避那些生物的时候，贾里德感觉到巨大的恐惧感在击打着她的意志。

那种感觉就好像是他自己感同身受，他感觉得到她的手臂被紧紧抓住。然后右胳膊肘上方的皮肉里扎进了什么东西，一阵刺痛。与此同时，他感觉到了她的惨叫。

"成了。"一个怪物说，"这会避免你染上什么病。"

在贾里德自己周围的什么地方，远远传来一阵嗤嗤声。但他深深沉浸在仁慈女幸存者所经历的事情里，对那声音充耳不闻。

怪物抓走莉亚已经好几个时段了。他想象不出它们都对她进行了什么样的折磨。

"她怎么样了？"距离稍近的那个生物问道，同时用拇指和食指轻轻扣住了她的手腕。

"为了说服她，咱们可真忙得够呛。可看上去她完全不接受现实。"

"那我们就得死磕到底了。索恩戴克说，两三代以前，我们自己的综合体里也有一个传心者。她也很敏感，但她不必经历这位所经历的这一切。"

贾里德感觉到一只手搁在了莉亚的额头上，听到一个生物说："好了，现在……咱们睁开眼睛吧。"

就在这一刻，无法阻挡的恐惧让那个女人窒息，交流联络的那一缕丝线啪的一下断了。

贾里德把压在胸口上的一只石凳推开，坐了起来。他摸了摸脑袋，摸到头发里有一团已经凝结的血块，再往上摸，发现破了个口子，肿起一大块。

他扒开棚屋里的那堆器物站起身来。尽管他用力打了几个响指，却也只是模模糊糊感应到那些把他砸倒的东西的声影，还有位于他和入口之间的那口方井。

然后，他想起了跟莉亚联络时听到的嗤嗤声，他连忙奔到外面。

没有黛拉呼吸或是心跳的声音。他狠狠一拳砸在了棚屋墙上，回音带来一团影子。他面前的地上空荡荡的。

最后他捕捉到一丝气味，几百次心跳之前的气味，怪物经过时留下的。他跪下来用手拂扫地面，摸索着姑娘倒地时留下的痕迹。松软的浮土清晰地印下了她的身体印迹。但她躺在这里的时候已经是很久之前了，她留在地面上的体温早已褪去。

他头晕目眩，跟跟跄跄地走向原始世界入口。黛拉不见了——又被怪物抓走了，它们一定认为是她在棚屋里搞出了那些动静。它们已经把她带走好久了，现在要想在它们抵达辐射之前去截住它们，是一点希望都没有了。

他真是个误事的蠢货！他的运气不错，拜比光明更强大的什么东西所赐，他丢失过黛拉一次，居然有机会将她找回来，让他从那群猎手的掌中把她抢回来。但是他没有逃往遥远的隐居之地，而是一意孤行，去到井下那毫无意义的深处——最终让妖魔又有机会将她劫走。

自责的苦楚，徒劳无益带来的压抑，让他呆立在原始世界外的走廊上。一片寂静向着辐射蔓延而去，他从未听到过如此厚重的寂静。他尽力不去想莉亚所遭受的折磨，不去想黛拉现在可能会遭受同样粗暴的对待。

他犹豫不决地朝着那个方向迈了一步，旋即停住，他垂下头，无助地听了听空空的双手。若是没有武器，他对无限之境那凶残的力量便无能为力。

但是他可以把自己武装起来！如果底层世界确如他所想的那样荒废了，返回那里也许就不会再遇到什么阻碍。也许残存于那个世界里的人不会记得他可能是个忝刺者了。

他摸起一对石头用力叩响，迈步朝着屏障、朝着屏障之外的那些世界走去。现在，他最终还是决定要让自己深入到辐射之中，这时候他很惊讶地发现，这一挑战所带来的恐惧并没有让他心生却意。

咔咔咔咔……

墙壁和通道里障碍物的回声很微弱，毫无特征，渐渐滋长的迟疑让他放慢了脚步。他几乎无法听到周围事物的细节！

他慌忙将一只手拢在耳后。可这么做也毫无改善，于是他把手伸到前面摸索着，弥补声影的不足。

他的听觉能力几乎一点都不剩了！在辐射中时，眼睛受到刺激所感受到的影像是那么强烈、那么鲜活，如今这种记忆居然使他几乎无法听到声音的影像了。

又迈了一步，他心里正在暗暗咒骂自己的笨拙与耳聋，小腿却一下撞到了一个小小的突起，身子向前一跌，撞到了一根钟乳石。失去平衡的他摔倒在一道裂缝边缘。

他不知所措地爬起来继续前进，走得更慢了，每迈一步都要用脚试探好几下才敢踩实。

失聪的危险后果带来了愈加强烈的恐惧，他努力克制心中的恐惧，伸出一只手臂摸索着右侧的墙壁。靠近屏障的时候他狐疑地听着，更多的则是凭感觉去探查变化，而不是依靠听觉。走到跟前，他才发现本该是石头堆砌的屏障那里，如今却什么都没有了。核子妖魔甚至已经拆掉了将众世界与无限之境的妖魔隔离开的屏障。它们将它推倒，好抓走幸存者和动物。他嗅到了走廊里萦绕着动物残留的微弱气味。

他丢掉了小石子，找到两块大石头抓在手里，一下一下用力敲打。但即便是如此用力敲击，产生的回音也没带来什么改善，传来的声影太微弱了。

情急之下他又用力一敲，两块石头在手里碎掉了，手中只剩下两抓渣土。泄气、失望、无助，他松开手指让碎石散落在地上。光明啊！他甚至都听不到粉末落在地上的声音，下坠时的声音更是小得可怜！

残疾愈发严重，恐惧袭上心头，他举步维艰。又走了几步，他猛地撞上了走廊的右侧墙壁，磕到一块锯齿状的石头，手肘皮肤蹭掉了一大块。

然后他意识到，光明又一次出现了。

一团寂静之声正挂在前方的岩石上，就像当初覆盖在上层世界入口外，石墙上的那团光明污渍一样。无声无息，将柔和的暖意充盈在走廊里。

贾里德略微定了定神，走了上去，让自己的眼睛去感受笼罩在妖物之下的岩石和杂物所形成的诡异影像。

内心更为理智的声音在高声警告他，不要利用那些无法听到的影像来避开障碍物。但他的听觉因为曾经暴露于辐射中，已经变得太迟钝了，这一点点微弱的光明就算会让耳朵更聋，那也无关痛痒。

他轻轻松松通过了那一段通道，甚至根本就没有使用耳朵。当他转过下一个转弯处，一阵突如其来的恐惧让他往回一缩。

现在没有光明在触摸他了。如同被黑暗的帷幕那巨大而沉寂的褶皱裹得死死的，他仿佛就要窒息了。他能感觉到黑暗的力量压在自己身上，怪异、不祥、沉重。

他想要大喊，想要充耳不闻地向前冲去，希望当他进入底层世界那熟悉的环境中之后，不再被这种难耐的恐惧所折磨。

然后他想起了永恒者，当那个凄怆的隐士想起如今已毫无意义的某种事物时，他是那样的惊恐，吓得缩成了一团，而此时，贾里德心中的感觉有过之而无不及。

但现在，事情不一样了。现在他知道了黑暗是什么。而且他彻彻底底地理解了永恒者那没来由的惊恐。他满心惊惧，浑身僵硬，仔仔细细听着周围的一切。随着他的听觉和嗅觉衰退，只有光明士才知道在那无法刺透的幕帘幽暗处，可能会潜藏着什么东西——正等着扑到他身上来。

他的耳朵拼尽全力，终于感受到了一个缥缈的声音，他赶紧往一旁闪开。但是不等他转身逃走，那些声影便化作了说话声：

"感谢光明——大一统的时段来临了。"

他认出那是菲拉，卫道者。

少得可怜的几个人稀稀拉拉地应声说道："感谢光明。"

菲拉："黑暗将会从幸存者面前一扫而空。"

众人："光明至上。"

这勉强算是在唱赞美诗。但缺乏发自于内心的那种饱满的虔诚之意。

贾里德迎向众人走去。

菲拉："我们要打开双眼，感触伟大的光明无上士。"

众人："黑暗将不复存在。"

"回去！"贾里德叫喊起来，"不要到这条路来！"

队伍一停，他在黑暗中迎上了他们。

卫道者喝问道："是谁？！"

"是贾里德。你们不能……"

"让开路。我们知悉大一统即将来临。"

"谁告诉你们的？"

"光明的使者。他们说我们必须全都走出藏身之地，越过屏障。"

"这是诡计！"贾里德警告说，"我已经去过屏障那一面了。你们在外面只会发现辐射！"

"我们在使者面前无所遁形，因此我们坚信不疑。"

"但是使者在蒙骗你们！就是它们关闭了热泉！"

"只是为了让我们好好动动脑子，放弃这些世界，所以他们才会将光明的碎片投射在墙上，所以他们才会时不时将无上士的圣管器留下来——这样才能将我们逐步引荐给光明。"

菲拉将他推到一旁，走了过去，其余众人跟在他身后。

"回来！"贾里德在他们身后绝望地叫喊着，"你们正在走向陷阱！"

但他们漠然置之。

他咒骂着，继续朝底层世界走去，心中一个信念愈发强烈：一定要将自己武装起来，向辐射发起致命的反击。

过了些时候，他终于到了底层世界，身上又多了几道擦痕瘀伤，尽管曾经他对于自己的这个世界是那样了如指掌。

走到入口前，他停下脚步，将内心的紧张缓缓排遣出去，渐渐冷静下来。这里的一切是如此熟悉，不用叩石他都能来去自如。

但是他毫无轻松之感，没有一点点归家的温馨，没有一丝的欢喜。只有一片死寂将黑暗那令人窒息、令人沮丧的幕帘穿透，那片死寂给这地方带来一丝不和谐的气息，带来一抹彰显着敌意的陌生感。

没有中央投声器那熟悉的咔咔声，整个世界便是一个庞大而令人生畏的虚无之地。他拍了拍手，听着这可怕的寂静。

不再有热泉那安详的汩汩声，为他的世界带来实实在在的、听而可闻的暖意。而且，就在他的左侧，正在死去的吗哪植物在击掌声中映出松脆涩耳的不和谐的声音。

有一种强大的恐惧就悬在黑暗中的什么地方，让永恒者一念及此便惊恐失声。这就如同黑暗本尊亲临一样，贾里德也能感受到那种恐惧扎在了自己的内心深处。不过，他又让思绪回到了现实问题上来，他快步走向武器架。

他又拍拍手，获得了主要地标的粗糙影像作为参考。然后，周围地面上的一点一滴在记忆中逐渐浮现出来。

一步迈出去，他的膝盖撞到了一块磐石，痛得他大叫起来。他冲得太猛了，一下子趴倒在这个障碍物上。

他咬着牙爬起来，揉了揉磕肿的腿，咒骂起那个不负责任的幸存者来，居然胆敢违反错置巨物法令。但他的怒气转瞬即逝，因为他意识到，如果当初怪物大肆劫掠底层世界的时候他在这里，他自然也会考虑把巨石胡乱堆放，希望能以此来阻挡入侵者。

右边有些声响，他转向那个方向。有人藏在岩壁的一条裂缝里，惊恐地呜咽着——是一个女人。但她把手捂在嘴上，遮住了声音。

他走向她,她惊叫起来:"不!不!不要啊!"

"是我……贾里德。"

"走开!"她喊道,"你跟它们是一伙的!"

他退了回来,认出是女幸存者葛来恩,一个年岁颇长的寡妇。他无助地垂下头来听着地面。他想要平息她的恐惧,但真的无能为力——他想不出什么安慰的话。

他的耳朵扫过这个被怪物蹂躏过的阴森、荒凉的世界,他清清楚楚地听到,底层世界已经无可挽回,再也无法生活在这里了。昭示末日到来的妖魔已经让这个世界存在的意义荡然无存。

但现在,他要将复仇的意义送入它们的无限之境!他以神明的名义立下了誓言,不管这神明到底是何方神圣,总之是幸存者献身于那伪善的光明无上士的时候所无视的某位神明。

他一转身,坚定地走向武器架。

"不!不要走!"那个女人乞求着,"不要把我丢在这儿留给怪物!"

他伸手探进第一个武器架,生怕什么都找不到。但他焦躁的手握住了一张弓,他把弓挎到肩上。这是为底层世界复仇!满满两筒箭挎到背后,紧贴弓旁。这是为了黛拉和首席幸存者!第三筒箭他斜挎在另一侧的肩头。为了欧文!

摸进下一个武器架,他找到一捆长矛,夹在了左臂下。为了赛卢斯,思考者!另一捆梭镖夹在了右臂下。为了莉亚和伊森,还有永恒者!

"回来!"那个女人乞求着,"不要把我一个人丢在这里!别让怪物抓走我!"

她钻出了那道岩缝,他听得出来,她爬到了底层世界里,朝着入口那里过去了,她要截住他。

贾里德没有理会她,而是停下脚步用力拍了拍手,最后一次听了听周遭的一切,最后一次沉浸在往日的回忆里。然后,他拔腿朝着入口走去。

他没听到翅膀扑打的声音,直到那可恶的声音几乎扑到身上他才察觉。与此同时,他捕捉到了恶灵蝙蝠的气味,一时间他怒火冲天,想要把多余的武器从身上卸下来立即迎战。

他将箭筒的带子从肩头摘下,把弓抛在一旁,丢下一捆长矛。还不等他动手去解开另一捆梭镖上的绳子,恶灵蝙蝠一个盘旋冲过入口,发起了第一次猛攻。

贾里德一弯腰闪到一旁。他奋力避开这只猛兽的攻击路线，这一击只让爪子稍稍蹭破了小臂。他在地上打了个滚，继续去解缚着长矛的那个绳结。

恶灵蝙蝠尖啸的嘶叫声混杂着那个女人惊恐的叫喊声，将底层世界的样貌清晰地勾勒出来，就好像是有中央投声器将声音充盈在这个世界一样。

那只野兽一个转向冲上穹顶，然后俯冲而下发起第二次攻击。贾里德听到自己没法赶在那满口利齿的家伙扑到之前抽出一支长矛了。

他连忙用力稳住身子，准备迎接利爪的冲击，就在这时，他猛然感受到有一束锥形的光明从通道外投射进底层世界。

当他沐浴其中的时候，那道光明也在他的眼睛里投射出一团巨大的、尖叫不止的影像，朝着他猛扑而来。

一股惧意涌上心头，让他汗毛全都炸开了，他在那团影像里辨出了恶灵蝙蝠的形象。如果这种生物的声影算得上丑陋、可怖，那它透过光明映出的影像真是令人毛骨悚然，远远超乎想象。

这东西离他只有一臂之遥了，就在这时，从入口外传来一声巨响，与此同时迸发出一小束怪异的光明，与热核本尊的调性相差无几，急速飞进了底层世界。

贾里德感觉到，巨响和光束那两件事物共同在恶灵蝙蝠身上做了些什么，让它飞到半途，身子一歪，便跌落在了他的脚边。

还没等他细细推敲其中的玄机，光明之锥已经小心翼翼地向他移动过来，他嗅到那后面就有怪物的气味。利用光明影像作为引导，他朝着那捆顽固的长矛狠狠踹了一脚，矛枪一下子散开了，滚落一地。

他抓起一支转身朝向入口，蓄力，准备投出。

嗖嗖嗖——

他胸口一阵刺痛，长矛杵在了地上，接着他身子一晃，扑倒在地。

## 第十六章

一开始，贾里德以为他是在接收来自莉亚的心灵声影。他发现自己能听到——他感觉肯定是透过那个女人的意识听到的——许多人说话的声音，由于距离有些远，嗡嗡的听不清楚。透过那个"窗户"飘进来之后，人声的音流也反射在身旁几块方形的墙壁上。

毫无疑问，这影像就是关押莉亚的那间棚屋。这一次的体验极为逼真。他几乎能感触到皮带紧紧勒在她的手肘上部，将她的胳膊死死捆在"床"上。

他心中念道："莉亚？"

但并没有回应。

然后他才意识到，这种感觉并非是传送来的。是他自己被关押在了棚屋里面。而如果他此时才辨别出这一事实，很可能是因为之前那种嗡嗡作响的东西让他失去了知觉。

他仔细听了听，确定这里没有其他的……不管是人类还是别的什么……在他身边。他小心翼翼地将耳朵转向窗户，听到厚重的幕帘挂在那处空洞上窸窣作响。一阵微风时不时撩开幕帘，那些说话的声音也随之变得更响了一些，但还是听不清。

一阵疾风将幕帘吹起，撩开了半边，他随即听到了一堵石墙的声影，巨大无比，不知有多高。他很确定之前曾经听到过这个影像，他努力搜寻着相关的记忆。

当然了——他和摩根跑进辐射的时候，就是从那堵墙钻出来的。在幕帘落回去之前，他甚至听到了通道的洞口，空洞的声影远远地传来，在无限之境中一闪即逝。

此时一切都明白无误了。他身处可怕的、漫无边际的辐射之中的某个地方。他双眼一睁，扑面而来的影像让他不由得身子一缩。然而，那种感

/274

觉并没有他预料的那么猛烈。他猜想，这一定是由于棚屋的墙壁隔绝了大部分的光明。

他把头转向窗户，但又猛地转了回来。就在他惊悚地闭眼之前，透过眯着的眼缝，他看到了一个恐怖的影像。宛若氢核的一部分透过幕帘的缝隙渗入进来，为其本尊在相对黑暗的地板上投射下一道细细的、长长的光明。

不知过了多少次心跳，他强迫自己再次睁开了眼睛，并开始挣脱束缚。他的双臂自肘部以下是自由的，他尽可能地向上挣脱，但徒劳无益。让他昏厥的嗤嗤声带来了后遗症，他仍然虚弱无力。

过了一会儿，他惊恐地闷哼一声，眼皮颤抖着闭紧了。他感受到了某种极具威胁而又令人恐怖的影像——就在他的面前！有一个鳞茎状的东西，上面生有五根弯曲的隆起物，让他模模糊糊想起了什么东西的声影……

但是，不，不可能！然而……

他睁开眼睛，使劲活动了一下自己左手的一根手指。那个鳞茎状的东西上也有一根突出物扭动了一下。他松弛下来，垂下了手。但他更糊涂了。传说里讲，光明会触摸到一切事物，带来的影像精细得令人惊叹。然而从未有哪段经文说过，哪怕是暗示说，幸存者可以得到他自己身体的影像！

他又把手放在了自己看得到的位置，细细研究起那个影像来。真是完美到不可思议！怎么可能，他甚至能分辨出手掌上的每一条纹络，手背上的每一根汗毛。

然后，他一阵紧张，因为眼前所见令人全然无法相信。那只手突然裂成了两半，就好像原先的那只又生出了另一只一模一样的！两只手一晃，随即合二为一，然后又分开了，分得更开了。

与此同时，他意识到眼球的肌肉不住变换着压力——那只手分开的时候，鼻梁上就会有一股张力，两只手合拢之后又会放松下来。他还发现，如果精神集中的话，他就能避免那两只手的错觉影像带来的感知混乱，因为其他所有的感观都告诉他，其实只有一只手。

棚屋近旁的那些人声让贾里德不由得警觉起来，在听到门打开之前，他有足够的时间假装成睡着的样子。然后，他听到抓住自己的那两个猎手走了进来，它们站到了床边，而他一动不动。它们说话的时候，他听得出它们的话语是透过蒙在脸上的布面具说出来的：

"这就是新来的？"

"最后一个带出来的。碰巧了，就我们所能了解到的情况来看，他就是那个揍翻了霍金斯，又劫走了红外视觉女孩的人。"

"哦，那家伙啊。芬顿……贾里德·芬顿。他的老爷子可一直盼着这一天呢。"

"要不要我去告诉伊万，我们抓到他了？"

"不行啊。他已经转移去做高级康复了。"

贾里德希望这俩家伙没有察觉出他听到父亲的时候吃了一惊。必须让它们以为自己睡着了，这是唯一能让他免受折磨的办法。

"好吧，索恩戴克。"离得较近的那个说，"咱们办正事儿吧。"

贾里德心中不由又是一阵激动，这居然就是索恩戴克本尊。

"给他进行过基础注射了吗？"另一位问道。

"全都做了。"

"那我觉得咱们可以摘掉这玩意儿了，不用再担心会染上流行性感冒。"

贾里德听到它们从脸上摘下了那块布。然后，一只手出其不意落在了他的肩膀上。

"好了，芬顿。"索恩戴克说，"首先，我要用很大剂量你恐怕无法理解的东西冲击你的双眼。但我们会慢慢来。"

贾里德没有回应，另一位猎手问道："你觉得他还在昏迷不醒吗？"

"当然不是啦。那些没有大呼小叫的人都是在假装睡觉。来吧，芬顿。据我所知，对于光明，你比其他人更有经验。你应该能从容应对的。"

也许这声音里的亲切感是刻意为之的。或者，不知不觉之间，贾里德的眼睛闭得确实有些疲劳了。不管怎样，在一个心跳的时间之后，光明倾泻进了他的意识之中，也带来了与之形影不离的影像。

"这就好了，"索恩戴克叹道，"我们能开始了。"

但贾里德的眼皮眨动着又闭上了，将一切迷乱的影像阻挡在外。他将这一刹那得到的光明影像与他一直聆听的声影进行着比对。

索恩戴克是一个大块头的家伙（刹那间，他有些质疑自己将怪物描述成人类的比喻），那张脸犹如刀裁斧刻，骨骼崚嶒，一副颇具力量与威严的样子。然而他两腮溜光没有胡须，全然就是女人的容貌，两种特质放在一张脸上很让人迷惑。衣服松散的褶皱随着他每一个微小的动作飘逸变幻，让整体的影像显得捉摸不定。但贾里德承认，生存在这巨大而又相对温暖的无限之境，身穿紧身的衣物既不舒服也不方便。

"拉开窗帘，凯斯曼，"索恩戴克说，"让光透进来一些。"

"你确定他能承受？"另一位说着，走到了窗边。

"我想没问题。他的反应和炁制者几乎一样。也许他跟光明打的交道比我们知道的还要多。"

贾里德听到幕帘被拉到一边，吓得浑身一抖，随即感觉到一团强烈的光明抵在了他紧闭的眼皮之上。

索恩戴克的手又扶上了他的肩头，"现在放松，芬顿。没有什么东西会伤害你的。"

但是，当然了，这只是在耍花招。他们打算软化他，让他产生一种盲目的自信。然后，当他们折磨他，摧残他心中希望的时候，他们就会得到极大的快乐。

他睁开了眼睛，但他几乎不敢面对倾泻进棚屋里的那股强烈的光明。然而，当他重新垂下眼皮的时候，眼前所见比光明本身更让他惊恐，他看到有两个索恩戴克并排站在那里！他惊恐得浑身发抖。

索恩戴克笑了，"缺乏光线协调能力会引发一些错乱，对吗？不过你迟早会掌握如何聚焦视线的。"

他拉过一张支架结构的凳子坐在了床边，"现在咱们要开门见山。有些东西会颠覆你的认知，还有些会与逻辑相抵触。你先一股脑儿都记下来就是了，反正最后都会理解的。首先——这不是辐射。我们不是妖魔。你没有死，也不是在前往天堂的路上迷失了方向。外面天空上的那个东西是太阳，很引人注目，不过那并不是氢核本尊。"

"也不是光明无上士。"凯斯曼插话道。

"当然不是，芬顿。"索恩戴克确认道，"现在，与你所信仰的好好比较一下，过些时候你可能就会将外面的这片世界当作是天堂了。"

"确实，"凯斯曼说，"你会以另一种方式去构想天堂——但并不能实质性地接触天堂，虽然它仍是无限之境，但却是另一种全新的无限。而那终将会使你一连串陈旧的信仰改换门庭，代之以新的信仰。"

这番话说完，四周一阵寂静，却让贾里德心中愈发焦躁。索恩戴克接着说："你在听吗？有什么想说的？"

"我想回到我的层级世界去。"贾里德没有睁眼，奋力说出了这句话。

"看啊！"凯斯曼笑起来，"他说话了！"

"我觉得你确实是想回去的。"索恩戴克困倦地说，"但那不可行。要不这么办：你想不想要……啊……听听……那个姑娘叫什么来着？"

凯斯曼连忙答道："黛拉。"

贾里德用力挣脱着绑绳，"你们对她做什么了？我能不能……看到她？"

"嘿！这家伙居然知道自己的眼睛能做什么！凯斯曼，那姑娘怎样了？她的进展如何？"

"和别的炁刺者一样按部就班地进行着，对他们来说，视觉可不算什么新鲜事物。当然了，她不明白那到底是怎么回事儿。不过目前她有意愿接受事物本来的面貌。"

索恩戴克一拍大腿，"好吧，芬顿。你明天……下一个时段就会看到那个女孩。"

就是这个了——折磨的开始。先让他尝一点甜头，然后又把这点儿甜头放到他摸不着的地方来挑逗他。

"铺垫阶段就到这里吧。"索恩戴克最后说，"现在，有一整套的现实情况要告诉你，时间久了，你会渐渐领悟的。

"你们那两个层级世界和炁刺者都是美国幸存者综合体十一号的后代。想象一下，整个世界——不是你们的那种世界，而是一个与之相比庞大许多许多倍的世界，由数以十亿计的——你知道什么是十亿吗？——有数十亿人拥挤在这个世界里。他们划分为两大阵营，都想把某种超乎想象的致命性武器投放到对方身上去，即便使用这些武器意味着……啊……污染所有的空气，还会影响许多个世代。"

索恩戴克停了停，贾里德感觉这故事他已经听过数百遍了。

"这场战争开始了，"他继续道，"但幸运的是，有一小群人——十七个群体，做好了幸存下来的准备。在地底下建造起了庇护所，并一一密封起来，阻挡被污染的大气。"

"确实如此。"凯斯曼插口道，"即便是只让一小撮人幸存下来，也是一项了不起的成就。若不是改造了核子的威力，那是绝无可能的，何况还要创造出一种植物生命体，通过热力便能实现各种功能而不依靠光合作用……"

话语声一顿，凯斯曼仿佛感觉到了倾听者并没有能力理解这些内容。

"对你们来说那就是吗哪植物。"索恩戴克简明扼要地解释说，"幸存者的综合体准备后，战争开始了，经过挑选的少数人逃离了他们的……天堂，姑且先这么说吧。对于其中绝大多数人来说，事情的进展与计划一致，所有的设备运转正常。知识和惯常的制度维持了下来，生活继续了下去，所有人都知道他们在什么地方，知道他们为什么在那里。若干世代之后，等到外界的空气自我净化之后，原始幸存者的后裔认为返回外界很安全了。"

"除了十一号综合体。"凯斯曼补充道，"在那里，事情进行得不顺利。"

"确实如此，"索恩戴克赞同道，"咱们还是回顾一下吧。从我所听到的来看，芬顿，你是一个无信仰者——从未接受过光明就是神灵这种思想。现在你可能对于它到底是什么有了一些自己的想法，尽管你很顽固，不愿意睁开眼睛。但不管怎么说，我们都要将它交代清楚：

"光明，这么说吧，跟落水发出的声音一样，都是自然的事物。其最主要的来源形式，就是你看到它时所一再坚称的那样，是来自于氢核本尊。正如你所知的那样，我们还有很多方式来人工制造光明。每一个幸存者综合体里都有自己的光明制造系统，足以维持到人们重返外部世界。"

凯斯曼往床前凑了凑，插话说："但你们的综合体除外。经过几代人之后，一定是发生了什么，你们失去了维护这些系统的能力。确实发生了一些事情。"

"出现了一个小小的系统故障。"索恩戴克继续道，"然后……好吧，灯光熄灭了。与此同时，许多通向你们基础洞室的过热水管突然断掉了。你们的人不得不在综合体中跑得更深，去占据其他的洞室，那本是为可能过剩的人口准备的。"

贾里德开始模模糊糊构建起一个他们想要他相信的影像。但这太不可思议了——就他所能理解的那部分来看——根本不合逻辑。比方说，谁能相信全部的无限之境中挤满了敌对的人？然而，索恩戴克也好，凯斯曼也罢，他们的话语中丝毫没有威胁他的意思。事实上，这些话尽管大都毫无意义，却以其特有的方式对他进行着安抚。

但是，不！他们就是要让他有这样的反应！他们要弄伎俩要获得他的信任。然而他已下定决心，不会让他们动摇他的决心，他决意要尽快脱身，找到黛拉，然后他俩一起逃离辐射。

他睁开了眼睛，但视线只短暂地徘徊在索恩戴克的影像上。在这个中心影像的一旁，他能看见已经拉开了帘布的窗户。外面矗立着那堵巨大的岩壁，上面有一个黑暗的裂口，那就是通道的洞口。

随着光明影像越来越清晰，他一阵紧张。远处有许多移动的身影——他很确定那些身影不是幸存者就是怪物，不过每一个都不比他的小手指头大！现在，他还看到那个通向他自己世界走廊的洞口就跟手指甲盖一样小！

凯斯曼一定是看到了他那张因为惊愕而扭曲变形的脸，"他怎么了？索恩戴克？"

但另一位只是一笑，"他正在体验第一次。别怕，芬顿。远处的东西看上去很小，你会习惯的。距离你近的声音不就比远处的更响吗？"

"作为初次尝试的人，他看得很好了。"凯斯曼说。

"我得说，他可比在这个阶段的其他人强得多了。也许他以前出来过。是这样吧，芬顿？"

但贾里德没有回答。他闭上眼睛，不由得悲从中来，无限带来的恐惧甚至比他所担心的更为可怕。他必须要回到自己的世界里去！

"关于幸存者综合体十一号……"索恩戴克打断了他焦虑的思绪，"当你们的人民离开基础洞室之后，他们也把知识和理性丢在了脑后。我们在打开封口第一次进入通道之后，便发现了这一系列的问题。碰巧，我们是从七号幸存者综合体里出来的考察队成员，大约是一代人之前从我们自己的洞穴中解脱出来的。正如我所说，我们在你们的一条走廊里碰到了一个单独行动的幸存者。我算是拼了老命才把他撂倒，然后，我们大致猜到了事情的原委，八九不离十。"

"那是上层世界的一位幸存者。"凯斯曼接道，"花了好几个星期才让他的脑袋开了一点窍。同时我们意识到，要把你们所有人都弄出来，弄到太阳下面来，可不是走到跟前说一句'我们来了，这是光明，咱们一起出去吧'那么简单。"

"没错，"索恩戴克承认道，"我们必须先得搞明白情况。我们不得不慢慢来，一次抓一个幸存者，慢慢搞清楚综合体的大致地形和布局。如果把你们吓得从洞室里四散奔逃，我们得先知道你们能够藏身的每一个岩洞每一条裂缝，然后才能采取强制措施。"

现在有些事情说得通了，贾里德努力让自己躺好，听着。

索恩戴克站起身来，笑了笑，"我们计划教授几个幸存者搞明白这些事情，再让他们回到里面去，不带灯光，平和地将这些消息传达给其他人。"

"然而并不奏效。"凯斯曼忍不住说道,"你们的人只要开始使用眼睛,就会发现要是没有灯光,自己就没法在黑暗中活动了。他们甚至大都害怕再回去。"

索恩戴克双手搓了搓,"先介绍这么些吧,应该够了,芬顿。好好想一想。我觉得下一次来的时候,你会有一些问题要问的。为了有助于解答这些疑问,我们会带来一些你认识且信任的人。"

贾里德再次睁开眼睛,正好看到他们离开棚屋。而且,在惊恐之中,他注意到至少他们对于远景的说法是正确的。他们走得越远,身影就变得越小。

他绝望地挣了挣捆着自己的带子,但无济于事。然后他歇了一会儿,脑袋转向对面的墙壁,立刻有一团强烈的光明涌入他的眼睛,他惊惧地大叫起来。从窗户的一角正好透进一个巨大圆盘的边缘,那正是索恩戴克否认说不是氢核的那个东西!它正朝着他轰鸣不止!它正对他的棚屋搞鬼吗?——想要从他的身后偷偷钻进来吗?

一阵恼怒之下,他拼尽全力挣脱起来。束缚带啪的一下断了,松脱开来,与此同时,他感觉到那个……太阳,索恩戴克是这么称呼它的,让他的后背热辣辣的。

他冲向门口,徒劳地抓挠着硬邦邦的隔帘,手指甲都开裂了。犹豫了片刻,他跨过地面从窗户一跃而出。

双脚落地之后,他看到太阳并不像他担心的那样离他很近。但还有其他问题。进入眼睛的影像告诉他,他的棚屋只是一排中的一间。随着距离越来越远,每一间都比前面的一间小一点点,最后那间比他的手掌大不了多少!

不止如此,远处所有那些他看到和听到的人,都大喊着朝着他跑了过来。而且,尽管他们比他的手指还矮,可随着跑得越来越近,他们也显得越来越大!

他不知所措,一转身,拔腿就往坡上跑去,跑向通道入口所在的那堵高耸的岩壁。

"幸存者跑了!幸存者跑了!"喊叫声在他身后不绝于耳。

他在一个小小的障碍物上绊倒了,他没听到这个障碍,赶忙慌慌张张地爬了起来。他朝坡上拔腿而逃的时候,那个被叫作"太阳"的巨大物体散发出的热量无情地击打在他裸露的双肩和后背上，而他距离洞口终于越来越近了。

黑暗的洞口恍惚成了两个，飘忽不定，分分合合，他咒骂着眼睛的肌肉，使劲控制着眼睛。最终，当他跑到洞口前的时候，那两个洞口合并成了一个，清晰地呈现在了眼前，他停下脚步，喘着粗气。

但是他无论如何都无法让自己往隧道深处走去！

黑暗是那样的浓重，那样的令人不安！

可能在第一个转弯处就有恶灵蝙蝠等着呢！

或者，他有可能一脚踩进一口深不可测的井坑，而那口井他既看不到也听不到！

追他的人几乎到了他身后，他猛一转身，沿着这宏伟的岩壁跑了出去。他跑得跌跌撞撞，还一度发现自己滚下了山坡，最后，一大片低矮而茂密的植物阻挡住了他的势头。

他一路猛冲，穿过这片纤柔的植物形成的障碍，继续跑，跑的时候有一半时间都是闭着眼睛的，还不时地撞在天堂植物肥厚的茎叶之上。不过，至少他身后的叫喊声越来越远了，氢核洒在他手臂和后背上的热量，也不像无数次心跳之前那么强烈了。

他一路奔跑，不时停下来喘口气，然后继续跑，直到终于跌倒在地，无助地滚落在另一片覆盖着地面的植物丛中。稍做停歇，他又忙不迭地朝着更浓密的植物丛钻了进去，然后精疲力竭地倒在了那里，他的脸紧紧贴在湿漉漉的泥土上。

## 第十七章

"我猜是我搞错了,贾里德。实际上这一切并没有那么可怕。另外,我想,说不定那些怪物是在尽力帮助我们呢。"

莉亚的思维里流露出一种特质,这是之前的那些联络中所没有的,极为特别。现在她那些无声的话语十分平静,十分有条理。就好像是索恩戴克不知用什么手段打破了她的反抗,完全将她控制住了,而且正在利用这个女人做诱饵,贾里德心中暗自揣度着。

"不,贾里德……根本不是那样的。至少我不这么认为。我很确定不是他们让我这么做的。"

如果他们真能做到这种地步,贾里德暗暗告诫自己,那怪物可比他想象的还要狡诈。

"他们可能根本就不是怪物。"她继续道,"他们真的没有伤害我,只是强迫我睁开眼睛迎向光明。我已经跟伊森联络上了。他一点都不害怕!他甚至觉得他们很不错。"

贾里德翻了个身,不过依然昏昏沉沉没有完全清醒。他记起来了,他筋疲力尽跌倒在什么地方,倒在无限之境里一片低矮、浓密的植物丛中。

"伊森很高兴,"她劝道,"因为没有我的帮助,他也能到处走动了,甚至都不用他的那一小袋虫子来制造回音。他说当他能看到一切的时候,他就不必去听面前有什么了。"

突然,一个意想不到的声音在贾里德头顶爆发出来,他身子一挺,在粗硬、潮湿的地面上扭了几下。尽管一开始十分令人恐惧,但那高亢、尖细的三重音却有一种莫名的魅力,这声音充盈在无限之境,带着哀怨的傲气打破了寂静。

莉亚安慰道:"不要害怕。"她显然已经透过他的耳朵听到了这美妙的音调,"我已经听过很多次了。有不少东西让我最终认定这一切不是辐射,其中就包括这个。"

他再次听着那个清澈而又美妙的高、中、低连续音,不由问道:"那是什么?"

"那是一只长着翅膀的动物……一只鸟。"然后,她探察到了他的担心,"不……不是恶灵蝙蝠那样的。是一只漂亮的小东西。伊森说它是在无限之境——就是'外面的世界'——顽强生存下来的一种原始动物。"

他什么都没说,她继续道:"现在是他们称之为'夜晚'的时候了。不过很快就会过去,白天又会回来。伊森说,他们必须要在氢核升起之前找到你。"

他感觉到顺着自己的肩膀和后背一直有一股瘙痒和刺痛。这种感觉不怎么强烈,但难受得足以让他从梦中清醒过来。

他睁开眼睛,手指深深地插进了松软的泥土之中。

在他周围,没有之前那种无处不在的狂暴的光明了!现在只有一层柔和的光,让眼睛十分舒适,也让他心头滋生出一个令人宽慰的念头:外面这里并非一味是全然的光明或是彻底的黑暗,也可以介于两者之间。

那三重音又响了起来,他从竖立在四周的天堂植物那茂密的茎叶丛中捕捉到了回音。不过,这些植物冠部缀着的花边——他提醒自己说,是"树"——会让那些令人迷醉的音符消失在头顶辽阔的无限之中。

现在,他的眼睛确确实实能透过那看似娇柔的树冠望出去了,他看到一轮巨大的、清冷的圆盘,像是太阳,却又不像。它跟太阳大小相仿。不过与氢核那如同千万条瀑布齐声轰鸣的暴烈汹涌不同,这个圆球温柔而迷人,就像那生着翅膀的小生命啼鸣声一样令人心旷神怡。

他的眼睛扫过压盖着这无限之境的穹隆,立时屏住了呼吸,头顶上方有许多针尖大的亮光活泼地舞动着,他根本数不过来究竟有多少,他想仔仔细细研究一番,却发现它们明灭不定。

穹隆上这些璀璨的微粒之间,弥漫萦绕着一片忧郁的黑暗,令他想起了自他出生之日起便生活其间的那些走廊与世界。但是现在,这些摄人魂魄的光点是那样美妙,令眼睛根本无暇顾及在那之间弥漫着的黑暗。

这个世界没有摸得着、看得见的边界,只有一片平坦的大地踩在脚下。而且,包裹着这个世界的不是无尽的岩石与泥土,而是欢悦的亮点与一轮优雅的光明圆盘，给这半黑暗的无限之境带来勃勃生机——至少在目前这个时候是如此。而在另一段时间里，那个被称为"太阳"的巨大而暴躁的事物，会给这无限之境带来喧嚣而凶猛的光明。

"全新的无限。"凯斯曼曾这样说过。

确实如此。一种全新的无限，宏大而非凡的概念——是那样的非同寻常，他所熟知的语言完全无法将其表达出来。

尽管他心中迸发出难以压抑的惊叹，却无论如何也无法阻挡住内心的一缕失望。此时的光明，已经不像他被带到外面这个世界之初那么强烈，而身处其间，他知道自己再也无法忍受通道和层级世界的那种黑暗。他心中一紧，被自己如此直白的想法吓了一跳。他没有勇气返回自己所熟悉的世界了，这是否意味着他不得不留在这里，留在无限之境这些难以理解的事物中间渡过余生？

"我恐怕是这样的，贾里德。"莉亚无声的话语严肃而坚定，"我已经……在过去的那个时段里，我探访了很多人的思维。我们中的大多数都意识到了，内部世界已经归于往昔。"

他猛地坐了起来。如果他正在接收莉亚的思绪，而他又是清醒的，那她离他就不会太远！不过他还没来得及问她，便猛然发觉自己的双臂和双肩十分难受。他伸手挠了几下，感觉那些地方就像是浇上了沸水。

那只鸟儿又发出了欢快的啼叫声，他听着那圆润的曲调与他眼前这些令人愉快的事物交相辉映。真是迷人啊，这种异乎寻常的情状——不仅是美妙的声音在耳中带来了那种美感，还有光明与黑暗的变幻让他的眼睛品味到了妙境。

然而，他渐渐感受到，外界这无限之境出现了一个令他茫然无措的事物，他若有所思地朝那边转过头去。穹隆的一角，远离树冠的远方，黑暗正渐渐褪去。一团光明从大地深处缓缓渗透出来，吞没了遍布上空的无数亮点。

莉亚说起过，目前这个时段是"夜晚"，只是暂时的，那个氢核将会回来，投射下强烈的光明照耀一切。难道他所经历的这段宁静时光就这样结束了？

他站起身来，浑身哆嗦，一步步后退，想要远离穹隆渐渐亮起的那一边，然后一头钻进了低矮的树丛里。

但他突然在天堂植物的枝干之间看到远处有另一种光，他吓得一惊，赶忙转头向右——那是一束锥形的光，一定是索恩戴克是另一个抓捕他的猎手正在逼近！

半明半暗之中，头顶上那只鸟的叫声再次清脆地响起，贾里德绝望地寻觅着回音。但只听得出那光锥后面的空间里藏着四个人，可是凭着反射回来的声音，他辨不出任何细节。

他一猫腰钻进了更浓密的植物丛中，紧张地听着这群人越走越近，希望周围这些矮小的植物能挡住光影，别暴露自己的行迹。

一阵微风吹过，所有植物的顶部，那如同花边的顶冠开始簌簌细语，让他一阵紧张。从他的正前方涌来一股温柔的气流，裹挟着追踪他的那些人的气味。

索恩戴克就在他们中间，这并不意外。尽管那个人只在他面前出现过一次，他还是轻而易举就能分辨出对方的气味。

不过，与这个味道混杂在一起的另外三个人他绝不会认错……

伊森！

欧文！

黛拉！

他倒是能够相信，无限之境里的这些家伙有足够的时间让欧文和伊森屈服于它们的意志。但黛拉绝不会！她到外面这里只比他早半个时段！

"那个姑娘是炁刺者，贾里德。"莉亚说着，"她一定比你或我更容易理解这些事情。"

没有理会这缕不请自来的思绪，他穿过低矮的植物丛一路后撤，尽可能不发出声响。在他左边，越来越强烈的光明已然映在了遥远的穹隆上，他现在很肯定，自己正亲眼看见那个可怕的太阳渐渐逼近。

"贾里德，不要逃了……求求你！就待在原地！"

是伊森的意识，借由莉亚传递而来，强行闯入了他的心里。这只能意味着伊森和莉亚，甚至还有索恩戴克一定都是一伙儿的了！

"是的，贾里德，"她很坦诚，"是我帮助伊森去到你那里的。他知道什么是最好的。他说，如果他们不尽快把你带回那间棚屋里去，你会生病的。"

"不，不是辐射病。"伊森赶紧保证说，"是由于太久没有见过阳光，而突然被阳光直射之后引发的疾病。还有其他的不适……索恩戴克想要保护你免受这样的痛苦。"

然后，一旁传来了伊森真实的声音，声音很小，不过显然还不足以逃出贾里德的耳朵："他就在上面了……就在那片灌木丛里。"

贾里德从藏身处一跃而出，犹豫了一下，索恩戴克的投射器将一道强光刺入他的眼睛，让他眼前一花，一时间什么都看不清了。然后他转过身拔腿就跑。

"你想要找到光明，不是吗？"欧文尖声叫喊着，"现在你已经找到了，可你的反应却像是一个古板的老太婆。"

听着这个熟悉的声音，贾里德犹豫了一下，停住了脚步，他已经很多时段没听到过这个声音了——甚至在怪物越过屏障之前。但是听到欧文声音所带来的惊喜，远远不及这话对他造成的震撼。

一点儿都没说错。他一辈子都在探寻光明。他曾设想过这种可能性——光明不是自然的产物，而是完全无法理解、让人心生恐惧的事物——他也接受了这种可能性。

可如今，他已找到光明，但却畏缩不前，甚至竭力要让自己在确凿的事实前隐藏起来。

也许这个无限之境——这个外面的世界——并不那么可怕，哪怕他能给自己一点点的机会去了解它。

"我完全可以从这里用注射枪给你打一针。"索恩戴克平静的声音透过朦胧的光明传了过来，"但我期望你能自己理智起来。"

然而，当那束光锥向前推进的时候，贾里德还是不自觉地往后躲开了。

他的皮肤到现在一直都很不舒服，他用手揉搓着手臂和肩膀上的皮肤，那里滚烫滚烫的，而且那股难受劲儿甚至蔓延到了脸上。

"别太操心那个了。"欧文笑起来向他保证道，"你只不过是第一次让太阳灼伤罢了。赶紧回来吧，我们会治好你的。"

就在这时，好像意识到了贾里德心里正在想什么，索恩戴克说："当然了，有些事情你还不明白。可在这个外面的世界里，有很多事情我们也一样搞不明白。"

光锥越过光怪陆离的树顶。"比方说，"索恩戴克的声音随着光明投射器的运动一路向上，"我们不知道外面那里还有什么。就算搞明白之后，也还是不知道那之外又是什么。无限是无法穷尽的——在洞穴世界里也罢，在这里也罢，都是这样。无穷无尽的无限。那是某种屏障，某种未知。"

贾里德多多少少觉得不那么无助了，在外面世界的这些人面前，自己不再像之前那样感觉渺小了。索恩戴克将那高耸岩壁内的广大地域称为"洞穴世界。"但是，在很多方面来说，眼前这更为伟大的造物不过是一个更为宏大的洞穴而已。这里也有一个穹顶，穹顶之外也还有一个无限，也有一道黑暗的幕帘将一切可知与一切未知分隔开来。

一条身影闯进了光锥里——纤小的人类身影。但他没有吃惊。他知道当身影靠近的时候它会变大——最终会变到正常比例。

现在，他无比镇定地望着那条身影走上前来，同时迅速意识到，有一团比索恩戴克的投射器更为强烈的光明正落在这条身影上。那是他身后穹隆边缘那团不断增强的光明。

又一阵清风拂过，天堂树细语窣窣，黛拉的气息随风飘来，清爽，强烈。

"对这些东西我也一点都不明白。"她一边往前走一边说，"但是我愿意等着亲眼炁刾所发生的一切。"

贾里德想起所经历的点点滴滴，一个念头悄然涌上心头，让他豁然开朗：在外面这里，"炁刾"和"看到"是如此相似，这让他和黛拉身体能力上的差异微不足道了，再没有什么会让他觉得低人一等。

她渐渐走近，他的注意力始终放在她的身上。头顶那只鸟儿唱着欢快的歌曲，婉转清脆的啼叫连绵不断，让那个姑娘在他眼里的样子愈发可人，她亭亭玉立地站在了他的面前。

黛拉优雅、曼妙的身影犹如优美的乐曲一般恬静，又仿佛远方一道巨大的瀑布，水声虽弱却撼人心魄，让他一时间心驰神迷。

她伸出手，他握住。

"我们要留在外面这里，看看会发生什么——我们一起。"贾里德说着，回头望向了索恩戴克和其余众人。

(全文完)

Copyright© 1961 by Daniel F. Galouye

# 幻想书房

刘皖竹 译

## 《轨道海》

[美] 柴纳·米耶维

出版社：Del Rey, 2013

同柴纳·米耶维的前几部作品相似，这本《轨道海》将使你想起杰克·万斯书中典型的超现实地貌。在《轨道海》中，海洋早已枯竭，裸露的海底铺满了铁轨，不知由何人建造，又由何人维护。这些铁轨上运行着各式各样的列车，有些甚至由人力驱动。它们有的寻求贸易，有的卷入战事，有的则是为了猎食四处钻洞的地底生物。在那时，鼹鼠有鲸鱼般大小，遭到各路人马的捕杀，而我们的主角沙姆就为其中一队人马效力。他被带上船，加入大家一起搜寻咬掉女船长阿巴卡特·娜菲手臂的巨型鼹鼠。后来，沙姆在一列废弃的列车残骸上发现了奇怪的线索，暗示在那无尽的铁轨"尽头"，存在一个令人难以想象的世界。

这部作品不仅致敬了罗伯特·路易斯·史蒂文森的那些冒险故事（《轨道海》里也出现了许多"海盗"，主角肩上还站着一个蝙蝠似的生物，就像船长标配的鹦鹉那样），也含有赫尔曼·梅尔维尔作品中的捕鲸情节。尽管在宣传时，这部作品经常被打上青少年小说的标签，但米耶维行文晦涩，其间穿插大量文学隐喻，文本格式也相当复杂（他总是用符号"&"代替"和"），这部小说可能有点难读。（说真的，一部小说中的主角是位年轻人，并不代表它就是一部青少年小说。《轨迹》杂志将《轨道海》放进了"2012年最佳青少年小说"之列，但事实并非如此，它应当被列为"2012年最佳小说"，简单直接。）

对米耶维的粉丝而言，阅读《轨道海》的确是一种享受。但我必须承认，要一分为二地看待这本书。由于书中使用符号"&"代替了所有的"和"，十分影响观感。这将这部作品拔高至了"元小说"领域，可以大致理解为有关小说的小说，或者是那种时刻说明自己是一部人为虚构作品的小说。小说平铺直叙，故事设置在科幻小说读者熟悉的未来年代，也没有在情节上故弄玄虚。也就是说，他根本没必要使用"&"符号（不过作者本人说这个符号的形状正是轨道海的象征）。这着实降低了阅读体验，倘若传统一点，想必体验会更好。别误会，我并不反对实验或使用元小说的那些比喻、策略与技巧。我只是觉得，既然这部作品使用了传统科幻小说的设定，那么更加保守的叙事方法应该更适合。总而言之，这本书呈现了一个海床密布着铁轨的独特世界，和一种孕育自铁轨的追捕奇异生物的文化，这在科幻界实属开天辟地第一回。

荐书人：[美] 保罗·库克

## 《那些爆炸都是他们的错》

[美] 詹姆斯·艾伦·加德纳

出版社：TOR Books, 2017.11

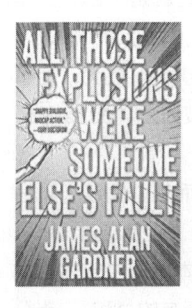

坐稳扶好，来自加拿大的高端超能车要开了！这是一部超级英雄小说，我们严重期待作者以后发更多这样的车。在这本书中，所有的黑暗生物——吸血鬼、狼人之类——在十年前意识到自己无须再隐藏身份。在成功的商业包装下，他们跻身巨富名流的圈子。花几百万美元变身不死吸血鬼或者其他黑暗生物以走上人生巅峰，这成了成功的象征，令全球精英趋之若鹜。那些有名有姓的人都自愿成为黑暗生物，包括诸多大国首脑。

接着，光明的守卫者出现了。这些"火花"诞生的方式各不相同，或因为一次普通的辐射，或因为实验室事故，诸如此类。他们的超能力都源于自己变异之前所感兴趣的事物（这个设定有些像乔治·马丁编辑的《百变王牌》中的王牌和小丑）。他们扮演着超级英雄和罪犯克星的角色。作为一个团队，"火花"们有时会特别执着于保护自己的领域。但他们的对手并不总是来自黑暗力量，也经常是那些认为犯罪能带来更多好处的"火花"，以及一些总想炸掉世界还要听个响的疯狂科学家。

一位疯狂科学家的实验失败了，四位来自滑铁卢大学的年轻女孩儿因此获得了各不相同的超能力。金米是我们的主人公，有点性别认知模糊，乐天派，甚至有点玩世不恭。这些新"火花"的选择和行为在我们看来，都是几个女大学生突然获得超能力之后最正常的反应。尽管故事中的世界受到了黑暗和光明的影响，但依然充满种种烦恼与缺陷，这跟我们生活的世界是一样的。

尽管超级英雄如雨后春笋般出现，但他们依旧保持了秘密身份。在与邪恶的日常斗争中，他们会不小心毁坏建筑、车辆或是街区，秘密身份能使他们免于被追责。这也是小说标题的由来，虽然冗长，却也十分贴切。

作者对超级英雄的能力与举动的描写美如画，人物对话精彩犀利。在书中，这些"火花"一直在对抗创造他们的疯狂科学家，几乎全程都是英雄大战和拯救枫叶国大冒险。无论是成年人还是青少年读者，只要你的年龄大到足够理解主角在自我认知和自我接纳过程中感受到的那种焦虑和困惑，你们都能在这本充满趣味、阅读轻松的小说中找到共鸣。我敢肯定，每一位读者都会认为它是近十年来最棒的动作/幽默小说之一。如果你对超级英雄题材不感兴趣，这本书也不会让你失望。如果你爱看超级英雄漫画或电视剧，那么你一定会爱上《那些爆炸都是他们的错》。

荐书人：

[美] 乔迪·林恩 & 奈地尔·福西特

《冒险故事精选集》
[英]奥托·潘兹勒 主编

出版社：Vintage, 2011

对于喜欢20世纪上半叶廉价杂志文学的读者来说，《冒险故事精选集》是一本不容错过的佳作。这本书的主编奥托·潘兹勒从那些推出了人猿泰山、蜘蛛人、佐罗、西斯科小子、霍帕朗·卡西迪以及斗牛犬德拉蒙德等经典角色的杂志上，精心挑选了数十部短篇小说、中篇小说以及长篇小说。书中收录了柯南·道尔的作品、"人猿泰山"系列长篇小说、亨利·赖特·哈葛德、阿里斯泰尔·麦克林和塔尔波特·芒迪的优秀作品，以及理查德·康奈尔的经典之作《最危险的游戏》，书中科幻作品不多，有戴蒙·奈特与菲利浦·何塞·法马尔的作品，但也有巴克·罗杰斯系列故事的第一部——《公元2419年世界末日》。

在这本书中，有两个通俗文学中的经典角色没有出现（或许是由于版权原因），即野蛮博士与朱尔·葛兰丁。不过，书中收录了野蛮博士的主要作者莱斯特·邓特创作的短篇小说，或多或少弥补了这一缺憾。这篇小说将使读者联想到"野蛮博士"系列中的各种精彩要素：一座神秘的荒岛，无数船只残骸，猖獗的海盗，以及陷入困境的主人公。

这本经典选集足有896页，它将为读者带来数周乃至数月的阅读享受。我强烈推荐这本作品集，因为科幻小说并非诞生于虚无之中，正是那些成本低廉、鼓励创作的杂志，催生了许多伟大的科幻作品。这本书绝对值得所有的图书馆收藏。

荐书人：[美]保罗·库克

《记忆中的蓝色地球》
[美]阿拉斯泰尔·雷诺兹

出版社：TOR Books, 2012

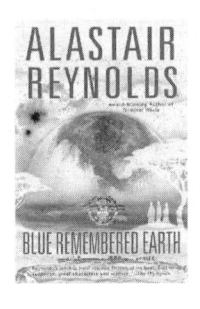

作为当今新太空歌剧流派的大师之一，阿拉斯泰尔·雷诺兹迄今为止所有的作品都是该领域不可多得的佳作。《记忆中的蓝色地球》是他的最新作品，也是三部曲或系列作品的开篇。整个故事围绕着一个由科学家与商人组成的优渥家族展开，在那时，非洲成了世界霸主，其领地蔓延到了整个太阳系（月球和火星上的城市以及远至柯伊伯带上的人类前哨站）。由于故事节奏相当缓慢（就像一个长跑运动员在比赛前期要保存体力），我们不难看出在此之后还将有一系列作品出版（出版商将它称为"史诗之作"，这年头的出版商都爱这么说）。

故事主角是来自地球的杰弗里·阿肯雅。彼时他正在非洲研究象群，对外界不管不顾，却被卷入了家族的商业帝国当中。他的祖母坚忍不拔、充满自信、热爱冒险，在过世后为他留下了一副神秘的太空服手套，手指处镶嵌着几颗彩色玻璃或者石头，没人认识它们，也无从知晓它们的作用。故事主线由此展开，一些家族成员希望杰弗里能弄清这些玻璃物品的用途，而另一些则出手阻止。

大部分故事情节都发生在地球上（还有一些在月球上），因而书中的星际旅行几乎都在太阳系内，不像雷诺兹其他更称得上是"太空歌剧"的作品那样在银河系间穿梭。以当今的标准来看，《记忆中的蓝色地球》是一部充满了"人类如何毁灭地球，将所有动物赶尽杀绝，成为地球苦难之源，同时痛斥民主和资本主义"的说教。这是该作唯一倒人胃口的地方。谴责人类过错的主题在过去十年来几乎所有科幻小说中都出现过，有些甚至还能追溯到二十世纪九十年代。这让我不禁思考这些书到底是写给谁看的。是那些还没看够迪士尼特别节目，还不了解人类是如何猎杀企鹅的青少年吗？如果不是，那又是为谁写的呢？最近我读了许多科幻小说家的作品，包括本·波瓦、南希·克雷斯、约翰·C.赖特、约翰·史卡奇、罗伯特·索耶、凯文·J.安德森、金·斯坦利·罗宾逊（尤其是这一位）等等。这个名单我可以一直列下去。我们真的懂了！都是人类的锅！环境在恶化！我们吃光了海洋里的鱼类，冰川也在融化！但求你不要再说教了！好好讲故事不好吗？！

话虽如此，除了这些说教，《记忆中的蓝色地球》其实是个不错的冒险故事，写作技巧精湛，敏锐刻画了一个从地球到月球再到火星对神秘遗产不断探索与追寻的家族。尽管我一直在吐槽那些关于人类为一己私利毁灭环境的说教，我还是要由衷地推荐这本书。

荐书人：[美]保罗·库克

# 原创小说征稿启事

**本征稿启事长期有效**

银河边缘,这里是不折不扣的故事发源地。从基地到川陀,从塔图因到绝地圣殿,无数传说在此演绎……

2018年,八光分文化联合人民文学出版社共同推出"银河边缘"丛书,这是一套由东西方科幻人联合主编的幻想文库,作品主体部分选自由美国科幻大师迈克·雷斯尼克主编的科幻原版杂志《银河边缘》,但也有相当篇幅展示国内优秀的原创科幻小说。在此,我们向国内原创科幻作者约稿。

我们以"惊奇畅快"为原则,着力呈现中外名家及新人作者的中篇佳作,展示更具野心的科幻作品,呼唤长篇时代的到来。

### 投稿邮箱
tougao@8light-minutes.com

### 投稿邮件格式
作品名称 + 作者名

### 审稿周期
初审十五个工作日回复(长篇除外)

### 稿费
150～200元/千字(长篇另议),优稿优酬。

### 字数
不限字数,以2万～4万字中篇为宜,接受长篇来稿。

### 审稿标准
① 想象力:想象力是科幻小说的核心与灵魂,也是审稿的首要标准。
② 代入感:作者通过剧情、人物等元素,使小说易读,令读者沉浸其中。
③ 剧情逻辑:在人物动机、事件逻辑上没有明显的漏洞,不会让读者产生"跳戏"的感觉。
④ 技术细节:非常欢迎但不强求。

### 投稿注意事项
① 务必保证投稿作品为本人原创,从未发表于任何平台。
② 切忌一稿多投。
③ 小说请以附件的形式发送邮箱,注意排版,合理分段。
④ 请在邮件末尾提供个人联系方式,如真名、QQ、手机等。同时欢迎加入我们的QQ写作群:494290785。

《银河边缘》编辑部 2019年1月